中国现代文学中的名媛现象

许晶 著

郑州大学出版社

图书在版编目(CIP)数据

中国现代文学中的名媛现象／许晶著. — 郑州：郑州大学出版社，2023.8

ISBN 978-7-5645-9631-6

Ⅰ.①中… Ⅱ.①许… Ⅲ.①中国文学-现代文学-人物形象-文学研究 Ⅳ.①I206.6

中国国家版本馆CIP数据核字(2023)第051865号

中国现代文学中的名媛现象
ZHONGGUO XIANDAI WENXUE ZHONG DE MINGYUAN XIANXIANG

策划编辑	孙理达	封面设计	苏永生
责任编辑	王晓鸽	版式设计	苏永生
责任校对	秦嘉微	责任监制	李瑞卿
出版发行	郑州大学出版社	地　　址	郑州市大学路40号(450052)
出 版 人	孙保营	网　　址	http://www.zzup.cn
经　　销	全国新华书店	发行电话	0371-66966070
印　　刷	河南文华印务有限公司		
开　　本	710 mm×1 010 mm　1／16		
印　　张	17	字　　数	292千字
版　　次	2023年8月第1版	印　　次	2023年8月第1次印刷
书　　号	ISBN 978-7-5645-9631-6	定　　价	58.00元

本书如有印装质量问题,请与本社联系调换。

内容提要

本书以中国现代文学中的名媛现象为论题,从名媛的形象谱系、自我意识、身份认同三个方面展开论述。名媛之所以成为一种现象,是因为个体在历史长河中的时代影像与文学文本中的形象相映成趣,两者的重合与交错形成了"实"与"史"的相互指证。随着个人意识与社会、文化、象征资本的增进,名媛逐步进入主流言说领域,通过作家、主编、学者等身份试图打破传统社会秩序并建构自我。名媛的精神诉求与实践行动一定程度上撼动了男性的话语霸权,也为现代女子成长作出价值范式。

与一般意义上的女性文学研究不同,本书不只是对女性主义的梳理、解读以及对男权的解构,而是在现象界定的基础上,考量身份对个人发展产生的影响。名媛之所以成为现代女性中的先觉者,与优渥的经济基础,与世家望族的开明思想、接受过的精英教育和后天形成的关系网络密不可分。现代内质与资本息息相关,先天禀赋经济、社会资本,后天具备文化、象征资本的名媛自然地成为女性中的佼佼者。但是,并非富有智识和能力的名媛都愿意介入社会,安富尊荣的生活使某些人难以产生改变现有生活状态的强烈欲望,仅有一些具有危机意识与发展诉求的名媛不断探索自我的生命价值,与男性知识分子一同承担起发生期的新文学建设。所以,现代文学史中呈现的名媛影像更显出弥足珍贵的价值。

目 录

绪论　"名媛现象"界说 …………………………………………… 001

第一章　清末民初精英文人的女性想象 …………………………… 007
　　第一节　贤母良妻："宜室""生利"的角色塑造 …………… 008
　　第二节　女国民：权责平等的性别理想 ……………………… 019
　　第三节　新女性："为人""为女"的双重自觉 ……………… 029

第二章　文化空间中名媛的成长与发展 …………………………… 042
　　第一节　高等教育下自我意识的萌发 ………………………… 042
　　第二节　进入文坛的不同路径与言说方式 …………………… 056
　　第三节　文化空间的营造与人际网络的搭建 ………………… 066

第三章　文学文本中的名媛形象及其文化隐喻 …………………… 074
　　第一节　个性解放中的自我求索 ……………………………… 074
　　第二节　性别秩序的顺从与超越 ……………………………… 094
　　第三节　异质空间下的生存实践 ……………………………… 117

第四章　名媛的身份建构与精神取向 ……………………………… 135
　　第一节　由"他者"向"自我"的身份过渡 ………………… 136
　　第二节　疾病叙事的精神标识与主体诉求 …………………… 144
　　第三节　自传性文本的双重身份阐释 ………………………… 154

第五章　名媛的编辑理念与价值立场 ……………………………… 168
　　第一节　同人理念的持守与拓展 ……………………………… 170

第二节　意识形态的共识与分歧 …………………………… 180
　　第三节　商业效应的追逐与转型 …………………………… 191

第六章　名媛的执教活动与学术研究 ………………………… 203
　　第一节　社会角色与活动空间的扩大 ……………………… 203
　　第二节　学术研究与自身价值的实现 ……………………… 213
　　第三节　学术思维与创作艺术的汇通 ……………………… 235

余　论 ………………………………………………………………… 249

附　录 ………………………………………………………………… 255

参考文献 …………………………………………………………… 265

绪 论 "名媛现象"界说

中国现代文学史中有这样一群人,她们出身名门望族、官宦之家,是"淑女中的淑女,女人精华中的精华。……她们既有血统纯正的高贵宗谱,更有全面的后天中西文化调理:她们都持有著名女子学校的文凭,家庭的名师中既有前朝的遗老遗少举人学士,也有举止优雅的英国或俄国没落贵族的夫人;她们讲英文,又读诗词;学跳舞钢琴,又习京昆山水画"①。她们对精神世界有更高的追求,这些被称为"名媛"的人最早进入高等学府接受新式教育。"五四"时期的启蒙者很多是她们学校的导师,社会名流大多是她们家里的常客,在先进思想与广博见闻的熏陶下,个体自然地向往现代、自由的生活方式。她们中的一些人甚至有机会出国留学直沐欧风美雨,"与男性一样可以出洋留学,是中国女性在中国社会现代化进程中获取的一种崭新的生活形态,它带给中国女性一种崭新的生命形态,促使一代学贯中西,视野开阔,真正具有现代意识的知识女性群体的诞生,并以此构成与古代才女在本质上的区别。游学世界的教育背景,充沛的知识含量,使原本才气过人的她们,更获得了一种作为社会人而不是家居女人的底气。她们一般有较为完整的人格,敏锐的思想与独立的见解,崇尚自由,热爱学术,不趋炎媚势,这是她们这一个群体的特质"②。现代教育培养出的名媛与传统女性在生活态度、文化气韵、思维方式、价值观念方面迥然不同,她们以一种崭新的状态进入社会,公开社交,开办报纸,学优为文,著书立说,打破了长久以来公众领域女性缺失的真空状态,开启了找寻与建构自我的时代。

---

① 程乃珊.上海Lady[M].上海:文汇出版社,2003:250.
② 林丹娅.中国女性与中国散文[M].昆明:云南人民出版社,2007:159-160.

一般人眼中,名媛是感情丰富、关系网密织的交际花,是盛服浓妆、不知天下寒的富家女,是舞文弄墨、叙写悲欢离愁的闺秀。实则不然,名媛形象并非刻板一块,而是丰富多面的。晚清时期,名媛一词指向受过新式教育的杰出女性。《女学报》曾登文邀请"中西贤淑名媛"向报馆投稿。《新闻报》将中国女学堂召集的中西女子集会称作"名媛会议",强调集会"专为讲求女学,师范西法,开风气之先,并非如优婆夷等设筵以图香积也"①。名媛作为女性中的先觉者,最早意识到"自我"的存在,在现代思想的启迪下,一些具备长远眼光与危机意识的女子不再囿于安富尊荣的生活,而是向往个体的自由发展。但是,封建传统强大的附着力使个体抽身离去时常伴随着撕裂的痛苦,"她处处感到地种种压抑,以及把她压倒的整个传统,使她无法产生对这个世界的责任感,而这就是她平庸的根本原因"②。并非所有名媛都有"造命"的勇气,自由需要以经济独立为前提,此外,个体还要具备一定的能力,面对生活中方方面面的问题,而这些问题之前都有旁人替她们分担了。倾泻而来的一系列矛盾容易引起个体的无措,仅有一小部分勇于改变自我命运的名媛,明确"今后妇女的出路,就是打破家庭的藩篱到社会上去,逃出傀儡家庭,去过人类应过的生活,不仅仅作个女人,还要作人"③。她们试图跨越世俗传统的藩篱争取自我权利,在男权社会从"他者"到"自我"的身份转变中,尝试了多种女性发展的可能,不断探索个体的存在价值与生命意义。

名媛中仅有一部分如同陈衡哲、袁昌英、林徽因、冰心、凌叔华、杨绛那样生活在开明、幸福之家,教育、婚姻均得到家庭的大力支持。大多数人在争取自由的道路上遭遇了种种困难。破旧立新的过程并非个人身披荣耀的光环,借助新文化运动的力量就能到达心向往之的彼岸。个体只能依靠自己解决人生路上的各种考验,"一个出走后又前进中的娜拉,她的真实是不能因打击或毁誉而消灭的。她不怕艰难、毒箭、山崩地裂的压碎,她不顾无谓的评价,不稀罕声名,她只抱着一颗鲜红热烈的向上的心,反抗一切使她

---

① 经元善.中国女学会大会中西女客启[M]//虞和平.经元善集.武汉:华中师范大学出版社,1988:198.
② 西蒙娜·波伏娃.第二性[M].陶铁柱,译.北京:中国书籍出版社,1998:807.
③ 庐隐.今后妇女的出路[M]//庐隐散文集.北京:西苑出版社,2006:170.

及社会发展的障碍,要奋斗到底!她并不管它成或败,只顾生活,生活,真挚地去生活,受难地去生活,生活就是她的整个"①。她在生活中感受到凉薄的人性,看尽世事沧桑,也接受过温暖的鼓励,一次次地找寻、碰壁、觉悟、探究使她逐渐意识到禁锢个体发展的矛盾焦点。名媛建构自我的历程,是一个有着丰富社会学、文学内涵的过程。从社会学上看,名媛感应时代脉动,追求个人解放、自由理想,进入社会文化领域,成为主流言说中的一员,部分地解构了男性的话语霸权。从文学上看,学有余而为文的名媛效仿启蒙者规划的现代女子模样,从文学创作角度丰富这一形象。她们将自我历程诉诸笔端,以心灵内蕴建构角色,文本中呈现的名媛形象与自我身份相映成趣,揭示出被男性话语遮蔽的真实的女性诉求。主、客体的统一与变奏形成了"实"与"史"的相互指证,汇聚成一股独具特色的名媛现象。

这种现象不单纯是对文学史的补充或完善,它是名媛由自我意识出发,凭借社会身份与文化思考建构的形象,以生命意识的内在性与个体性改变了被主流文学挤兑的惯常模式。个体意识从"我是我自己""我自己是谁"到"我的人生诉求"的行进历程中,对自我的认识与定位并非意图重新书写女性的心灵史,而是揭开压抑在菲勒斯中心权威下女性的真实面貌。在身份塑造的过程中,名媛把性别作为映照自我的一面镜子是必要的,男权对她们来说如同达摩克利斯之剑,个体需要在探寻中不断调整自我救赎的方式。置于中国现代文学史上看,名媛的身份建构与男权话语之间呈现出依附与背离交替进行的价值曲线。稳固的社会秩序与传统习俗使个体自由生发的诉求面临较大的阻碍,意味着她们需要经历一个漫长而曲折的探索过程,在应和中谋求进阶,在平衡中兼顾自我。名媛逐步进入主流言说领域,以作家、主编、学者的社会身份建构自我并为新文学与现代学科建设作出贡献。她们的成长历程为徘徊在新旧之间的广大女性作出表率,其文化活动为女性启蒙话语增添了说服力,开掘出个体生命的深层意蕴。同时,她们力争自由与平等的行动也为现代社会平衡、和谐的发展起到一定的作用。

时间以线性连续的形式记录下名媛现象的变迁,连同时空领域下的社会诉求与文化价值一同凝聚成富有时代韵味的集体影像。名媛这一群体具有以下几方面特点:

---

① 白薇.悲剧生涯:上[M].上海:文学出版社,1936:序.

（1）出身世家望族或书香门第，良好的经济条件是形成幽香雅韵的家庭氛围的基础。这样的生活环境中，名媛没有过早地受到家庭琐事的烦扰，有足够的时间、精力习京昆山水、学诗词外文，培育了个体风神俊逸的气质与坚韧不拔的性格。即便后来个别人家道败落，流落凡世尘俗，她们依旧能够坦然蝉蜕，以灿烂繁盛时浪恬波静、落寞凋败时水波不兴的气度，坚持行进在自我的生命轨迹上。这种胆识、眼界、气度并非朝夕形成，也非真空环境能够练就，它是一个潜移默化的过程，会对人的一生产生巨大的影响。如若没有长期的氛围熏陶、文化培养，常人很难在纷乱复杂的现实中坚定信念，这也就凸显出经济基础与家庭氛围等先天条件为个体成长与发展预置的丰厚资源。

（2）世家望族的思想普遍较为开明，名媛是最早接受新式教育的一群人，甚至其中有些人出国留学直沐欧风美雨。在大多数女性依旧被妇德困于家门之内时，名媛已经开始接触现代思想与西方文明，逐渐意识到自我的存在。她们学校的老师大多是五四运动的参与者，家里的常客也多是社会名流，在先进思想的引导下名媛也进入时代浪潮，参与了这场轰轰烈烈的新文化运动。当她们从书本上所学的思想、文化在现实火热的运动中立体式呈现，一种喷薄而出的欲望刺激着个体的心绪。她们的文化理念和思维方式已经与传统闺秀截然不同，她们开始拆解围困在自我周围的秩序与规则，一点点拾起女性的尊严和权责，争取自己在家庭、社会中的地位。留学归国的名媛还将习得的西方思想与治学方法带回国内，为新文学与现代学科的发展建设增添了女性之思。

（3）经济、教育等因素配合下的公共空间内，"资本作为特定的社会关系，规定社会存在的一种典型形态，是特定的社会关系和特定的存在方式，不仅是人与人之间，而且是人与物之间、物与物之间的一种存在联系"[①]。中国社会对现代政治体制、社会结构的渴望是显见的，西方文明的接受与传播需要经历一个消化、吸收的过程，经过较长时间的普及才能成为群体的共识。而这群占据经济、社会、文化、象征资本的名媛自然地成为现代文明的中介之一，她们进入从未有女性到来的公共空间，通过作家、主编、学者等社

---

① 王多吉,代立梅.《资本论》现代发展观哲学维度研究[M].北京:光明日报出版社,2014:57.

会身份推进现代思想和性别平等观念,这些富有先锋气质的名媛形象也成为引领女性自我发展的典范。个体禀赋的资本为自我发展提供自立的保障,从而为思想自由、人格独立奠定基础。

(4)经济、教育、公共空间之外,人际关系也会对名媛的发展带来一定的影响。例如,苏雪林、庐隐、冯沅君、石评梅、丁玲、关露等人虽未生活在高门巨族,但自小优越的生活环境,接受新式教育打开了个体的视野。她们外出求学来到繁华都市,在社会活动与人际往来中,眼界、思维发生了较大的变化。个体进入文坛后在新、老前辈的扶持下得以迅速成长。她们与陈衡哲、袁昌英、冰心这些成长于世家望族的名媛相比,类似于西方社会中 new rich(新贵)与 old money(传统贵族)的关系。贵族不仅指向物质资源优厚,也表现为精神上的充盈。品德高尚、才华横溢、肩负使命的特征使"芸芸众生则在对精神贵族的憧憬中看到了自身的价值"①。所以,后天生活环境、职业特性对个体价值观念与文化倾向的影响也是不容忽视的。

文学史是人的历史,自身充满了生命活力,不时溢出"正统"规定的界限揭示集体无意识下零落的碎片。菲勒斯中心主义统摄下的文学史观反映的是某种单一的价值观念,它挤压了种族、性别、阶层等其他话语的生长空间,而这些被边缘化的文学现象往往是承受者用生命铭刻、记录的心灵史,代表了某一群体对主流意识的适从与反驳。由于性别、个人、边缘化的立场使名媛与主流意志构成"对话"的关系,她们增长的自主意识与社会诉求决定了个体必将以生命之力建构自我身份。每一个生成于历史与文化之上的名媛形象都承载了时代的重量,每一个行进在发展自我历程中的影像都倾注了作家的生命体验与精神内质。

在线性发展链条上,名媛的社会角色与文学文本中的形象呈现出与男权话语重合与分离的交替出现。从菲勒斯文化中心的客体身份,到自我意识觉醒的主体言说,名媛形象逐渐区别于男性叙述中启蒙/被启蒙的寓言结构中的承载者,表现出超然于女性群体的现代思维。值得注意的是,主体意识的觉醒究竟是自觉自发的行为,还是在他人引导下带着某种目的的前行;自我转变有可靠的支撑,还是一时脑热的乌托邦幻想。个体的觉醒并非全然排斥外界的引导,而需要对外力的性质与目的有所重视,这中间有一个自

---

① 雅斯贝尔斯.什么是教育[M].邹进,译.北京:三联书店.1991:144.

我内化、完善的过程,如若亦步亦趋地追随他人的指引而醒觉,无疑会进入又一重无物之阵。

以上述特点观之,中国现代文学史上可以称作名媛的女作家有陈衡哲、袁昌英、白薇、苏雪林、方令孺、庐隐、冯沅君、冰心、凌叔华、程俊英、石评梅、林徽因、丁玲、杨刚、陈学昭、沉樱、陆晶清、关露、杨绛、沈祖棻、苏青、梅娘、潘柳黛、施济美、张爱玲等。通过考察她们的心路历程与文事活动,探寻个体如何以作家、主编、学者的角色进行自我发展与身份建构。总的来说,名媛现象是引领女性文学前行的话语资源,是时移世易下的心灵映现,在时代变革、自我重建的转折点中,名媛现象与身份认同有着不同寻常的社会价值和审美意蕴。

第一章 清末民初精英文人的女性想象

清末民初,精英文人的女性想象伴随着中国由传统向现代的发展而不断转型。无论是承担家庭责任的"贤母良妻"还是要求平权的"女国民",抑或是萌发主体意识的"新女性"都被赋予丰厚的时代内涵。男性知识分子想象的女性形象是在民族危机下本土文化与西方文明调和后的产物。"在一切意识形态领域内传统都是一种巨大的保守力量"①,现代思想的传播需要面临与传统文化乃至封建思想长期共存的挑战,正如戊戌变法时期作为女性典范的"贤母良妻",远至"五四",近至当代依旧不时浮出历史地表,成为传统文化与美好德行的话语资源。与此同时,迭代出现的新身份也是精英文人"借女性酒杯,浇家国块垒"。他们试图通过解放社会最底层的女性,揭掉自身弱国子民的标签,以独立、自由的个体身份重塑现代、强盛的理想中国。"在以前,'人'的一切关系都是被概括在'家族'关系中的,把这种社会状态作为历史上的一个起点,从这一个起点开始,我们似乎是在不断地向着一种新的社会秩序状态移动,在这种新的社会秩序中,所有这些关系都是因'个人'的自由合意而产生的。"②这场由男性知识分子主导的女性想象包含了太多的家国愿景,也注定了现代女性自我发展道路的漫长与曲折。

---

① 中共中央马克思恩格斯列宁斯大林著作编译局.马克思恩格斯选集:第4卷[M].北京:人民出版社,1972:253.
② 李静冰.民法的体系与发展[M].北京:中国政法大学出版社,1991:86.

第一节 贤母良妻:"宜室""生利"的角色塑造

19世纪末,精英文人开展的洋务运动在引入西方文明的同时,也对传统妇女伦理观念进行了一定程度的反思。驻外公使、文人游历国外时发现,西方教育中"女子与男子同,幼而习诵,凡书画、历算、象纬、舆图、山经、海志,靡不切究穷研,得其精理",婚姻家庭上"女贵于男,婚嫁皆有择配,夫妇偕老,无妾媵"①。时任宁波海关副税务司文牍的李圭参加了美国建国100周年举办的博览会,见到"女工院"展出的由妇女所著的书籍、绘画、图卷、器具时惊叹不已,他认为泰西男女并重,"故妇女颇能建大议,行大事"②。黄遵宪出使日、英、美诸国,亲见西方人对中国缠足妇女的鄙薄,"星轺贵人,聚观而取笑;画图新报,描摹以形容,博物之院,陈列弓鞋;说法之场,指为蛮俗;欲辩不能,深以为辱"③。一派繁荣的西方诸国与老迈奄奄的中国形成鲜明对比,洋务论者认为本国"女子独不就学,妇功亦无专师",拖累了中国的发展,他们从改良社会道德风尚的角度,提出婚姻自主、一夫一妇、废缠足等主张,但女子问题与政治、经济、军事、教育相比处于改革的末流,并未引起足够的重视,这些解放女子的提议最终流于形式。

甲午战争的惨败彻底摧毁了天朝上国的信心,"既缘国弱,尤遭戏侮"④。在趾高气扬的入侵者面前,"弱国子民"一举一动都被烙上屈辱与悲哀的印记。一些来华传教士同情中国妇女的遭际,认为"夫上帝生人,不分男女各予两足","今任女子缠足,竟将重用之肢,归于无用之地,辜天恩,悖天理,逆天命,罪恶丛生"⑤。他们在《北华捷报》《字林西报》《万国公报》等洋人创办的报纸上公开批判女子缠足、提倡女子教育,介绍西方女性的社会活动。传教士还成立了"不缠足会""天足会",开办教会学校,以免费提供食宿、发放

---

① 王韬.漫游随录[M].长沙:岳麓书社,1985:107.
② 李圭.环游地球新录[M].长沙:岳麓书社,1995:237.
③ 夏晓虹.晚清文人妇女观[M].北京:作家出版社,1995:8.
④ 康有为.请断发易服改元折[M]//陆学艺,王处辉.中国社会思想史资料选辑:晚清卷.南宁:广西人民出版社,2007:153.
⑤ 秀耀春.缠足论衍义[J].万国公报,1889(4):19-20.

家庭补贴的方式吸引中国学生,招生条件则是女子必要为"天足"。一些家庭贫困却想接受教育的女子最早进入教会学校,后来生源逐渐扩展至社会上层的名媛闺秀。

西方传教士的"救赎"行为极大震动了维新人士,在万国交通、政俗互校之际,三寸金莲不只是供中国男性赏玩之物,它也成为西方人眼中野蛮、落后的标志。维新派在不缠足倡议中多次提及"国初禁令"[①],他们借助清廷颁布的法令告诫子民,废缠足是合理合法的行动,并非"男降女不降"自欺欺人式的顽抗。维新派这种"托古改制"的方法"既不惊人,自可避祸",顽固派出于对皇权的忌惮,对改革的阻挠有所收敛。蒋畹芳以传统经典为革新的理论依据,借助孔子、班昭等古代圣贤之言为当下解放女子行动作出名正言顺的理论支持。蒋畹芳发表于1898年10月《女学报》第9期上的《论中国创兴女学实有裨于大局》一文提出,"天地之生人也,阴阳平等,无有偏郫;同此形骸体质,即同是血气心知,故女教一端,直与男教并重,如古时班昭之《女诫》,刘向之《列女传》,郑氏之《女孝经》《女训》《女范》诸书,凡散见于六经诸子外者,莫不班班可考,奉为女学之准绳,观乎此而可知女之不可不学也明矣",将古代圣贤对女子的规训之作转化为女子接受教育的历史渊源,佐证女学存在的必要。

与此同时,西方自由、平等、博爱思想和天赋人权理论的引入,使知识分子对性别认知更加深入。梁启超在《戒缠足会叙》中写道,强男弱女的现象皆由"人类之初起,以力胜者也",在男子强势的把控下,社会逐渐形成"扶阳抑阴"之势,此后"尘尘五洲,莽莽万古,贤哲如卿,政教如晦,无一言一事为女子计"[②]。仅仅因男子喜好三寸金莲,女子"骨即折落,皮肉溃脱,创伤充斥,脓血狼藉"。两万万妇女因为缠足身体羸弱纤俀,"或坐而衣食,或为刺绣玩好无益之事"[③]。康有为认为女性缠足"于保民非荣,于仁政大伤","欧

---

① 满族无缠足风俗,清廷曾多次颁布法令禁止男子蓄发、女子缠足。在"留头不留发、留发不留头"的严令下,男子剃发得以顺利推行,女子废缠足却收效寥寥。因女子的弱势地位对清朝统治阶级构不成实质上的威胁,废缠足禁令也就不了了之。虽然禁令已形同虚设,清廷却从未下令废止。

② 梁启超.戒缠足会叙[M]//梁启超全集:第1册.北京:北京出版社,1999:80.

③ 张之洞.戒缠足会章程叙[M]//张之洞全集:第11册.石家庄:河北人民出版社,1998:10060.

美之人，体直气壮，为其母不裹足，传种易强也。回观吾国之民，尪弱纤偻，为其母裹足，故传种易弱也。今当举国征兵之际，与万国竞，而留此弱种，尤可忧危矣"①。维新派与西方社会以女性为本位的人道主义考量不同，他们解放女子的动机在于社会、国家的需要。缠足妇女是国家的分利者，直接导致弱国子民的贫弱现状。先前一直被社会忽视的女性突然背负起民族振兴的责任，但她们身上的重重枷锁非朝夕可改，针对如何新民，谭嗣同提出可以从三方面入手，"一曰：创学堂，改书院"，"二曰：学会"，"三曰：报纸"。"报纸出，则不得观者观，不得听者听。学堂之所教可以传于一省，是使一省之人游于学堂矣；书院之所课可以传于一省，是使一省之人聚于书院矣；学会之所陈说可以传于一省，是使一省之人晤言于学会矣。且又不徒于一省然也，又将以风气浸灌于他省，而予之耳，而授以目，而通其心与力，而一切新政、新学，皆可以弥纶贯午龄其间而无憾矣"②。维新人士集学堂、书院、学会之势开启解放女子的系列行动，革新封建传统观念以形成示范效应，通过层层传播将影响力普及至社会各个层面。

维新知识分子和开明士绅率先令其妻女放足，却遭到外界的诋毁谩骂。表面上，女性解开的是一条数尺长的布条，实质上，她们需要解开的是封建宗法制度对人身的禁锢。"不缠足会"成立后，社会上应者寥寥，维新派意识到"我中国欲图自强，莫亟于广兴学校，而学校本原之本原，尤莫亟于创兴女学"③。女学"设法鼓舞惩戒，但求明理，不骛词章，务使人人知缠足为毁体媚人之事，可耻可伤，互相劝导，则不禁自绝矣：此法似迂买确，虽缓而获益甚大，所首当议及者也"④。一时，倡议女学之声四起，康有为认为教育是解放女子的重要途径，是个体独立的必要条件，"人求独立，非学不成。无专门之学，何以自营而养生；无普通之学，何以通力而济众；无与男子平等之学，何以成名誉而合大群，何以充职业而任师长。故为人类自立计，女不可无

---

① 康有为.请禁妇女裹足折[M]//朱义禄.中国近现代人文名篇鉴赏辞典.上海：上海辞书出版社，2014：50.
② 谭嗣同.湘报后叙(下)[M]//湘报(影印本).北京：中华书局，2006：52.
③ 经元善.女学集议初编[M]//虞和平.经元善集.武汉：华中师范大学出版社，1988：213.
④ 贾复初.缠足论[M]//中华全国妇女联合会妇女运动历史研究室.中国近代妇女运动历史资料：1840—1918.北京：中国妇女出版社，1991：26.

学;为人种改良计,女尤不可不学"①。但是,他提倡女教的目的并非为女子计,而是从国家、民族角度作出的社会考量。

国人积极开办女校,一是由于知识分子对西方教会学校"救赎"本国女子的行为感到羞愧,"夫他人方拯我之窘溺,而吾人乃自加其桎压,譬犹有子弗鞠,乃仰哺于邻室;有田弗芸,乃假手于比耦。匪惟先民之恫,抑亦中国之羞也"②。国家割地、赔款已使国人耻辱至极,本国女性还要接受域外教化,抢夺了男性仅剩的权利与尊严。二是教会学校所设课程皆是围绕宗教展开,不论历史、地理还是数学、音乐,一切知识都带着文化侵略的目的。顽固派和维新派都不愿看到子民受他国教化,产生难以控制的后果。三是维新派在研究西方国家发展进程中发现,"女学最盛者,其国最强,不战而屈人之兵,美是也。女学次盛者,其国次强,英法德日本是也。女学衰,母教失,无业众,智民少,国之所存者幸矣,印度、波斯、土耳其是也"③。他们认为国运式微皆由母教失、无业众、智民少,所以女学就成为社会改良运动中的重要一环,承担起挽救国难的使命。

晚清时期,浙江、安徽一代才媛吟诗结册蔚然成风,但在"女子无才便是德""女子不宜为诗"的传统观念中,吟诗作在女红、妇德面前是等而下之的事。女诗人查昌鹄回忆少年时"至声韵之学,往往见猎心喜",但写诗"非女子事,辄不敢为,偶有小咏,即焚弃之,不复存稿"④。对于幼承家学的传统闺秀,维新派认为她们空有吟风弄月之才,却无为国生利之实。阴柔、伤感的气质某种程度上映射了"女性纤纤、暮色沉沉"的古老中国,是民族孱弱与精神虚浮的象征,他们希望通过女学"内之以拓其心胸,外之以助其生计"⑤,使女子成为国家的生利者。如此可见,晚清时期的解放之作是排斥女性主体,以男性意志为宗旨的既定动作,"妇女作为某个特殊的类型或某个边缘阶层

---

① 康有为.大同书(戊部)·去形界保独立·妇女之苦总论[M].章锡琛,周振甫校点.上海:古籍出版社,1956:133.
② 梁启超.倡设女学堂启[M]//梁启超文集.北京:北京燕山出版社,1997:495-496.
③ 梁启超.论女学[M]//梁启超全集.北京:北京出版社,1999:33.
④ 胡文楷.历代妇女著作考[M].上海:上海古籍出版社,2008:426.
⑤ 梁启超.论女学[M]//梁启超全集.北京:北京出版社,1999:33.

必须成为时代变迁的替罪羊,以缓解人们向现代过渡这一过程中产生的普遍焦虑"①。文人的焦虑源于危如累卵的国势,强势的入侵者掠夺了男性的话语权威,在挽救国难之际,他们利用性别身份,赋予女子新的存在价值与社会使命。事实上,改良方案仍包含着强男弱女的价值观念,维新志士预先将自己置于指导者、引路人的高位,牢牢掌握着调控规则的权利,女子自然地沦为被规训与教化的对象,承接着弱国子民残存的信心和尊严,亦步亦趋地听从指示。裹挟在民族危机之下的女子问题不断被政治化,呈现出封建与现代思想缠绕纵生之态,成为社会变革时期颇具特色的文化产物。

1898年5月,第一所由国人自办的女学堂在上海成立。中国女学堂"以彝伦为本,所以启其智慧,养其德性,健其身体,以造就其将来为贤母贤妇之始基"②,招收8至15岁的良家闺秀,凡奴婢、娼妓一概不取。学堂设置中、西文两种课程,中文课有女孝经、幼学须知句解、内则衍义、女四书、唐诗、古文等,西学课如英文、地理等。女红、绘事、医学间日习之,读书写字之暇,兼习体操、针黹、琴学等。中国女学堂复前代遗规,重在教化德行,采泰西美治,意在训诫技能,目的是培养"上可相夫,下可教子,近可宜家,远可善种"的贤妻良母。女子的角色定位是由民族国家立场出发,是男性主导下的性别规范。中国女学堂成立后,社会上反对声音四起,"假令女子自由,即同舟已成敌国;就使妇人向外,既床笫亦有戒心。是斯民鲜衽席之安,寰宇多萧墙之祸矣"(《请禁女学》,载《大公报》,1907年8月12日)。反对者认为教育会使女子产生异心,为家庭离乱埋下隐患。学校为预防顽固派的攻击与流氓滋扰,规定"凡堂中执事,上自教习、提调,下至服役人等,一切皆用妇人。严别内外,自堂门以内,不准男子闯入",并设计了类似虎符的对牌保证女学生的安全,"半存在学生家中,请假验牌领回,次日到馆,仍将对牌取去"③。在封建思想的干扰下,女学堂几近一个闭环,好不容易走出深闺的女子进入另一个真空环境,割断了她们与社会正常交往的途径,影响了教育的全面性。但学堂在管理、教学上皆采用女性的尝试,拓展了女性的社会角

---

① 凯瑟琳·凯勒.走向后父权制的后现代精神[M]//大卫·雷·格里芬.后现代精神.王成兵,译.北京:中央编译出版社,1998:108.
② 梁启超.倡设女学堂启[M]//梁启超文集.北京:北京燕山出版社,1997:495.
③ 女学会书塾开馆章程[M]//中华全国妇女联合会妇女运动历史研究室.中国妇女运动历史资料:1840—1918,1991:112.

色,对改变社会风气,推动女学发展,促进性别平等起到积极的作用。

在中国女学堂的带动下,上海务本女塾、爱国女学、南京旅宁第一女学、无锡竞志女学、天津北洋女子公学相继出现。至1907年,中国已有女学堂428所,女学生15 498人。① 清政府迫于形势,将女学正式纳入学制系统。《学部奏定女子小学堂章程》中明确规定"女子性质及将来之生计,多与男子殊异",小学堂"以养成女子之德操与必须之知识技能并留意使身体发育为宗旨",将女子德行放在首位,意在提升家政方面的知识技能。女子师范学堂"以养成女子小学堂教习,并讲习保育幼儿方法,期于裨补家计,有益家庭教育为宗旨"。"废缠足"从肌理上改善了女子羸弱的躯体,"兴女学"从质素上改变了她们病态的思维。两大解放女子运动为女性进入公共领域创造了先决条件,加之群会的辅助,最大程度凝聚了女性群体之势,提升了运动的吸引力与影响力。

康有为"以群为体,以变为用"的主张开启了士大夫结社集会的风气。梁启超的《说群》《论学会》论证了群治的必要性和迫切性,"群故通,通故智、智则强"②,"合众人之识见以为识见必智,反是则愚;合众人之力量以为力量则必强,反是则弱。故合群者,战胜之左券也"③。以群为体,集众人之智,是解决社会问题的一种行之有效的方法。维新人士将群会模式应用到解放女子运动中,1897年6月,梁启超、谭嗣同、康广仁、汪康年在上海发起不缠足会,章程规定"凡入会者所生之女子不得缠足,其所生男子不得娶缠足女子;如已缠足的在8岁以下,须一律放解",并对女子放足后难以婚嫁的问题提供对策,"会中同志,可以互通婚姻,无所顾虑。庶几流风渐广,革此浇风"④。他们以上海不缠足会为总会,"各省会皆设分会,各州、县、市集,就入会人多之处,随时设小分会"⑤。由于总会的发起者都是闻名海内外的知名人士,颇具号召力,该会"行之未及一年,入会已逾万众"。随后,黄遵宪、

---

① 杜学元.中国女子教育通史[M].贵州:贵州教育出版社,1996:333.
② 梁启超.论学会[M]//梁启超文集.北京:北京燕山出版社,1997:21.
③ 梁启超.论商业会议所之益[M]//饮冰室文集:5.广智书局,1902:26.
④ 梁启超.试办不缠足会简明章程[M]//强学报·时务报(影印本).北京:中华书局,1991:1664.
⑤ 梁启超.试办不缠足会简明章程[M]//强学报·时务报(影印本).北京:中华书局,1991:1665.

熊希龄在湖南,张寿波、康广仁在澳门,陈虬在浙江纷纷创办不缠足会。在维新人士与开明之士的努力下,天足运动从沿海中心城市推进到乡镇腹地。针对教育程度较低的地区,群会成员组织家眷带领大足仆妇于街头宣传天足优势,或以画报的形式普及知识,"稍识字者皆能通晓,即不识字之妇女,观图亦知缠足之害"(见于《东方杂志》1905年第1期"各省报界汇志")。在群会的推进下,不缠足会会员高达30余万,为推广"天足"作出一定的贡献。《湘报》赞赏女学校与不缠足会"此二则果行,诚为兴灭继绝之举,更坤道千秋万世之福"①。

此时,不缠足会的发起人大多是男性知识分子,直到1898年"中国女学会"成立,才出现近代第一个由女性主导的群会。中国女学会与中国女学堂是一株并蒂花,为体现两者的统一准则与隶属关系,中国女学堂改名为中国女学会书塾。学会意在"藉宇内五洲贤淑闺秀,同德同心,并力赞助,方能集思广益,众擎斯举",聚集贤能推进女子解放。它规定内部成员"称母家姓不称夫姓","相见总称女史,以期通便,且示平等之义也"(《女学会说略》,载《女学报》,1898年10月24日)。这种性别平等观开启了现代文明的新风尚。从表面上看,学会由女性主导,实际上成员多在其父兄、丈夫的引导下开展活动,而非女性自由、自觉的行动。从稚嫩到成熟需要一个漫长的发展过程,外界的支持是个体成长中必不可少的助力。经元善在回忆女学会创设时提到,"肇端伊始,虽必藉明通男子翊佐,然终须女子自具精魂毅魄,坚忍肩任,方可期望奏绩之日"②。彼时,女学会与女学堂虽在维新人士的主导下开展活动,但他们的目的是培养可以独立承担活动,推进维新事业的女子。在"代男子言"的过程中女子增长了智识与技能,为以后独立组织社会事务,承担家国责任奠定基础。

维新变法失败后,女学会受政治牵连丧失了生存空间,不得已停止活动。但各地效仿此种形式的会社不绝如缕,加上西译著作如约翰穆勒的《群己权界说》(*On Liberty*)、斯宾塞的《群学肄言*》(*Study of Sociology*)、甄克斯的《社会通诠》(*History of Politics*)的传播,为群学发展提供了理论之源,变相刺

---

① 刘曾鉴.论女学塾及不缠足会未得遍行之故[M]//湘报(影印本).北京:中华书局,2006:933.
② 夏晓虹.中国女学会考论[J].北京大学学报,2017(3):122.

激了女子群会的产生。据不完全统计,1901年至1911年成立的妇女团体约有41个(不缠足会除外)①。由女子主办的群学聚集有志之士,"结成一完备坚固之大团体"②,引发她们对个体解放以及国家民族危机的关注。例如"妇女宣讲会"每周进行一次宣讲,普及妇女解放、家政、科学等方面的知识。"女子禁烟会"旨在配合禁烟运动,挽救国人颓废之气。"四川女子保路同志会"号召女子"捐无用之首饰,集为巨款,作破约保路之费","以我四千余年无用之妇女,化为保国保种之柱石"③。云南的"女界自立会"以拯救贫困女性为宗旨。虽女子学会的纲领和章程有着过于浓重的理想主义色彩,但值得注意的是,它已蔓延至边陲地区形成燎原之势。女子群会开展的各项活动,不论是办学、办报还是慈善募捐,会员均需具备一定的文化素养和经济资本,它的组织者、参与者大多为出身较好的名媛闺秀,她们追随维新志士的脚步,建立起性质各异、名目繁多的团体。个体在社会活动中的锻炼为后续自我发展积累了宝贵经验。维新志士参照西方政治经济体制创立的群会有利于民族资产阶级的组织发展,他们团结受西学影响的知识分子和资产阶级化的开明士绅,为民族资产阶级参与政权积聚了力量,也为后期资产阶级团体的革命运动铺平道路。在具体实践中,群会利用多种社会资源拓展革新路径,引入现代文明的新风。但是,民族资产阶级始终缺乏直接反对封建传统的勇气,不敢公开批驳腐朽的清政府,这种婉转曲折之态为实现其社会构想增加了难度。

女学堂创办后,维新派"开设《官话女学报》,以通坤道消息"(见《中国女学拟增设报馆告白》,刊于1898年第87号《湘报》)。1898年7月,作为中国女学会会刊与中国女学堂校刊的《女学报》创立。"这女学会、女学堂、《女学报》三桩事情,好比一株果树,女学会是个根本,女学堂是个果子,《女学报》是个叶,是朵花。"(潘璇,《上海〈女学报〉缘起》,载《女学报》,1898年8月3日)维新派以女学会为行动指导,女学堂为实践主体,女学报为言论机

---

① 参考张玉法的《中国近代女权运动史料》《中国妇女运动历史资料》中列出的团体总部,未计算各地市的分部。
② 吕碧城.女子宜急结团体论[M]//夏晓虹.中国近代思想家文库:金天翮 吕碧城 秋瑾 何震卷[M].北京:中国人民大学出版社,2015:79.
③ 中华全国妇女联合会妇女运动历史研究室.中国妇女运动历史资料:1840—1918[M].北京:中国妇女出版社,1991:461.

关,通过报纸展现学会思想,呈现学堂风貌,启发妇女认知。学报主编和主笔都是维新人士或开明士绅的家眷。报纸第2期曾列出一份主笔名单,有"晋安薛绍徽女史、金匮裘梅侣女史、番禺潘道芳女史、明州沈何卿女史、上虞蒋婉芳女史、武进刘可青女史、诸暨丁素清女史、阮江章婉香女史、京兆袭慧萍女史、江右文静芳女史、南海康文僴女史、贵筑李端惠女史、临桂廖元华女史、邗江睢女史、梁溪沈静英女史、古吴朱莳兰女史、上海潘仰兰女史"。其中康文僴是康有为的女儿,李端惠是梁启超的夫人,朱莳兰是经元善的夫人,廖元华是龙泽厚的夫人,薛绍徽是陈季同的弟媳。女史们借助性别特点,以"我女同胞""姊妹们"之类的亲昵称呼拉近与女性读者的距离,或设身处地讲述自己放足、上学的见闻,或推心置腹地畅谈封建制度对女性的摧残,恳切直白的言语渐渐化解众人心中的顾虑。为扩大影响,《女学报》鼓励广大女子积极投稿,"想宇宙之大,闺秀中定不乏大手笔。无论中西贤淑名媛,如有高见卓识,乞请迅速惠赐官话《缘起》一篇,章程数则,本馆当有文必录,公聘笔政"(见《中国女学拟增设报馆告白》,刊于1898年第87号《湘报》)。女史们希望《女学报》成为一个开放、自由的讨论平台,吸引更多贤淑名媛的参与,既能有效地解决稿源问题又能与群体互通,及时推广变革成果。女学报考虑到妇孺农氓的理解能力,采用"雅三俗七"的言说方式,以白话文为主,下设论说、新闻、征文、告白等栏目。从《女学报》中越来越多有关时政的文章可知,这些接受过现代教育的知识女性不同于传统闺阁派的气质秉性,她们关切并参与到社会问题的讨论中,以报刊作为传播思想、教化民众的工具,肩负起批判腐朽陈旧的社会制度,引领现代风尚的使命。

这群最早进入公共领域的贤淑名媛,从编辑理念到言说方式都受到开明之士的影响。高城女史刘纫兰批评了承家学、居一隅的传统闺秀,认为她们虽有才学,却专注于"批风抹月,弄草吟花,写妖艳之词,发言情之句,拾李易安之唾余,采朱淑真之遗沈,自以为椒花柳絮,绝擅高才,向不知其流于淫佚之道。娼妓之流,濮上桑间,何以异此。夫使举天下之女子,尽如谢道韫、蔡文姬之徒,亦复何补于世! 何补于家! 况乎能与其先者,千万中乃不获一人耶"(《劝兴女学启》,载《女学报》,1898年8月20日)。她认为这些吟风弄月之词毫无益处,沉溺风月也容易消磨个人意志。她的思想承袭了梁启超对古代女诗人、词人的看法,梁氏曾批评"古之号称才女者,则批风抹月,拈花弄草,能为伤春惜别之语,成诗词集数卷,斯为至矣。若此等事,本不能目之为学"①,认为古代才媛沉浸于个人情感,缺乏开阔的视野与责任意识,接受的家学也算不上真正的启蒙式教育。同时,他将男性知识分子预设在引导者的位置,缺乏独立性和文化资本的女子别无选择地跟随男子的步伐,也造成了贤淑名媛效仿维新人士思想、言论的一幕。刘纫兰虽批判了女子无才便是德的封建思想,但她提出女教要以"群经诸史、刘氏女传、班昭女诫、宋若莘女论语、朱子小学、吕氏闺范、陈文恭公五种遗规为主,而以新译西学诸书为辅"(《劝兴女学启》)。她的才德观没能全然摆脱封建传统观念的影响,可见贤淑名媛的每一步举动都将面临反复且艰难的蝉蜕。番禺女士许孚论及女学时提出:"女学既兴,远可保教,近可保种,强神州者宁有过耶!"②,其思想明显受到梁启超言论的影响,强国富民之策必要兴群会、开民智。"国乌乎保？必使其国强,而后能保也;种乌乎保？必使其种进,而后能保也。进诈而为忠,进私而为公,进涣而为群,进愚而为智,进野而为文,此其道也。"③金匮女士裘毓芳认为"遍开女塾,使为女子者,咸得广其学识,尽其才能,将中才者,可自谋生计,不必分男子之财,而智慧者且致力于格致、制造以为国家用,化二百兆聋瞽而聪明之,其必大有益予强种富国之道。毓芳一僻陋女子,何足知天下事,然区区私衷,窃不能自已。海内贤达君子,有广为提倡,振兴女塾者乎？未始非挽回利权之一助也。相夫教子云乎哉"④。这显然是维新派生利分利说、贤母良妻观的进一步阐释。精英文人构想的文明社会中,"国人无男无女,皆可各执一业以自养"⑤,为避免成为家、国负担,女子须入学堂,"庶他日为贤女,为贤妇,为贤母。三从四德,童而习之,久而化之,纱绣精妙,书算通明,复能佐子相夫,不致虚糜坐食"⑥。他们强调

---

① 梁启超.论女学[M]//梁启超全集.北京:北京出版社,1993:31.
② 许孚.潮州饶平县隆都前溪乡女学堂记[M]//中华全国妇女联合会妇女运动历史研究室.中国妇女运动历史资料:1840—1918.北京:中国妇女出版社,1991:92.
③ 梁启超.论女学[M]//梁启超全集.北京:北京出版社,1993:32.
④ 裘毓芳.论女学堂当与男学堂并重[M]//中华全国妇女联合会妇女运动历史研究室.中国妇女运动历史资料:1840—1918.北京:中国妇女出版社,1991:99.
⑤ 梁启超.论女学[M]//梁启超全集.北京:北京出版社,1993:33.
⑥ 郑观应.盛世危言·女教[M]//陈学恂.中国近代教育文选:上.北京:人民教育出版社,1983:58.

女子教育对于国家民族的重要意义。在教育培养下个体成为佐子相夫的新女性,女子的职责被分配在家庭范畴,扮演着间接参与社会事务的重要角色。这个带着先锋气息的角色被赋予宏大的国家层面的价值,成为女性必要肩负的社会责任。

废缠足、兴女学、建群会、办报刊等一系列解放女子的行动有效打击了封建传统秩序对女子的束缚。一部分贤淑名媛率先走出闺门,接受新式教育。但男性知识分子预先将女性的活动领域限定在家庭,压制了个体的成长空间,阻塞了她们与外界交往的多种可能。社会对女子角色的讨论也产生了分歧,一些女报依旧沿着戒缠足、兴女学、扬女德的思想,以培养贤母良妻为宗旨。如1899年陈撷芬在上海创办的《女报》,1905年张展云在北京主办的《北京女报》,1905年何志新在广州主办的《女界灯学报》,等等。另一些报纸尝试探索女子发展的可能性与个体的存在价值。陈撷芬主办的《女报》后期风格明显转为倡导女性独立,女子"不受男子之维持与干预"以争取两性平权。1907年,秋瑾在上海创办《中国女报》公然反对清王朝,期待"国民女杰"的出现。同年,燕斌在东京创办的《中国新女界杂志》宣导国家主义,呼吁"女子国民"的诞生。1911年,唐群英在东京主办的《留日女学会杂志》主张效仿西方国家实行共和制,提高女子的政治地位。对女子发展的多元之思一方面反映出女权与民权之间的复杂关系,女子有意识地摆脱封建制度对个体的桎梏,却又不得不接受社会给予时代女性的身份符号,在"同尽义务、共尽天职"中承担起规定的责任。另一方面意味着解放女子运动产成的势能积累到质变阶段,女子试图越过男权的藩篱,迈出基于自我意志的第一步尝试。

维新派在引入西方现代思想时,从民族资产阶级的立场出发对现代价值观念进行了移花接木式地转述却效果甚微。他们过于急切地将代表现代、先进的西方思想移植到封建传统势力依旧强盛的王朝,没有对症的变革难以达到改良的效果。维新派对解放女子运动的规划表现出明显的矛盾,他们提倡女性摆脱封建礼教的束缚,却淡化个体自由意志;倡导两性责任平等却漠视平权;呼吁女子自立、生利却又限定她们的活动范围。"这些知识分子在接受西方训练和教育的过程中,所习得的并不是西方早先建构文明的方式,而主要是那些由西方的成功所引发的各种替代性方案的梦想。"①移植而来的方案固然产生一时疗效,但在具体实施过程中面临着一系列现实问题。解放女子运动势必动摇性别秩序,改变权利分配,这场运动真正的受惠者也并非女性。精英文人只是通过运动的形式开展社会变革以缓解国家危机。在破与立之间,他们将新女性的角色置于"贤母良妻"的大框架下,以扶子帮夫的形式间接参与国家建设。于男性而言,有一定学识的贤妻既可红袖在侧,又能教养子侄。于女子而言,她们从身体到精神都获得了较大的自由,贤、良的称呼也在客观上提升了个体的社会地位,被赋予的荣光使她们好像拥有了同男子一样的权利。现代文明新风一旦吹进封建的土壤,个体生长的诉求就如雨后春笋般急切,随着国家体制、社会风貌与思想领域的变动,女性的社会角色也被赋予不同的价值意蕴。

第二节 女国民:权责平等的性别理想

1899 年,梁启超在《论近世国民竞争之大势及中国之前途》中阐释了国民与国家的关系,"国民者,以国为人民公产之称也,国者积民而成,舍民之外,则无有国,以一国之民,治一国之事,定一国之法,谋一国之利,捍一国之患,其民不可得而侮,其国不可得而亡,是之谓国民","中国人不知有国民也,数千年来通行之语,只有以'国家'二字并称者,未闻有以'国民'二字并称者"。② 晚清文人以国民为依托建构起国家与个人的新型关系。从国的角度来看,由王朝到国家的转变,不只是用一个新的称谓体现现代文明,它意味着子民由服从命令转为参与国家事务,由从属关系转为权责关系。从民的角度来说,个人地位的提升带来了心理上的变化,人的主体性与存在价值逐渐明确,权利意识愈发明晰。"苟无民何有国,苟无国何有君,国者君与民

---

① 哈耶克.自由秩序原理[M].邓正来,译.北京:生活·读书·新知三联书店,1997:3.
② 梁启超.论近世国民竞争之大势及中国之前途[M]//饮冰室文集点校:第 2 辑.昆明:云南教育出版社,2001:810.

之公称,而非一家一姓之私产也。"① 民是国家组成中必不可少的元素,国民的身份符号为个人带来了归属感和认同感,也激发了知识分子参与社会变革的意志。

晚清时期,国势岌岌可危。为积聚更多的力量投入国家建设,精英文人对女性角色赋予新的要求,呼吁"天下兴亡,匹夫有责,匹妇亦有责焉"(《劝兴女学启》,载《女学报》,1898 年 8 月 20 日);"国无国民母所生之国民,则国将不国。故欲铸造国民,必先铸造国民母始"②;"谨告女学界,其勿以贤母良妻为主义,当以女英雄女豪杰为目的"③。贤母良妻的社会角色被国民之母所取代,并以此为基础衍生出诸多类似的称呼,如文明之母、自由之母、社会之母。文人们盛赞女子为"教育之起点,社会之元素,风俗之主人"④,推举她们为构建现代国家民族重要的一分子。当女子被置于国民之母的位置后,社会上不乏夸张过誉之词,"什么革命军,自由血,除了女子,更有何人?况且,今日时代比 19 世纪更不相同。君主的手段越辣,外面的风潮越紧,断非男子那副粗脑做得到的"⑤。更有鼓励女性凭借性别优势,以纤手、妙舌、慧剑、裙钗投入革命风潮,夸赞"汝之价值,千金之价值也;汝之地位,国民之母之地位也。吾国民望之久矣"⑥。

国民之母的身份提高了女性的社会地位,使她们受到前所未有的关注,但是这个新的角色是以国民为介质,与国家间接发生关联的。男性知识分子在赋予女子权利和义务的同时,自觉地忽略掉女性的本体价值与发展诉求。他们策略地引导女性为国尽责,宜室、善种的贤母良妻被国家话语征辟为孕国民、肩负国责的母亲。看似女子的活动空间扩大至社会领域,实则她们空有奉献自我的义务,却无自主实施的权利,依旧要在角色规定的准则下行事。国民之母的身份设想将女性生儿育女的家庭角色与承担国责的社

---

① 王其榘辑.书保国会题名记后[M]//中国史学会编.戊戌变法:第 4 册.上海:上海人民出版社,2000:406.
② 亚特.论铸造民母[M]//夏晓红.《女子世界》文选.贵阳:贵州教育出版社,2014:76.
③ 陈以益.男尊女卑与贤母良妻[J].女报.1909(2):4-7.
④ 社说.论文明先女子[J].东方杂志.1907(10):17-20.
⑤ 海天独啸子.女娲石.中国近代小说大系[M].南昌:江西人民出版社,1988:447.
⑥ 金天翮.女界钟[M].陈雁,编校.上海:上海古籍出版社,2003:94.

会使命相结合,调节了急速成长的自我欲求与性别等级秩序之间的矛盾,给予个体开阔的成长空间却不施与自我发展的条件,女子肩负重任难免步履维艰。

1903年,金天翮的《女界钟》出版,这本被誉为女界革命之音的著作中有许多颇具建设性的畅想。作者强调"爱国与救世,乃女子之本分也"①,担负这份职责需要通过学堂教育,培养女子成为"高尚纯洁,完全天赋之人";"摆脱压制,自由自在之人";"思想发达,具有男性之人";"改造风气,女界先觉之人";"体质强壮,诞育健儿之人";"德性纯粹,模范国民之人";"热心公德,悲悯众生之人";"坚贞激烈,提倡革命之人"。② 与其说作者描摹了理想女子的形象,不如说为了进一步稳固男性国民的身份权威。他对国家的规划仍以男性为本位,从国族主义的立场看待女子发展,对两性的思考无非是强化旧有的性别秩序,希望接受过学堂教育的女子与男性一起承担革命责任,成为花木兰、苏菲亚式的女英雄,能够"红袖添香,乌丝写韵,朝倚公园之树,夕竞自由之车;商量祖国之前途,诞育佳儿,其革命婚姻之好果,孰有逾于此者"③。作者理想中的女子既要辅助男性、共商事宜,又要有智识、能革命,还须承担起培育佳儿的母职。虽然他呼吁女性直接加入救国革命,使女子的活动范围跨越了家庭的藩篱,但这并不意味着宗法制度下的传统性别规范得到了改善。相反,女子要肩负起家、国的双重职责。在男性话语的强势统摄下,以天赋人权、自由平等为基础的国民身份被圈定在有限的空间,权责关系的不均等掩盖在"国民之母"的身份荣光下,女子的首要任务仍旧在于履行性别职责,它与国家的间接关联决定了个体诉求非常容易被男性话语所掩盖。

当女性进入公共空间后,一些先进知识分子和接受过新式教育的女子对"国民之母"的角色有所反思,他们希望女子真正以主体身份与国家发生关联,拥有合理的权责关系。马君武在翻译英国哲学家穆勒的《女人压制

---

① 金天翮.女界钟[M].陈雁,编校.上海:上海古籍出版社,2003:12.
② 金天翮.女界钟[M].陈雁,编校.上海:上海古籍出版社,2003:14.
③ 金天翮.女界钟[M].陈雁,编校.上海:上海古籍出版社,2003:80.

论》中,从"男女同权"引申出"女人遂能与国相直接而有国民之责任焉"①。柳亚子(作品发表时署名亚卢)认为国民之母虽掌握国家未来发展的命运,却仍处"万众压制之下",被男子教以"奴隶根性"②,"与其以贤母良妻望女界,不如以英雄豪杰望女界",并借助替父从军的花木兰之口畅言"我虽女子,亦国民一分子也"③。吕碧城指出女子既要重视母性职责也要拥有个人权利,"虽然,女子者,国民之母也,安敢辞教子之责任;若谓除此之外,则女子之义务为已尽,则失之过甚矣。殊不知女子亦国家之一分子,即当尽国民义务,担国家之责任,具政治之思想,享公共之权利"④。陈撷芬在《女界之可危》(刊于1904年4月26、27日《中国日报》)中以女子先尽义务,再谋权利的和缓的方式索要平等的权利:"国为公共,地土为公共,财产为公共,患难为公共,权利为公共,……国既为公共,宁能让彼男子独尽义务,而我女子漠不问耶? ……既不尽义务,即有权利,以他人与我之权利,非吾辈自争之权利也。……吾辈既欲与之争,须先争尽我辈之义务,则权利自平矣。"更有胡彬夏等人发起"共爱会","以拯救二万万之女子,复其固有之特权,使之各具国家之思想,以得自尽女国民之天职为宗旨"⑤。由"国民之母"延伸而来的"女国民"身份更注重女子的权利、义务与独立性,提倡女性从繁衍生育的性别角色转向具有社会地位的公民角色,尽管这种畅想在当时还没有实现的基础,但这是智识阶层对女性价值的重新定位与思考,是女性自我意识萌发的具体体现。在国家话语中,女子首次以独立的"国民"身份出现,她们"不仅是民族的生物性再生产者,还是民族文化的再生产者"⑥,意味着她们从民权和男权的遮蔽下走出,以独立的主体行为进入社会公共领域。

"女国民"的言说主体和实践主体大多是接受过新式教育的名媛,她们借助报刊的力量推进女子的权利诉求。秋瑾在上海创办《中国女报》,呼吁

---

① 马君武.弥勒约翰之学说[M]//莫世祥.马君武集.武汉:华中师范大学出版社,1991:143.
② 亚卢.哀女界[J].女子世界,1904(9):1-9.
③ 柳亚子.中国第一女豪杰女军人家花木兰传[M]//郭长海,金菊贞.柳亚子文集补编.北京:社会科学文献出版社,2004:10.
④ 吕碧城.论某督札幼稚园公文[J].女子世界,1904(9):1-3.
⑤ 日本留学女学生共爱会章程[J].浙江潮:东京,1903,3(3):166-169.
⑥ 伊瓦·戴维斯.妇女、族裔身份和赋权:走向横向政治[M]//陈顺馨,戴锦华.妇女、民族与女性和女性主义.北京:中央编译出版社,2004:42.

必要推翻封建王朝统治才能去除女子解放道路上的障碍。她心中的国民女杰要有知识学问与责任意识。燕斌(以"炼石"署名)在东京创办的《中国新女界杂志》中写道"本社最崇拜的就是'女子国民'四个大字",今后"无论出多少期,办多少年,做多少文字,也只是反复解说这四个大字"①,她认为当下女子权益缺乏保障,全由自私自利的男性造成的。"文明如英国,对于妇人要求选举权不惟不许可,且加以制裁。男子自私其权利之心何其甚也,然用心已苦矣。"②女子参政意味着分享权利,而女子革命则是分担责任。即便文明的资本主义国家依旧强调女性对社会的责任和使命,忽视性别平权的诉求。何震在东京创办《天义》,大力抨击男权对女子的压迫,认为男性打着解放女子运动的幌子,因名、利、自逸将女子带入日趋劳苦的境地,"女子之解放,有真出于主动者,亦有出于被动者。何谓出于主动!即女子之力解放也。何谓出于被动!即男子与女子以解放是也。今观中国女子之解放,出于主动者少而出于被动者多","解放妇人出于男子之自私自利,名曰助女子以独立,导女子以文明,然与女子以解放之空名,而使女子日趋于劳苦"。③虽然何震批判男性私利心理的言论有些偏激,但在民权与女权蝉联的复杂语境下,她能认识到附着在女子身上的隐形枷锁实属不易。

报纸、杂志的受众大多具有一定的文化水平,对尚不能识文断字的群体,女媛们主张利用群学的力量,唤醒女界的普遍觉悟。她们创办了形式多样的组织,有侧重女子参政的群会,如1903年创立于东京的"共爱会",1905年创立于东京的"中国留日女学生会",1911年创立于上海的"女子参政同志会",1912年创立于上海的"中华女子竞进会",1912年在南京设立的"女子同盟会",等等;有侧重女子教育的学会,如1905年由秋瑾在东京设立的"女子雄辩会",1906年由张雄西在昆明设立的"女界自立会",1912年由周咏香在武昌设立的"湖北女子教育会",等等。还有偏重就业、实业等方面的组织,对于唤醒各个阶层的妇女,凝聚群体力量起到了一定的作用。

精英文人还采用一种更加通俗化的手段,以"女国民"为题材创作小说

---

① 炼石.本报对于女子国民捐之演说[J].中国新女界杂志.1907(2):1-6.
② 炼石.女权平议[J].中国新女界杂志.1907(2):1-6.
③ 何震.女子解放问题[M]//张枬,王忍之.辛亥革命前十年间时论选集:第2卷下册.北京:生活·读书·新知三联书店,1963:960.

激发女界的普遍觉悟。如《女举人》(1903)、《六月霜》(1903)、《自由结婚》(1903)、《女娲石》(1904)、《黄绣球》(1905)、《女子权》(1907)、《女英雄独立传》(1907)、《中国之女铜像》(1909)等。这些小说中的女性思想觉悟、道德品行丝毫不逊于男子,她们被赋予不同的文化内涵。《女娲石》中的金瑶瑟曾留学日本、美洲,是海城女子改造会的领袖。她为了实现革命理想,假扮歌姬"在京城妓院学习歌舞。又加姿色娟丽,谈笑风雅,歌喉舞袖,无不入神"①,入宫刺杀胡太后未果后遭到通缉,不得不亡命天涯,被卖到天香楼。她结识了女子革命党"花血党"首领秦爱浓。秦夫人教育成员,"你须知道你的身体,先前是你自己的,到了今日,便是党中的,国家的,自己没有权柄了",她训练女性以色救国伺机刺杀朝臣大员,女子的"肉体直接卷入某种政治领域;权利关系直接控制它,干预它,给它打上标记,训练它,折磨它,强迫它完成某些任务、表现某些仪式和发出某些信号"。② 这种对自我的彻底压抑使个体完全臣服于国家意志。对国民来说拥有社会地位须承担公德、群利和"大我"的使命,需要弱化、摒弃个人欲望,个人价值的大小取决于为国还是为家牺牲。"女国民"的身份被政治征用是崇高的奉献还是无奈下的循规蹈矩,是世人对新风尚的推崇还是鄙夷,传统观念与现代意识的缠绕与背离造成了难以言明的复杂情状。小说中的女子被授以"爱国则必禁欲"的思想,她们须"绝夫妇之爱,割儿女之情",打破"民贼独夫"的专制。作者试图创造一种新的等级秩序将女国民融入社会革命的主潮,甚至不惜违背人性换取所谓的平等权利。"以身救国"与"绝情遏欲"是男性知识分子借革命之说对女性在伦理价值方面的规训,"使身体的种种力量永久服从的,并施于这些力量一种温驯而有用关系的方法"③,将女子的身份价值等同于一个个待发掘的工具,其中蕴含的仍是男尊女卑的封建思想,并未凸显主体的自由意志,女子空有国民之名而无国民之权。

《女子权》中贞娘从被救、自救到救国的经历凸显出她身份的几次变化,

---

① 海天独啸子.女娲石.中国近代小说大系[M].南昌:江西人民出版社,1988:496.
② 福柯.规训与惩罚[M].刘北成,杨元婴,译.北京:生活·读书·新知三联书店,1999:27.
③ 福柯.规训与惩罚[M].刘北成,杨元婴,译.北京:生活·读书·新知三联书店,1999:27.

试图引导时下女性的发展。受父权压迫,投江自尽的贞娘被象征着现代文明的巡洋舰海军学生邓述禹救起。贞娘在邓述禹的帮助下获得重生,开始争取求学权、言论自由权、婚姻自主权,并投身救国事业。《自由结婚》中关关幼时立誓,"一生不愿嫁人,只愿把此身嫁与爱国"。她在学校结识黄祸后,两人约定待国家光复再考虑个人婚姻。小说中的光复党常常派出年轻女子,"自戕其身,托迹勾栏,去救那些无知少年",为民族国家的未来牺牲自我。这几部小说中"女国民"作为家国想象的主体,以革命者的形象加入救国救民的社会活动,满足了精英文人对时代女性的畅想与女子追求平权的诉求。事实上,以金瑶瑟、贞娘、关关为代表的时代女性的思想内核仍旧是男性立场,女性获取国民身份往往要付出巨大的代价,她们虽然同男子一样接受教育、留学海外、参与革命、救国救民,却很难拥有同等的权利。男权社会对"女国民"角色的隐性规约也造成了女性解放之路的艰难崎岖。

《未来世界》中的侍郎之女赵素华喊出"我自有我的自由权,凭你什么再是厉害的人,也不能侵犯我的权限"[1]这振聋发聩之声。她曾游历伦敦、巴黎、长崎、东京各地,归国后与黄陆生自由恋爱结婚,婚后发现丈夫并未接受过新式教育,还谎称从东京法政学堂毕业。赵素华愤然离家,对丈夫说:"我在外面的事情,用不着你来查问,就算有什么事,你也没有诘问的权利,难道我自己身上的事情,你还想来干预么。"[2]素华不仅具备独立意识,还拥有比肩男性的强健体魄。丈夫寻到她时,她"左手带住了黄陆生的右腕,右手将他当胸一推",丈夫一连倒退了好几步,跌坐在地上。作家的性别想象颇具浪漫主义色彩,在女子诉求与主流话语相抵牾的时代,他巧妙地将女国民置于"未来世界",进行了一场颠覆性别秩序的狂想。作者也在文本中表现出对这类新女性的担忧,"照着现在的时势看起来,那妇女之间,人格最高的,自然是一班女学生了。但是近来的一班女子,只要一进学堂,明天就学得个满身习气,开口闭口总说什么男女平权,夫妻平等。这句说话原是不错的,他却不晓得做了一个女子,先要有了平等平权的资格,方才好说这样的话

---

[1] 春飙.未来世界[M]//董文成,李勤学.中国近代珍稀本小说:10.沈阳:春风文艺出版社,1997:415.
[2] 春飙.未来世界[M]//董文成,李勤学.中国近代珍稀本小说:10.沈阳:春风文艺出版社,1997:415.

儿。……难道那不明不白的行为,濮上桑中的举动,也可以听他自由的么?所以现在的一班女学生,表面上看起来虽然甚是文明,那实在的内容却是十分臭败,竟没有一个女子,可以当得'女学生'三个字儿的人"①。文中的"女国民"举止雄化、体魄刚健、言论激进,在爱国思想的鼓动下这类人近乎形式化、刻板化的身份样貌。

清末小说论及进步女性定是西装大脚,撑着一副金丝边眼镜,夹着几部外国书,腰下挂着芙蓉剑,脚着皮靴。男性化的装扮与其说是新身份的代表,毋宁说是女性自我认同的物质需求。秋瑾将女子长期受到压迫归结于阴柔的性别特质,女性身上的"花儿朵儿好比玉的锁金的枷,那些绸缎好比锦的绳绣的带,将你束缚的紧紧的"②,即便社会上不乏鼓励女性走出家门的言论,不少女子仍安于停留在旧式家庭。秋瑾立志成为男人一样的强者,她常"着男子体操洋服,乘马出入城中",尽管饱受非议,她却坚持以己之身反抗性别压迫。照惯例女刑犯应被处以凌迟或绞刑,秋瑾行刑是同男人一样被施以斩首的,她英勇无畏的一系列行动冲破了性别拘执,彰显出"闺人欲负戈,相与挽颓波"的豪情壮志。

知识分子提出的"女子救国论"将公共领域无法充分释放的政治激情转至文学领域,借助"女国民"的角色作出革命构想,"中国妇女运动的实际进程,又注定了这类作品不可能如写西方女豪杰那样可以拒实敷陈,作品中的中国女豪杰,则更多地来源于作家的想望与艺术虚构"③,其中浪漫主义的幻想体现出特殊时期男性知识分子的焦虑,"女国民"的先锋性更多地是以扭曲地姿态呈现的。《二十世纪之新审判》中慧姑有绝世艳姿,受父母宠爱,"虽青闺深锁,不事女红,视针黹如仇雠,悦简编以遣兴。而一寸芳心,恒倾欧化,于'男女平权'、'自由结婚'诸学说,尤心领而神会"。慧姑本与大富之家结亲,宋家败落后她在法堂上如泼妇般大吵大闹,迫使男方放弃婚约。作者对满口自由平等,行为却放浪不羁的慧姑充满鄙夷之气。《梼杌萃编》

---

① 春飙.未来世界[M]//董文成,李勤学.中国近代珍稀本小说:10.沈阳:春风文艺出版社,1997:407.
② 秋瑾.敬告姊妹们[M]//吴绪彬.文章观止.北京:中国国际广播出版社,1993:14.
③ 欧阳健.晚清小说史[M].浙江:浙江古籍出版社,1997:253.

第一章 清末民初精英文人的女性想象

中钦差的千金强令男子和她同居,"你要不答应我,我回去叫你不得了"①,女性被写成蛮横霸道、自私强势的形象。《女狱花》塑造了一位女英雄沙雪梅,生于习武之家,嫁给秀才之后被丈夫呼来喝去,在不经意间看到了斯宾塞的《女权篇》,参透了长期以来女性卑弱的原因在于男性的压迫,认为只要夺去男性的权利,控制他们的行动,那么"国内种种权利,尽归女子掌握",于是她一怒之下杀死丈夫。主人公离奇的觉悟与浅显的认知使她们的行动愈发激进、叛逆,离现实社会的权利诉求越走越远,模糊了社会矛盾的焦点,造成外界对新女性的误解和恐慌。

一些知识分子发现曾经推崇的"女国民"形象已出现诸多弊端,他们及时调整矛头,将批判对象从旧式妇女转向新女性。丁初我在《女界之怪现象》中指出:

> 自新名词之出现,而旧社会之道德,乃得有假借便利之一途。当今志士之营私文诈利用此术者之接踵于吾国,旧党且从而赓效之为得计矣。一般粗知字义、略受新学之女流,亦复睥睨人群,昂头天外,抱国民母之资格,负女英雄之徽号,窃窃然摹志士之行径而仿效之,窥志士之手段而利用之。志士亦得借运动女界之美名,互相倚重,互相狼狈,又复互相标榜,互相倾轧,交为奸交为恶之恶风,渐且弥漫于文明区域。家庭革命之未实行,而背伦蔑理之祸作;自由结婚之无资格,而桑间濮上之风行;男女平权之未睹一效果,而姑妇勃谿、伉俪离绝之事起。甚且负其高尚之名誉,得海内之欢迎,设学敛财,慈悲满口者,一朝声名委地,廉耻荡然,闭校而逃,天下志士犹谓此冒险之危行,以无助力而终败也。②

煮豆燃萁,相煎何急?精英文人对女国民的身份设想还未持续多久便全盘否定。究其原因,女媛在物质和精神领域的诉求威胁了男性的地位,尤其是一些激进、盲动的行为试图对男性权威的僭越,造成社会对新女性形象

---

① 诞叟.椿杌萃编[M].天津:天津古籍出版社,2006:148.
② 丁初我.女界之怪现象[M]//.夏晓虹.女子世界文选.贵州:贵州教育出版社,2014:85-86.

的普遍厌弃。尽管有柳亚子等辩解道,"夫以数千年压制之暴状,一旦欲冲决其罗网,则反动力之进行,必过于正轨。此自然之公理,抑洗尽此奄奄一息之恶道德、恶风俗,固不得不走于极端之破坏也"[1],但男性不可挑战的权威决定了时代不会给予女性自由生长的机会,女子在文学畅想乃至政治实践中的恣肆也至此而终。

伴随着社会发展新女性的内涵也不断发生变化,实际上这是由精英文人设计的一场针对性别资源的重新整合与开发。在封建传统和男权意识的双重规约下,最早觉醒的女子为实现男女平权付出了惨烈的代价。陈撷芬公然抗婚与父决裂,争取自由权利;唐群英在丈夫病逝后,冲破夫死守节的封建礼教,投身革命成为同盟会第一名女会员;秋瑾因不满包办婚姻,东渡日本留学,请兄长代她同丈夫谈判离婚。她们逾越传统道德规范的限制,背负着社会的诋毁与骂名,为女性自主、自由发展作出先导性实践。同时,女界先锋在宣传革命、募捐助饷、暗杀活动方面倾其所能。可悲的是,革命胜利后浴血而归的女子并未获得应允的权利。1912年颁布的《中华民国临时约法》闭口不提性别平等。孙中山在《致女界共和协进社批》中说:"女子应否有参政权定于何年实行,国会能否准女界设旁听席,皆当公论,候咨送参议院决可也。"[2]实际上,这是革命者对封建势力的妥协。同盟会改组国民党后不仅删除了"男女平权"的章程,还规定不吸收女党员,将原本参加同盟会的女成员一律除名。1913年,女子参政同盟会被内务部以"法律无允许明文"的罪名正式勒令解散。资产阶级革命派以道德为旗,告诫"先觉之女子即宜自尊其人格而维持以道德",他们自身的软弱性以及对社会矛盾的误解致使女性成为时代的牺牲品。晚清民初,女媛作为社会改良运动的参与者,在革命浪潮中初现英勇的身姿,但"女国民"的形象并非源自女性的自主认知,而是属于精英文人基于政治构想下的时代诉求。敢为人先的新女性在封建思想与男权话语的挤兑下,即便负起天职也很难实现两性平等的愿景。

---

① 柳亚子.论女界之前途[M]//夏晓虹编.女子世界文选.贵阳:贵州教育出版社,2014:101.
② 孙中山.致女界共和协进社批[M]//中国社会科学院近代史研究所中华民国史研究室.孙中山全集:第2卷.北京:中华书局,1982:52.

第三节　新女性："为人""为女"的双重自觉

"中华民国"成立后,民主共和体制下封建残余势力作祟,尊孔复古思想不时沉渣泛起,解放女子运动一度呈现倒退之势。进步知识分子反对宪法草案中规定的"国民教育以孔子之道为修身大本"。陈独秀认为儒家思想已不能适应现代社会发展,孔子之道下妇女的从属性使她们丧失了自我,必须改变女子的生活现状。陶孟和建议中国若向现代文明发展就要仿照西方模式,"责艰任重,匪一人任。要在今日之青年,而尤在今日之青年女子"①。知识分子通过媒介大力宣传现代人权学说与国外女权思想,构建对时代和女性双重合一的启蒙身份与话语权威。

如果说辛亥革命时期,女子以从属于"国"的姿态存在,强调女性共尽义务、同负天职,胜任社会赋予的角色;那么新文化运动时期,启蒙者对"人"的发现,突出个体意志,强调个人是家庭、民族、国家发展的基础,从自我出发实现个体价值与社会价值的合一。1915年,《青年杂志》创刊号上,陈独秀为理想的青年形象提出六点建议:"自主的而非奴隶的""进步的而非保守的""进取的而非退隐的""世界的而非锁国的""实利的而非虚文的""科学的而非想象的"。他认为"青年之于社会,犹新鲜活泼细胞之在人身",希望青年认识到社会进步面临着新陈代谢,"自觉其新鲜活泼之价值与责任","力派陈腐朽败者以去,视之若仇敌"②,鼓励青年摆脱长久以来被驱使的惯性心理,由独立到自立进而争取自我权利。

> 我有手足,自谋温饱;我有口舌,自陈好恶;我有心思,自崇所信;绝不认他人之越俎,亦不应主我而奴他人:盖自认为独立自主之人格以上,一切操行,一切权利,一切信仰,唯有听命各自固有之智能,断无盲从隶属他人之理。非然者,忠孝节义,奴隶之道德也。……是非荣辱,听命他人,不以自身为本位,则个人独立平等之人

---

① 陶履恭.女子问题[J].新青年.1918,4(1):23-28.
② 陈独秀.敬告青年[J].青年杂志,1915,1(1):1-29.

格,消灭无存,其一切善恶行为,势不能诉之自身意志而课以功过……①

封建纲常伦理教化下手足、口舌为国、为君、为父所役,个人成为一个没有灵魂的躯体,永远在遵从尊者的指挥。此时,陈独秀标举独立自主的人格,意在培养青年男女自觉的"人"的意识。"西洋民族以个人为本位,东洋民族以家族为本位。"②占国家人口大半的妇女积年累月地处于陈腐的规约下,"不自由之名节,至凄惨之生涯,年岁岁,使许多年富有为之妇女,身体精神俱呈异态者,乃孔子礼教之赐也"③。李大钊指出孔子思想是封建王朝专制统治的护身符,与现代国家的发展方向相左。北洋军阀统治初期,"尊孔复古"被政府用作实施文化专制的武器,并以法律条例的形式称颂"妇女烈节贞操可以风世者"。一时间,全国各地妇女殉夫、殉节事件不断。为褒扬她们的贞烈行为,文人著书立传,同乡送匾立碑,各大报纸竞相报道。封建礼教和传统思想对妇女生命的戕害引起进步知识分子的强烈不满,"盘踞我人精神界根深柢固之伦理道德文学艺术诸端,莫不黑幕层张,垢污深积"。李大钊、胡适、鲁迅、周作人等知识分子以西方资产阶级人权学说和民主科学观念为武器,痛斥摧残妇女身心的封建礼教,他们从女子贞洁入手将一度沉寂的解放妇女运动推向新的高度。

1918年5月,《新青年》4卷5期发表了周作人翻译的日本社会批评家与谢野晶子的《贞操论》,文章大胆的言论在思想界引发巨大震荡。作者指出"道德这事,原是因为辅助我们生活而制定的。到了不必要,或反于生活有害的时候,便应渐次废去,或者改正。倘若人因为道德而生存,我们便永久作道德的奴隶,永久只能屈伏在旧权威的底下"。贞操道德"若单是女子当守,男子可以宽假,那便是有抵触,便是反使人生破绽失调的旧式道德"。若属于旧道德,贞操便应废除或者改正;若属于新道德,从精神、肉体、灵肉一致三种角度来论证贞操的存在是矛盾的。与谢野晶子言辞缜密地论证了贞操观的不合理,最终得出结论认为贞操不属于道德,它"只是一种趣味,一

---

① 陈独秀.敬告青年[J].青年杂志,1915,1(1):1-29.
② 陈独秀.东西民族根本思想之差异[M]//任建树.陈独秀著作选.上海:上海人民出版社,1993:165.
③ 陈独秀.孔子之道与现代生活[J].新青年.1916,2(4):1-8.

种信仰,一种洁癖。既然是趣味、信仰、洁癖,所以没有强迫他人的性质"①。它是一种不受他人强迫的、自主的行为。周作人将日本学界对解放妇女的思考引入中国,引导人们对无意识下的传统风俗进行反思。随后,知识分子纷纷发表看法。胡适指出:"贞操问题之中,第一无道理的,便是这个替未婚夫守节和殉烈的风俗。在文明国里男女用自由意志,由高尚的恋爱,订了婚约,有时男的或女的不幸死了,剩下的那一个因为生时爱情太深,故情愿不再婚嫁,这是合情理的事。若在婚姻不自由之国,男女订婚以后,女的还不知男的面长面短,有何情爱可言?不料竟有一种陋儒,用'青史上留名的事'来鼓励无知女儿做烈女,'为伦纪生色','风化所关,猗欤盛矣!'我以为我们今日若要作具体的贞操论,第一步就该反对这种忍心害理的烈女论,要渐渐养成一种舆论,不但永不把这种行为看作'猗欤盛矣'可旌表褒扬的事,还要公认这是不合人情,不合天理的罪恶;还要公认劝人做烈女,罪等于故意杀人。"②他从人道主义出发控诉贞操观对女性的约束,若只是单方面进行性别管束,那么这种观念便是不平等的。是否愿意保持贞操该由女性个人决定,男性与舆论不宜多作要求,更无须上升到法律层面。胡适将这场思想论争的焦点引向根深蒂固的封建制度。

鲁迅在《我之节烈观》中对以儒家为中心的古训进行辩驳,指出不节烈的女子并非导致国将不国的原因。危难时期,救世的责任应由男女共同分担。道德是"人人应做,人人能行,又于自他两利,才有存在的价值",节烈既然只附加在女子身上,就不能称之为道德规范。鲁迅依据社会现实断言节烈"于人生将来又毫无意义的行为,现在已经失了存在的生命和价值",歌颂它的人无非为权威者维护自身地位而强加给妇女的一副沉重的精神枷锁。"皇帝要臣子尽忠,男人便愈要女人守节"③,节烈观以牺牲妇女的人身自由和基本的生活权利为前提,成为维护封建君权、夫权,巩固专制统治的武器。它是长期以来封建土壤下造就的两性双重的道德标准,违反了人格独立、人道主义的基本原则,也成为解放女子道路上必要清除的糟粕。

也有知识分子从马克思主义社会经济发展观和唯物史观分析女子贞操

---

① 与谢野晶子.贞操论[J].新青年,周作人,译.1918,4(5):17-27.
② 胡适.贞操问题[M]//胡适文集:第2卷.北京:北京大学出版社,1998:504.
③ 鲁迅.我之节烈观[M]//鲁迅全集:第1卷.北京:人民文学出版社,2005:126.

问题。陈启修认为人类的文化史不是由个体精神决定的,其发展是在自然的支配下运转的。一切道德、法律、政治、经济等文化现象随物质文明的进步而变化。女子贞操作为一种文化现象也会随着人类社会的发展而转变,现阶段的贞操观却是上一历史阶段的产物,与当下社会的物质资源不匹配。贞操观的最终发展应建立在男女平等、相互协作的环境下,个体才能保持独立的人格。但他认为"中国衰微的根本原因,在女子没有自觉,女子没有自觉的原因虽多,最要紧的是不明贞操观念"①。他虽然意识到只有破除贞操观才能拯救被压迫的女子,却未能深入理解导致国势衰微的真正原因在于腐朽的社会制度,并非单纯因封建礼教的压制。受制于当时社会环境和个体学理上的缺乏,生硬地借用外来理论得出的结论难免失之偏颇。

在国家转型过程中,实施民主的政治体制需要确保个体自由、独立。知识分子认为只有解放受压迫最深的、处于封建等级制度最底层的妇女,"真正的 Democracy 才能实现,没有妇女解放的 Democracy,断不是真正的 Democracy"②。他们积极引导女子发展。陈独秀鼓励青年男女要"奋斗以脱离此附属品之地位,以恢复独立自主之人格"③。叶绍钧推崇"女子自身,应知自己是个'人',所以要把能力充分发展,作凡是'人'当作的事"④。周作人认为必须使"女子有了为人或为女的双重的自觉"⑤,使她意识到自己是一个人,一个与男性具备同样意义与价值的个体。由贞操论引发的解放女子的话题,很快波及性别平等、经济独立、教育平等、自由社交等领域。

1918 年 6 月,由胡适轮值主编的《新青年》推出"易卜生专号"⑥,《玩偶之家》中的主人公娜拉在中国掀起一股个人主义的潮流。娜拉发现丈夫郝尔茂的自私自利后,她意识到:"我跟着爸爸的时候,他怎么说,我也怎么说;他怎么想,我也怎么想。有时候,我的意思与他不同,我也不叫他知道;为什

---

① 陈启修.马克思的唯物史观与贞操问题[J].新青年,1919,6(5):53-62.
② 李大钊.妇女解放与 Democracy[J].少年中国,1919,1(4):27-28.
③ 陈独秀.一九一六[J].青年杂志,1916,1(5):1-4.
④ 叶绍钧.女子人格问题[J].新潮,1919,1(2):107-114.
⑤ 周作人.妇女运动与常识[M]//高瑞泉.周作人文选.上海:上海远东出版社,1994:59.
⑥ 《新青年》在 4 卷 1 号(1918 年 1 月 15 日)至 7 卷 6 号(1920 年 5 月 1 日)期间,由陈独秀、钱玄同、高一涵、胡适、李大钊、沈尹默等人轮流主编。

么呢？因为他不愿意我有别样的意见。他叫我做'顽意儿的孩子'；他把我做顽意儿，正像我顽我的顽意儿一样。"后来，"不过是从爸爸手里换到你手里。你样样事都安排得如你自己的意"①。娜拉尚且不能称为一个独立的"人"，她只是父亲、丈夫手中的一个漂亮的"顽意儿"，从未受过平等的对待。中国妇女遵循在家从父、出嫁从夫、夫死从子的传统习俗，一贯以依附者的身份存在，她们的处境与娜拉高度吻合。所以，娜拉出走的故事如同一枚重磅炸弹，成为知识分子唤醒沉睡中的中国女性的有力武器。离家前，娜拉与丈夫有一段意蕴深长地对话：

郝尔茂：最要紧的，你是一个妻子，又是一个母亲。
娜拉：那种话我现在不相信了。我相信我第一要紧的是，我是一个人，一个同你一样的人，无论如何我总得努力做一个人。

觉醒的娜拉萌生了自我意识与平等观念，她成为时代女性的效仿对象。她在出走前的犹疑与矛盾也成为无数知识分子的创作资源，投射着国人的理想人格与情感诉求，勾画出一场场对新女性的浪漫想象与范式探寻。"五四"时期，许多学者笔下的"娜拉"大多以去性别化的形象出现，附着在她身上的其他意义远远超出甚至掩盖了解放女子的最初目的。娜拉的觉醒不仅与前一时期女子在男权压迫下懵懂的权利诉求相呼应，呈现出女性摆脱男权控制的强烈意愿，也击中了受忠孝节悌约束的男性知识分子的内心。他们作为道德的捍卫者与重塑者，敢于破除封建宗法制度却难以摆脱父母之命、长子长孙的道德约束。与其说男性知识分子借助娜拉指引着现代女性的前进，不如说他们也通过女性议题开启一场反抗话语霸权的挑战。

胡适的《终身大事》戏仿了娜拉的故事，这部"游戏的喜剧"②讲述了田亚梅与同学陈先生的自由恋爱。亚梅的母亲听信算命先生的话认为二人不宜结合，父亲依据宗祠规矩认定田、陈二姓不能通婚。亚梅没能说服父母，最后在陈先生的鼓励下为追求自由爱情离家出走。值得注意的是，这两部

---

① 易卜生.玩偶之家[J].罗家伦,胡适.新青年,1918,4(6):27-91.
② 剧本是胡适应邀为在北京举办的美国大学同学会联欢而作，剧本在一天之内完成，难免有不尽如人意的地方，因此他被他称作"游戏的喜剧"。

戏剧主题相近,传达地意蕴却不尽相同。娜拉对家庭中男女两性的不平等产生怀疑,为寻求个体自由而反抗家庭,经历了由性别觉醒到个性觉醒的发展过程;而田亚梅的出走意味着现代青年在爱情的驱使下同封建传统家庭的一场斗争。胡适不仅刻意模糊性别冲突,将矛盾转移至个人与家庭、子辈与父辈之间,把主人公的现代行为笼统地归结为男性启蒙者陈先生的引导。主旨的变化可以说是"娜拉"进入中国社会后,知识分子进行的一场文化领域的自洽。当时社会中尚有许多男子需要服从家族意志,没有太多的话语权利。胡适以模糊性别的方式掀起个性解放的时代浪潮,以自由恋爱驱动个体反抗家族制度与封建礼教,追求现代文明的生活方式。诚然,《终身大事》为封建家族制度下的男女追求个体自由树立了形象典范,但这种模糊、多意的言说方式隐藏了性别压迫的问题,为男性启蒙者控制话语权预留了空间。无独有偶,"娜拉"的困境即便反复被讨论也始终徘徊在男权的藩篱内,难以解决女子的真正诉求,导致"五四"后很长一段时间内,女性在启蒙者的鼓励下追求个人主义却一次次陷入彷徨与失落的困境,无法寻找到阻碍自我发展的源头。

  "娜拉出走"受到越来越多的知识分子的关注,由此引发一股颇具时代特色的文化潮流。《新青年》《少年中国》《少年世界》等刊物开辟妇女专号,《妇女杂志》《妇女世界》《中华妇界》《妇女旬刊》《青年女报》等妇女报刊也展开热烈讨论。鲁迅从"娜拉走后"的角度客观剖析了女子的处境,娜拉"除了觉醒的心以外,还带了什么去?……她还须更富有,提包里有准备,直白地说,就是要有钱"①。鲁迅冷静地为这股出走热潮降温,将出走后的问题引向社会现实。在此之前,陈独秀就指出"现代生活,以经济为之命脉,而个人独立主义,乃为经济学生产之大则,其影响遂及于伦理学"②。伦理自由以经济自由为前提,易卜生并未考虑娜拉走后的实际生活,仅以"作诗"的浪漫情怀为女性造就了一场梦。鲁迅认为出走决定中冲动大于理性,恋爱自由和个性主义不能使妇女得到真正的解放,没有独立的经济贸然进入社会"或者也实在只有两条路","不是堕落,就是回来"。究其原因,一是女子没有真正觉醒,家庭生活中的矛盾使她们浅显地感知到两性间的不平等,造成了无

---

① 鲁迅.娜拉走后怎样[M]//鲁迅杂文选集.南昌:二十一世纪出版社,2010:33.
② 陈独秀.孔子之道与现代生活[J].新青年,1916,2(4):1-8.

力解决问题后的逃避,也就是美化行为后的出走,好像立了标杆后迎接她们的将会是焕然一新的美好生活。这种充满浪漫情愫却缺乏理性思考的举动只能由冲动出走的娜拉承担苦果。二是社会没有赋予她们向上的机会,女子的觉醒过程如同一颗小小的种子,经历革命暴雨的洗礼后逐渐发芽、努力生长,但周边固有的、陈腐的势力太过强盛,茂林丛生的枝丫遮挡住阳光使她缺乏良好的生长环境,要么接受缝隙漏下的一缕阳光,要么逐渐枯萎低垂。鲁迅将生长环境中最缺乏的因素归结为经济权,它会打破现有社会利益的平衡。一两个娜拉的出现带来的新鲜感使男性沉醉在启蒙者的社会地位与个人主义的情怀中,千万个娜拉的出现有可能引发男权强烈的压制。鲁迅极富前瞻性地考虑到娜拉出走带来的社会效应,他对文化界倡导的出走潮流提出警示,"我们无权去劝诱人做牺牲,也无权去阻止人做牺牲"①。当年的封建卫道士与此刻的思想启蒙者同样站在道德的制高点上,劝诱人牺牲与劝诱人节烈又有多大的差别。女子在某种主义或不成熟的理论指导下追寻所谓的自我,难免成为历史潮流的牺牲品。

鲁迅的小说《伤逝》进一步聚焦于"娜拉"出走后的生活。文本以男主人公涓生的视角展开,追忆两人恋爱、同居、分离的整个过程。子君崇拜涓生的博学,向往他口中的现代生活,为维护两人的爱情不惜与父亲决裂。她满怀憧憬地与涓生同居后,在忙碌的日常家务中,唯有依靠回顾昔日的情分慰藉现实生活的贫乏。而涓生很快对子君感到厌倦,爱情对他来说只是人生的一部分。观念的差异与琐屑的日常使涓生在激情褪去后暴露出自私自利的品性,他认为自己才是那个最可怜的人,"天气的冷和神情的冷,逼迫我不能在家庭中安神"。涓生在劝诫子君分手时辩称:"我已经不爱你了!但这与你倒好很多,因为你更可以毫无挂念地做事。"②他用时下最新潮的"自由"给子君一个冠冕堂皇的理由,以此来掩饰自我不成熟的行事作风。子君为了自由爱情主动离开父家,为了成全爱人被迫离开夫家。第二次离家赤裸裸地揭示了女性在自我成长过程中面临的一人问题,她们作为男性人生追求中的伴生物,被某种仪式化的行动赋予崇高,却在功用丧失之际别无选择,只能再一次隐去自我。涓生刻意回避了两人分离后子君面临的困境,他

---

① 鲁迅.娜拉走后怎样[M]//鲁迅杂文选集.南昌:二十一世纪出版社,2010:35.
② 鲁迅.伤逝[M].北京:中国青年出版社,2004:11.

自私、利己的举动"圆满"了自我却牺牲了子君,最终反倒以弱者身份缅怀这段感情。与其说他是在忏悔过去,不如说他沉迷于悼念自己的不幸。鲁迅以男主人公作为叙事主体,更容易凸显出"娜拉"出走后的悲凉结局。女子的点滴付出在男子眼中成了影响他发展的枷锁。源自男性知识分子的内心独白比其他方式的说教更能引起女子的深思,促使她们看清所谓的人生引路人、启蒙者冷酷与卑劣的一面。新文化运动时期,新与旧的矛盾常常在小说中简化为个人与家庭、子辈与父辈、现代与传统之间的矛盾。男性启蒙者常常被视为现代文明的传播者,而鲁迅一针见血地指出男子未洗刷掉的封建意识与私利心理,与此同时揭示性别压迫为女性发展带来的困难。如果女子要摆脱当下局面,首先要能够自立,人立而后凡事举,只有从内心深处觉醒,了解自我情感与欲求,具备一定的自主能力才能够成为真正的"人"。

胡适对当下女子面对的困境,开出的药方也是"自立"。他在北京女子师范学校的一次演讲中介绍了美国妇人特别的精神状态,"她们的自立心,只在她们那种'超于良妻贤母人生观'。这种观念是我们中国妇女所最缺乏的观念。我们中国的姊妹们若能把这种'自立'的精神来补助我们的'依赖'性质,若能把那种'超于良妻贤母人生观'来补助我们的'良妻贤母'观念,定可使中国女界有一点'新鲜空气',定可使中国产出一些真能'自立'的女子"。这种风气"渐渐地造成无数'自立'的男女,人人都觉得自己是堂堂地一个'人',有该尽的义务,有可做的事业。有了这些'自立'的男女,自然产生良善的社会"[1]。"健全的个人主义的人生观"是善良社会绝不可少的条件。胡适认为男女之间没有明显的家庭分工与社会分工,人人都要具备赚钱的能力,而经济独立的养成需依靠教育,"美国的公立小学全是'男女共同教育'"[2],男女同校的优点在于男子可以脱去野蛮无理的行为,日常的交往会打破微妙的幻想,增进男女的自制力。"人人都说现在的女子教育大失败,因为女学生有卖淫的,有做妾的,有做种种不名誉的事的。我说,这不是女子教育的失败,这是女子教育不曾解放的失败。我们只给女子一点初等

---

[1] 胡适.美国的妇人[M]//胡适演讲集.北京:北京大学出版社,1998:403.
[2] 胡适.美国的妇人[M]//胡适演讲集.北京:北京大学出版社,1998:391.

教育,不许她享受高等教育,只教她们读点死书,不许她们学做人。"①中国闭塞的社会环境与两性双轨制教育培养的女子"心如古井、脸若严霜",青年人应有的朝气丧失殆尽。知识分子力求改变教育方式,更新教育内容,扩大女子接受高等教育的机会,使她们在新思想的熏陶下摆脱奴化心理,不断增强个体知识和能力,为她们进入社会自食其力奠定基础。精英文人指出解决女子自立的方案在于教育平等,进行教育改革势必要开放女禁。

北洋军阀统治时期,封建传统思想依旧强势,在"女子则勉为贤母良妻,竞争于家政"②的教育宗旨下,"高等小学或其分校,分别应男女各编学级"③,中学、师范学校、职业学校一律不准男女同校。女校附设家事、缝纫、教员讲习科等偏于家政的课程。多数人视娴静淑慎为女子美德,认为大学开放女禁后,男女之间必有往来,"偶或不慎,指摘随起,伤风败俗之事起,道德之破坏无余地矣"。或有思想顽固者称"男子教育尚未普及,遑论吾辈女子"。进步文人对此颇为反对,周炳琳谈到女子若接受高等教育,"知道男子并不是了不得的,妇女不见得低于男子。有了这个觉悟以后,教育平等以外,自然会去争别的平等的",接受现代教育的女子还可以指导同胞们团结起来,"对于一切不好的旧制度行总攻击,那时完全解放一定能够成功"④。沈玄庐强调当下女子教育目标应有所改进,"以往的女子教育,无非教女子成'物'。女子与男子既应有一样的人格,无论小学中学大学各专门学校,凡是男子得求学的学校,就是女子得求学的学校"⑤。徐彦之提倡男女同校,一可以互相促进学艺成绩,修养言行,二男女可自由交际,为婚姻自由做基础。李鹤鸣认为既然男女权利义务相同,所受的训练不可不平等,所以可从幼稚院到大学均实行男女同校。此外,胡适的《大学开女禁的问题》、叶绍钧的《女子人格问题》、蔡元培的《对师范生的希望》、向警予的《女子发展计划》

---

① 胡适.女子解放从哪里做起[M]//胡适文集:第11卷.北京:北京大学出版社,1998:33.
② 袁世凯颁定教育宗旨令[M]//中国第二历史档案馆.中华民国史档案资料汇编:第3辑.南京:江苏人民出版社,1979:10.
③ 李大钊.宪法与思想自由[M]//李大钊文集:上.北京:人民出版社,1984:2.
④ 周炳琳.开放大学与妇女解放[M]//张友仁.周炳琳文集.杭州:浙江人民出版社,2009:3.
⑤ 玄庐.女子解放从哪里做起?[J].星期评论.1919,8(9):1-3.

都对两性教育平等提出具体实施方案。各地女权主义团体也纷纷发表意见,北京女权运动同盟会提出"全国教育机关,已改为妇女开放的纲领",湖南女界联合会制宪委员会倡导"女子教育当与男子平等"。在先进知识分子与女权群体的联合推进下,男女教育平等出现成效。

1920年2月,北京大学首开女禁,招收9名女子作旁听生。1920年秋,南京高等师范学校正式录取女学生。各地高校纷纷效仿解除女禁,据不完全统计,至1922年,全国有北京大学、东南大学、南开大学、北京师范大学、东大上海学院、中国大学、厦门大学等7所院校开放女禁,共招收女生112人,占总数的1.82%。大学开女禁渐成风气,与此同时,社会各界人士声援"男女同教"。1922年,政府颁布《学制系统改革草案》从制度上保障男女享有同等的教育权。相较民国初年,女子教育有了较大的发展,开放女禁的大学逐年增加,录取人数不断上升。与此同时,北京女子高等师范学校、国立北京女子师范大学、国立北京女子大学等公立女子高校渐次成立,逐年扩大的教育机会为女子发展提供基础保障。开明的知识分子家庭与家境优渥的资产阶级名媛淑女最先接受现代高等教育。她们的价值观念发生显著变化,主体意识的觉醒随之而来的是自我解放意识的强化,这种强烈渴望凝结成一股力量,为名媛进入写作领域表达真实自我积蓄了势能。

在女子解放运动中,知识分子除了破除贞操观的束缚,抨击封建家族制度对个体的压制,剖白夫权意志的强势压迫,倡导教育平等之外,也积极呼吁公开社交、男女同权等问题。沈雁冰在《男女礼交公开问题管见》中提出,"男女既然同是人,便该同做人类的事。男人可到的地方,女子当然也可以到"①。杨潮声的《男女社交公开》批判了封建礼教阻止男女间的自由社交,女性被贞操、节操观埋没主体意志,"中国"几乎变成二万万人的"两个"中国。胡适根据真实事件创作的《李超传》旨在引起人们对男女平等的财产权和继承权的关注。陈独秀的《男系制与遗产制》进一步深入分析李超事件背后的社会因素,呼吁政府关注女子的合法权益,作出相应的制度改革。

知识分子探讨女子问题是从性别角度为"人"的解放作出的努力。"人的文学"是文学革命时期启蒙者高举的重要的文学理念。周作人将人归结

---

① 雁冰.男女社交公开问题管见[J].妇女杂志.1920,6(2):1-4.

为灵与肉的二重生活,古代"大都厉行禁欲主义,用种种苦行,抵制人类的本能"①,实则违反了自然人性。"人的文学"便是引导人从禁欲主义中解脱,因为"这灵肉本是一物的两面,并非对抗的二元。兽性与神性,合起来便只是人性"②。周作人还提倡个人主义的人间本位主义,他认为,救国不只是文化战士的使命,而是每个人应尽的责任,他强调个体与群体之间的互利关系,"利己又利他,利他即是利己",个人不再隐藏于家、国的背后,而是作为独立的个体存在。他认为文学要表现人性真实与个性主义。郁达夫认为"'五四'运动的最大成功,第一要算'个人'的发现。从前的人,是为君而存在,为父母而存在,现在的人,才晓得为自我而存在了"③。茅盾指出"人的发现,即发展个性,即个人主义,成为'五四'期新文学运动的主要目标;当时的文艺批评和文艺创作都是有意识的或下意识的向着这个目标"④。在文艺创作方面,郁达夫大胆地讲出"知识我不要,名誉我不要,我所要的就是爱情,我所要求的就是异性的爱情"⑤;汪静之吟唱着"雅洁的蝶儿,熏在蕙风里;他陶醉了;想去寻着伊呢"⑥。启蒙者的创作影响了名媛的价值取向,她们直白、率真地表达着"没有情感的生活简直是死"⑦;"我这回只是为了爱生的,不但我本身是爱,恐怕我死后,我冷冰冰的那一块青石墓碑,也只是一团晶莹的爱,离开爱还有什么生命? 离开爱能创造血与泪的艺术么"⑧。昔日的私语凝聚为今日的宣言,女媛的自我意识在潜滋生长。

知识分子尊崇个性解放、批判封建传统的同时,也看到国家积贫积弱的现状,强烈的责任意识促使他们从推进个体的觉醒转向关注国家发展,承担起"立人"与"立国"的双重使命。在启蒙与救亡并存的时代,这种"发展自我与牺牲自我相互制约和补充"的伦理模式不免使高歌猛进的"个人主义"

---

① 周作人.人的文学[J].新青年,1918,5(6):27-37.
② 周作人.人的文学[J].新青年,1918,5(6):27-37.
③ 郁达夫.《中国新文学大系·散文二集》导言[M].上海:良友图书印刷公司,1935:5.
④ 茅盾.关于"创作"[M]//茅盾全集:第21卷.北京:人民文学出版社,1991:266.
⑤ 郁达夫.沉沦[M]//中国现代文学馆.沉沦.北京:华夏出版社,2008:36.
⑥ 汪静之.蕙的风[M].桂林:漓江出版社.1992:38.
⑦ 林徽因.致沈从文(三)[M]//梁从诫.林徽因文集:文学卷.天津:百花文艺出版社,1999:332.
⑧ 白薇.琳丽[M].上海:商务印书馆,1925:32.

受到掣肘,主体意志在张扬肆意与沉郁顿挫中徘徊。作为文化领域的启蒙者,知识分子从代圣贤言到诉说自我的过程中经历了一场个人主义精神的重塑,他们不仅要开疆拓土,敏锐寻找到适合当下社会发展的路径,还要打破稳固的思想积淀与传统文人身份的约束,为新理念找到恰如其分的支撑点。

民主、科学、自由所代表的现代思想固然令人向往,但在引入国内时还有一个本土化的问题,实践起来也多有歧义。本土文化自有一套防御的内在机能,民族习气经年累积下的文化"对内能抵抗新奇风气的起来,对外能抵抗新奇方式的侵入"①。文学革命的倡导者自身也呈现出新与旧的矛盾,他们的言说论调与其行为大相径庭。面对包办婚姻,鲁迅"一面反对这遗产,一面又不敢舍弃这遗产,恐怕一旦摆脱,在旧社会里就难以存身。于是只好甘心做一世农奴,死守这遗产"②。胡适在情与理的纠葛中"甘心为爱我者屈","我有一个非常非常好的母亲,她对我的深恩是无从报答的。我长时间离开她,已经使我深感愧疚,我再不能硬着心肠来违背她。此孝心近乎基督教的原罪,无论如何都赎不清的,和江冬秀结婚,只是赎罪于万一罢了"。③茅盾认为毁婚对女子名誉、生存境遇极为不利,"我们要进一步想,该女子不社交无知识,是个可怜虫,我娶了她来,便可以引伊到社会上,使伊有知识,做个'人'"④。在新旧交替时代,知识分子一面是传播新文化的先驱者,一面是旧道德的妥协者,他们必然要承担伦理规范与自我救赎的双重压力,只有获取舆论支持才有话语权威,彻底地反叛传统只会遭到强烈抨击,乃至丧失言说权利。

知识分子批判封建传统的话语也呈现出片面的深刻。叶圣陶在《儿童观念之养成》中指出,"夫于家庭之中,长与儿童共者惟母。故欲使家庭教育

---

① 胡适.试评所谓"中国本位的文化建设"[M]//胡适文集:第5卷.北京:北京大学出版,1998:450.
② 鲁迅.两地书[M]//鲁迅全集:第11卷.北京:人民文学出版社,2005:224.
③ 周质平.胡适与韦莲斯:深情五十年[M].北京:北京大学出版社,1998:76.
④ 茅盾."一个问题"的商榷[M]//茅盾全集:第14卷.北京:人民文学出版社,1990:58.

之得宜,舍母无所属焉",因此"妇女教育,今日何可缓哉"①。他肯定了女子教育的重要性,但他认为教育的目的在于培养稚子,而非女性本体发展的客观需求。如果说叶圣陶的教育观源自男性的私利心理,那么冰心对性别的认知也值得我们深思。经历新文化运动洗礼的冰心是以国家本位、家庭本位、男子本位进行的社会考量。安富尊荣的生活使她难以体会陈旧的社会规范给女性带来的束缚,以致忽视女子在家庭之外合理的生命需求。她认为当下女子教育逐见成效,建设时代的女学生已经开始"从空谈趋到实际""从放纵趋到规则""从浮嚣趋到稳健",可"引导将来无数的女子进入光明"。冰心视改良家庭、人生常识、妇女职业、普及教育等为解决妇女问题的治本办法,期待以此培养出现代社会所需的贤母良妻。随着冰心对社会问题的深入了解,她也意识到封建思想对女性群体的戕害,但她却从肯定贤母良妻的角度,缓解女子与家、国之间的紧张关系。她"一方面针砭着'女子解放'的误解,一方面却暗示了'贤妻良母主义'——我们说它是'新'贤妻良母主义罢——之必要"②。冰心暗合了男权思想使她在主流话语中得到名正言顺的认同,却也在客观上呈现出女子反封建言说的疲软状态。

"在新文化运动初期,青年中普遍的情形。在旧的理解完全被否定,新的认识又还未能确立的过渡期中,青年对于许多问题是彷徨未定的,是烦闷着的。"③"五四"时期的新女性形象与启蒙者的性别认同休戚相关。新女性既要表现出个人主义的特质,又要恪守在男性引领者设计的条框内,所谓的独立、自主就像镜中月般可望而不可即,同时也为女子发展留下诸多隐患。但是,历史的车轮不断向前,将所有固守与滞后的记忆碾在车辙上,那些闻时代先风而动的人在漫漫长河下留下勇敢、聪慧的印记。伴随着新文化运动成长起来的第一批现代女性开始觉醒,她们多是些家境优渥的名媛,禀赋的社会资本与经济资本为个人未来的发展提供了多种可能,以陈衡哲、袁昌英、冰心、石评梅、庐隐、冯沅君等为代表的名媛进入文学领域,在社会交往和义学实践中审视女子的真实处境,在探索自我生命和价值潜能的过程中开辟了女性发展的新航路。

---

① 叶圣陶.儿童观念之养成[M]//刘国正.叶圣陶教育文集:第2卷.北京:人民教育出版社,1994:4.
② 茅盾.茅盾论创作[M].上海:上海文艺出版社,1980:192.
③ 阿英.谢冰心[M]//阿英文集.北京:生活·读书·新知三联书店,1981:121.

第二章 文化空间中名媛的成长与发展

民国初年,女子教育改革改变了名媛接受知识、文化的方式,校园较为宽松的氛围为新女性与新文学的发展提供了条件。在启蒙者引导下,成长中的女学生需要承担起社会赋予的性别责任,当她们积累了足够的势能,能够同文化精英一起反抗强大的封建秩序时,启蒙者悉心为其搭建平台,通过报刊宣传,文坛领袖扶持,出版作品并给予赞赏等形式,为名媛顺利进入文学领域铺平道路。在文化空间的营造与人际网络的推动下,陈衡哲、袁昌英、冰心、庐隐、苏雪林、冯沅君、石评梅、凌叔华、林徽因等人相继登上文学舞台,开启了女性身份认同与建构自我的时代。

第一节 高等教育下自我意识的萌发

绰约多逸态,轻盈不自持,也许是宛如清扬的风姿过于闪耀,也许是俊眉秀眼的雅容过于突出。一般人眼中名媛是感情史丰富、热衷在上流社会编结关系网的交际花;是一掷千金,盛服浓妆,不知天下寒的富家女;是梁启超鄙夷的"批风抹月,拈花弄草"的才女。其实,名媛的形象并非刻板一块,而是丰富多面的。在新文化运动的倡导下,"刚健独立,知力发达,有人格,有自我的女人"[①]成为时代典范。接受了新式教育的女学生在启蒙者的引领下自觉模仿这种理想范式。"认同机制就是努力模仿被视作模范的人来塑

---

① 契诃夫.可爱的人[M].周作人,译.周作人译文全集:第10卷.上海:上海人民出版社,2019:300.

造一个人自己的自我。"①新女性的形象建构既有来自知识分子的想象性认同,也有源于个体觉醒后的自我塑造。

民国初年,解放女子运动与晚清相比有了较大进展,但是相对于整个女性群体来说,被解放的比例依旧很低。有机会接受高等教育,实现经济独立的女性更是少之又少。她们大多是门阀高贵,幼时受家学启蒙,具备较为扎实的文学功底,少年时期在现代思想和民主科学的熏陶下,个体逐渐养成自觉意识。接受过新式教育的名媛不再如"镜前花容添新愁,独立青丝空阁寂"般的遗世独立,转而成为学优登仕、引领女性进入时代浪潮的先驱者,其言行举止在女界中颇为前卫,留洋海外、自由社交、开办报纸、著书立言,一切行动都在证实个人的存在。"中国现代文学在发生学上与中国现代教育、校园文化"之间存在着"血肉般的联系"②。现代文学史上的第一代女作家在高等学校的培养下迅速成长,她们正值青春年少,是最渴望接收新思想的群体。

女子高等院校的设立与大学开放女禁的实际效用并没有史学意义上的显著。首先,新文化运动虽如火如荼地进行,但传统文化仍具有相当强大的影响力,许多家庭认同"男主外、女主内"的分工模式,认为女子早晚要嫁作人妇,没有必要接受太多的教育。其次,民众对新女性态度暧昧,既新奇于女性从内在气韵到外在服饰的变化,又鄙夷她们破坏了男尊女卑的社会秩序。倘若不是思想开明的家庭支持,女子很难在强大的阻力下完成学业。最后,经过连年战争,多数家庭经济困难,尚且需要为吃食奔走,无力负担女儿家读书的费用。所以对大多数女子来说接受高等教育面临重重困难。

女子教育改革后的首批受惠者多来自官绅世家、书香门第。北京女子高等师范对首届毕业生的家属职业进行统计,结果显示排在前几位的分别为教育界(37%)、政界(26.7%)、实业(14.7%)等③。富裕的家境保障了她们衣食无忧,传承的家风培养了她们气韵端宁。陈衡哲的父亲是清末举人,母亲是著名画家、书法家庄曜孚。舅舅庄思缄先后任广西知县、知府、国民

---

① 弗洛伊德.群体心理学与自我的分析[M]//车文博.弗洛伊德文集:第4卷.长春:长春出版社,1998:87-88.
② 钱理群.现当代文学与大学教育关系的历史考察:"20世纪中国文学与大学文化"丛书序.中国现代文学研究丛刊[J],1999(1):130.
③ 数据来自《北京女子高等师范周刊》1922年12月24日的内容。

政府江苏都督,颇为欣赏西洋科学和文化。陈衡哲正是在舅舅的启发下立志做个独立的女子。1914年,她考取清华庚款留美官费生进入瓦沙大学修习西洋史。"五四"时期,陈衡哲在北大校长的邀请下回国任教,成为北大历史上第一位女教授。袁昌英的父亲袁家普担任过民国大学代理校长,历任云南、湖南、山东、安徽等省财政厅长。袁昌英从上海中西女塾毕业后,自费到英国爱丁堡大学念书。庞大的留洋开销非普通家庭能够负担。冰心曾在北京贝满中学、燕京大学读书,其父亲谢葆璋是北洋水师学堂第一届毕业生,曾任海军部次长。母亲杨福慈出身书香门第,能诗善文。她日后留学美国离不开家庭丰厚的财力支持。凌叔华出身名门,父亲凌福彭曾任北洋政府约法会议议员、参政员,凌家请辜鸿铭教授儿女英文和古典诗词。凌父见叔华天资聪慧,特邀为慈禧作画的著名女画家缪素筠、画家王竹林、郝漱玉教她绘画,家学启蒙培养下积累了深厚的文化功底与诗画才华。林徽因的祖父林孝恂为清朝翰林,父亲林长民毕业于日本早稻田大学,是福州私立法政学堂的创办人,历任国务院参政、司法总长、国宪起草委员会委员长。她少年时就随父亲到英国游学,常与政商界、文化界人士交往。曾在燕京大学学习英国文学的杨刚,其父历任江西道台,湖北省财政厅、政务厅厅长。优越的家境带给这些名媛博见与智识,社会名流大多是她们家中的常客、学校的导师、身边的朋友,在先进思想的环绕下,个体自然地向往自主、独立的新生活,成为女性中的先觉者。

苏雪林、庐隐、冯沅君、石评梅、丁玲、沉樱等人,虽非出身高门巨族但也是书香之家。苏雪林的祖父曾任海宁知州,父亲担任过山东道员。她考入北京高等女子师范国文部学习,后留学法国里昂中法学院。庐隐的父亲是清末举人,曾任长沙县知县;父病故后,她随母亲投奔舅父;舅父任职清廷农工商部员外郎兼太医院御医。庐隐寄人篱下难免拘束,但家中往来之人皆是官吏士绅,耳濡目染受到的启示自然与普通家庭不同。冯沅君的父亲为清朝进士,曾任张之洞幕府僚属,在武昌方言学堂主持校务;母亲吴清芝能文识字,担任过小学学监。石评梅的父亲石铭是清末举人,曾任山西大学堂(今山西大学)管理员。丁玲的父亲蒋裕岚是清末秀才,曾留学日本;母亲余曼贞出身书香门第。这样的家庭祖辈通常接受过良好的教育,思想较为开明,有一定的经济能力并且愿意支持女儿接受教育。女媛们普遍幼承家学,石评梅"从三四岁开始,父亲就教她认字,每晚坚持不断,有时她没有认熟,虽是深夜,也不许去睡,直到念熟为止。后来进了小学,白天和孩子们一起上课,晚上放学以后,她父亲仍然教读《四书》《诗经》等。所以评梅童年时代在父亲严正的教育下,就打下了国文根底,为以后从事文学活动打下了基础"①。丁玲年幼时,母亲教她学习《古文观止》《左传》《孟子》等传统经典。父亲过世后,母女俩一起进入常德女子师范念书,母亲自立、刚毅的品质潜移默化地影响了丁玲的性格。

  书香门第不仅注重培养子女的古文功底,也将社会上的新潮思想引入家学。苏雪林幼时随叔父、兄弟在祖父衙署所设的私塾里读书,自小受到进化论的影响,阅读了《茶花女》《迦茵小传》等外国小说,书中呈现的一个个异彩纷呈的世界使她无比渴望步入社会。当她还是北京高等女子师范学校的一名学生时,就与同学一起主编《益世报·女子周刊》,利用媒介的影响力为女子发声。这样的胆识和气魄并非寻常家庭所能培养。冯沅君的母亲颇为开明,她请私塾先生为子女讲授四书五经。兄长归家时总会为沅君带回时下流行的报纸杂志,对她了解社会动态、接受新鲜事物、启迪思想颇有益处。这些人家虽非政商名流但文化氛围浓厚,父母较为开明,愿意给予女儿接受新式教育的机会。在传统家学启蒙与西方先进思想的培养下,女媛具备一定的文化底蕴与知识素养,书籍打开了个人的眼界与思维,新女性、现代文明、自由解放点燃了个体的生命欲求,她们向往书中那些令人血脉沸腾的场景,由自身生发出求知的欲望与动力。

  但是,女媛的求学之路并非一帆风顺。一些父母认为女儿能识文断字,有一定文化素养即可,他们难以接受适婚的女儿孤身一人外出求学。在家庭的阻挠和社会传统思想的压力下,一些女媛极力捍卫自己继续念书的权利。苏雪林在安庆省立第一女子师范恢复后,恳求母亲允许她去考学,"这不算是请求,简直是打仗,费了无数的眼泪、哭泣、哀恳、吵闹"②,用尽心思和所有的气力才获得上学的机会。石评梅决定继续读书也承受了巨大的压力,"一般的思想是这样的:一个女孩子家,中学毕业亦就可以了,何必费功

---

① 庐隐.石评梅略传[M]//屈毓秀,尤敏.石评梅选集.陕西:陕西人民出版社,1983:421.
② 苏雪林.我的学生时代[M]//沈辉.苏雪林文集:第2卷,合肥:安徽文艺出版社,1996:51.

的深造呢?所以她在故乡人脑中的位置,和假洋鬼子的位置差不多。她在故乡里思想中,确实是一个孤独者,然而她却奋斗着,奋斗着,终于战胜了"①。没有家庭支持的女媛就好比孤勇者,支撑她们坚持的信念源自个体对未来世界的笃诚,对自由平等、独立人格的憧憬,她们渴望与启蒙者一起参与时代构想,热切地加入这个富有建设意义的公共空间。

胡适在《三百年中的女作家》一文指出:"三百年之中,有两千三百多个女作家见于记载,这是很可以注意的事实。在一个向来轻视女子,不肯教育女子的国家里,这种统计是很可惊异的了。这种很可惊异的现象,我想起来可以有两种解释。第一,环境虽然恶劣,而天才终是压不住的,故有天才的女子往往不需要多大的栽培,自然有她们的成就。第二,在'书香'的人家,环境本不很坏,有天才的女子在她的父兄的文学环境之下受着一点教育,自然有相当的成就。"②书香人家的女子占据天然的优势,浓厚的家学熏陶下个人形成了坚毅的志性与温润的品性,即便后来有些人家道败落,流落凡世尘俗,她们依旧能够坦然蝉蜕,灿烂繁盛时如浪恬波静,落寞凋败时似水波不兴。如果说家庭教育是女媛成长道路上的一束微光,个体懵懂地沿着光亮前行,那么高等教育就为她们打开了一扇门,现代思想改变了个体虚浮的人生观,科学知识与文化教养使她们明通义理,推动了个体为"女"的自觉。

1919年,女子高等教育改革对女性发展具有划时代的意义。国民政府教育部颁布《教育部订定女子高等师范学校规程》,规定"本科之学科目如下:文科:伦理、教育、国文、外国语、历史、地理、家事、乐歌、体操;理科:伦理、教育、国文、数学、物理、化学、植物、动物、生理及卫生、矿物及地质、外国语、家事、图画、乐歌、体操;家事科:伦理、教育、国文、家事、应用理科、缝纫、手艺、手工、园艺、图画、外国语、乐歌、体操"③。昔日女子教育中的重点科目如缝纫、手工、园艺的比重下降,女性不再需要花掉大量精力学习家事,课程变更反映出社会性别平等观念的深化,女子的生存环境较先前宽松适宜。

---

① 月如.评梅的死[M]//杨扬.石评梅作品集.北京:书目文献出版社,1985:314-315.
② 胡适.三百年中的女作家[M]//胡适文存:3.北京:华文出版社,2013:483.
③ 宋恩荣,章咸.中华民国教育法规选编(1912—1949):卷2.南京:江苏教育出版社,1990:458.

同年4月,北京女子师范学校升格为北京女子高等师范(简称'女高师'),与金陵女子大学、华南女子大学等教会学校重视西方文化与英语教育相比,女高师更关注学生的国文教育,特意聘请胡适讲授中国哲学史,李大钊讲授社会学、女权运动史,黄侃教授中国文学史、诗歌选作,刘师培讲授文心雕龙,周作人讲授西洋文学史,李泰棻讲授中国史,并邀请沈尹默、沈士兼、梁漱溟、钱玄同等教授登坛授课。这些文化领域的精英学者为思想闭塞的女子教育带来新的风气,他们在讲授知识的同时,也注重培养学生的理性思维与现代意识。比如:李大钊在课上向女学生介绍马克思主义和共产主义思想,讲述各国女子参政、同工同酬的经历。他在女权运动史课堂上明确表示,中国的女权运动只有改变社会制度,女子才有可能获得一定的地位。他注重引导学生摆脱传统女教、女德的束缚,启发她们意识到个体的存在,积极加入革命运动,争取自身合法权益。周作人曾多次参加女高师同学组织的课外文艺活动,他曾在演讲中强调女性自觉对于文学创作的重要性,女子应该"毅然肯定人间的根本的生活,打消现在对于女性的因袭的偏见,以人类一分子的资格,参与人生的活动",进而"利用自由的文艺,表现自己真实的情思,解除几千年来的误会与疑惑"[1]。国文部主任陈中凡在五四运动的第二天,严肃告知女学生昨日发生之事的意义,鼓励她们参与时事。一些进步学生有意识地行动起来,组织学生自治会、编写刊物、讲演宣传,发挥青年女性的社会价值。

路易斯·爱德华认为中国的现代化运动往往把新女性作为一个重要的标志。现代女性的形象塑造额外加入了许多国人的政治愿景。1919年6月4日,在启蒙者的鼓动下,北京15所女子学校近千名学生声援游行运动,与男学生一同向政府抗议。女子自发形成如此大规模的集会在中国历史上是绝无仅有的。封闭的校门无法再阻挡女学生的爱国热情,当她们冲出校门,"打心眼里感到一种从未有过的激动、高兴、痛快!觉得,今天我们这些女同学才算解放了"[2]。她们在公众场合与男子一起讨论社会问题,宣扬爱国思想。激昂的运动激发了个体的革命热情,庐隐由刚入校时的抑郁内敛变得

---

[1] 周作人.女子与文学[J].妇女杂志,1922,8(8):6-8.
[2] 陶淑范.五四运动时期的女高师[M]//北京师范大学校史资料室.五四运动与北京高师.北京:北京师范大学出版社,1984:158.

热心社会活动,"整天为奔走国事忙乱着——天安门开民众大会呀,总统府请愿呀,十字路口演讲呀,这些事我是头一遭经历,所以更觉得有兴趣,竟热心到饭都不吃,觉也不睡的干着"①。冯沅君同女高师同学冲破阻拦上街游行,组成多个演讲团四处宣传罢工罢市,反对官僚卖国、抵制日货。女高师校长方还斥责教师陈中凡不该指使女学生参与游行,并决定将他开除。学生们得知后激愤不已,冯沅君、程俊英等人执笔起草"驱方宣言",历数校长的十大罪状,印成传单散发各校并呈送教育部。是年7月,政府迫于压力罢免方还。五四运动爆发后,冰心代表协和女子大学自治会加入北京女界联合会,参与演讲、慰问、募捐等系列活动。她作为女界联合会宣传股的成员,参加了政府对学生的审判大会,写下《二十一日听审的感想》一文揭露军阀对学生的迫害。是年,就读于天津第一师范学校的凌叔华参与当地女学生组织的进步活动,写下许多昂扬锐意的演讲稿。苏雪林觉得当时自己的"心灵已整个地卷入那奔腾澎湃的新文化怒潮",每天"都可以从名人演讲里,戏剧宣传里,各会社的宣言里得到一点新刺激,一点新鼓动"。②

　　五四运动激发了个人的觉醒,北京所有中等以上女校加入了北京大学生联合会,"男女学生大群的联合在一起集会,活跃的共同参加同一会议并且共同组织成一个团体,在中国历史上是最空前的创举。需要了解的是,中国还没有一所男女共校的学校,男女学生之间开展共同活动的可能性很小,男女青年之间的交往从理论上来说也不被社会舆论接受。就此而言,以女高师、协和女大为代表的北京各中等以上女校加入北京学生联合会的意义也就得以凸显——它为男女青年共同参与政治活动提供了契机并真正促成了男女自由的交往"③。女子加入爱国游行活动既争取和实现了个体自由,开放的校园环境促进了新思想的流通,又直接推动了男女平教的进程,为1920年北京大学首开男女同校提供了舆论支持与精神动力。

　　在五四运动掀起的社会变革与启蒙者的教育引导下,女学生的思想观

---

① 庐隐.大学时代[M]//杨敏.庐隐散文.上海:上海科学技术文献出版社,2013:216.
② 程俊英.忆"五四"前后的冯沅君[M]//朱杰人,戴从喜.程俊英教授纪念文集.上海:华东师范大学出版社,2004:335-336.
③ 周策纵.五四运动史[M].陈永明,译.北京:世界图书出版社公司,2016:129.

念发生巨大变化,个体的自我认知逐渐明晰。苏雪林意识到从前的生活"是烦闷的生活,不自然的生活,非人的生活,现在晓得我们是人,是要过人的生活,所以我们要革旧社会的命,要铲除那烦闷的生活和不自然的生活"(署名灵芬女士,《新生活里的妇女问题》,载《晨报副刊》,1919年10月1日)。当意义、准则、道德、价值这些印在报刊上的字眼真切地出现在现实生活中时,她们自觉地组织开展活动,急切地想要进入文化空间一起推动新思想、新形象的传播。个人意识的觉醒意味着女媛对自我价值的重新体认,她们打破了"外言不入于阃,内言不出于阃"的禁锢,逐渐成长为自觉建构自我独立人格的新女性。

新女性作为国家版图中的现代形象,除了不断被社会和男性知识分子赋予时代意蕴,也在女子的自我体认中逐渐丰满其特征与诉求。新文化运动的倡导者胡适推崇以白话文作为"文学革命"的突破口,认为"文字的功用在于达意,而达意的范围以能达到最大多数人为成功"[1],白话文"实在是新文学的唯一利器"[2]。1917年,就读于美国瓦沙大学的陈衡哲,在胡适的鼓励下尝试用白话文写作。她创作的《一日》作为中国现代文学史上第一篇白话小说,有力地支持了胡适宣传的白话文学运动。随后,陈衡哲接连写下《西风》《孟哥哥》《小雨点》《老夫妻》,集结成白话小说集《小雨点》。尽管她没有直接参与白话文学的论战,但她用白话语体进行创作这种感应时代号召的行动,在新文学运动中具有不可忽视的重要意义。胡适曾感慨"当我们还在讨论新文学问题的时候,莎菲却已开始用白话做文学了"[3],她的《小雨点》简直就是一场及时雨,虽然"细无声"却能润物滋长。

进步知识分子推崇用白话进行文学创作外,也在校内积极推广白话文教育。他们认为国语扎根中国最有力的方法是"使之成为学校教课书的用语,成为全国报纸杂志的文字"[4]。女高师作为第一所由国人创办的女子高等学府,在女界中除了思想导向和行为规范上具有现代示范效用,它培养的

---

[1] 胡适.中国新文学运动小史:《中国新文学大系》第一集的《导言》[M]//欧阳哲生.胡适文集:卷1.北京:北京大学出版社,1998:110.
[2] 胡适.尝试集自序[M]//胡适全集:卷1.合肥:安徽教育出版社,2003:195.
[3] 胡适.序[M]//陈衡哲.小雨点.上海:上海书店出版社,1928:6.
[4] 胡适.建设的文学革命论[M]//胡适文存:第1集.北京:首都经济贸易大学出版社,2013:43.

女学生也肩负着文化传承的使命。新文化运动的倡导者弘文励教,将科学的治学精神与民主的思想意识具体而微地融入教学管理,使女校呈现出自由、包容的氛围,女高师逐渐成为新文化运动的重要阵地之一。胡适首先将白话文带入课堂,他的中国哲学史课程讲义通篇用白话写成。李大钊提倡用白话文写作,推荐学生阅读《新青年》《每周评论》《晨报副刊》等进步刊物。在学者的引导和报刊的吸引下,许多学生放弃堆砌辞藻、空疏无物的古文写法,尝试进行白话写作。

课堂有人文素养与科学知识的融合,课外有演讲、文学实践、排剧等活动的洗礼,这些共同促进了女学生现代人格的养成,激发个体"为女"的自觉。庐隐回忆道:"这个时期,我的思想进步的最快,所谓人生观也者,亦略具雏形,对于宇宙虽不能有什么新见解,至少知道想什么是宇宙,和宇宙间的种种现象,何以成,何以灭的种种哲学问题了。"[1]新文化运动的倡导者常常运用演讲的方式牢牢抓住受众心理,以激情演说与理性之思帮她们厘清当下的困惑。1919年11月,蔡元培应邀到女高师演讲,以《国文之将来》为题引导学生转变传统观念,顺应时代潮流。他指出,"将来治国文,必为白话战胜文言之期,可断言也"[2],同时强调了师范院校的学生重视白话文写作的必要性。至1920年,国语运动取得了一定的成果,全国有近三百种白话期刊,《小说月报》《妇女杂志》《学生杂志》等影响力较大的期刊也都改为白话文。北洋政府训令自本年秋季起,全国各国民小学一、二年级教材全部改用白话语体。但是,社会上仍存在一种偏见,认为浅显易懂的白话文只适宜初级教育和通俗教育,高等教育还要使用古文才能体现教育分期的特点。钱玄同在女高师演讲时指出,文学革命"不是嫌古文太精深,乃是嫌古文太粗疏;不是单谋初级教育和通俗教育的方便,乃是谋中国文学的改良"[3]。他建议改革者用白话进行学术研究以消除知识界的疑虑。他的讲述纠正了一些人对白话文的误解,为文学革命的深入发展打下了基础。

---

① 庐隐.著作生活[M]//庐隐自述.合肥:安徽文艺出版社,2014:49.
② 陈定秀.蔡孑民先生讲演"国文之将来"[J].北京女子高等师范文艺会刊,1920,(2):40—43.
③ 钱玄同.国文的进化[M]//沈永宝.钱玄同五四时期言论集.上海:上海东方出版中心,1998:262.

知识分子以《新青年》为阵地展开国语文学实践，胡适的诗歌，陈独秀的杂文，鲁迅的小说，周作人的散文，钱玄同、刘半农的语法研究一步步稳固着国语的地位。先前以思想、道德建设为主的新文化运动此时真正得以在文化领域实施变革。改革后的白话语体包容性更强，受众面的扩大益于推动文化教育的现代化进程。从语言形式到思想观念全方位的变化使文学由注重雕琢辞藻到文言一致，由文以载道到自由多元。在新的文学观念的浸润下，个人的主体意识不断增强。

女高师学生紧追新文学潮流，于1919年6月在校内社团"文艺研究会"的主导下编订《文艺会刊》，这本一年一期的学生杂志伴随着五四运动的起伏，较为真实地呈现出社会思潮对校园文化的影响，记录了女学生在文学革命中的心路历程。杂志首期涉及女性、文学、人生观、教育、科学等方面内容。女学生针对时下热议的白话文运动提出自己的看法。罗静轩反对全盘否定传统文学，指出"改革文学必须浸淫古今文史，熟察变迁沿革，采其精华去其糟粕，乃能应时事之所趋而创造一种体制"①。王世瑛认为"文章本自具规律与普通应用艺术不同。不明文学之义混应用文与文学以为一，是不可也……文学与时代俱进有维持文化、发达学术、陶冶性情之功用，应用文隔方言梗于时代仅用诸一时一地，难于统一"②，她认为应用文不是文学，所以应用文可以用白话书写，但文学创作依旧要采用文言文。刘云孙指出时下要做到文言合一非常困难，"古人之经典，优美文词，凡古今读书人皆能诵之，而一代之语录则异时不解"③。可以看出，女学生对语体改革持诸多怀疑，她们的文章都是用文言写成，行动的滞重既表明在如火如荼的革命氛围中个体的理性审思，也显示出新文化面临的强大挑战。《文艺会刊》第2期中白话文陡然增至11篇，庐隐在《利己主义和利他主义》中宣称要"做一个社会的人"，认为"无论是国家，是社会，是世界，是天地万物，都不是于我心没有亲戚的关系底"。④ 尽管文章时而文白夹杂，但不可否认女学生试笔的

---

① 罗静轩.改革文学管见[J].北京女子高等师范文艺会刊,1919,(1):15.
② 王世瑛.文学与应用文之区别[J].北京女子高等师范文艺会刊,1919,(1):15-16.
③ 刘云孙.文言合之一研究[J].北京女子高等师范文艺会刊,1919,(1):16-17.
④ 庐隐.利己主义和利他主义[M]//范桥,叶子.庐隐散文.北京:中国广播电视出版社,1993:405.

行动价值。冯沅君(原名冯淑兰)的《今后吾国女子之道德问题》立意高远、白话用语纯熟,她号召女子"要想着在社会上做一个堂堂的人物","处世接物,应当发挥同情博爱的精神","行为比本着个人的良心,不学那旧式的女子畏首畏尾,更不学那浮躁的女子趋势沽名;应当为真理而活动,为正义而活动","不被金钱的诱惑,不受势力的压迫"。① 白话文在小说和学术研究领域使用较晚,同期刊物上冯沅君的国故研究《春秋战国时兵制之比较》《中国六大民族通话及其竞争地之研究》,苏雪林的小说《童养媳》依旧采用文言文。《文艺会刊》第3期中白话文占近八成,多数学生已经可以熟练使用白话写作长篇学术论文。冯沅君的《历代骈文散文的变迁》旁征博引,条理清晰地分析了骈文、散文由周秦至明清的变化。程俊英受胡适疑古思想的影响,所作《论周秦学派底渊源》通过细密的考证重新估量古代文学经典的价值。白话文运动在女高师的推广对于推进新价值、新观念,打破校园沉闷的氛围,启发女学生的社会思考与责任意识有积极的作用。

她们的文章也在老师的帮助下公开发表于《新青年》《晨报副刊》等影响力极大的报刊。对社会的深入认知与接触使个体愈发明晰自己的责任与使命,她们的写作多了几分关涉女性现实处境的思考。自称被五四运动震上文坛的冰心,在1919年发表时论《"破坏与建设时代"的女学生》,她的自觉意识不仅体现在用白话代文言的去旧立新之举,也表现在个体作为"第三时期的女学生"记录当下的社会现实,进行自我表征,述说女性历史的重要性。在"五四"这个破坏与建设并存的时代,冰心意识到新时代与新女性的某种关联,她在批判过去与展望未来中建构了全新的女学生形象。这是学生时期初登文坛的冰心写下的宣言,她从想象与塑造女学生的角度展开规划群体与自我发展的双重设计,相应地也体现在她以后的小说创作中。半个月后,冰心的第一篇小说《两个家庭》问世,文章白话用语纯熟,将新旧过渡时期的复杂矛盾简化为非新即旧的对立模式。一个家庭是"我"三哥哥家,嫂子亚茜是大学毕业生,两人生活美满幸福。另一个家庭是陈华民家,陈太太是宦家小姐,每日只知道出门应酬,家里一团糟乱。陈先生心中苦闷经常出入酒楼借酒消愁,最终死于肺病。小说通过女学生"我"的见闻批评了没接

---

① 冯淑兰.今后吾国女子之道德问题[J].北京女子高等师范文艺会刊,1920,(2):38-42.

受过教育的女子对家庭的损害,借此塑造出理想女性的形象。文本中建构的新女性既是对新文化运动的呼应,也是在宏大的社会命题下进行的女性身份的探索与实践。一部分觉醒的名媛不再做被动接纳的沉默者,她们把自我作为书写主体和文本主角,通过描写身边最熟悉的生活,述说新旧时代个体的思想波动与意识转变,她们对自我的规划与建构为个体的身份认同与职业发展奠定了基础。

除了写作以外,学校也借助"演剧"活动对女学生进行思想启蒙。"从本质上说,位置消费是一种'表演性消费'",通过消费行为进行相互交流,表演者"总是按照一定的'社会欲望'来呈现自我的,把我们好的方面、为社会所接受的、鼓励和推崇的方面能展现出来给人看"①。燕京大学地处新文化运动的中心,受新思潮的影响其戏剧演出非常活跃,至于女学生的公开演剧更是意义非凡。

首先,她们在选剧、编剧、排练、公演中自筹自划,剧本中的许多形象是创作者在自我意识生发期的一个个观念的化身。女媛与公众的接触培养了个体的自信心和自豪感,创作剧本也锻炼了她们的写作兴趣和演讲口才。冰心曾出演过莎士比亚的《威尼斯商人》《第十二夜》。凌叔华编写并参演英文短剧《月里嫦娥》《天河配》,她的编演经历也影响其小说创作结构。《酒后》借夫妻间发生的一个玩笑,讨论了两性关系中自由与道德的界限,这种发人深思的喜剧非常适合改为剧本。丁西林正是发掘了这一点,于1926年改编了凌淑华的《酒后》并引入剧场。戏剧的表现形式有利于表演者进入角色直接与受众发生联系,这种动态的艺术展示与共情方式使名媛在之后的创作中能够有效把握文本的叙述节奏与语言风格,于张弛间尽显意蕴。

其次,演剧打破了封建传统观念对女性的束缚,社会大众认为女性抛头露面、男女合演是伤风败俗的行为。胡适的剧本《终身大事》曾因找不到女演员而无法排练。陈大悲感叹道,"中国旧剧场中除了'贞节为本'的模范式妇女外,就是'尽在不言中'的妖怪式妇女",侯绍裘呼吁有智识的女性"从书本的编剧的技术上,下手研究起来,然后再进一步求舞台的实践"②。在启蒙

---

① 张慧芳.位置消费论纲[M].西安:西安交通大学出版社,2011:117-118.
② 侯绍裘.松江景贤女子中学校游艺会演剧的经过[N].晨报副刊.1922-02-20,(3).

者的影响下,庐隐细致梳理了戏剧的起源与发展,认为"戏剧是文学中最有价值的一种"。1922年,女高师国文专修科学生接连在教育部大礼堂演出《孔雀东南飞》《叶启瑞》《归去》《爱情与金钱》四部话剧,展现出新女性的自主与自觉。1927年转入复旦中文系的沉樱,在戏剧家洪深的动员下加入复旦新剧团,成为剧团的第一位女演员。她与马彦祥一同主演独幕剧《咖啡店之一夜》后蜚声话剧界。现代观念逐渐改变了名媛的精神理念与价值取向,增强了个体的自信心与自主意识,培养了她们敢于挑战传统观念和伦理准则的胆识与谋略。这些勇敢、新潮的名媛陆续登上历史舞台,成为引领女性发展的时代标杆。1928年,陆小曼的《请看小兰芬的三天好戏》刊登在《上海画报》上,文中她极力推捧京剧演员小兰芬,批评社会中轻视伶人的不良风气,认为"唱戏应分是一种极正当的职业,女子中不少有剧艺天才的人",主张戏中旦角应当由女子自己来演,"今年上海各大舞台居然能做到男女合演,已然是一种进步。……我敢预言在五十年以后,我们再也看不见梅兰芳、程砚秋一等人,旦角天然是应得女性担任,这是没有疑义的"。[①] 陆小曼的社会名望引起民众对女子演剧、职业发展的讨论,其鲜明的女性本位思想有力地拓展了女子的生存空间。

最后,女媛的性别话语应和了文学革命运动,由她们编演的剧目紧扣反对封建家庭压迫、追求婚姻自主、妇女解放等时代主题。马丁·埃斯林认为戏剧是集体体验的艺术,在充满仪式感的过程中演员和观众的心灵能够得到净化。"中国文化性格中深层心理结构上的戏剧性,它表现在仪式与思维的两个互相关联的层面上。仪式特点在于一种表演性,而思维特点则在一种集体表象。二者的功能都在于在幻觉中超越现实与虚构的界限或混淆二者。"[②]学生的演剧活动也追随着社会潮流,把制度、家庭、职业等亟待改良的社会问题置入戏剧创作中。由女高师学生改编的话剧《孔雀东南飞》旨在体现"五四"时期知识女性要求摆脱封建礼教束缚,争取婚姻自由的强烈愿望。剧中由程俊英扮演刘兰芝,冯沅君扮演焦母,孙桂丹扮演焦仲卿。台词由演员自己编写。自编自演的过程既培养了女学生的自主思考与开放视野,也

---

① 陆小曼.请看小兰芬的三天好戏[M]//随着日子往前走.北京:时代出版传媒股份有限公司,2015:5-6.
② 周宁.想象与权利:戏剧意识形态研究[M].厦门:厦门大学出版社,2003:34.

锻炼了个人在公众前演出的胆量。话剧《叶启瑞》中的女学生由庐隐扮演，讲述了男女两人相恋后，男学生将家乡的原配害死，女学生知晓后毅然与他决裂的故事。剧作是对当下男女公开交往的反思，将当下极力呼吁的自由恋爱引发的社会问题呈现在公众面前。这类社会问题剧在当时广受关注，但过强的问题意识导致剧作凸显出主题观念化，形象脸谱化的弊端。角色间的对话多采用辩论式、宣讲式，有些剧目的言说内容往往由主演随性创作，虽极大程度上宣扬了个性特色但着实欠缺一定的艺术性。庐隐在回忆即兴演出时不免汗颜，觉得当时实在胆大，第二天的演出往往头一天还没完全想好台词。女学生公演时，教育部大礼堂场场爆满，台下喝彩连连，报纸也不吝赞誉。演剧经历对女媛日后的发展有着深远的影响，如程俊英主演《金钱与爱情》《一只马蜂》后产生了进入话剧界的想法。冯沅君的编演经历激发了个人对戏剧的兴趣，日后她对古典文学、古代戏剧的关注研究持续了整个学术生涯。

通过演剧活动女学生获益良多，她们借此还凑足了考察调研的费用。1922年，女高师教务长带领国文系毕业生到日本多个大学进行考察。她们从天津到达日本，一路上见识了井然有序的国家面貌，感受到力求上进的现代气息。回国时，她们路过朝鲜目睹当地人民的苦难。一个多月的游览见闻使其不仅开拓了个人视野，而且切身感受到文明与落后国家间的差距。1923年，石评梅所在的体育音乐系与博物系组成"女高师第二组国内旅行团"南下旅游，经过保定、武汉、南京、上海，再从青岛、济南返回北京，各个城市的风土人情、现实发展震撼到象牙塔中的女学生。她们在集体旅行中体察乡俗民情，扩充知识见闻，锻炼了坚毅耐劳的品质，落后的社会现状也激发了个体的爱国热情。有组织、有规划的集体旅行与个人漫游时的感受截然不同，同样的情境往往在集体中发酵为国家、民族情感，凝聚成强烈的社会责任意识。"借活泼之天机，得自然之发育"，团体旅行对名媛心理、生理的快速成长起到良好的促进作用，思想、行动上的自由激发了个体的表达欲望。如庐隐的《华严泷下》、石评梅的《模糊的余影》细致记录了她们的沿途见闻。通过启蒙者的教育引导，女学生在国语运动、公众演剧、团体调研等校园活动中深入反思社会问题，探索自我发展，为争取个体自由、男女平等作出实际行动，个体也在学习与实践中对自我的认知逐渐清晰，她们进入社会领域找寻自我价值的渴望呼之欲出。

第二节　进入文坛的不同路径与言说方式

在启蒙者羽翼下成长的女学生必然要承载男子赋予的性别责任。"中国翻译者们援引达尔文的性别二元论时,他们通过参照这些'真理'在欧洲社会科学主义和社会理论中的位置,提升了女性的被动性、生物的劣等性、智力的无能、器官的性征以及社会的缺席等概念。于是,中国女人只有当她们成为维多利亚式的二元结构中男人的他者时才成为'女性'。当女人变成'男性'的他者时,女性才有根基。"①当她们积累了足够的势能,可以同男性知识分子一起反抗强大的封建秩序时,启蒙者为其悉心搭建平台,引导女媛进入主流言说领域。

1922年,许寿裳担任女高师校长期间,聘请鲁迅、周作人、朱希祖、沈士远、沈兼士、沈尹默、马裕藻、钱玄同等北大教授到国文系任教,一时间国文部"几乎全是北大的教授和讲师。校舍虽不同,所受的教课、讲义却是一样的"②。不只女高师如此,燕京大学、北师大校内的教授也多是新文化运动的倡导者。他们在教学中有意识地将女子发展与读书、作文、学术研究等学问事业联系在一起,通过课堂教学、演讲、指导话剧、习文、编刊等方式拓展学生的视野。周作人应"女高师纪念刊"邀请,以《女子的读书》为题对新式教育的现状与利弊进行分析,他强调"追随时式"与"服从礼教"都是盲从的,女性应具备理性、勇气和独立判断的能力,需要多读一些"具体的说明自然和人生的科学书"③,从科学的理论体系中体察事态,在思潮蔓生、主义横行的时代葆有独立的自主意识与表达自我欲求的勇气。鲁迅在女高师演讲中向学生敲响警钟,不要盲目追随娜拉的脚步,女子如果没有独立的经济保障,出走后也只有两条路:不是堕落,就是回来。胡适在演讲中向女学生介绍美

---

① 泰尼·巴洛.理论化的女性:妇女、国家、家庭[M]//巴洛,安吉拉·斯塔.中国的身体、主体和权利.芝加哥:芝加哥大学出版社,1994:267.
② 许广平.我的升学[M]//海婴.许广平文集:第2卷.南京:江苏文艺出版社,1998:9-10.
③ 周作人.女子的读书——为北京女高师纪念刊[M]//陈子善,张铁荣.周作人集外文:1904—1925.海口:海南国际新闻出版中心,1995:556.

国妇人的生活方式,比对两国女性的差别,激励女学生不仅要树立自立的人生观,更要有保障生活自足的能力。李大钊讲授的"女权运动史"课程,期末考试试题便是"论妇女解放",他引导女学生主动思考女性解放的目的、意义与价值,通过写作的方式锻炼学生的逻辑思维与宏观视野。他还把其中的优秀作业送到女高师校刊发表,鼓励女学生继续文学创作。胡适在授课时强调科学治学的重要性,引导学生以科学的方法整理国故。苏雪林的《历代文章体制底变迁》,冯沅君的《中国六大民族同化及其竞争地之研究》《历代骈文散文的变迁》,钱用和的《六书名谊次第异同先后考》均是以胡适的方法进行考证。其严谨的治学精神与科学的方法对日后苏雪林的屈赋研究,冯沅君的戏曲史研究,程俊英的诗经研究均产生了深刻的影响。

  最初,名媛试笔的小作多发表于校园刊物,在这个较为封闭的场所她们可以针对社会热点畅所欲言,不用考虑外界对新女性的评价。1920年,白话文运动发生的第二年,庐隐紧随潮流用白话写作杂论《利己主义与利他主义》。陆晶清撰文指出时下流行的新诗"最容易犯的毛病是'太长'和'太详'。太长则近于繁冗,流于散文;而'太详'则呆滞而欠含蓄,失了诗的色彩,至于所以'太长'和'太详'的原因,就是由于太自由了,超出范围之外"①。与此同时,《墙隅的梅花》《抖颤风中的啸声》等诗歌实践在短小精悍的篇幅中呈现出女子清丽的情愫。名媛们还大胆创作了反映青年男女婚恋故事的小说。《恋爱的坟墓》通过赵妈讲述女儿、女婿的幸福生活,反衬出哥嫂婚姻的冷淡。松泉在《依然是他》中借助信件、梦境的形式表达主人公内心的渴望。冰心自1919年入校到1923年毕业共发表散文、小说、杂感、新诗20余篇。学生时代的她已成为名副其实的当红作家。凌叔华则因英文功底深厚,在《燕大周刊》上发表多篇译文。总的来说,学生时期名媛的创作呈现出对新文学的向往与追随,"为文"的自觉为个体进入主流文化中心获取机会。

  优渥的家境提供给名媛广博的视野,现代教育培养了其个体独立、自觉的意识。她们渴望成为启蒙者宣扬的真正的"人"。当强烈的欲求集结成一股改变习惯的力量,她们以笔为质,以心为文,袒露女性的内心世界,她们必

---

① 陆秀珍:新诗丛谈,转引自王翠艳.女子高等教育与中国现代女性文学的发生[M].北京:文化艺术出版社,2007:110-111.

须写自己,"就如同被驱离她们自己的身体那样,妇女一直被暴虐地驱逐出写作领域,这是由于同样的原因,依据同样的法律,出于同样致命的目的。妇女必须把自己写进本文——就像通过自己的奋斗嵌入世界和历史一样"[1]。几千年来女性的内心欲求无人关心,《女德》《女诫》等规训之书严格地将她们困在社会的一隅,直到来自域外的挑战撼动了男性的权威,整个社会进入一个急剧变化的时期,国民精神处于混乱与幻灭中,人们一方面需要疏导、抚慰波动的情绪,另一方面需要引入强国之文明进行思想疗救。这时,进步知识分子意识到扬男抑女的传统旧习对家国的拖累,解放女子行动被寄予国族的希望和缓解民众焦虑心理的作用。民初的女子教育与晚清相比有了长足的进步,但对于女性群体而言,能接受现代教育的毕竟是少数。这些女学生中具备自觉意识、有写作才能的更是少之又少。前期的觉醒者大多是接受过高等教育、家境优渥的名媛,她们在传统与现代、约束与自由、逾矩与规矩间徐徐游移,宛若清扬的姿态与雅致的风格吸引了知识分子的注意。在现代文学的发生期,报纸杂志上出现了大量以"女学生""女士"署名的文章,名媛通过作家身份以蜕变的新女性气韵参与到时代命题的建设中。

1914年,陈衡哲在美国留学期间与胡适相识,两人经常讨论语言、文学的问题。胡适大力推广白话文时,留美时期的同学任叔永、梅光迪、朱经农都反对他的主张,孤立无援的胡适无比需要精神上的支持。彼时,陈衡哲创作的白话小说《一日》以强有力的文学实际支援了胡适。这篇文章发表在胡适主编的《留美学生季报》,虽然对国内的影响力有限,但它对作者以及编者的影响是巨大的。白话文尚处于理论探讨阶段,陈衡哲就以实际行动创作出现代文学史上第一篇白话小说,不得不赞叹她敏锐的眼光与写作才能。此后,她的白话小说和白话诗大多经胡适之手发表在《新青年》《努力周报》等刊物。两人由留学相识、文学相知。早期,陈衡哲作为胡适文学理想的支持者;后来,胡适成为陈衡哲文艺事业的推动者。作为最早在《新青年》发表文学作品的名媛,她身上的光环不只知名女作家的头衔,还包含了进入历史

---

[1] 埃莱娜·西苏.美杜莎的笑声[M]//张京媛.当代女性主义文学批评.北京:北京大学出版社,1992:188.

序列,被认可为"新文学运动初期干部"①的荣耀。她完成《络绮思的问题》的初稿后,与胡适经过多次的探讨决定增添一章,删改几个部分。她的第一部小说集《小雨点》也由文坛巨擘胡适,以及她的丈夫、时任教育部司长的任叔永作序。女媛进入批评空间后能否受到社会认可,不只取决于文章的质量,也有赖于文化权威的推介。胡适在序中称陈衡哲是他的"一个最早的同志",首先将她定位为文学革命同路人的身份。其次,胡适称赞"《一日》便是文学革命初期中最早的作品。《小雨点》也是新青年时期最早的创作的一篇","试想鲁迅先生的第一篇创作——《狂人日记》——是何时发表的,试想当日有意作白话文学的人怎样稀少,便可以了解莎菲的这几篇小说在新文学运动史上的地位了"。② 他反复提及陈衡哲开始新文学创作的时间,其文学价值与意义也借由这位文化巨擘的盛赞得以提升。

  20世纪"是妇女们寻觅伊们自己的时代,亦是男子发现妇女底意义的时代"③,在男性知识分子的帮助下,名媛陆续开启她们在文坛的首演。1919年,冰心还是协和女子大学预科一年级的学生,她参与了"五四"学生运动审判后写下《二十一日听审的感想》,恳请在《晨报》当编辑的表哥刘放园帮忙发表,表哥"惊奇而又欣然地答应了"④。这篇署名女学生谢婉莹的习作刊登在以名家来稿为主的"自由专栏"。冰心首次投稿就获得如此重视,是对她创作极大的鼓励。刘放园推荐她"多看新思潮的文章,多写问题小说",还寄给冰心不少《新青年》《新潮》《少年中国》等新文学刊物。冰心把"所看到的听到的种种问题,用小说的形式写了出来"⑤,《晨报》接连发表她的《两个家庭》《斯人独憔悴》《秋风秋雨愁煞人》《去国》等小说。冰心早期的新诗大多发表在《晨报副刊》,其清新秀丽的格调风靡一时,"冰心体"也成为青年竞相模仿的对象。孙伏园执编《晨报》时期,将冰心当作重点扶持的文坛新星,甚

---

① 阿英.中国新文学大系·史料索引卷(1917—1927)[M].上海:上海文艺出版社,2003:220.
② 胡适.序[M]//陈衡哲.小雨点.上海:上海书店出版社,1928:6.
③ 守常.现代的女权运动[J].民国日报·妇女评论.1922(25):1.
④ 冰心.回忆"五四"[M]//卓如.冰心全集:第7卷.福州:海峡文艺出版社,1994:28.
⑤ 冰心.关于男人(之四)五 我的表兄们[M]//卓如.冰心全集:第7卷.福州:海峡文艺出版社,1994:619.

至在一期同时刊登她的两篇文章。1919年,《晨报》建立一周年纪念特刊上刊登了四位作者的文章,冰心的《晨报……学生……劳动者》与胡适的《周岁》、鲁迅的《一件小事》、周作人翻译的《圣处女的花园》发表在同一版,对这位文学新人来说是不只是身份荣耀还有深远的社会意蕴。1919—1920年,几乎每个月《晨报》都刊有冰心的文章,这对一位刚刚开始写作的女学生来说是非常罕见的。幸运的是,冰心"寄去的稿子,从来没有被修改或退回过"①,她在批评空间中获得的信心和经验益于日后更加审慎地以女子的视角发掘隐秘的社会问题。冰心赴美留学后,《晨报》向她约稿发表了一系列海外游记。在报刊编辑与文坛领袖的引导下,冰心的"问题小说"与她清丽的散文、诗歌吸引了不少读者的关注,她借助《晨报》的影响力迅速成为广为人知的名媛作家。

1921年,冰心由许地山、瞿世英介绍加入文学研究会。同年,文学研究会机关刊物《小说月报》全面改版。第1期文章除冰心的小说外,均由文学研究会发起人撰写。1921年4月至1922年10月,冰心在《小说月报》发表了10篇文章,作品常常位于创作栏的头条。刊物第9—11期还集中发表了读者对冰心作品的观感,通过传媒空间展开的互动使作者获得更广泛的社会赞誉。《小说月报》也利用"预告""附注""创设批评"等宣传形式对冰心大力推介,使她在文坛声名鹊起。1923年,她的《繁星》《超人》以"文学研究会丛书"的名目在上海商务印书馆出版。社团、刊物以强势的话语力量介入社会思想改造领域,通过实际的文学生产影响舆论风向。冰心也在文学研究会有意的推介下成就她新文学"初期主干作家"②的盛名。

反观庐隐的文学之路也与社团、报刊息息相关。1919年,她在北京女子高等师范学校念书时便加入郑振铎等人成立的福建同乡会。次年同乡会解散,郑振铎成立了以福建籍学生为主的"新社会"。1921年,"新社会"成员全体加入文学研究会,庐隐是社团首批会员中唯一的女性。虽是偶然与文学研究会结缘,对她的人生却是意义非凡。在郑振铎的引荐下,庐隐将文章

---

① 冰心.关于男人(之四)五 我的表兄们[M]//卓如编.冰心全集:第7卷.福州:海峡文艺出版社,1994:619.

② 阿英编选.中国新文学大系·史料索引卷(1917—1927)[M].上海:上海文艺出版社,2003:220.

《一个著作家》寄给《小说月报》的主编茅盾。"在别人对新诗小说的创作还在迟疑犹豫的时候,她的作品已在报纸上发表了。"[1]如此重量级刊物的肯定对她的文学创作产生极大的正向影响。她欣喜无比,好似"'金榜题名时',从此我对于创作的兴趣浓厚了,对于创作的自信心也增加了"[2]。此后一段时间,庐隐都埋头新文学创作,积极地介入现实,"把浮光下的丑恶,不客气的、忠实的披露出来,使人们感觉到找寻新路的必要"[3]。《小说月报》的主编茅盾认为"那时候像'文艺的园地'跨进第一步的庐隐满身带着'社会运动'的热气!虽然这几篇在思想上和技术上都还幼稚,但'五四'时候的女作家能注目在革命性的社会题材的,不能不推庐隐是第一人"[4]。随后两年内,《小说月报》接连发表庐隐的9篇文章。对她而言,社团与报刊的扶助加快了她进入主流言说空间的进程。法国批评家克里斯蒂瓦曾指出,女性若想进入男性话语体系,只有两种途径,一是借用男性的口吻、承袭他的概念、站在他的立场,用他规定的符号系统所认可的方式发言;另一种则是用异常语言来"言说",用话语体系中的空白、缝隙及异常的摆列方式来"言说"。在学校教师、社团成员的影响下,庐隐开阔的视野使她的小说涉足广泛的领域,从城市到乡村、教育到婚姻、学生到工农,各个角落亟待解决的问题都成为她写作的话语资源,其创作呼应了文学研究会和《小说月报》的文学理念,这也为她提供了进入新文学主流市场的持续动力。

大众传媒不仅作为名媛进入公众视野的一个途径,而且为她们搭建了展示女性现代形象的平台。一些名媛在学生时期就曾参编报刊,对她们日后的文学写作与职业发展产生了不可忽视的影响。某些报馆主编敏锐地发觉新女性的市场价值,《益世报》对此专门成立《女子周刊》,"既名为女子周刊,其著作人自应大多为女子"。当时《益世报》的编辑成舍我邀请女友杨致殊(女高师数学系的学生)参与,"杨又拉上同寝室同学周寅颐,一齐参加。因周寅颐念的是生物系,二人非国文系出身,担心力不胜任,而周寅颐是我

---

[1] 冯沅君.忆庐隐[M]//袁世硕,张可礼.冯沅君创作译文集.合肥:安徽教育出版社,2011:274.
[2] 庐隐.庐隐自传[M].昆明:云南人民出版社,2011:39.
[3] 庐隐.著作家应有的修养[M]//庐隐散文.南昌:百花洲文艺出版社,2014:169.
[4] 茅盾.庐隐论[M]//庐隐自传附录.昆明:云南人民出版社,2011:119-120.

(笔者注:苏雪林)安庆第一女师同学,才找到我"[①]。《女子周刊》赋予女性自主编排的权利,周刊每期有四个版面,稿件主要出自女高师学生,稿源不够充裕,另两位主编也不太擅长文学创作。因此,在1920年秋至1921年6月间,作为编辑之一的苏雪林以"每月两三万字"的产量保证《女子周刊》的顺利出版,其写作内容涉及亲情、友情、社会弊端等方面,包括小说、论说、诗歌(包括格律诗、词、白话诗)等体裁。有时为凑足版面,作品在艺术表现上不免有些粗糙。但刊物有力地支持了发生期的女子言说,为女学生到女作家、女编辑的身份建构搭建了一个磨炼与过度的平台。

苏雪林引起文坛的广泛关注,源于在《女子周刊》上发表的一篇文艺批评。1921年,北京大学学生谢楚桢冒用北大出版社的名义出版《白话诗研究集》,书中除了他的120首新诗外,还刊登了胡适、钱玄同、蔡元培等文化名流的理论及作品,卷首印有沈兼士、杨树达、陈大悲等12位学者的推荐。《晨报》竟对这本内容平庸、资质浅陋的书赞誉有加。苏雪林认为在新诗萌芽的时代不能让杂生的恶木、荆棘对青年造成误导,于是作《对于谢楚桢君〈白话诗研究集〉的批评》一文,企图割断"纵生的蓬草"。此文以苏梅署名,分四次连载在《女子周刊》上,令她始料未及的是文章引发了轩然大波。苏雪林与谢楚桢、罗敦伟、易家钺(笔者注:三人为好友,且罗敦伟是《京报》第7版的编辑)在《京报》《晨报》两大刊物展开论战。她言辞犀利、才思敏捷,一一批驳三人辩语。易家钺所作《呜呼苏梅》言论尖刻、措辞低俗,对苏雪林进行人身攻击,痛斥她"应去万牲园"寻找"伴侣",可"裸体在大街散步"。其文一出便在文坛引起哗然,笔战上升为一场有关女权的社会事件。李石曾、黎锦熙、杨树达等人在《晨报》发表联名启事为易家钺开脱,声明此文并非易君所作。这种欲盖弥彰的行为引起胡适、高一涵等人的不满,他们合拟一则启事刊登在《晨报》,指责李石曾等人不应无根据地替他人辩护,要求他们拿出此文非易君所作的证据。最终,在新文化运动领袖的帮助下论战得以平息。但1921年5月,苏梅的名字频繁出现在京沪两地各大报刊,对于一个还未毕业的女学生来说,卷入舆论中心的热议甚至言语攻击还是难以承受的。当时苏梅尚余数月就要从女高师毕业,她没等拿到毕业证书便匆忙登上赴法留学的轮船,舆论压力对她的影响可见一斑。但这段主编报刊的

[①] 沈晖.苏雪林年谱长编[M].合肥:安徽文艺出版社,2017:362.

经历还是让学生期的女媛收获满满,不仅有机会向社会展示新女性的风貌,还进入公共空间获得了一定的话语权,彰显出自我独立的思想意识。

凌叔华回忆起学生时代,老师曾将她的小作推荐到《天津日报》,之后当着全班同学的面朗读她的文章,这种荣誉感激发了她的创作欲望。校园内的新式教育,家庭宴会中文化名流的交谈使成长于新旧时代的凌叔华逐渐成长为具有独立意识的新女性。1923年,她致信周作人请教写作问题并附寄白话文习作稿本一册。信中她写道:"中国女作家也太少了,所以中国女子思想及生活从来没有叫世界知道的,对人类贡献来说,未免太不负责任了。"①表明自己"立定主意将来做一个女作家",通过写作展现中国女性的生活状态。在周作人的推荐下,她的第一篇白话文小说发表在《晨报副刊》。几日后就有来稿批评凌叔华的《女儿身世太凄凉》。次月,周作人作《卑劣的男子》一文替凌叔华辩护,"有女子做了一篇小说登在报上,不久就有一个男子投寄一篇'批评',寻求作者的身世,恶意的加上许多附会"②。凌叔华虽遭到无端诽谤却有周作人的支持与指点,更加稳固了自己从事文学创作的决心。与此同时,她在聚会中结识胡适、徐志摩、陈西滢等文化名流,在频繁交往成为"文学上的朋友"后,她得到了更多文化精英的提携。1925—1926年,凌叔华在陈西滢担任主编的《现代评论》上发表了《吃茶》《绣枕》《再见》《花之寺》等数十篇小说。周作人于《京报副刊》上称赞她的短篇小说《酒后》,丁西林将它改为独幕剧进一步提升她在文艺界的地位。凌叔华得到广泛的社会认同是在1928年《花之寺》出版后,徐志摩评价这"是一部成品有格的小说,不是虚伪情感的泛滥,也不是草率尝试的作品,它有权利要求我们悉心的体会","作者是有幽默的,最恬静最耐寻味的幽默,一种七弦琴的余韵,一种素兰在黄昏人静时微透的清芬"(徐志摩在《新月》杂志为凌叔华《花之寺》所作的介绍语)。在文化名流的推介下凌叔华逐渐成为具有影响力的现代女作家之一。

1922年,冯沅君从女高师毕业后考入北京大学研究所国学门。她的学术论文《〈镜花缘〉和中国神话》《老子韵例初稿》《楚词韵例》等发表在《北大

---

① 陈学勇.才女的世界[M].北京:昆仑出版社,2001:99.
② 周作人.卑劣的男子[M]//张铁荣,陈子善.周作人集外:1904—1925.海口:海南国际新闻出版中心,1995.563.

国学门周刊》《语丝》等刊物。1924年,她以"淦女士"为笔名在创造社刊物上发表短篇小说《隔绝》《旅行》《慈母》《隔绝之后》,聚焦新女性在恋爱婚姻中遭遇的现实问题,切中青年男女反抗包办婚姻却无力摆脱家庭束缚的两难处境,彰显作者对人格独立和自由意志的向往,对依旧强势的封建传统思想的无可奈何。她企图通过再现真实的方式引领人们关注现实生活中追求独立的女媛遭遇的困境,其中强烈的情感抒发、自我呈现与创造社的艺术表现一脉相承。这些作品"在时代的意义上,实乃新女性作家之先锋"。较早步入文坛的陈衡哲、冰心极少细致地描述男女之情;庐隐笔下陷于爱情的女子始终笼罩在苦闷的情绪中;凌叔华小说中的女性在婉转含蓄的情感中辗转;冯沅君大胆直白地写出现代女性的内心世界,尽管她还未能揭示造成如此困境的深层原因,但小说人物切中当下青年男女的心怀,呈现出新青年迷茫、无助的精神危机。1926年,鲁迅将冯沅君的短篇小说集《卷葹》辑入《乌合丛书》,并邀请画家陶元庆设计《卷葹》封面,亲自为它撰写广告词。1935年,鲁迅又把其中的《旅行》《慈母》编入《〈新文学大系〉小说二集》,称赞"《旅行》是提炼了《隔绝》和《隔绝之后》的精粹名文",评价冯沅君笔下的男女"实在是五四运动之后,将毅然和传统战斗,而又怕敢毅然和传统战斗,遂不得不复活其'缠绵悱恻之情'的青年们的真实写照。和'为艺术而艺术'的作品中的主角,或夸耀其颓唐,或衔鬻其才绪,是截然两样的"①,鲁迅的欣赏与提携对冯沅君未来文学发展的影响是巨大的。

沉樱在上海大学中文系念书期间曾受瞿秋白、茅盾的教导,转入复旦大学中文系后,陈望道、谢六逸、洪深曾担任她的老师。她回忆起当年执笔创作时并不觉得困难,一是因为女性写作颇为新潮,容易帮助报纸占有市场。二是在文坛前辈的指导下,她的文坛之路较为平顺。还在复旦大学读书期间,沉樱的第一篇小说《回家》发表在复旦中文系主任陈望道主编的《大江月刊》上。茅盾看到此文后评论道"《回家》一篇的风格是诗的风格,动作发展亦是诗的发展,此等风格,文坛上不多见",并写信问编辑,"沉樱何许人,是青年新秀,还是老作家化名"。沉樱顺利地发表文章并受到文坛前辈的赞誉对她是极大的鼓动,此后她接连创作数篇小说,陈望道见她颇有文采,鼓励

---

① 鲁迅.《中国新文学大系》小说二集序[M]//鲁迅全集:第6卷.北京:人民文学出版社,1981:140.

她向《小说月报》投稿。1927年,北新书局结集出版沉樱的短篇集《喜筵之后》《夜阑》,中篇小说《某少女》。沈从文认为她的文章明朗细致,"为女作者中极有希望的"。

文学刊物促进了女学生向女作家的身份转变,推动她们进入一个更为开阔的、真实的社会空间。《新青年》之于陈衡哲,《晨报副刊》之于冰心,《创造季刊》之于冯沅君,这些刊物在名媛进入文坛的过程中起到极大的助力,但她们的成长不只是依靠一期一报的培养,例如《小说月报》《语丝》《京报》《现代评论》等刊物对女媛的发展也颇为关注,提供了不少机会等待她们成长。这些有学识、有才智的女媛如同一颗颗珍贵的玉石,在现代风潮的打磨下逐渐显露出晶莹剔透的光泽。

事实上,"在'五四'那一代人心目中,妇女的解放是与人性健全发展密切联系在一起的,在他们关于妇女问题的思考里,实际上是包含了整个人性发展的思考在内的"[①]。新文化运动激发了个体对民主与科学的向往,对自由与平等的憧憬。她们自觉不同于旧式闺秀的审美情趣,更重视对自我身份、情感需求、家庭矛盾、社会问题的探索。新女性的文坛首演吸引了社会的瞩目,她们顺利进入文坛离不开各大报纸、杂志的格外优待与文化名流搭建的"入世"桥梁。报纸杂志往往会特别强调她们的女性身份。与19世纪西方女作家相比,中国的名媛无须像乔治桑、勃兰特姐妹那样,取男性化的名字掩饰身份差异进入文坛。她们能够直白地言说女性经验,在公共话语空间大胆地建构自我形象。学优为文的名媛开始在生活现实与文学创作中探索自我,找寻生命价值,同男性知识分子一起为唤醒广大女性,推进现代思想作出贡献。

除了报刊的宣传、启蒙者的引导、文化名流的推荐外,有实力的出版社也是助推名媛成名的重要因素。冰心的《繁星》《超人》由上海商务印书馆出版,《春水》由新潮出版社发行。庐隐的《海滨故人》由上海商务印书馆出版。冯沅君的《卷葹》由北新书局出版,后又被鲁迅纳入由他主编的"乌合丛书"。凌叔华的小说集由新月书店出版。《中国新文学大系》对新文学发生的第一

---

① 钱理群.试论五四时期"人的觉醒"[J].文学评论,1989(3):5-17.

个十年进行了阶段性总结,收录了4位女作家的49篇作品[1],既对她们的文学创作进行了肯定,又提升了个人的声望和名誉,为名媛作家进入主流言说领域,开启女性建构自我的时代奠定了坚实的基础。

第三节　文化空间的营造与人际网络的搭建

　　文化场域的关系网络会对名媛的文学发展产生直接影响。个体在文坛获得一席之地需要权威人士的认可,也借公共平台不断提升与发展自我。独木不成林,像石评梅这种文学成绩不错,却因为与文坛权威、主流社团保持一定距离,将大多数作品发表在自己主编的报刊上,造成其影响力有限。提及现代女作家也常常遗忘她。当时,在文坛极负盛名的名媛作家除了自身出众的才华外,离不开文化空间的营造与人际网络的搭建。

　　随着中西交流日渐频繁,来华洋人将西式沙龙引入中国,常常邀请中国文化界人士参与其中。留学海外的中国学生在西方文化的浸染下,期盼也能出现本国自己的沙龙。"'沙龙'一词原为意大利语,意为较大的客厅,后来意为上流社会的社交中心。"[2]15世纪兴起的宫廷沙龙是欧洲上层社会交往活动的重要场所之一。到了17、18世纪,这种组织形式在法国达到鼎盛,由宫廷逐步延伸至贵族阶层,成为一种流行的社交活动。德·朗布依埃侯爵夫人的"蓝色沙龙"是第一个真正意义上的沙龙,它摒弃了宫廷的繁文缛节,模糊了身份等级制度,参与者既有贵族、大臣等身份尊崇的人物,也有文学家、哲学家、艺术家、音乐家、政治家等文化精英。其他沙龙纷纷效仿这种模式,如德·丝鸠德里小姐的周六沙龙,德·塞维涅夫人、德·拉法耶特夫人、夏特雷夫人等贵族妇女举办的沙龙中,"不仅常客的阶级差异消除了,在这座沙龙里互通有无的艺术家,他们所扮演的社会角色亦有了根本性的改变。在十五和十六世纪的宫廷中,诗人是'文学奴仆',是雇佣,是'员工';到了十七世纪,诗人被当作'专业人士'看待。每一位艺术家是本身的主宰,可

---

[1]　包括庐隐1篇小说,冯沅君2篇小说,凌叔华1篇小说,冰心5篇小说、18首诗歌、22篇散文。

[2]　瓦·托尔尼乌斯.沙龙的兴衰:500年欧洲社会风情追忆[M].何兆武,译.北京:世界知识出版社,2003:3.

以自行决定喜好和选择。到了启蒙世纪情况愈见改善,富有创造力的人摇身而为'荣誉嘉宾'"①。沙龙由宫廷向社会延伸的过程也展现出"人"的觉醒,由神权到人权的转变。其中,占有文化资本的知识分子的地位不断提升,他们由"文学奴仆"成为文化的创造者,甚至决定了文化的走向与风格。沙龙作为一个宽松、包容的文化空间为启蒙思想的孕育提供了适宜的环境。伏尔泰、孟德斯鸠、卢梭、布丰、狄德罗、达朗贝尔、霍尔巴赫、孔多塞等一批学者在公共空间审视社会问题,质疑制度、政策并提出解决方案。"18世纪没有一位杰出作家不是在这样的讨论,以及在向学院所提交的报告,特别是沙龙报告中首先将其基本思想陈述出来的。沙龙似乎垄断了首发权:一部新的作品,哪怕是音乐作品,首先必须在这样一个论坛上取得合法地位。"②沙龙原有的娱乐性逐步降低,成为资产阶级知识分子进行学术交流、文化生产的公共领域,激发了启蒙运动思想成果的生成。例如在莱斯比纳斯小姐的沙龙里,集众人之智诞生的《百科全书》。在德·唐森夫人的沙龙中酝酿的《论法的精神》,唐森夫人还对孟德斯鸠这本著作顺利出版提供了极大的帮助。

17、18世纪,法国女性与欧洲其他国家的妇女相比自由度较高,在社交场合与文艺领域常常出现她们的身影。法国沙龙的主人基本都是女性,这种现象在欧洲其他国家几乎是不存在的。女性凭借她独特的气质、才智、社交能力主持活动,彼时,她们尚未接受过系统的高等教育。当时法国的大学、学院等传统教育机构不接收女学生,教会、修道院教育也集中在社交、道德领域。沙龙就成了她们自由接受教育的最佳场所。她们与同时代最优秀的文化精英的交流中汲取了最新的思想观念,不断提升自身的文化素养。当沙龙女主人累积了一定的知识后,个体产生强烈的表达自我的渴望,开始在文学领域崭露头角。德·塞维涅夫人的1500多封书信是法兰西文学的硕果之一,对书信体文学的发展作出了巨大的贡献。德·拉法耶特夫人的小说《克莱芙王妃》因出色的心理描写被同时代的伏尔泰、丰特耐尔予以盛赞。

---

① 斐丽安娜·封·德·海登.沙龙:失落的文化摇篮[M].林许,译.台北:左岸文化有限公司,2003:59.
② 哈贝马斯.公共领域的结构转型[M].曹卫东,等,译.上海:学林出版社,2002:39.

杜·夏特雷夫人翻译了牛顿的《数学原理》并与伏尔泰合作编写了一本关于自然哲学的论著。

沙龙宽松自由的氛围与新颖尖锐的观点激发了女主人的成长,她不单纯只是开展活动的召集者,还成为文化空间的组织者、协调者,以女性温婉的气质与魅力化解尖刻的言语矛盾,巧妙圆融地缓和辩论者间的关系,成为沙龙顺利开展的核心人物。瓦·托尔尼乌斯认为女性地位在沙龙中逐渐提高,"沙龙一词这时在其真正的意义上就变成了女性的王国,因为在任何别的地方她们都没有这么好的一个背景可以显示她们的能力和才智和天生对社交生活的灵心善感"①。女主人不仅调和沙龙的文化氛围,使不同领域的文化精英愿意参与其中,还特别关注青年的成长,引导他们进入主流文化领域,间接推动了社会的文明进步与思想革新。

彼时,中国的知识分子也认同沙龙在社会文化领域的正向作用。梅光迪注意到女主人对沙龙的重要性,认为"十七、十八世纪法国学者之所以变得雅致,主要是沙龙客厅里的女性的功劳。在那以前,学者总是邋遢的,言语也很粗暴,简言之,他们从前是枯燥,不登大雅之堂的学究。然而,沙龙客厅里那些雅的女性,把他们调教得文质彬彬,稳重练达,我们从近代最伟大的文学批评家圣·博夫笔下那些名媛给予学者的优雅的熏陶,就可以知道女性的影响有多大"②。沙龙有助于学者自身的发展,将男性激进的气质调和得恰到好处,但是梅光迪赞赏女主人的最终目的是以女性的气质、秉性帮助男性成长,女主人的存在是为男性学者服务,而非处于她们自身的审视。曾朴的日记记录了20世纪20年代末,他曾想在上海寻觅一位理想的沙龙女主人,"傅彦长道:这事只怕是法国的特长,他国模仿不来,尤其是我们的中国。客厅的主角总要女性,而且要有魔力的女性,我们现在可以说一个也没有;即使有,照目下我们的环境,习尚,也没有人肯来。洵美道:——从前本想把郁达夫的王女士,来做牺牲品,那里晓得这位王女士,也只欢喜和情人对面谈心,觉得很好,社交稍微广大一点,也是不行。我说:——那么陆小曼

---

① 瓦·托尔尼乌斯.沙龙的兴衰:500年欧洲社会风情追忆[M].何兆武,译.北京:世界知识出版社,2003:173.
② 江勇振.舍我其谁:胡适(第一部)璞玉成璧(1891—1917)[M].北京:新星出版社,2011:594.am

何如!彦长道:——叫他碰碰和,唱唱戏是高兴的;即使组织成了客厅,结果还是被蝴蝶派占优胜,我们意中的客厅,只怕不会实现"①。讨论的结果是王映霞、陆小曼因思想见识、脾气秉性不合适而作罢,唯有以男性取而代之。

上海邵洵美的"花厅"曾汇集曾朴、曾虚白、郁达夫、张若谷、傅彦长、徐志摩、滕固、滕刚、张嘉铸、章克标、顾苍生、徐悲鸿、张道藩、谢寿康、刘纪文、刘海粟、张光宇、张振宇、曹涵美等人。一群趣味相投的作家、评论家、画家品评彼此的作品与最新的研究成果。同声同气的话语形式一定程度上稳固了群体在文学市场的位置。相比邵洵美的"花厅"云集了文人、政客,金岳霖的"星期六聚会"、朱光潜的"读诗会"的风格、品位与之相去甚远。"读诗会"是一个比较专业的学术讨论会,集中探讨诗歌的艺术元素,朱光潜邀请了一些诗人、作家朗诵诗歌,"北大梁宗岱、冯至、孙大雨、罗念生、周作人、叶公超、废名、卞之琳、何其芳、徐芳……清华有朱自清、俞平伯、王了一、李健吾、林庚、曹葆华诸先生,此外上有林徽因女士、周煦良先生等等"②。他们定期举办活动,评论诗人最新的诗作,成为许多文学作品最初的发布平台,成员给予的针对性建议客观上促进了诗歌的发展。同一时期,朱光潜、梁宗岱、卞之琳在现代诗领域发表了一系列富有见地的研究成果。金岳霖保持着每周六举办茶会的习惯,平津一代的学者、外籍学人、文艺界人士都是他家的常客。茶会成员大多因学缘关系相聚,多是毕业于清华、北大或留学海外,包括文学、哲学、社会学、政治学、经济学、考古学、历史学、建筑学、化学等领域的专家学者,主要围绕文学、艺术侃侃而谈。1932年,金岳霖搬到北总布胡同后,与梁启超、林徽因比邻而居,穿过一扇小门就可到达梁家的客厅,金岳霖的"星期六聚会"逐渐转移到林徽因家的客厅。

林徽因广泛涉猎建筑学、文学、舞台、美术等领域,她口才极佳,思维敏捷、见解独到,具有较强的社交能力,以独具特色的女性魅力赢得了众多文化人士的青睐,很快就成为沙龙的中心人物。在某种程度上应和了知识分子对沙龙女主人的角色期待。她不只是一个沙龙的组织者,还常常参与到文学交流与艺术探讨中,甚至成为"聚会的中心和领袖"③,"所有在场的人总

---

① 曾朴.病夫日记[J].宇宙风,1935(2):46.
② 沈从文.谈朗诵诗[M]//沈从文全集:第7卷.太原:北岳文艺出版社,2002:247.
③ 费慰梅.梁思成与林徽因[M].成寒,译.北京:法律出版社,2010:77.

是全部在围绕着她转"①,她的健谈"不是结了婚的妇人那种闲言碎语,而是有学识,有见地,犀利敏捷的批评……她从不拐弯抹角,模棱两可"②。她也参加了朱光潜的"读诗会",表现不同于"那种只会抿嘴嫣然一笑的娇小姐,而是位学识渊博、思维敏捷,并且语言锋利的评论家"③。林徽因的才智、能力使她逐渐在男性主导的文化空间占据一席之地,她发挥出自身优势在聚会中参与探讨、调动节奏,在思想交锋、知识对垒中个人不断得到提升,愈发清楚作为女性的责任意识与社会使命。她除了在建筑领域继续进行科学探索外,也开始从事文学写作,既作为沙龙知识讨论的直接实践,也以女性身份解开被男权压制的文化空间,表现出强烈的主体意识与学科素养。

凌叔华在文学领域取得的成绩不仅得益于自身的写作才能,还有父辈的人脉资源与经济资本对个体发展的持续助推。凌父嗜好书画,叔华自小跟随宫廷画师缪素筠习画,后又拜画家王竹林、郝漱玉为师,追随辜鸿铭学习英语与古典诗词。在名师的启发下,她的艺术修养与文化品位得到较好的滋养,同时她借助父亲的人脉资源顺利进入画界与文学界。陈师曾、齐白石成立的"北京画会"常常在凌家开展活动。当时,刚刚大学毕业的凌叔华就在日本东京举办的东洋名画展上展出作品。此外,权威人士的认可帮助使她更容易进入一个广阔的平台展示自我。凌家举办欢迎泰戈尔、兰达·坡等人的茶会之前,凌叔华还只是发表了几篇小作的女学生,这次茶会真正将她带入了文艺界。陈半丁、齐白石、姚茫父、胡适、徐志摩、丁西林等人参与活动,凌叔华以女主人和女画家的身份出席,天然的优势和身份禀赋使她轻易地在资源配置中获得主流话语的支持。她向在场的每一位展现了现代女性的才华与风采,泰戈尔曾向徐志摩表达过对她的喜爱甚至超过林徽因。借助此次茶会,凌叔华正式进入文艺界成为同人团体中的一员。

冰心在留美期间同波士顿的中国留学生组织了一个团体——湖社,参与成员有梁实秋、陈岱孙、沈宗濂、时昭涵、浦薛凤、瞿世英、顾毓琇、徐宗涑等人。湖社每月组织一次聚会活动,大家泛舟、聚餐、谈天说地,每次由一位

---

① 费正清.费正清对华回忆录[M].陆惠勤,译.上海:知识出版社,1991:122.
② 萧乾.一代才女林徽因[M]//陈钟英,陈宇.中国现代作家选集·林徽因.北京:人民文学出版社,1992:2.
③ 萧乾.一代才女林徽因[M]//陈钟英,陈宇.中国现代作家选集·林徽因.北京:人民文学出版社,1992:2.

同学主讲他的专业,其他人参与讨论。这个类似沙龙的聚会中,陈岱孙主讲过经济,冰心主讲过李清照的词,成员还聚在一起排演中国传统戏曲《琵琶记》。冰心回国后也常常在家举办茶会,参与者以燕京大学的教员和学生为主,顾颉刚、钱穆、郭绍虞等人是常客,此外还有吴景超、顾一樵、赵清阁、俞平伯、沉樱等人。

陈衡哲、袁昌英也都有在家举办茶会的习惯。她们学识丰富、见识广博,能够在社交场合有条不紊地安排活动。她们邀请的嘉宾既有社会名流,也有刚刚崭露头角的文坛新秀,彼此在互动中搭建起亲密的人际网络。茶会利于文化精英在思想碰撞中激发知识创新,对作品顺利进入文化领域持续产生影响提供了话语支持。这一时期,本土化的沙龙具有以下几个特点。

首先,沙龙成员多以学缘、地缘为纽带聚合在一起,不同于法国传统沙龙明显的阶层等级,它"以引人注目的方式把知识分子联结在一起。分享一个共同的教育遗产,会逐渐消除他们在出身、身份、职业和财产上的差别,并在各人所受教育的基础上把他们结合成一个受过教育的个人的群体"①。相似的教育经历、文化背景容易使知识分子产生情感认同,沙龙以教育为纽带不断吸纳成员,汇集了各个领域的专家、学者,较高的理论素养与品格决定了沙龙漫谈的内容不会浮泛含糊,成员往往能够一针见血地指出问题所在并就此展开激烈讨论。梁思成曾对茶会中的讨论做此评价,"不要轻视聊天,古人说'与君一夕谈,胜读十年书'。……学术上的聊天可以扩大你的知识视野,养成一种较全面的文化气质,启发你学识上的思路。聊天与听课或听学术报告不同,常常是没有正式发表的思想精华在进行交流,三言两语,直接表达了十几年的真实体会。许多科学上的新发现,最初的思想渊源是从聊天中得到的启示,以后才逐渐酝酿出来的"②。课程与学术报告往往在规定主题下开展集中式讲解,且受制于学术目的与受众的知识结构。在轻松、自由的氛围中开展的沙龙更有利于激发学者的灵感,产生科学、严谨的学术观点。沙龙成员都是某一领域的精英,彼此间对话更是浓缩了个体的

---

① 卡尔·曼海姆.意识化态与乌托邦[M].黎鸣,李书案,译.北京:商务印书馆,2002:158.
② 李道增.聊天之意[M]//刘小沁.窗子内外忆徽因.北京:人民文学出版社,2001:43.

半生心得,在思想交汇中既能发现对方言谈中的问题,于辩论中丰富知识、提升思维力与联想力,又能结合自己专业所长重新审视以开辟新的学术增长点。

其次,沙龙在客观上刺激了文艺的多元化发展。一些成员既是本领域的专家、学者,又是文坛负有盛名的作家、批评家。他们将交谈中获得的灵感迅速转化并完善自我知识体系,同时以创作实际引领文化潮流的新方向。以沙龙为中心的交往使知识分子间形成强关联,彼此间的应和不断强化成员的文化主导地位,扩大他们的社会影响力。林徽因的《九十九度中》发表后,许多评论家直言无法接受小说的表达方式。李健吾却认为"一件作品的现代性,不仅仅在材料(我们最好避免形式、内容的字样),而打扮在观察,选择和技巧","奇怪的是,在我们好些男子不能控制自己热情奔放的时代,却有这样一位女作家,用最快利的明净的镜头(理智),摄来人生的一个断片,而且缩在这样短小的纸张(篇幅)上,我所要问的仅是,她承受了多少现代英国小说的影响"。[①] 李健吾推崇林徽因大胆新奇的实验性文本,肯定了她由自我感受出发在有限空间内剪辑、拼接多个平行迸发事件的写作手法。林徽因的诗歌《别丢掉》发表后,梁实秋认为其诗晦涩难懂,朱光潜却指出林诗的独到之处。批评与辩护的交错之音无形中增强了她与沙龙成员的凝聚力,即使作品不被某些学者认可,成员的鼓励与支持也激励着她的自由创作与理性审思。对林徽因来说,包容的文化氛围是难能可贵的,它不仅保护了个体的想象力与艺术才能,也真正为个人主义、自由精神的施展提供了适宜的文化土壤。

再次,由沙龙形成的人际网络具有交叉性、开放性的特点。沙龙吸纳了各个领域的专业人才,包括文化、政界、科学、实业等。成员并不固定属于某一个沙龙,他可能是多个茶会上的常客,常常分享本领域最新时讯,客观上推动了文化交流与知识传播。同时,彼此的关系网络也为同人、后辈的发展提供了助力。苏雪林在中法学院同学的介绍下参加了袁昌英举办的茶会,两人一见如故,并在袁昌英的引荐下结识了胡适、梁实秋、潘光旦、张君劢、徐志摩等人。20世纪30年代,她到武汉大学执教也是由袁昌英牵线联系

---

① 李健吾.《九十九度中》:林徽因女士作[M]//李健吾文学评论选.银川:宁夏人民出版社,1983:62.

的。沙龙提供给初出茅庐的新人进入文艺界的捷径,萧乾、卞之琳、李健吾也是因文章受到赏识得以进入"太太的客厅",这"不仅仅是一个物理意义上的建筑空间,也是一个社会学意义上的认同和交往空间,更是一个表征着文化权利和象征资本的文化空间"[①]。在此之前,萧乾只是燕京大学新闻系的一名普通学生,第一次的茶会活动对他来说"就像在刚起步的马驹子后腿上,亲切地抽了那么一鞭"[②],后来他在沈从文、林徽因的介绍下加入朱光潜的"读诗会",并有机会与沈从文一起主编《大公报》文艺副刊。在沙龙中文坛前辈的帮助下,萧乾迅速成为北平文坛一颗冉冉升起的新星。文化资源的良性循环使沙龙保有新鲜感和活跃度。成员间的合作与扶持不断提升这一文化空间的影响力。1936年,在文坛已具备一定话语权的萧乾邀请林徽因编选《大公报文艺丛刊小说选》,并参与《大公报》文艺奖金评选活动。活动中涉及的规则、评审、标准实际上就是团体借社会资源和文化权利对文学走向实施的干预。随着成员社会身份与话语权的提升,沙龙内部的文学生产、批评、评选活动形成了一套卓有成效的运作模式,不断巩固与强化组织结构,提高内部成员在文化领域的竞争力。

最后,沙龙这种松散、开放的组织结构更适宜名媛的自由成长。沙龙不设定言说主题,成员可畅所欲言,在沟通中汲取知识,于辩论中开阔眼界。如果说学生时代的名媛像蹒跚学步的孩童,由启蒙者的引领进入文坛;那么沙龙中的女主人身份使她们迅速成长,个体奋力汲取着身边一切新鲜事物。女性温柔敏感的性别特质与巧妙圆融的社交技巧易于在沙龙中引导话题、调和气氛,将这群才气过人的知识分子黏合在一起。通过沙龙这种组织形式名媛逐渐进入文化权力中心,参与知识话语生产,其个人意识与言说方式也在文化空间中得到提升,为自我发展积蓄势能。

---

① 许纪霖.近代中国知识分子的公共交往[M].上海:上海人民出版社,2008:319.
② 萧乾.一代才女林徽因[M]//陈钟英,陈宇.中国现代作家选集·林徽因.北京:人民文学出版社,1992:2.

第三章 文学文本中的名媛形象及其文化隐喻

在高等教育的培养和启蒙者的指导下,学有余而为文的名媛进入以男性为中心的言说空间,实现了女性在现代文坛的首演。社会变革的每一次浪潮,对她们来说都是一次心灵的拷问和精神的磨砺,她们将自我历程诉诸笔端,用思想渗透的方式传播新的人生气象,以文学改良的途径破除女性身上的枷锁。文章在不同程度上带有自传色彩,文本中的女性形象与自我身份相映成趣,主、客体的呈现与变奏形成了"实"与"史"的相互指证。作为时代现象的一部分,现代文学从两个层面清晰地展现了名媛的形象:一方面,作为创作主体——名媛自身,她们感应时代召唤,参与社会建设,是时代先声的鸣唱者,是人类理想的开拓者。另一方面,作为创作的客体——她们笔下的名媛形象,茫然、失落、觉醒、反抗、找寻……新旧思想的更替中,名媛形象呈现出的现代内质是广大女性前行的思想动源,是时移世易下的自我意识的潜滋生长,在时代变革、自我重建的转折点中,名媛形象有着不同寻常的社会意义与审美价值。

第一节 个性解放中的自我求索

一、知识主体的困惑

"五四"时期,知识分子对"人"的发现催生了名媛个体意识的觉醒,在新思想的影响下,她们萌生了把握自我命运的念头,青春年少的冲动刺激个体急切想要打破封建社会人伦秩序,摆脱传统家庭的行为规定,成为真正的

"人",体验真实的人生。名媛在启蒙者的引导下开始进行文学创作,她们率性天真地表达自我,宣泄心绪,以女性之身加入这场文学革命,将个体诉求作为重新构造社会秩序的价值基石。她们笼统地把封建社会制度视为阻碍个体发展的原因,受制于较为闭塞的社会视野,书写的焦点集中于学业、爱情、婚姻、家庭这些关切自身的主题。女媛开始以一种真正的主体姿态思考、实践个人的未来,这段行进历程既是自我意识的生长史,也是一部罗曼蒂克的消亡史。理想预设与现实实施之间的矛盾固然有封建传统观念作祟,但最主要是因为她们对未来的构想与主流话语相去甚远。女媛在男性权威面前负载着沉重的时代使命,她们的自我建构呈现出游离于主流话语的、对女性人生的别样思考。

觉醒者"是要歌唱的,而听者却有的睡眠,有的槁死,有的流散,眼前只剩下一片茫茫白地,于是只好在风尘澒洞中,悲哀孤寂地放下他们的箜篌了"①。校园内,女学生在新思想的引领中逐步认识到自我价值,但现实社会为女子预留的发展空间依旧狭仄。她们回到家后还是无法摆脱包办婚姻的束缚,个体自由似镜中之月般虚幻。自从女媛"进了学校,人生观完全变了",新思想、新理念与家族恪守的传统观念格格不入,她们成为家族的异类,面临着内外双重的精神压力。与此同时,"五四"落潮后弥漫在文坛的消极情绪也影响到名媛,作家同她们笔下的人物纷纷陷入苦海难以解脱。

庐隐的小说《或人的悲哀》中,主人公亚侠和朋友讨论"名利的代价""人生的究竟""这于人类的思想,固然有进步,但是精神消磨的未免太多了"。② 她们清楚当下社会无法实现个人主义的理想,却不能坦然地接受现实,而是不断探索人生的终极意义。当她们目睹了自由爱情的结局,婚姻同盟破碎后,新的价值观念一点点被现实瓦解,一切美好、神圣、顶礼膜拜的事物粉墨登场后纷纷以闹剧收场。亚侠、心印决定以游戏人间的态度度过余生。这种戏谑之语体现出个人无能为力后的被动屈服,而非真正的沉沦。屈服是对主流意识形态迫于无奈的服从,个人在强大的压力下有时会发生更激烈的反弹,而沉沦的主动因素更多,个人普遍需要在外界的帮助下脱离

---

① 鲁迅.《中国新文学大系》小说二集序[M]//鲁迅全集:第6卷.北京:人民文学出版社,1981:139.
② 庐隐.或人的悲哀[J].小说月报,1922,13(12):13—23.

现有的胶着状态。

　　游戏人间更似女媛赌气的痴语,实则暗含了个人对未来的期许。即便世道浇漓,她们仍然在找寻温暖恬淡的一方净土,渴望由这片土地滋养人生的美善。现实中,陈腐的社会观念阻塞着女媛的发展道路,她们渴望随心而动却又踌躇不已,唯恐不小心陷入万劫不复之地。庐隐借主人公亚侠道出女子内心的矛盾与愁苦:

> 我在世界上,
> 不过是浮在太空的行云!
> 一阵风便把我吹散了,
> 还用得着思前想后吗?
> 假若智慧之神不光顾我,
> 苦闷的眼泪,
> 永远不会从我心里流出来呵!

　　个人主义思想激发了女媛对自由的向往,现代教育使她们明确了自我的存在价值。但是,在封建沉疴的羁绊下,她们的理想与社会现状相去甚远,个体想要改变生活模式却苦于寻不到出路。她们难以掌握"破""立"之间的分寸,不可避免地陷入无路可走的绝境,于是纷纷将烦恼的根源归结为知识的苦缠。尽管女媛接受了新思想的洗礼,但还未被个体内化为坚固的价值体系。于是,每当情智发生冲突,"智战胜了,便要沉于不得究竟的苦海,永劫难回!情战胜了,便要沉沦于情的苦海,也是永劫不回"①。一个个患有时代病的名媛形象是"五四"落潮后抑郁苦闷的新青年的缩影。

　　《海滨故人》中五个女大学生"都是很有抱负的人,和那醉生梦死的不同",她们常常聚在一起探讨人生的意义,却没能帮助她们摆脱烦恼。几位女媛先后痛苦地陷落逼仄的现实。宗莹不满父母为她挑选的结婚对象,"若果始终要为父母牺牲,我何必念书进学校。只过我六七年前小姐式的生活,早晨睡到十一二点起来,看看不相干的闲书,作两首滥调的诗,满肚皮佳人才子的思想,三从四德的观念,那么父母之命,媒妁之言,我自然遵守,也没

---

① 庐隐.或人的悲哀[J].小说月报,1922,13(12):13-23.

有什么苦恼了!现在既然进了学校,有了智识,叫我屈服在这种顽固不化的威势之下,怎么办得到"①。露沙面对现实情境感叹道:

>"十年读书,得来只是烦恼与悲愁,究竟知识误我?我误知识?"云青道:"真是无聊!记得我小的时候,看见别人读书,十分羡慕,心想我若能有了知识,不知怎样的快乐,若果知道越有知识,越与世不相融,我就不当读书自苦了,"宗莹说:"谁说不是呢?就拿我个人的生活说吧!……我有一个亲戚,时常讲些学校的生活,及各种常识给我听,不知不觉中把我引到烦恼的路上去,从此觉得自己的生活,样样不对不舒服,千方百计和父母要求进学校。进了学校,人生观完全变了。不容于亲戚,不容于父母,一天一天觉得自己孤独,什么悲愁,什么无聊,逐件发明了。……岂不是知识误我吗?②

她的犹豫、伤感代表了知识女性在新旧文化夹缝中的两难处境。象牙塔创造了一个相对平静、自由的言论空间,现代思想促使个体追求个性解放、自由爱情,但当她们站在人生的十字路口面对选择时全然失掉了反叛的勇气,作出的决定往往背离了初衷。社会的文明新风依旧没有进入女性的现实,自由恋爱的结局不是情深缘浅,便是以死相抵也求而不得。她们总是以一副接受者的姿态面对外界,不论是新思想的感召还是旧观念的约束,灌输给什么样的思想就输出同质的行动,个体尚缺乏明晰的价值判断。究其原因,女媛机械、囫囵的思想承袭一是因为女子解放畅行不久,沉重的性别拘执下新旧思想的更替需要一个消化的过程,生活在这个时代的青年必要经历自我蜕变的阵痛。二是伴随着五四运动成长起来的名媛正值青春年少,她们涉世不深,还未将知识与生活系统地结合形成富有逻辑性的思维。面对选择时,她们无法斩钉截铁作出判断,往往由忧愁烦闷的情绪排挤了理性的成分,越发陷入情绪旋涡中不能自拔。三是她们的同盟者同样缺乏坚

---

① 庐隐.海滨故人[M]//肖凤,孙可.庐隐选集.天津:百花文艺出版社,1983:78.
② 庐隐.海滨故人[M]//肖凤,孙可.庐隐选集.天津:百花文艺出版社,1983:80-81.

定的意志,对方的逃脱很容易击垮个体前行的勇气。现代思想中超前于社会大众的意识使她们一旦离开这座象牙塔,便要面对席卷而来的传统力量,缺乏斗争经验的女媛纷纷陷落也就不足为奇。四是刚刚解放的女性在现代思想的召唤下萌生了一系列争取自我权利的意愿,但她需要面对的不只是传统社会秩序与道德规范,还有亲情的绑缚与周遭鄙夷的眼光。对于成长初期的个体来说,自身尚且需要时间建立一套稳固的价值体系。当自我与外部环境处于震动情况下,独自抵抗乃至反叛是一件极其困难的事情。所以,当个体面对内忧外患,无力解决时就轻易陷入情智激战的漩涡。

女媛们聪慧地以同性之谊的方式建立一座乌托邦式的高垒以抵制外界的压迫。《海滨故人》中露沙、玲玉、云青、莲裳、宗莹借此隔绝陈腐观念与男性世界。她们的被动地位和怯懦心态昭然若揭。个体对未知充满恐惧,不敢贸然反抗传统,也不敢恣意地追求自我,加上周边同学的婚姻遭遇使她们对爱情产生怀疑,只好将身心藏至同性之谊中求获抚慰。随着她们"接二连三都卷入愁海",或嫁给了并无感情的对象;或在父母的强势介入下埋葬自我,接受包办婚姻;或为了爱情放弃事业;或面临插足他人婚姻的窘境。人无法拒绝成长,就如同她们无法永远停留在人生的舒适区逃避问题,这座遗世独立的情感堡垒最终也逃不出曲终人散的结局。

拉康认为人们正是在持续不断地对某个形象的认同中产生自我,决定人的主体性的不是动力、禀赋、倾向,而是主体之间的相互影响。同性之谊搭建起一片私密的、安适的领域,成员在此相互依偎、互诉衷肠。《丽石的日记》中丽石和男性接触总觉得不自由,喜欢同沉青聚在一起,"两人从泛泛的友谊上,而变成同性的爱恋了"[①]。丽石甚至觉得自己为了沉青而存在。当沉青订婚的消息传来时,丽石的精神世界崩塌了,她无法接受情感寄托被别人夺走的现实。反观沉青,订婚时她痛恨父母的自私,后来在表兄体贴入微的照顾下,心甘情愿接受了这份感情。至于先前的同性爱恋,她认为不过是小孩子玩的游戏,甚至劝丽石早日醒悟。两人的情感归途表现出个性解放之初女媛精神空间的孤寂与焦虑,她们背离封建传统文化的每一步行走都显得异常艰难。个体还未形成坚定的意志,需要别人从旁协助以稳定心志,

---

① 庐隐.丽石的日记[M]//中国现代文学馆.庐隐代表作.北京:华夏出版社,1998:74.

他人的支持对女媛构成自我认知至关重要。

凌叔华的《说有这么一回事》也注意到女性之间超乎寻常的情感同盟。影曼和云罗在校庆表演中分别饰演罗密欧与朱丽叶,朝夕相处中两人互生情愫。影曼不仅在戏剧中扮演男性角色,在两人的关系中也是代男性身份出现的。他拿起手帕替云罗擦泪,"世上事就在人为,我们怎不能永远在一块呢?……我想我爱你的程度比任何男子都要深,都要长久,你一定明白吧?你当嫁给我不行吗"①。尽管两人情感深厚却在当时不可能有结果,终以云罗出嫁、影曼痴等惨淡结束。丁玲的《暑假中》通过玉子与娟娟、承淑与嘉瑛之间如情侣般的欲望展现,表达了女性对传统伦理道德的扞拒。可是,现实中受封建思想、文化心理的制约,同性恋爱不但难以被主流认可,还常常处于遮掩状态。其实同性之谊也是女性逃避性别拘制的一种心理代偿,能够让她们从婚姻中的被动接受者变成主动改变者,以另类的方式反抗男权权威。个体在这场情感革命中经历了觉醒与困惑、放纵与自持、孤独与死亡的复杂过程却依旧无法自明,她们困守在重重秩序内为现实和自我处境伤感、焦虑。

"五四"时期,接受了现代教育的名媛在思想观念与思维方式上发生了很大的变化。她们向往自由平等的现代生活方式,但传统观念的掣肘使个人在人伦纲常中既想作顺民又想当逆子。知识赋予她们反叛的勇气,却没有教会她们如何抗争。女媛在理想与现实的罅隙中找寻人生的意义,新文化与旧思想之间的更新与粘连注定了知识主体要经历一系列苦痛与悲愁。这是过渡时期先觉者必定要经历的蜕变,也是个体在与外界博弈中逐步认识自我的一个过程。

二、自由社交中的踟蹰

现代文明风气渐起,但封建思想的瘴气总是让新鲜事物变了味道。男女间的交往依旧被热议。"见一封信,疑心是情书了;闻一声笑,以为是怀春了;只要男人来访,就是情夫;为什么上公园呢,总该是赴密约。"②怡萱多次

---

① 凌叔华.说有这么一回事[M]//凌叔华文萃.北京:文化艺术出版社,2002:228-229.
② 鲁迅.寡妇主义[M]//鲁迅全集:第1卷.北京:人民文学出版社,1981:264.

恳求父母允许她外出学习,她对校园里的一切都充满好奇,直到一封匿名的求爱信打破了她的生活,父母发现后不听她解释就断定女儿受到"坏"风气的影响。怡萱自此失去了继续上学的机会,在郁郁寡欢中丧命。(《是谁断送了你》)现实中,山东济南女师一名学生自由恋爱后怀孕生子。校长派人用提盒盛着婴儿同女学生一起送回老家。父亲感到耻辱逼她投井自尽。校方以此事为由,"宣布在某月某日要检验学生的贞操,请医生来检查处女膜;若非处女,立即开除"①。贞洁名誉对于女子来说是比生命还要重要的东西,这种观念在轰轰烈烈的新文化运动开展后也没有得到多大改善。自由恋爱实际上成为某些男性编织情网的话语诱惑。他们玩弄感情,抛弃妻子后,现代风尚与思潮成为他们抵制谴责的挡箭牌。而对女子来说,同样追求所谓的个性自由、婚姻自主后,无可避免要付出血和泪的代价。自我留下的只有"有限的自由"与被物化的身份。

《女儿身世太凄凉》中大方地开展社交活动的表小姐行为举止新潮。她不在乎周遭的眼光,经常与华家的两位少爷和孙总裁的公子一起跳舞、看戏。她因为拒绝了三位男子的求婚而遭到诽谤,三人各自对外宣称表小姐已经允诺婚事,并在报上刊登香艳诗文,声称是表小姐赠给他们的。表小姐被冤枉却无处说理,最后抑郁而终。相较于旧式妇女,萌生出自我意识的她蔑视传统礼教的束缚,勇敢进入公共领域开展自由社交,但并非个人转变思想,抛弃传统做派就标志着弃旧立新的完全实现。封建思想的顽固性和强大的附着力使个体难以轻易摆脱它的控制,更毋论过度自信,轻视了传统的力量。

当文明新风渐起,男女公开社交已颇为流行。芳影与朋友的哥哥王斌一起出游,其间王斌彬彬有礼、处处体贴使她心生爱意。她茶饭不思等待对方再次邀约,等来的却是一封婚帖。(《吃茶》)在西洋留学的王斌习惯西式社交礼仪,他出于尊重,总是妥帖地照顾女士。但在芳影的认知中身体触碰带有暗送秋波的意味。芳影自认行为做派相当现代,她奉行的新式价值标准实施无果后感到茫然。实际上,这类女媛只有表面上学得男女交友的形式,还没有完全适应思想观念急速变化的社会。作为新旧秩序更替中的探

---

① 隋灵璧.五四时期济南女师学生运动片断[M]//中国社会科学院近代史研究室.五四运动回忆录(下).北京:中国社会科学出版社,1979:690-691.

索者,"芳影们"势必要在尝试中找寻出口,以一次又一次的试验扩展女子生命的宽度。

随着社交风气盛行,女媛成为摩登女性的代表,社交场上处处都有她们的身影。《茶会以后》描写了两位出门参加舞会的姐妹总"觉得不舒服,样样都得小心",虽心里羡慕那些"同男朋友那样起劲的说笑"的小姐,但内心的隔膜使她们缺乏这样做的勇气。她们虽进入社交场却不理解自由社交的意义,随波逐流的行动只会将自己置于文化尴尬的缝隙,一边不敢断然抛弃传统女子的行为规范,一边惧怕突然某一天摩登的生活方式遭受众人指责。个人的惆怅、迷惘既源于青春期的少女情愫,也来自左右为难的现实处境。先进思想和现代观念的落地不是一蹴而就的,名媛因袭着新、旧价值观念行进在现代的舞台上的演出显得那样滑稽与悲哀,她们需要外界的帮助以消解个体内部存在的矛盾,没有适时的思想引导与社会文化变革,她们不是无奈地沉溺在狭仄的空间,就是走上蜕变、异化的道路。

三、情智冲突

1911—1925年,《新青年》《晨报副刊》《妇女杂志》《学生杂志》等较为活跃的现代刊物曾就爱情与个人自由意志、人权、家庭改革和解放女性的关系展开过数场讨论。对于资产阶级来说,"在字面上,在道德理论上以及在诗歌描写上,再也没有比认为不以夫妻相互性爱和真正自由的协议为基础的任何婚姻都是不道德的那种观念更加牢固而不可动摇的了。总之,恋爱婚姻被宣布为人权,并且不仅是'男子的权利',而且在例外的情况下也是妇女的权利"[①]。"爱"是人类最基本的需求,却是千百年来女性渴望而不可言的梦,昔日的私语成为今日的宣言,引发了她们心中的热火。名媛作家把神圣的"爱"当作人生信条,试图通过"情"的触动,催醒女性作为"人"的意识,以突隙之烟焚毁百尺之室,帮助女性摆脱观念上的枷锁。

"作为解放的总趋势,爱情成了自由的别名,在这个意义上说,只能通过爱,只能通过释放自己的激情与能量,个人才能真正成为完整的人,自由的

---

① 恩格斯.家庭、私有制和国家的起源[M].中共中央马克思恩格斯列宁斯大林著作编译局,译.北京:人民出版社,2018:87-88.

人。"①自由婚恋是名媛反抗封建礼教最直接的途径,她们率真、直白地呼喊着"人活着的意义基本是在能体验情感","没有情感的生活简直是死"②。"人们要不知道争恋爱自由,则所有的一切都不必提了。"③爱讲究的"是奉献,绝不是占夺或攫取呀"④,它可以是心心相印的两人在"时间的无涯的荒野里,没有早一步,也没有晚一步,刚巧赶上了"⑤,也可以是人生的全部意义,"我这回只是为了爱生的,不但我本身是爱,恐怕我死后,我冷冰冰的那一块青石墓碑,也只是一团晶莹的爱,离开爱还有什么生命?离开爱能创造血与泪的艺术么"⑥。爱情被当作自由的精神信仰,她们开始跟随自我意志行动,但这些处于潮流尖端的新女性在社会中毕竟占少数,她们的言行与当下的社会环境和文化氛围格格不入。个人与封建家庭争夺权利时,由于主观情感的驱动常常呈现出犹豫、失落的状态。因为个体无数次地衡量过天平两端的分量,无论得到哪一方,对她们来说都是愧疚与空虚感掩盖掉获取的喜悦之情。这种焦灼的"情智激战"主要表现在两个方面:母爱与情爱的冲突,事业与爱情的抉择。

名媛是伴随着五四运动成长起来的第一代新女性,她们的母亲大多是旧式妇女,两者在思想观念上差距较大,但母亲往往作为她们的精神后盾抚慰人生。女媛写了不少文章歌咏母亲的贤良,依恋母亲的温暖。冰心曾颂扬道,"母亲啊!撇开你的忧愁,容我沉酣在你的怀里,只有你是我的灵魂的安顿"⑦。石评梅心中的母亲是"我们永久倚凭的柱梁"⑧。冯沅君认为"家

---

① 李欧梵.现代性的追求[M].北京:三联书店,2000:99.
② 林徽因.致沈从文(三)[M]//梁从诫.林徽因文集:文学卷.天津:百花文艺出版社,1999:332.
③ 冯沅君.隔绝[M]//袁世硕,严蓉仙.冯沅君创作译文集.济南:山东人民出版社,1983:4.
④ 苏青.结婚十年[M].北京:中国妇女出版社,2015:23.
⑤ 张爱玲.爱[M]//来凤仪.张爱玲散文.杭州:浙江文艺出版社,2000:70.
⑥ 白薇.琳丽[M].上海:商务印书馆,1925:32.
⑦ 冰心.繁星(三三)[M]//林非.冰心名作欣赏.长春:吉林摄影出版社,2003:336.
⑧ 石评梅.母亲[M]//屈毓秀,尤敏.石评梅选集.太原:山西人民出版社,1983:83.

人的爱——尤其是母亲的爱——把这三代人紧紧的连在一起了"①。苏雪林"觉得世界上可爱的人除了母亲更无其他,而我爱情的对象除了母亲,也更无第二个了"②。她们对母亲的感怀是确认自我身份、界定行为边界的一种方式。但伟大的母爱也被主流话语赋予无私的光环,将母性引入道德的高墙,一点点腐蚀掉个体独立自主的愿望。言行举动再一次被标准化的母亲也成为稳固父权制的帮凶,她以爱之名将女儿召回传统价值体系。名媛一面渴望追求自由爱情,一面不忍决绝地反抗母亲,原生家庭提供了优渥的生活,父母往往还给予个人一定的自主权,在感念母爱时她们痛心、纠结,破茧重生的豪情一点点地被温情软语裹覆窒息。

《隔绝》的女主人公在写给恋人的信中表达了她的纠结。

> 我爱你,我也爱我的妈妈,世界上的爱情都是神圣的,无论是男女之爱,母子之爱。试想想六十多岁的老母六七年不得见面了,现在有了可以亲近她老人家的机会,而还是一点归志没有,这算人吗?我此次冒险归来的目的是要使爱情在各方面的都满足。不想爱情的根本是只一个,但因为表现出来的方面不同就矛盾得不能两立了。③

在母爱与情爱的矛盾中,她幼稚地以为慈善的母亲能够理解她的处境,哪承想一回家就被母亲囚禁在屋内指责她的大逆不道,逼迫她接受定亲。她痛苦不已,宁可牺牲生命也要成全自由,这种"不得自由毋宁死"的气魄却只是空虚的豪情。她在回顾往事时,认为自己的"一生可说为爱情拨弄够了。因为母亲的爱,所以不敢毅然解除和刘家的婚约,所以冒险回来看她老人家。因为情人的爱,所以宁愿牺牲社会上的名誉,天伦的乐趣。这幕惨剧的作者是爱情,扮演给大家看的是我。我真要对上帝起交涉了。以后假如他不能使爱情在各方面都是调和的,我誓要他种一颗种子,我拔一棵爱苗,

---

① 冯沅君.慈母[M]//袁世硕,严蓉仙.冯沅君创作译文集.济南:山东人民出版社,1983:33.

② 苏雪林.母亲[M]//张昌华.浮生十记.南京:江苏文艺出版社,2005:301.

③ 冯沅君.隔绝[M]//袁世硕,严蓉仙.冯沅君创作译文集.济南:山东人民出版社,1983:4-5.

决不让爱字在这个世界再发现一次"①。她甚至没有尝试争取一下,母亲的拒绝就让她缴械投降。个人无比渴望自由却缺乏可行的计划,当矛盾超出她的接受阈值时,感伤情绪淹没了问题本身,她只沉溺于自己的不幸,却不去想如何打破这种不幸,留给她成全自由的方式也只能是牺牲自我。那么为爱牺牲的勇气有多少价值其实是值得商榷的,爱情同盟也随之表现出脆弱不堪。

《隔绝之后》从另一角度描写了两人的情感故事。隽华在北京读书时与士轸相识,两人情投意合却都已订婚,他们盟誓要终身守候。隽华为此六年不曾回家,想摆脱包办婚姻的挟制却无法逃离母爱的召唤。她回家后就被母亲幽禁起来,她不愿背叛与士轸的誓言,也不忍反抗母亲的意愿,最终选择自杀以维护自我意志。"恋爱的路上的玫瑰花是血染的,爱史的最后一页是血写的,爱的歌曲的最终一阕是失望的呼声。"②她以血的代价获得了爱情的胜利,但这代价太苦了。隽华在遗书中对母亲的表白更是字字锥心。

> 我爱你,我也爱我的爱人,我更爱我的意志自由,在不违背我后二者的范围内,无论你的条件是怎样苛刻,我都可以服从。现在,因为你的爱情教我牺牲了意志自由和我所不爱的人发生最亲密的关系,我不死怎样?……阿母!你也不要怨我,我也不怨你,破坏我们中间的爱情的,是两个不相容的思想的冲突,假如以后这样的冲突不消灭,这种惨剧,决不能绝迹在人类的舞台上。③

这两封信体现出隽华在母爱与情爱中的两难处境。自由意志是她的生命信仰,母亲是她的精神依偎,两相比较下个体根本无从解决情感中的矛盾。冯沅君笔下的男性不同于胡适、鲁迅塑造的启蒙者可以为女子指引人生方向,他除了甜蜜的誓言、苦痛的哭泣外,往往无力处理两人的未来。情

---

① 冯沅君.隔绝[M]//袁世硕,严蓉仙.冯沅君创作译文集.济南:山东人民出版社,1983:11.
② 冯沅君.隔绝之后[M]//袁世硕,张可礼.陆侃如冯沅君合集:第15卷 冯沅君创作译文集.合肥:安徽教育出版社,2011:15.
③ 冯沅君.隔绝之后[M]//袁世硕,张可礼.陆侃如冯沅君合集:第15卷 冯沅君创作译文集.合肥:安徽教育出版社,2011:12-13.

感同盟中的男子更像是一个空洞的能指,默不作声地看着女子上演一出杜鹃啼血的独角戏。

《慈母》中的"我"亦是如此。"我"回家路上都在想如何应对母亲的逼婚,在打开家门与母亲四目相对的一瞬间,"我"所有的谋划都抛之脑后,只剩下对母亲的歉疚。《误点》中的继之,《写于母亲走后》的"我",《海滨故人》中的云青陷入同样两难的境地,"慈母的爱,情人的爱,两种爱构成了幕互相冲突的悲剧,特聘我来扮演这幕戏的主角;使我精神上感到五牛分尸般的痛苦。抛不下恋爱的徘恻缠绵的浪漫生活,舍不了我的刻板拘泥而诚挚朴实的家庭"①。在母亲的温柔安慰下,母爱战胜了情爱;在自由意志的驱使下,情爱战胜了母爱。究竟吾谁适从?几番思索,她们被这"世间唯一的、绝对的、神圣的母亲的爱"感化了,情感的天平倾向母亲。名媛在反抗家庭中常常表露出软弱、动摇的行为,理想化的个人主义和传统思想的滞重使她们难以获得两全其美的人生。

走出原生家庭,追求新式爱情作为当下社会的一种理想范式,带着令人振奋的狂喜。无奈好景不长,"社会上事无大小,都恶劣不堪,像一只黑色的染缸,无论加进甚么新东西去,都变成漆黑"②。《棘心》中杜醒秋原是一所小学的女教师,得知大学招收女生后想去报考却遭到家人百般阻挠,最后以死相逼才获得上学的机会。她聪慧好学、独立自强,大学毕业后远渡法国留学。在法国时,秦风猛烈的追求使醒秋动摇了,她曾想写信请父母解除婚约,"夫家的责言,乡党的讪笑,都可以不管,只是她的母亲,她的严正慈祥的母亲,哪能受得住这样打击?她这样是要活活地将母亲忧死,气死,愧死"③。母亲是她人生的唯一标尺,也正是母亲的一封书信促使她决心与秦风断绝往来。"我战胜了,我到底是战胜了自己!这不过是一场迷惘,不能算什么恋爱。人生随时随地都会有迷惑的时候。但我这一次若不是为了母亲,则

---

① 冯沅君.误点[M]//袁世硕,严蓉仙.冯沅君创作译文集.济南:山东人民出版社,1983:34.
② 鲁迅.两地书[M]//鲁迅全集:第11卷.北京:人民文学出版社,1981:20.
③ 苏雪林.棘心[M]//中国现代文学馆.苏雪林代表作.北京:华夏出版社,1999:150.

我几乎不免"①。神圣的母爱驱走了自我的欲望,这时醒秋心中的母爱与情爱不再处于天平的两端。"我战胜了自己"这句话中包含着微妙的情感变化,尽管秦风炽热的爱带着迷惑的撩拨令她手足无措,但母亲的地位始终是不可撼动的。醒秋也将母亲作为映照自我的一面镜子,她庆幸母亲的召唤让自己在这场爱情决战中打了胜仗。如果说在醒秋与秦风的关系中,母爱代表了一种与情爱对抗的力量;那么在她与叔健的婚约中,母爱则消弭了情爱的存在,将她牢牢置于传统性别秩序内部。

醒秋与留学美国的未婚夫叔健通信两年后,发现彼此的思想存在巨大的差异,她向家里提议解除婚约却遭到父亲的斥责。醒秋骂道:"老顽固,你要做旧礼教的奴隶我却不能为你牺牲。婚姻自由天经地义,现在我就实行家庭革命,看你拿什么亲权来压制我?!"②她本想反抗父亲的专治,但当她收到母亲的来信,看到母亲恳切的言辞,想到她饱经苦痛的病体时,醒秋犹豫了,"要顾全自己,只有牺牲母亲,要顾全母亲,只有牺牲自己,她走的路是一条极窄极直的路,不容后退,也不容徘徊"③,最终决定"不能为一己的幸福而害了母亲"。她因为母亲放弃了自我,接受了包办婚姻,当初那个自立要强的新女性早已没了踪影。在婚姻问题上她变得保守、木讷,自欺欺人地幻想这样也好,既能遵从礼教又能完成慈母的意愿,她将亲情的力量成功附加在爱情上,形成了一套自适其适的人生哲学。"我们的婚约是母亲代定的,我爱我的母亲,所以也爱他。"④名媛在与传统伦理观念的对抗中还没有正式交涉就自动缴械,她将自己的顺从归结为母爱的召唤。制度化的母性将传统妇女世代奉行的行为准则传承给女儿,寄予她贤良淑德的品质与无私付出的精神,客观上软化、抑制了个体自我意识的生成。醒秋这一类新女性体谅封建家庭中母亲的不易,出于对母亲的爱,她们的理智极易被情感左右,导

---

① 苏雪林.棘心[M]//中国现代文学馆.苏雪林代表作.北京:华夏出版社,1999:151.
② 苏雪林.棘心[M]//中国现代文学馆.苏雪林代表作.北京:华夏出版社,1999:180.
③ 苏雪林.棘心[M]//中国现代文学馆.苏雪林代表作.北京:华夏出版社,1999:195.
④ 苏雪林.小小银翅蝴蝶的故事[M]//张昌华.苏雪林散文.杭州:浙江文艺出版社,2000:50.

致个人无法区分母爱与打着母爱名义的封建意识。她们将自我作为回报母爱的祭品献给家庭,难免成为时代的牺牲品。

苏雪林说过:"蜕变的时代总是痛苦的,诞生于这蜕变阶段的中国人,生来也要比以前以后时代的人,多受痛苦。他们以亲身经历旧制度的迫害之故,憎恨之念较为坚强;但他们以熏陶旧文化空气较久之故,立身行事,却也自由准绳,不像后来那些自命新时代的青年,任意所之,毫无检束,甚至不惜牺牲他人的利益,来满足自己的欲望。因此那个蜕变的时代让人不免都带着点悲剧性。"①个体在母爱与情爱的交锋中无论怎样选择都只会落得败局。个人意志的软弱与因袭的传统观念为女子行走戴上了沉重的镣铐。压垮她们的并非舆论压力、封建家庭的逼迫,而是内心无法停止的斗争。她们一面肩负着打破封建枷锁的使命,另一面怀有一种对原生家庭的负罪感,追求个人主义的行为并非出于坚定的主体意识,而是随思潮而动的盲目跟进。主体以外力作为驱动核心是很难达到理想效果的,更不用说挑战强大的封建秩序,往往个人还未到达目的地就在行进中坠入深渊难以脱身。

1927年,潘光旦就"婚姻目的"在上海市民中进行调查,统计结果显示"浪漫生活与伴侣"排在前列,选择此项的被调查者大多社会地位较高,且受教育程度越高的人对此项越为重视。当时,包办婚姻仍是缔结婚姻的主要形式。个人主义思想催生了个体自我意识的觉醒,自我意志被无限放大,即便已婚男子再遇到心动的对象,宁可抛妻弃子也要追求罗曼蒂克的爱情。男子以自由平等为道德武器捍卫自己追求爱情的权利,而旧式妻子往往成为个人主义思想下的牺牲品。争取人格独立,平等权利的新青年怀揣着对浪漫爱情的幻想进入新式小家庭。婚前,男子爱上的是女子的才情和抱负,及至婚后,却要求她们安分守己地做好贤妻良母。同样接受了新式教育的丈夫,思想观念却如此陈腐。当代政治理论家卡罗尔·帕特曼指出,现代公民社会仍然是男权制的社会,社会契约是一个关于自由的故事,而性契约则是一个关于隶属的故事;公民自由是一种男性属性,它取决于男权;父权制是男权制的一部分,推翻专制暴虐的父权制并不意味着人类社会男权制的解除,儿子推翻了父亲的统治之后不仅获得了自由,而且为了自己保障了女

---

① 苏雪林.棘心[M]//中国现代文学馆.苏雪林代表作.北京:华夏出版社,1999:195.

人。青年男女携手反抗封建家庭制度对人身的压迫,他们自由恋爱、组成新式家庭。男子承续了父亲的权威,在新家庭内享有较高的地位。而女性从"女儿"到"妻子"的身份转变并没有改变性别隶属关系,她们因缺乏经济支撑只好默默承担起照顾家庭的责任。

值得注意的是,冰心笔下的名媛在新式家庭中的生活怡然自得,她们常常以"新贤妻良母"的形象出现,不但有学问、有教养,善于化解各种难题,而且操持家务得心应手。《我的邻居》中的 M 太太,为人温柔贤惠,吃苦耐劳,既有自我牺牲精神又讲究伦常礼义,从不抱怨生活中受到的委屈。《两个家庭》中的亚茜将家庭事务打理得井井有条,她用心教养小孩,协助丈夫事业。《我的学生》中的 S 不仅功课优秀而且多才多艺,长相漂亮,头脑机敏,她和丈夫迁至抗战后方时,把生活中的苦难当作磨炼,后来 S 因献血给一个病危的女子,失血过多而丧生。小说中一系列完美的贤妻良母呼应了男权话语秩序下理想化的女性形象,体现出冰心家庭本位、男子本位的社会改良观,这也与启蒙者赋予女作家的时代使命相吻合。冰心在安富尊荣的生活中很难体会到陈旧的社会规范给女性带来的束缚。包容的母爱使她时时感念家庭的温暖,她在书写中习惯性地从肯定贤母良妻的角度缓解女子与家、国之间的紧张关系,她笔下的名媛也借助无所不能的"爱"调和生活中的所有问题。

这类过于理想化的形象只属于冰心。绝大多数女子在新式家庭中难逃伴生物的命运,甚至丧失自我发展的权利。男权控制下的家庭要求女性承担起贤妻良母的职责,男子以爱情之名软化妻子对夫权的反抗和质疑。女媛在小家庭中鲜少出现痛哭流涕式的情感宣泄,更多是自我调适后强颜欢笑地接受现实。《前尘》中伊与丈夫历经困难结为夫妇,然而婚后不是甜蜜而是愁苦的开端,伊不仅抛下闲时读书的习惯,下厨烹饪担起母职,还要遭受表兄的讥讽,"女孩子何必读书?只要学学煮饭、保育婴儿就够了"。《胜利之后》的沁芝经历无数艰辛终获婚姻自主,完成人生大事,但婚后生活中家务成为她唯一的责任。肖玉也发觉组建家庭后的生活黯淡失色了,自己已沦为所谓的"高等游民"。《一个女作家》中的钰姗觉得婚后自己身上的责任更重了,不但要为家庭负责,还要为金钱和名誉付出。《何处是归程》中的沙侣整日忙于整理家务,抚养孩子,侍候丈夫,事业志趣俨然成为陈迹,她"不时的徘徊歧路,悄问何处是归程"。《绮霞》中烦琐的家庭事务一点点地磨掉绮霞少女时的梦,她看着被虫蛀了的琴盒,就像虫子咬在自己心头。女媛自我建构的过程中不时流露出茫然、慌张的神色,其中既有传统性别规范对女性强大的约束,也有男性话语对解放女子行动的含糊,还因社会未曾提供给女性合理的生存空间。以自由婚恋为起点,"将此作为唯一内容的所谓'解放'将是无望的",爱已不是稳固的依靠,家也不是温暖的归属,女媛在自己一手创造的小家庭中又一次丧失独立人格,出现明显的精神危机,巨大的心理落差使她们对婚姻产生怀疑。摆在面前的另一道难题是,她们究竟选择在家里做个清醒的牺牲者还是到社会上做个孤零的奋斗者。

经过一段时间的思考,如络绮思般富有勇气的奋斗者决心把学问和事业当作人生的伴侣。络绮思取消了与瓦德教授的婚约,并向未婚夫解释道:"结婚的一件事,实是女子的一个大问题,你们男子结了婚,至多不过加上一点经济上的担负,于你们的学问事业是没有什么妨害的。至于女子结婚之后,情形便不同了:家务的主持,儿童的保护及教育,哪一样是别人能够代劳的?"①若干年后,络绮思在学术上终有所成,但内心深处依旧渴望家的温暖。她在梦里成为瓦德的妻子,共同抚养了两个可爱的小孩,"这个感慨,这个惆怅,除了络绮思自己之外,却只有对面的青山,能够了解和领会,就是她的老朋友——瓦德——现在已是子女满堂的瓦德——也是绝对不容窥见这个神圣的秘密的"②,美丽的梦只能是她一个人的秘密。家庭的缺失使她常常纠缠于心魔中,事业、名誉固然能够振奋她一时的心绪,却难以滋润干枯的灵魂。社会中男女平等尚未实现,女性想要取得和男子一样的成就,必然要付出巨大的代价。秋心也是如此,她同远在异国读书时相恋,为了不影响自己的事业拒绝了远的求婚。十年后,当两人在船上相遇时,秋心回忆起远对她的誓言,期待着年少断绝的情愫继续滋长。但下船后远一家团圆的画面敲醒了她的美梦。这里的梦是女媛们真实欲求的婉转表达,当她们获取事业上的成功后,难掩对当年选择留下的遗憾。作家为女媛拓宽了人生的宽度后,也提出了基于人的属性的根本性问题。

另一些进入婚姻的名媛日日埋头于柴米油盐,绮霞几乎忘记年少时自己多么热爱音乐。在朋友的劝说下,她拿起荒废多年的小提琴,生活逐渐被

---

① 陈衡哲.络绮思的问题[M]//小雨点.上海:上海书店出版社,1928:106.
② 陈衡哲.络绮思的问题[M]//小雨点.上海:上海书店出版社,1928:110.

琴声点染了韵律。她每日醉心于练琴,惹来了婆婆的不满。绮霞在家庭与音乐之间犹豫不已,放下家务事总觉得没有尽妻子的本分,放下提琴又觉得白活了一世,终于她下定决心离开丈夫,"爱你的日子还长着呢,如果此时不去学琴,将来便没有希望了"①。绮霞远赴国外学琴,丈夫寻找她三年未果又娶了妻子。归国后的绮霞在女校谋得教职,她孤独的身影与悲凉的琴声诉说着人生的寂寥与无奈。沉樱的小说《妻》中的"我"和妻都厌恶做家庭中人,两人抱定从事文学的共同理想,哪知怀孕打破了俩人的生活节奏,妻日日忧烦"自己是连作妻子样的人都不愿意的,想到要去做母亲这样的事,说不出是怎样的厌恶"②,她担心会忍不住将整个身心倾注在孩子身上以致前途荒废。但当她想象有孩子之后的幸福,忍不住同丈夫分享未来的甜蜜。几经思量后,她决定不陷入做母亲的牢笼,去医院打掉了孩子。与"妻"类似不愿被家庭琐事缠身的女性,将一切阻拦她们前途的事物统统划去。如果说爱情与事业对立时,实现自我价值带来的成就感、归属感多少能维持个人内心的平衡,那么,当爱情结晶到来时,情智冲突中还包含了一个萌芽中的新生命,无论个人怎样选择,都需要面对生命的部分缺失。小说中打掉孩子的妻的精神再也不像先前那样愉悦,她总是想起这个孩子将会给小家庭带来的温暖。即便女媛剔除了所谓的干扰自我发展的因素,也难以获得满意的结果。生活的复杂性在于它提出的问题从来不是一道选择题,如果掉入非黑即白的思维模式,那么"快乐是永远在希望与想象之中的,而实际上则只有空虚"③。名媛苦苦追寻人生、自由这些问题的答案,她们也在文本中不断拓宽对性别价值的探索与实践。

袁昌英在小说中制造重重巧合让女主人公得到圆满的结局。玫君原本抱定独身主义观念,准备到巴黎乡间隐居以潜心研究学问。可母亲的遗信使她惊醒,原来子湘就是她儿时的救命恩人。

---

① 凌叔华.绮霞[M]//女人.天津:天津人民出版社,2016:172.
② 沉樱.妻[M]//中国现代文学馆.沉樱代表作:某少女.北京:华夏出版社,2009:108.
③ 沉樱.妻[M]//中国现代文学馆.沉樱代表作:某少女.北京:华夏出版社,2009:120.

玫君,人生如白驹过隙,何必自苦乃尔呢? 并且情感与理智并非不能调和而互助的。只要你认清题目,审虑周详,从理智的明光来引导情感的倾动,世间的阻隘没有打不破的。并且有许多事,初试之觉有障碍,及处之得法,未始不可利用之以促成我们的事业。婚姻就是这样一件事。你如果要实现自己的意志,问题还在你自己,并不在你有无夫婿,况且夫婿有时还可襄助你咧! 论到此地,你必谓夫婿固然有时可以相助,然其助力抵消一个家庭的累赘还不足。固然如此,但是家庭的负累也并非不可设法消灭的。总而言之,家庭为人生要素之一,事业虽不可牺牲,然人的生趣也不可忽视。无论男女,苟欲享受一个完全无缺的人生生活,婚姻是不可少的。①

　　戏剧化的设计下玫君既完成了母亲的遗愿,也报答了恋人的恩情,更主动获得了美满的小家庭。袁昌英在文中没有用大量的笔墨渲染情感与事业之间的矛盾,她认为对女子来说两者是缺一不可的,不要因为追求事业而漠视家庭,也不要因为全然奉献而放弃自我。女子面对生活中的问题须凭借坚忍的意志、聪慧的头脑摆脱当下环境对女性的压迫。作家基于性别的真切渴望与怜爱在小说圆满的结局中体现得淋漓尽致,这种融合了母爱、情爱、事业的完美结局或许只有在罗曼蒂克的小说中才能得以实现。

　　名媛以自由之名挑战封建社会秩序的行为非常容易被视作离经叛道之举,但是,从她们的角度来看何尝不是作出诸多妥协,放弃了属于人的基本权利。有的人放弃了自由,依照父母之命做个遵从传统礼教的女子;有的人放弃了爱情,宛若行尸走肉般接受包办婚姻;有的人放弃了生命,用血泪抵御封建家庭对自我的束缚;有的人放弃了事业,机械地依照社会规范行事。面对强大的封建传统观念,女媛们习惯割舍部分权利换取一定的自由,但是她们内心的孤寂、苦痛从未停息片刻。自我价值的实现不如想象中顺利,个体只好在空寂中安慰自己接受现实。这是处于社会过渡时期趋新却难弃旧的名媛的真实写照。叛逆绝不仅仅是符号意义上的与封建传统划清界限,它需要打破几千年来长幼有序的价值观念,与已知的过往彻底地决裂,还要

---

① 袁昌英.玫君[M]//袁昌英作品选.长沙:湖南人民出版社,1985:167.

进入不可预知的未来构建自我发展空间。其中的阻碍与困难造成了时代女性行动缓慢，间或犹豫迟疑的表象。但是，女子的生命内核一旦被唤醒，就会逐渐树立起自我探索的观念。她们在人生的十字路口，将自我觉醒后对社会的思考演绎得缠绵悱恻。与其说女媛是叛逆的一代，不如说她们是孤寂的一代，不仅父母亲戚不容于她们，就连恋人也很难给予精神上的抚慰。在逆风行进的过程中，这些名媛形象真切地展现了时代变动中生命原力的震颤。

　　社会看似开化，实则有千百双眼睛打量着女性的一言一行，导致女子在作出人生选择时总显得畏首畏尾，她们"一方企图着天般高远的理想——灵，一方又摆脱不了现实——肉。眼望天国，身羁地狱，这种挣扎，便是人之一生"①。带有原罪意味的欲望在名媛身上常常表现为"灵"的大胆和"肉"的保守。一起旅行的情侣刻意保持距离以维护神圣、纯洁的爱情。(《旅行》)情侣间偶然的身体接触不沾染丝毫情欲，仅是一种母爱般的怜惜之情。(《前尘》)采苕借着微醺的酒意向丈夫表示自己想要亲吻熟睡的子仪，丈夫犹豫后还是同意了她的请求。采苕向子仪走去，内心掀起波澜，"脸上奇热，心内奇跳，怔怔的看住子仪，一会儿她脸上热退了，心内亦猛然停止了强密的跳"②。在灵与肉的挣扎中，她选择维持生活现状，虽然获得了道德上的满足，但强制消弭的内心欲望对自我终是伤害。丈夫幽泉收到一封匿名的求爱信，在等待赴约期间他的内心急切、欢欣，不料求爱信是妻子开的一个玩笑。妻子认识到男子在婚姻里的私密心态，"我就不明白你们男人的思想，为什么同外边女子讲恋爱，就觉得很有意思，对自己的夫人讲，便没意思了"③，"难道我就不配做那个出来赞美大自然和赞美给我美丽灵魂的人吗"④。直白的言论大胆指出了男性的道德底线，个人意志与人道伦理的角力成为现代婚姻关系中的新问题。在名媛的感情世界中，她们通常选择断绝欲望，依靠纯洁、无私的爱实现个人主义的愿景。面对灵肉分离的苦痛，

---

① 冯沅君.春痕[M]//袁世硕,严蓉仙.冯沅君创作译文集.济南:山东人民出版社,1983:144.
② 凌叔华.酒后[M]//傅光明.酒后.北京:京华出版社,2009:4.
③ 凌叔华.花之寺[M]//杨扬,江雁.花之寺.上海:上海古籍出版社,1997:28.
④ 凌叔华.花之寺[M]//杨扬,江雁.花之寺.上海:上海古籍出版社,1997:28.

女子想要解开传统价值观念对个体的绑缚,还需要自我足够成长才能真正实现个体意志从而构建主体意识。

这一时期,名媛的个人主义思想偶有浮现,大多数情况下她们还停留在由男子主导其行为的阶段。现代教育打开了个人的视野,改变了她们的观念,可是个体的独立思考和理性判断仍需要一段时间将理念与实践融合,在现实中提高把握自身命运的能力。动荡的政治环境极易使女子发展问题被排挤到制度边缘,由于缺乏独立的经济基础,名媛的生活环境与她们的母亲所处的时代并未发生质的变化,个人只能在有限的范围内行应景之作。名媛作家基于自我感受为女子发展提出忠告,庐隐认为"对于今后妇女的出路,就是打破家庭的藩篱到社会上去,逃出傀儡家庭,去过人类应过的生活,不仅仅作个女人,还要作人,这就是我唯一的口号了"①。觉醒的个体意识到封建传统制度对个人的戕害,她们与男子一同对传统伦理秩序中的父权进行猛烈的抨击。自父权制坍塌的那一天起,男性同盟者悄然停止了行动,昔日的爱人转换身份成为新式家庭中的权威者,自由、平等之类的言论被赋予复杂的可阐释性。他们笔下的名媛更像是一种形象范本,其象征意义大于实际意义。

而名媛作家以自我为主体的真切描摹,丰富了这一类别的价值意蕴,她们对人生矛盾的细致铺陈刻画了特殊时代女性的心路历程。至于人生中的种种波折,陈衡哲认为这是女性通往自由的必经之境,"它有时偏向东方,以贤母良妻为标鹄;有时又折而向西,以担负家庭以外的事业,为知识超群的表征。这个女子的全体生命上升愈高,则一般女子同时远瞩东西两方面的机会也愈大;虽然在达到最高峰之前,她们尚是不能尽收四方的景色入于眼底的,……也即是值得我们大家努力的一个目标","女子的全体生命到了山巅之后,我们也就能更容易的和更满意的,去做那两重职业了"。② 归根结底,自我发展需要强有力的内生动力,在知识积累与社会实践中形成一套稳固的价值体系和逻辑观念以抵御外界侵扰。针对生活在新旧交替时代的名媛,外界没有能力提供足够的就业机会,在女子尚未自立的情况下,"做你所

---

① 庐隐.今后妇女的出路[M]//常玉莹.庐隐文集.北京:华夏出版社,2000:369.
② 陈衡哲.妇女与职业[M]//衡哲散文集.石家庄:河北教育出版社,1994:118-119.

最愿做的,做你所最能做的",依从内心欲求进行选择,不失为一种缓解性别焦虑的策略。

第二节 性别秩序的顺从与超越

"五四"时期,名媛在启蒙者的引导下以社会需求与男性需要为旨归,开启对自我形象的建构。被引导、被唤醒的接受者角色缺乏源自个体内部的动力,导致女媛的反叛行为一旦遭遇否定就难以从困境中解脱。经过一段时期的积累与沉淀,个体已经具有比较坚定的主体意识,逐渐形成较为理性的思考。但是,面对男权社会对女子的角色预设,她们努力挣脱却越陷越深,一度陷落泥沼无法脱身。个体在与外界的沟通过程中不断探索自我价值,甚至试图在情感中主导两性关系。这一时期,她们对待男权话语和革命意志较少出现难以自持的情感波动,大多冷静地进行着自我救赎,渴望掌握自身的命运,改变性别秩序对女子的不公。或许在当时女媛无法获得解救自我的真相,但她们的多种尝试不同程度地打击了男权中心体制,其坚定的主体意识和自由精神促使个体朝理想中的女子形象又靠近了一步。

一、孤独中的自我救赎

都市中繁茂滋长的现代性与商品化也介入了爱情空间,追求人格独立的名媛面临被物化的危机。爱情不再是情感同盟的乌托邦,还裹挟着私利与伪善的心理,将对方拖入精心设计的陷阱。莎菲女士的形象颠覆了传统观念中两性的看与被看、主体与客体的关系。莎菲内心欲望的狂叫是一个现代女性对自我诉求的真诚接纳与释放,是在男性主导的话语空间进行的一场反抗性别秩序的尝试。丁玲在创作时刻意与主流话语拉开一定的距离,用自己的眼睛观察世界,写基于女性自身的感触。正如弗吉尼亚·伍尔芙所说,女作家"总是想改变现存的正统价值观念。她想把男人觉得无关紧要的东西写得事关重大,把男人认为要紧的东西写成鸡毛蒜皮"①。

---

① 兰瑟.虚构的权威:女性作家与叙述声音[M].黄必康,译.北京:北京大学出版社,2002:168.

通常情况下,爱情是男作家笔下的一条线索,推动着情节的发展,而到了名媛笔下,爱情往往成为女性生命的全部,乃至关照社会的一面镜子。她在诚挚的渴望与纯净的内心中寻求爱情的意义,这种"爱情观是建立在提高自身价值的渴望以及强烈的感情梦想之上的,她们依赖这些梦想并将自我与现实生活相联系","希望通过爱情得到那种不可替代的、独一无二的、对独立的个人价值的肯定和褒扬"。① 如果说露沙、玫君、采苕徘徊于情智冲突,那么莎菲则是勇敢地抛开了传统礼教对女性的精神约束,大胆地正视自我欲求。她很少主动融入环境,希望以自身为中心建立起社交网,找寻一位知己在心灵交流中建构起封闭的情感同盟以御外与安内。蕴姐是最知晓莎菲脾气的人,她由自由恋爱步入婚姻殿堂,但婚后虚伪无妄的生活使她看不到希望,整日抑郁苦闷直至耗尽生命。蕴姐的死意味着莎菲的精神世界关上了一扇沟通的门,她渴望袒露真心时,在疯狂与失落的边缘有人能挽救她,除了蕴姐外,她找不到第二个灵魂伙伴。毓芳标榜的禁欲主义与莎菲的观念截然不同。疯狂追求她的苇弟又是个木讷的孩子。爱对苇弟来说好似一座盛放纯净、理想爱情的丰碑,总是自己感动式地上演一出出围城之殇的大戏;而对莎菲来说却如同一场唤醒自我、正视自我的旅程。为了让苇弟了解真实的自己,莎菲向他敞开了私密的日记,但这个不成熟的男孩的关注点落在了莎菲对凌吉士的爱恋,没能领会莎菲完全打开心扉的意图。苇弟对莎菲的爱近乎纯洁的精神依恋,他甚至不敢用炙热的眼神看向他心中的女神,仿佛任何肢体接触都是对爱情的亵渎,"一切只要你好,你快乐就够了"。对莎菲来说,没有心心相印的交往算不上深刻的爱情,她的人生需要一位知己做情感依偎与理性教引,否则就如同丧失了认识自我的一面镜子,"我,我能说得出我真实的需要是些什么呢"。在缺乏制度与文化革新的时代,仅凭个人诉求引发的反叛行动最终只是些无谓的牺牲。作为一个清醒的现代女性,莎菲很少出现简单、不切实际的幻想,但人的天性中有一种对情感的渴望,对安稳的依恋。当外界缺乏合适的角色匹配自我需求时,她意识到只能孤单地在生命进程中找寻自我存在的价值。当她初次遇到凌吉士就坠入情网,也与她长期以来内心的孤寂与渴望有关。

---

① 里波韦兹基.第三类女性[M].田常晖,张峰,译.湖南:湖南文艺出版社,2000:31.

莎菲就像欣赏一件艺术品般细细地品味着凌吉士的美,"他的颀长的身躯,白嫩的面庞,薄薄的小嘴唇,柔软的头发,都足以闪耀人的眼睛,但他还另外有一种说不出,捉不到的丰仪来煽动你的心","那两个鲜红的,嫩腻的,深深凹进的嘴角了。我能告诉人吗,我是用一种小儿要糖果的心情在望着那惹人的两个小东西"。① 在莎菲的凝视下凌吉士成为欲望的对象,成为被消费的物品满足着女性的想象。它颠覆了传统性别秩序中女子被欣赏、被改造的弱势地位。在丁玲的笔下莎菲不再是一个被动的、被物化的角色,而是具有主体意识的人。莎菲强迫自己不被凌吉士的外表引诱,却忍不住幻想与他的亲密接触,"难道我去找他吗! 一个女人这样放肆,是不会得好结果的"②。男权社会中性别与权利之间的关系是不对等的,莎菲烦恼"正经"女子绝不会直白地索求爱情,她费尽心思地计划如何让猎物主动落入圈套。于是,她特意请凌吉士为自己补习英文,凌吉士没有直接给答案,他脸上闪过的窘意激起莎菲炙热的欲火,也使她有些"懊悔我白天所做的一切,一个正经女人所做不出来的"③。即便她内心欲求波涛汹涌,在社会上依旧要表现得像个谨慎的女性。莎菲考虑再三后决定搬到凌吉士住所附近,展开她的爱情攻势。

我把所有的心计都放在这上面,好像同什么东西搏斗一样。我要那东西,我还不愿去取得,我务必想方设法让他自己送来。是的,我了解我自己,不过是一个女性十足的女人,女人只把心思放到她要征服的男人们身上。我要占有他,我要他无条件的献上他的心,跪着求我赐给他的吻呢。我简直癫了,反反复复的只想着我所要施行的手段和步骤,我简直癫了!④

---

① 丁玲.莎菲女士的日记[M]//傅光明.丁玲小说.浙江:浙江文艺出版社,2002:43.

② 丁玲.莎菲女士的日记[M]//傅光明.丁玲小说.浙江:浙江文艺出版社,2002:47.

③ 丁玲.莎菲女士的日记[M]//傅光明.丁玲小说.浙江:浙江文艺出版社,2002:50.

④ 丁玲.莎菲女士的日记[M]//傅光明.丁玲小说.浙江:浙江文艺出版社,2002:65-66.

第三章 文学文本中的名媛形象及其文化隐喻

男权控制下的主流话语常常刻意忽视掉女性的真实欲求,她们像一个个机械听令的玩偶,恪尽职守地承载着时代赋予的政治、文化隐喻。尽管文明新风吹入女子的天空,出于舆论压力与一场场社会事件的血祭,她们尽量压抑自己的欲望唯恐被安上不洁的罪名。然而,莎菲的日记毫不遮掩地展现出女性内心的躁动,她体会着作为欲望主体的权威与快乐。莎菲的占有欲与控制欲是对以男权为中心的社会规范的挑战,她倨傲地掌握着爱情的主导权,但当她真正与情场高手独处一室时感到局促不安,强装镇定内心却十分焦灼,这种反差既源于传统思想对女性的束缚,也源自个人对未知的恐惧,最终还是为了"正经"的门面,让机会白白溜走。"我只要在他按住我手的当儿,另做出一种眼色,让他懂得他是不会遭拒绝,那他一定可以做出一些比较大胆的事。这种两性间的大胆,我想只要不厌烦那人,会像把肉体融化了的感到快乐无疑。但我为什么要给人一些严厉,一些端庄呢。"①她炙热浪漫的小心思只敢表达在小小的日记本上,"我爱他,为什么我要使用技巧!我不能直接向他表明我的爱吗!并且我觉得只要于人无损,便吻人一百下,为什么便不可以被准许呢"②。她动用许多手段只为获得爱情,更直白地说是赢得爱情游戏的掌控权。情爱游戏中的理性在激情面前失了分寸,她了解对方的品性却甘愿为这副皮囊倾倒,莎菲为了他的吻情愿抛下自尊和骄傲。

> 当他单独在我面前时,我觑着那脸庞,聆着那音乐般的声音,心便在忍受那感情的鞭打!为什么不扑过去吻他的嘴唇,他的眉梢,他的……无论什么地方!真的,有时话都到口边了:"我的王!准许我亲一下吧?"但又受理智,不,我就从没有过理智,是受另一种自尊的情感所制止而又咽住了。唉!无论他的思想怎样坏,他使我如此癫狂的动情,是曾有过无疑,那我为什么不承认我是爱上了他咧?并且,我敢断定,假使他能把我紧紧的拥抱着,让我吻遍

---

① 丁玲.莎菲女士的日记[M]//傅光明.丁玲小说.浙江:浙江文艺出版社,2002:90.
② 丁玲.莎菲女士的日记[M]//傅光明.丁玲小说.浙江:浙江文艺出版社,2002:93.

他的全身,然后他把我丢下海去,丢下火去,我都会快乐的闭着眼等待那可以永久保藏我那爱情的死的来到。唉!我竟爱他了,我要他给我一个好好的死就够了……①

莎菲想要成为爱情的主宰者,于是设计了一个捆绑对方的计划,但自己却几近沦为网中的猎物。显然,她在爱情中陷得更深,为了看到凌吉士的一颦一笑,她焦灼地等候着情人的到来。

> 我心像被许多小老鼠啃着一样,又像一盆火在心里燃烧。我想把什么东西都摔破,又想冒着夜气在外面乱跑,我无法制止我狂热的感情的激荡,我躺在这热情的针毡上,反过去也刺着,翻过来也刺着,似乎我又是在油锅里听到那油沸的响声,感到浑身的灼热……为什么我不跑出去呢?我等着一种渺茫的无意义的希望的到来!哈……想到红唇,我又癫了!假使这希望是可能的话——我独自又忍不住笑,我再三再四反复问我自己:"爱他吗?"我更笑了。莎菲不会傻到如此地步去爱上南洋人。难道因了我不承认我的爱,便不可以被人准许做一点儿于人无损的事?②

莎菲的生活似乎因凌吉士的缺席而失了颜色,她焦急地等待爱人的到来。凌吉士突然的表白暴露了两人思想上的差距,使她意识到这幅美貌下的浅薄与卑劣。莎菲轻视凌吉士为自己的情欲铺垫的一个个冠冕堂皇的理由。在得到对方的拥抱和亲吻后,她并没有想象中的喜悦,只是觉得自己完成了征服的目的,与此同时又感到一丝懊悔,自己迷恋的面孔竟然有如此卑劣的灵魂,根本不值得她费尽心力地付出,于是莎菲陷入了深刻的反思,自我安慰道"我的生命只是我自己的玩品"。这是她对主体意志的决绝表达,是她对自我的肯定与坚守。她也曾羡慕毓芳、云霖之间温和恬淡的爱情,却

---

① 丁玲.莎菲女士的日记[M]//傅光明.丁玲小说.浙江:浙江文艺出版社,2002:65-66.
② 丁玲.莎菲女士的日记[M]//傅光明.丁玲小说.浙江:浙江文艺出版社,2002:69.

无法理解两人对身体的约束。莎菲追求一种相互了解、灵肉合一的爱,她的情感线不同于"五四"女儿们单纯的情智冲突,表现为狷傲与乞怜、欲望与矜持、勇敢与怯懦等多维结构。她不屑于资产阶级金钱至上的理念,也不想融入不熟悉的革命队伍,对一个不甘沉沦的现代女性来说,她的生存环境太过逼仄,个体非常容易陷入身份危机。莎菲的孤独代表了一种超前的主体意识,伤感、苦痛、忧虑只是年轻女子正常的情绪宣泄,她的犹豫源于自我欲求与外部世界的冲突,对个体私欲从来都是坚定、直白地承认。流光溢彩的都市中人与人之间的关系变得奇怪,有人恪守着纯洁的禁欲主义,有人痴迷于爱情的魔力,有人在情爱追寻下异化为一具行尸走肉,盲目地为家庭、金钱、婚姻、地位交付了未来乃至生命。莎菲惊异地发现爱情的虚妄后,决定离开这座城与这些人,孤独地咀嚼着这份苦意,在被都市异化前完成对自我的救赎。

庐隐的《象牙戒指》是以石评梅为原型创作的小说。主人公张沁珠也是一位主动掌控爱情尺度,依从自我意志的女性。她遇到伍念秋时细细地观察着他俊朗的容貌,"梳着时髦的分头,方正的前额,下面分列着一双翠森森的浓眉,一对深沉多思的俊目,射出锐利的光彩来"[①]。女同学们笑称他是"漂亮的小白脸"。在看与被看的表达中刻意平衡了两性的地位,甚至通过一系列举动提高女子的话语权。念秋向沁珠告白时放低姿态乞怜对方的爱,他"忽然走近我的身旁,扶着我的膝盖跪下去,将灼热的头放在我的手上,一股泪水打湿了我的手背"[②]。这种示弱的讨好式的表达在先前的文学作品中很少出现。沁珠居高临下的眼神为两人的关系定下了基调,她作为亲密关系中的主宰者随时有退出的权利。念秋反常的低姿态源自他内心的不安,老家的妻儿即将来投奔,他已婚的事实就会被揭露。如果不是因外力打破了两人暧昧的情感,他不会主动忏悔自己的过错。念秋的自私虚伪表现在他既不想放弃对原有家庭的责任,又想以爱之名紧紧牵制着沁珠。少女的第一次恋爱在蒙骗中受到创伤,沁珠对爱产生了怀疑与惧怕。当她得知真相后并没有立即与念秋断绝来往,而是冷淡处理两人的关系,保持相当的距离。她绝不允许自己毁掉另一位无生活能力的家庭妇女的人生。无论

---

① 庐隐.象牙戒指[M].南京:江苏文艺出版社,2009:15.
② 庐隐.象牙戒指[M].南京:江苏文艺出版社,2009:18.

朋友怎样劝说她都坚持原则,避免出现背负情感压力还要强颜欢笑的结果。她处处表现出坚定的主体意识,外界环境与社会潮流很难影响她的价值判断,就连同念秋谈论诗歌也表达出自我独特的见解:

> 我很喜欢旧诗,虽然现在提倡新文学的人,都说旧诗太重形式,没有灵魂,是一种死的文学,但我却不尽以为然,古人的作品里,也尽多出自"自然"的。像李太白、苏东坡他们的作品,不但有情趣有思想,而遣词造句也都非常美丽活跃,何尝尽是死文学?并且我绝对不承认文学有新旧的领域,只要含有文学组成要素的便算是文学、没有的便不宜称为文学。至于各式各种用以表现的形式的问题,自然可随时代而变迁的。①

沁珠不盲从流行的文学认知从侧面体现出个体意志的坚定。她较少出现莎菲那样的犹豫,好友素文的劝说,伍念秋、曹子卿的追求都难以动摇她的决心。当她收到念秋妻子的信,一方面愧疚自己影响了他人的生活,另一方面对自己在这段感情中的尴尬位置感到痛心。在断然离开念秋后,她用丰富的社交活动填补情感裂痕,很快她成为冰场、舞池中万众瞩目的焦点。沁珠在社交中结识曹子卿后,整个人变得明朗起来。两人的关系亲密无间,不是去北海划船就是去看电影。沁珠在给素文的信中提及"也许有很多的人误会我们已发生爱情,关于这一点,我不想否认或承认,总之,纵使有爱情,也仅仅是爱情而已。唉,多么滑稽呵!大约你必要责备我胡闹,但是好朋友!你想我不如此,怎能医治我这已受伤的灵魂呢?有工夫到我这里来,还有许多有趣的故事告诉你"②。她不惧周遭的鄙薄,不受情人的羁绊,此刻唯一的目的就是取悦自己。她成为真正意义上自我人生的主宰者,在她的世界中自我被无限放大,一切外界的刺激都是为了疗救自我身心的伤痛。至于这个人是曹子卿还是其他人对沁珠来说没有太大的分别,他者只是充实沁珠生活的资源。这样恣肆的行为超出了时代对女性的宽容,非常容易被道学家指控为享乐主义。沁珠十分羡慕茶花女那种"表面轻浮而内里深

---

① 庐隐.象牙戒指[M].南京:江苏文艺出版社,2009:19.
② 庐隐.象牙戒指[M].南京:江苏文艺出版社,2009:51.

沉的生活",在她的意识中爱人是不可靠的,她需要一个理解自己的对象,一个情绪输出的渠道,一面映照自我的镜子时时提醒自我不要沉沦。

约翰·肖特尔认为,我们的存在方式,我们的自我都产生于我们彼此关联的方式。换句话说,个体的身份认同是在与他者相互沟通中建立起来的。每一次沟通都是在与一个可以反馈自我的信息源相遇。个体在交流前思索着如何表达自我,大脑递出的信号是主体想让对方理解的那一面,隐含着一次自我建构。两人在交谈中,对方会根据接收的信号结合对信源先前的认识做出回应,也就是由他者反馈的身份认同。这个结果如果与主体意志高度吻合,自我会更加坚定先前带有实验性的角色定位,两者也容易产生情感共鸣,加深信赖;如果吻合度较低或完全相反,主体情感内部会产生复杂的作用力,依赖互动建构的身份认同基本没有达到正面效用。沁珠比莎菲要幸运得多,素文如同沁珠"身体和灵魂的保姆",不仅作为她人生路上的见证者,还源源不断提供给她情感慰藉,作为她身份认同过程中最可信的参与者。由此可见,他者对主体建构自我的隐性力量是不可忽视的。

沁珠与外界往来的直接诉求是获取身心愉悦,可这种享乐主义对子卿却是一种伤害。沁珠对子卿解释道自己曾受过爱情的伤,感激子卿为她带来的快乐,却不想同他结婚,一方面因为想到昔日精神创伤仍心有余悸,另一方面她见过许多在新式爱情下丧失自我的女性的悲苦结局,并不对婚姻抱有期许。爱情在女子生命中所占分量较男子更多,对她们来说不只是与恋人组建小家庭一同生活,还带着自我救赎和精神慰藉的渴望。清醒的沁珠好不容易卸下防备接纳子卿,现实却又一次给她重重一击。当她得知子卿也有家室后,心灰意冷地准备结束这段关系。子卿革命者身份的意外暴露突然间拉近了两人的距离。革命在浪漫主义作家笔下被赋予了特殊的情感。个体获取了一条从爱情的"小我"升华到革命"大我"的通道,使人在激昂的情绪中容易获得极大的心理满足。爱情与革命都包含着变革的意味,释放欲望即变革自我,参与革命即变革社会。个人欲望的滋长凝聚成群体改革的动力,爱情借助革命的大环境实现本我的升华,革命借助爱情的勃勃生机获得资源的累积。子卿一身戎装,两撇富有尊严意味的假须,两道剑眉,一副英雄气概的模样激起沁珠的爱慕。沁珠在日记中倾吐心声:

> 当然我对于他绝不能说一点爱情都没有,有时我还真心实意

的爱恋着他,不过不知为什么,这种的爱情,老像是有多种的色彩,好似是从报恩等等换了出来的,因此有的时候要失掉它伟大的魔力,很清楚地看见爱神的后面,藏着种种的不合协。——这些不合协,有一部分当然是因为我太野心,我不愿和一个已经同别的女人发生过关系的人结合。还有一部分是我处女洁白的心,也已印上了一层浓厚的色彩,这种色彩不是时间所能使它淡退或消灭的;因此无论以后再加上任何种的色彩;都遮不住第一次的痕迹。①

沁珠对子卿的情感十分复杂,出于子卿麻烦的婚姻,出于自我对爱情洁净的崇拜,也出于对自我意志的保护。她绝不要成为别人生活中的附属品,"哪一天要是失掉'自我',便无异失掉我的生命"②。子卿回老家与原配妻子离婚后,沁珠并未打算嫁给他。素文指责沁珠不该拈花惹柳,承诺子卿未来。沁珠固执地辩解道:"对于他们这些男人,高兴时,不妨和他们玩玩笑笑,不高兴时就吹,谁情愿把自己打入爱的因牢。"③沁珠向子卿说明自己只愿同他保持冰雪友谊,她的决绝导致了子卿旧疾复发。不久后子卿死去,沁珠才意识到自己对对方的爱。斯人已去,沁珠左手无名指上的信物"象牙戒指"似乎征示着她冰冷、惨白的爱情悲剧。

小说中主人公沁珠灵动的姿彩,爽利的谈锋,辛辣的言辞无不展现出现代女性的魅力和活力。她独立不羁,勇敢地挑战世俗规范;她冷静自持,不轻易被男性的甜言蜜语俘虏,但仍旧摆脱不了都市飘零者的命运。男子狂热地追求沁珠却从未考虑过多角关系可能给她带来的麻烦,这种自私的情感圈套两次出现在沁珠的人生中,让那个骄傲、自信的女子逐渐对爱情心灰意冷,"为了一个幻梦的追逐,而伤损一颗诚挚的心"。情路的折磨导致沁珠的早逝,那是时代因素与自我压抑造就的个人悲剧。这些想要把握自我命运的名媛拒斥并颠覆了男性对女子的欲望投射与身份定位,战胜了爱人甜蜜的话语围攻以保持自我独立,却终究没能摆脱被异化的命运,不是精神之死就是肉体消亡。莎菲、沁珠们在性别秩序中的自我救赎呈现出女媛的自

---

① 庐隐.象牙戒指[M].江苏:江苏文艺出版社,2009:84.
② 庐隐.象牙戒指[M].南京:江苏文艺出版社,2009:85
③ 庐隐.象牙戒指[M].南京:江苏文艺出版社,2009:107.

我发展之路仍是任重而道远的。

随着阶级斗争日益高涨,新女性形象倾向于为民族前途、国家命运奉献的革命者。"洗掉她们唇上的胭脂,握起利刃来参进伟大的革命高潮,做一个铮铮锵锵,推进时代进展的整个集团里的一分子,烈火中的斗士;来找求她们的真正出路。因为只有在未来的新世纪里,女人才会完完全全的获得她一个'人'的真正的资格!"①似乎只有炙热的革命队伍才是孤独彷徨的女媛最好的去处。她们中的一些人抛弃了资产阶级小姐的做派,投身革命潮流。新空间要求个体统一思想和认识,她们没有机械地顺从主流话语的指示,扮演好革命绿叶的角色。相反,名媛尽力保持着自我中心,外界的嘈杂之音皆被她们视作成长的资源。先前她们用生命追随的自由爱情在当下人生的分量明显下降,这既源于革命环境的限制,也因自我理性的调控,她们的性别演绎呈现出革命氛围下女子步履维艰的自我救赎。

现实中倾向革命的石评梅在小说《匹马嘶风录》中创作了一个主动加入革命队伍的名媛角色。何雪樵的父母兄弟被土匪兵杀害,导致她家破人亡。畸零孤苦的雪樵没有退路,"此后我残余的生命便交给事业了。以我抛弃了这花园派小姐的生活,去向枪林弹雨中寻找一个流浪漂泊的人生。前途的黑暗惨淡我也早已料及,不过我是欢迎一切的毁灭去的。我并不畏惧那可怕的将来。当我欣然而去的时候,朋友,你也不必为我那不堪想到的命运悲哀罢"②。雪樵加入革命后与云生相恋,她很少流露出难以抑制的情感悸动,她的精神世界是平和的。因为她早已坚定主意将生命完全托付给事业,在临别之际她向云生倾吐心声,称自己的幸福快乐此生无望,只期盼事业能够成功,也希望云生能放开儿女情长,两人一起为革命奉献。云生向雪樵表达,"我生命中是有两个世界的,一个世界是属于你的,愿把我的灵魂做你座下永禁的俘虏,另一个世界我不属于你,也不属于我自己,我只是历史使命中的一个走卒"③。雪樵看了云生的来信忍不住地哭了,她感慨人生有这么

---

① 冯铿.一团肉[M]//冯铿,罗淑.红的日记.北京:中国社会出版社,1998:55.
② 石评梅.匹马嘶风录[M]//屈毓秀,尤敏.石评梅选集.太原:山西人民出版社,1983:291.
③ 石评梅.匹马嘶风录[M]//屈毓秀,尤敏.石评梅选集.太原:山西人民出版社,1983:296.

一位同路人,但"我既走上了这条路,哪能为了儿女私情阻碍我的前途,我提起了理智的慧剑斩断了这缠绵惜别的情丝"①。雪樵斩钉截铁地断绝情念,立定主意为家、国奉献一生。她有着超出常人的理智,把握着爱情与事业的分寸,很少出现露莎们一样歧路徘徊寻找着何处是归程,更多地表现出女子的坚定与成熟。当云生战死的消息传来时,她悲痛万分,恨不得随云生而去,但她清楚自己肩负的使命,不能因私事而消沉。雪樵的意识中理智大于情感,信念强过欲求,她坚定地朝向理想信念不断奋进。她的前半生数次面临绝境,一次次的打击没有令她颓废、沉沦,相反,她以向上的精神和坚毅的品质获得了新生。但这么一个可敬的女子最终也陷入了无家、无爱的孤零之境,她的悲剧也警示了女性面临的社会难题。当女媛拒斥传统性别规范,坚定自我意志后依然无法获得圆满的人生,失去亲人、爱人的雪樵依旧是个孤独的飘零者。如果说先前加入革命是她的主动选择,那么此后追随革命就是她唯一的依靠。莎菲、沁珠、雪樵这类主观意志坚定的女媛奋力与传统社会秩序作斗争,以保持自我的高洁做最终的理想却无一不落入主流话语的陷阱。她们与"五四"的儿女们相比走了很远,却依旧没有走出男权的藩篱。

不同于男作家笔下的革命书写,石评梅没有采用文坛流行的阶级法则,突出表现掩藏在国家、民族等宏大话语下的性别等级秩序。弗洛伊德说:"艺术家本来就是背离现实的人,因为他不能满足其与生俱来的本能要求,于是他就在幻想的生活中放纵其情欲和野心勃勃的愿望。但是,他找到了从幻想世界返回现实的途径;借助原来特殊的天赋,他把自己的幻想塑造成一种崭新的现实。而人们又承认这些幻想是合理的,具有反映实际生活的价值。"②这些狷狂自傲、拒斥传统、意志坚定的名媛在现代都市中的一次次实践昭示着她们的人生渴望,也暴露出她们面临的精神危机。叛逆的绝叫与孤独的离去是个体最后的保护层,也是悲凉凄苦中无可奈何的自我救赎。

---

① 石评梅.匹马嘶风录[M]//屈毓秀,尤敏.石评梅选集.太原:山西人民出版社,1983:296-297.
② 韦勒克,沃伦.文学理论[M].刘象愚,邢培明,陈圣生,等,译.1版(修订本).杭州:浙江人民出版社,2017:70.

二、姊妹花的身份互现与性别隐忧

时代的迅速更迭使这群尚未完成自我建设的女媛陷入两难的境地,一边启蒙者"个人主义"的呼吁犹在耳畔,一边革命话语不断冲击着她们奉行许久的行为准则。思想的缠绕与分裂造成她们行动的滞重,反而被社会认为她们缺乏广阔的社会视野,患上了以自我为中心的"时代病",迅速被边缘化。其实,并非她们愁肠百结的情绪症候远离了时代精神,而是她们传达的价值观念与当下阶级斗争的主题形成了潜在的对抗。"五四"时期,争取个性自由的新女性是社会文化的产物,代表着某一历史阶段主流话语对女性形象的期待。20世纪30年代,在宏大的革命语境的召唤下,文学工厂大量生产的新女性纷纷脱离了资产阶级的生活方式。"革命+恋爱"的写作模式一度成为衡量作品价值的标尺,严肃的阶级斗争与罗曼蒂克的爱情相结合,掩盖了性别秩序下女子的身份危机。名媛作家没有简单地复制主流话语流行的革命模式,她们对极速变幻的意识形态与激进昂扬的革命队伍存在一丝疑惧,但个体似乎别无选择,传统家庭秩序已被她们否决,"娜拉"既然回不到过去,只能乐观地前行。她们在摸爬滚打中经历一次次蜕变,面对本我的精神渴望与男性的期待视野,一个个鲜活的名媛形象记录了她们在变革过程中的突破与焦灼。

白薇的《琳丽》《炸弹与征鸟》采用了"姐妹花"的模式,讲述两姐妹与同一男子的情感纠葛。在民间文学中大多是以"蛇郎型"结构展开故事,姐妹中一人对另一人产生强烈的嫉妒心进而破坏对方的情感,造成姐妹失和的局面。故事通常采用二元对立的手法,类型化地表现出一方浅薄卑劣,另一方善良美好,利用善恶有报的结果达到教化的目的。而白薇通过姐妹花的身份互现勾画出时代变革中两姐妹不同的人生选择与生命意义。琳丽与璃丽、余彬与余玥两对姐妹思想上互为影响,行为上相对独立。小说中的女媛坚持的理想早已被现实碾压的面目全非,她们的价值观念、情感走向、行为动机总显得暧昧不明,莫衷一是。姐妹俩也在复杂的情感纠缠与关系网络中表现出对自我身份的焦虑,演绎出无序的社会中人性的混乱与丑陋。

琳丽在东亚某都会焦急地等待琴澜的到来,她从怀中抽出爱人的相片吻了又吻,她认为"人生只有'情'是靠得住的,所以我这回特别执着爱"。妹妹璃丽劝姐姐不要太痴情,认为"男子的心上是没有绝对的爱人的,你何必为他魂飞魄落",但她将来如果遇到意中人,"一抱就抱死他,不给他做恋爱神圣的叛逆者"。琳丽沉浸在感情的温床中,天真地认为只有通过爱情才能实现自我价值,却并不注重彼此的精神共鸣。妹妹认为她的爱情观过于虚幻,"你看他爱你吗? 他是能像你爱他那样的爱,爱你吗? 你看他是你真要爱的人吗"①,琳丽淡淡地回答"我不管那些"。不切实际的浪漫幻想显示出琳丽的幼稚,爱情从来不是一个人的史诗,无论怎样哭诉痛楚、宣泄失意,如果对方没有回应,那不过是一场自编自导的独角戏。琳丽的爱人琴澜到来后,两人互诉衷肠,琳丽搂着他说:"此刻我爱极了你,恨不得在这热爱的高潮中,让我们融成一块去。"②她从不考虑未来,只享受当下的浪漫。琴澜眼中的琳丽因爱情而"一天天地平凡下来了",他向琳丽坦白,"是,我恋了你! 但我爱我自己,无我以上,是不能爱谁的","我是无论怎样的一个女子,总不能永远地占据我的心的全部"③。琳丽视爱情为生命中最重要的事,她大胆地向琴澜索求爱,"我这回是为了爱生的,不但我本身是爱,恐怕我死后,我冷冰冰的那块青石墓碑,也只是一团晶莹的爱,离开爱还有什么生命? 离开爱能创造血的艺术么"④。在琴澜看来,爱情只是获取艺术灵感的途径和手段,"若是一生只为一个爱去燃烧,岂不是会烧死去? 人生要做的事业多得很,我们不能不向艺术去发展我们的精神"⑤。不匹配的爱情观必然得不到圆满的结局。琳丽认为只有爱才能证明自己轰轰烈烈地活着,也只有在爱中才能找到生活的意义。"没有爱就会死""没有爱就无法产生艺术",这类情绪化的宣泄是"五四"遗留的女性之殇,她们前半生屈从于父亲的强权、母亲的怀抱,一次次地反抗与失败使她们形成一种病态的价值观:占有某样事物必须以放弃为代价。她们放弃母爱追求情爱,放弃学业追求爱情,放弃家庭追求事业,从未有也不敢有融合、协调的想法,这种偏激的"舍得观"对个体未来的发展埋下了隐患。

反观妹妹璃丽,她的梦想是做舞蹈家,"只把我最高的情调,发挥在我的

---

① 白薇.琳丽[M].上海:商务印书馆.1925:19.
② 白薇.琳丽[M].上海:商务印书馆.1925:39.
③ 白薇.琳丽[M].上海:商务印书馆.1925:43.
④ 白薇.琳丽[M].上海:商务印书馆.1925:50.
⑤ 白薇.琳丽[M].上海:商务印书馆.1925:140.

艺术上",她对姐姐"在男子身上去找美"不以为然。接下来,剧本离奇的想象将故事与现实拉开距离,错综复杂的情节,纠结盘绕的人物关系充满荒诞效果。美神指引着琳丽和琴澜在梦中看到人生中最美、最奇妙的秘密与丑恶世界中的肮脏。死神和时神谈论着琳丽的爱情和人类的悲哀。死神渴望人间的爱,当他抱着琳丽时却被她的爱情之火灼伤后死去。琳丽美好而炙热的爱情只可远观而不可近邻,她与死神之间离奇的爱情也预示了琳丽人生的虚无。琴澜到了南洋后转而追求妹妹璃丽,他沉醉在爱情中寻觅艺术灵感,固执地认为男女有求灵与求肉的区别,璃丽质问他"离开肉,灵是什么",琴澜承认自己的罪恶,但他此生只把琳丽当作"灵魂的伴侣",璃丽没有做到当初想象的"用爱情捆绑住男子"。当琴澜再次与琳丽重逢,忍不住想要追随琳丽而去却因璃丽怀孕未能成行。对爱情彻底绝望的琳丽"死在了泉水的池子里"。琴澜被突然冒出的三只大黑猩猩扑杀撕碎。这场恐怖纷乱的情感纠葛最终使读者发觉不过是主人公的黄粱一梦。梦境与现实的交叉,神灵与人类的交往,美神、死神、时神的形象模糊地指向某种伦理观念,神灵在梦中对人类的指引也暗示了人生的宿命。

琳丽与璃丽这株并蒂姐妹花既是独立的主体,也是互为参照的客体。她们在身份互现中发掘女性潜在的情感弱点,呈现出多重紧张关系下自我意识的消长,以唤醒陷落在男权意识下的女媛发觉压抑状态下的真实自我。她们无意识地承担着社会的角色期待,不自觉地作为男子的伴生物,自以为得到了"融合的绿园",却被"死的铁链"困住甚至失去生命。妹妹璃丽对爱情的洒脱态度是白薇渴望却无法做到的内心映现,是她理想中的自我形象,但是白薇的软弱与痴狂注定她做不了璃丽。姐妹花这种一体两面的表现形式呈现出隐蔽的男权控制下女媛的性别焦虑与自我探索。

作者白薇关注到大革命前后无所适从的名媛在空虚的生活中放纵自我,她不忍心直白地表示这类女性未来的惨淡,借助梦境荒诞地演绎了人生的悲离,但又在真实的情爱中寄予了特定的社会指向。在男性为本位的社会现实中,男子堂而皇之地以各种名义猎取女子的爱,凭借罗曼蒂克的召唤,按照自己的意愿对理想女子的形象进行削删,由外而内地重塑他的附属物,并在激情褪去后没有一丝愧疚地悄然离去。女媛无论正视爱情还是游戏人间,她都只能以一个外来者的身份被动地接受情感教育。他者身份使"女性在成长过程中不得不去'扮演'女性,而如何扮演、在哪里扮演某人,正是那个'存在'得以被建立、被构成、被交流、被肯定的方式"①。最可怕的是，女媛扮演某种身份时不自知地沾染上她们曾经厌弃的模样。姐姐琳丽是白薇的化身，天真的她曾把爱情当作灵魂的归属，在罗曼蒂克中找寻自我存在的意义。她写作《琳丽》期间，情人杨骚不告而别，离开日本回到杭州，她一路追至杭州却遭到杨骚的拒绝，这个浪漫多情的诗人要到南洋追逐他的梦想，被抛弃的白薇在葛岭完成诗剧才筹得回日本的路费。现实中，多年的情感纠葛使她满身伤痛；剧本中，白薇冷静地处理了琴澜的命运，作为一个多情的艺术家，离奇的死亡也是对昔日爱人疯狂人生的最佳注解。

名媛从家庭走向革命的身份转变远不如男作家笔下呈现的那样简单。她们不可避免地面临性别秩序中新的身份符号带来的问题。集体意志拒斥个人主义的轻浮，企图消解她们刚刚建立的自我意识。对于名媛来说融入群体的代价是巨大的，这需要颠覆个体刚刚更新且费尽心力维护的价值体系。从她们接受新式教育的那天起，个人主义思想就已注入血脉。由个体走向群体的身份转变，注定要忍受撕裂的苦痛。革命为女媛预留的生存空间是狭仄的，它呈现出两极分化的性别要求：一是放大女性特征，操控性别资本，成为装点革命的交际花。二是去性别化，通过扮演男性角色，以无性别差异的身份加入革命队伍。

《炸弹与征鸟》中余玥和余彬这株并蒂生长的姐妹给予对方身份建构极大的支持。她们在彼此的成长过程中提供情绪价值与精神支撑。彬看到玥在婆家备受欺凌，她怒斥其婆婆的无耻，在信中鼓励玥勇敢地逃离婆家。当彬"陷入了迷恋和烦恼"时，她呼唤玥的出现，希望姐姐能替她分忧，"这傻孩子底情绪，这傻孩子底境遇，有谁知道？更有谁指教？这些苦痛，这些烦恼的一丝丝，我想把一切交给你去解释。我底女神呦！快来慰我！"②。姐妹俩在精神相依中逐渐发掘隐蔽的自我，并在对方的鼓励下坚定维持主体意志。她们对自我身份定位非常明确。从她们为自己取的别号来看，"炸弹"与"征鸟"的命名带有强烈的指向性。姐姐九死一生逃离夫家后，以"征鸟"自喻，她决意借助革命重获新生，"你现在赤条条一身，没有爱也没有亲，除了征你

---

① 朱迪斯·巴特勒.模仿与性别反抗[M]//李银河.妇女：最漫长的革命 当代西方女权主义理论精选.北京：中国妇女出版社，2007：219.
② 白薇.炸弹与征鸟[M]//白薇.白薇作品选.长沙：湖南人民出版社，1985：47.

哪能来的前程?除了征你哪来的生命?"①。妹妹带着与炸弹的速力赛跑般的激情加入革命队伍。她们内心难以抑制的冲动使个体渴望像征鸟一样冲破封建制度的罗网,像炸弹一样炸开性别拘制。"炸"和"征"表达出个人对当下社会秩序的反抗以及重塑自我的强烈诉求。

姐妹俩先后冲破封建父权阻力加入革命队伍,个体主动地改变生活空间意味着对先前的"我"的诀别,当她们意识到新的革命环境对个人发展的限制后,面对既定角色与行为规范,余玥和余彬经历了接受、质疑到反抗的思想斗争。这是社会对革命女性期待与女媛自我追求之间的矛盾,个体的脱序行动是反抗社会化角色的途径之一,理性尚存的个体没有被波澜壮阔的激情和莺歌燕舞的交际场迷惑,她们选择主动退出,进入下一个场域寻找女性通向光明的路。余玥逃离残暴的夫家到广州投奔做了革命者的二舅,不久她与表哥的朋友吴韶舫相恋,韶舫炽烈的拥抱"象在她腰间加上了一条铁链一枚铁锁,把她锁在自己底两腕中"②。她爱韶舫却又害怕自己成为感情的俘虏,消磨了革命的意志。她忍痛与韶舫离别后决定将此生献给革命。余玥离开广州来到武汉,在中央党部妇女部谋职,工作中那些"脂粉菩萨委员、干事为着拿薪水、出风头,在那里装模作样"放着妇女问题不管,她想象中的革命与现实状况完全脱节。在抗议游行的队伍中,她看到的并非英雄,而是蠢妇和无赖汉等乌合之众,她忍不住问:

> "这是民众底精神么?!这是所谓革命的表现么?……看他们拖拖踏踏的不是提不起脚劲,便是喘息的样子,头低低而垂下,无神的眼皮。……他们还哪里有革命的热、力?他们哪里懂得革命的意义?革命,革命,是乌合之群仅仅在街上喊的?……"③

革命很快演变为"新兴军阀的地盘主义的战争"。领导者打着正义的旗帜,背地里发不义之财,没有人认真考虑为妇女解放做一点实事,革命和女性的结合更像是一场雷声大、雨点小的闹剧。作为一个清醒的革命者,余玥

---

① 白薇.炸弹与征鸟[M]//白薇.白薇作品选.长沙:湖南人民出版社,1985:55.
② 白薇.炸弹与征鸟[M]//白薇.白薇作品选.长沙:湖南人民出版社,1985:82.
③ 白薇.炸弹与征鸟[M]//白薇.白薇作品选.长沙:湖南人民出版社,1985:118.

始终保持着高洁的品格,不盲目跟随集体意志,她独立地审视、理性地判断自己的身份处境,斩钉截铁地拒绝了做革命队伍中交际花的要求。但是,她在激情革命与浪漫爱情的结合中迷失了自我,恋人马腾劝说她为革命献身,去G部长处探听敌军秘密,余玥接受了这项崇高的革命任务,丧失了个人对身体的最后一点自主权。在民族话语和革命叙事中,名媛形象被社会预设在某一框架体系,她们于男子的想象中参演了惊心动魄的革命活动,直到被现实愚弄后才发现革命需要的不过是一个填补空缺的玩偶,却将女媛套牢在奉献、集体主义的标签上。相比"五四"女儿们来说,除了交际尺度放宽了之外,她们并没有获得表达自我意愿的机会与自由行动的权利,更不可能在革命中找寻到适宜个体发展的位置。

当余玥的内心欲求与外部环境对她的角色设定产生极大的反差时,她坚持维护自我,不甘心沦为革命队伍中的花瓶,而妹妹则兴致勃勃地扮演着交际花的角色。起初,余彬在汉口妇女协会交际部工作时也曾为革命事业尽心尽力,但她"感到自己底一点灵光,将在阴霾的黑夜会被暴雨打灭了,她惊惧、她怀疑了。她怀疑革命是如此的不进步吗?革命时妇女底工作领域,是如此狭小而卑下吗?革命时的妇女的社会地位,如此不自由,如此尽做男子的傀儡吗?哼!革命!……把女权安放马蹄血践下的革命"①。余彬意识到"革命本身,早就被妖怪吞没了",以男性意志为中心的社会结构早已决定了女子在革命中的被动地位,男子以集体之名强行剥离掉女子的主体意识,并通过一系列准则使其常规化,女子只能走进革命者为她们预留的新角色,充当革命队伍中的点缀物。余彬没有同姐姐一样坚决拒斥规范,她选择隐藏"智慧、力量和心灵的微弱光芒",将自身沉溺在交际、舞会、演剧的生活中,自以为能够在浮华深处保留一点初心,其实这是一条消耗生命热力的不归路。"姐姐是旧礼教的牺牲品,我就是新时代的烂铜锣!姐姐是父亲怕得罪人,把她送到惨淡的地狱,我就是太自由不羁,将卷入回旋的汤锅。我还是红蕾未绽的少女,可是爱我的人,可以录成一部百家姓了。"②表面上看,余彬游刃有余地操控着恋爱游戏,招蜂引蝶、自在快乐。实际上,自她踏入社交场的那一天起,她就成为革命者的猎物,谣言、中伤、不安分者的妒火毒

---

① 白薇.炸弹与征鸟[M]//白薇.白薇作品选.长沙:湖南人民出版社,1985:38.
② 白薇.炸弹与征鸟[M]//白薇.白薇作品选.长沙:湖南人民出版社,1985:44.

攻，一起袭向余彬。革命将性别平等掩盖在阶级平等的诉求下，个人在集体需求面前理应服从革命意志，如果缺乏坚定的意志和自主意识，则容易在角色偏差中迷失自我。最终，这对出身官宦家庭的姐妹一个成为党派斗争的牺牲品，一个被颓废空虚的生活弄得筋疲力尽，两人试图掌握自己的人生却终究没能摆脱被异化的命运。

生为女人，何所遁逃；只有革命，只有恋爱。小说字里行间的逾矩是名媛作家对男性主导的言说模式的反抗，是个体在现代化进程和革命道路上苦苦追寻自我发展空间的见证，是混沌的社会环境下焦虑和压抑的人生写照。"革命+恋爱"作为一种写作模式，包含着以集体名义重新进行资源分配的政治诉求。它以罗曼蒂克的情绪表征刺激着个体的神经，接受了政治指令的姐妹俩，一个为了革命事业献身，一个为革命队伍装点色彩。实际上，现实社会的复杂程度远远超出蒋光慈、茅盾笔下恋爱与革命交融的和谐状态。白薇笔下的爱情表现得更为单纯，她拒绝为爱情冠上宏大的名目，模糊人性的基本需求。余玥、余彬首先是人，其次才是革命队伍中的一员。但群体意志挤兑了自我意识的成长空间，"在这个老朽将死的社会里，男性中心的色彩还浓厚的万恶社会中，女性是没有真相的，什么真相、假相，假到牺牲了女子的一切的各色各相，全由社会、环境、男人、奖誉、毁谤或谣传去决定她们"[①]。真相由主流意识形态所决定，形象由时代需求所决定，革命队伍严格的等级秩序几乎没有预留空间供女媛自由发展，她们只能快速地融入团体以免被社会迅速边缘化，"她的真实是不能因毁谤和打击而消灭的。她不怕艰难，毒箭，山崩地裂地压碎；她不顾无谓的评价，不稀罕声名。她只抱着一颗鲜红热烈的向上的心，反抗一切使她及社会发展的障碍，要奋斗到底"[②]。白薇借自传体小说《悲剧生涯》呼喊出她追求真实的决心，可是，个人逆潮流而动的反抗如同沼泽地中的自救，越激烈晃动越深陷泥潭。革命奔流中的女媛不可避免地面临被异化的处境，只有"炸弹""征鸟"的别号还能证明姐妹俩的初心。白薇将革命与爱情作为女媛认识自我的一种方式，依托姐妹花的模式把卷入革命浪潮的女性处境刻画得淋漓尽致，呈现出女媛

---

① 白薇.《悲剧生涯》序[M]//白薇.白薇作品选.长沙：湖南人民出版社，1985：15-16.
② 白薇.《悲剧生涯》序[M]//白薇.白薇作品选.长沙：湖南人民出版社，1985：16.

尽力奋斗后的精神幻灭与痛苦迷惘,这是不甘于随波逐流却又无力解救自我的女子的真实写照。

三、"革命+恋爱"中坚定的主体意识

20世纪初,人的解放与女子的解放"这一系列运动的发生并不意味着身体从此在中国获得一个更为自主、开放的空间",而是"将身体的'殖民'权利由家庭和礼教体系转移到国家的手上,而这种情形随着国家意识的抬头与实践的推移,有愈趋严谨的气象"。[1] 无产阶级大众从被启蒙者一跃成为革命的主导者,掌握着重置秩序与社会资源的权利。他们对革命运动充满激情与幻想,"'革命'作为一种最高、最后的唯一能指,作为崇高的象征与乌托邦,为30年代追求理想而苦闷颓废的青年提供了伟大的抚慰、承诺和肯定,为迷途的灵魂提供了温暖的、辉煌的归宿"[2]。这场带有鲜明功利主义色彩与浪漫主义情调的革命中激情大于理性,人们选择性地遗忘了阶级话语脱胎于马克思主义理论时的缺陷,革命大众也被神化为一种不容置疑的群体力量。左翼知识分子的革命书写中,男性主导者往往以先进、正确的引路人角色出现,女性或被看作有待改造的工具,或被赋予欲望的符号。这种模式化的性别设定要求女性顺从革命潮流,认同新的社会角色。已经具备一定自我意识的名媛自然不甘成为被动的接受者,但革命话语体系的复杂情状让名媛产生了一种错觉,个体似乎在国家未来的发展中找到了自我的存在价值,她们对劳苦大众、弱小生灵产生了责任感,加上革命恋人的劝诫,似乎又同从前一样成为女性中的先导者。崇高的乌托邦理想掩盖了性别秩序下女子压抑的现实。

爱情是一种极度私人化的情感体验,建立在男女双方的亲密联系上,而革命则代表了集体的意志,表现了大众共同的理想。当一种狂热的情感爆发遭遇另一种无限放大的生命能量将演化出人生的多种可能。左翼作家笔下的爱情不是两人的私语,它的建立必然以革命为依托,通常将两性设定为启蒙者与被启蒙者的角色,《动摇》中的孙舞阳、《到莫斯科去》的素裳等名媛

---

[1] 黄金麟.历史、身体、国家:近代中国的身体形成(1895—1937)[M].北京:新星出版社,2006:22-23.

[2] 旷新年.1928:革命文学[M].济南:山东教育出版社,1998:103-104.

都受到革命爱人思想的影响发生转变,后来个体成为一个没有自我意识的工具,机械地完成着启蒙话语的指令。"集体的生活已经将个人的生活送到不重要的地位了"①,左翼作家笔下"革命+恋爱"的写作模式大多分为以下三类:为了革命而牺牲恋爱、革命决定恋爱、革命产生恋爱。革命与恋爱的碰撞是一场群体与个人的价值选择,以人民大众为主体的意识形态代表着话语权威,这种权威也是一种文化专制。名媛作家尚且没有能力把握无意识深处的自我,言说涉及领域通常是主流意识形态允许的部分,她们如果坚持自由主义的发声,那么这些精致、骄矜的资产阶级意识形态不仅无法获得大众的认可,反而容易使个体陷落言说的陷阱,沦为革命的对立面,以致丧失话语权利。如果她们加入主流话语,亲手将女性意识埋藏于集体意志之下,那么往日在文学领域的角色塑造将就此轰塌。名媛作家想要表达真正的自我,只能在社会允许的范围内采取合规的方式将想说而不便直说的话巧妙地表达出来。

丁玲的《韦护》《一九三〇年春上海》之一、之二中的名媛没有似莎菲、余玥那么忧愁感伤,也不像沁珠、余彬那般狂放不羁,更不同于左翼作家笔下模式化生产的女性,总是在男性革命者的指引下脱胎换骨。丽嘉、美琳、玛丽在个人主义与集体意志的纠葛中提供了另一种视角审视革命与恋爱关系。她们承袭了"五四"时期个性自由的价值观念,较为坚定的自主意识决定了她们可以通过遵循性别秩序建构自我身份;也可以通过抵制性别规范,解构社会既定的性别角色,开辟一条新的路径确立主体地位。

韦护与丽嘉、望微与玛丽属于"为了革命而牺牲爱情"的类型。牺牲爱情的主要原因并非双方政治信念的差异,而是无产阶级革命队伍对男性革命者施加了有形或无形的压力。革命集团要求个人思想、行动高度一致,私人化与情绪化的爱情容易干扰集体事业的发展。韦护、望微这类革命者在群体的警告下左右为难,一边是神圣的革命事业,一边是青春美丽的爱人。实际上,矛盾的源头并不在于爱人的不革命,而是刚刚进入革命队伍的男性无力把控自我人生造成的困境。"他"因为陪伴恋人便向组织谎称自己生病无法参加会议;因为害怕在革命队伍中失去领导地位便幻想伴侣突然成为

---

① 蒋光慈.关于革命文学[M]//中国社会科学院文学研究所."革命文学"论争资料选编(上).北京:人民文学出版社,1981:144.

革命同志,常常表现出顾此失彼的狼狈。当集体的怒意指向个人时,爱情的羁绊成为阻挡个人进步的借口,如果继续革命事业必然要放弃爱情,如果选择温柔乡就不是一个合格的革命者。爱情的分量在革命权威面前相形见绌。他们不去想如何帮助爱人成长,只希望对方能够在关怀中得到脱胎换骨的改变。此外,韦护、望微对革命的理解有些幼稚,他们心中的阶级斗争带着封建专制色彩,似乎挥别不革命的爱人就意味着个体更加坚定了革命信仰与斗争决心。文本中的矛盾冲突不只是集体意志对个人诉求的挤压,还有保守、狭隘的阶级观念对西方文明、自由的生活方式的鄙薄。丁玲借丽嘉之口指出革命者的虚伪,"我固然有过一些言论,批评过一些马列主义者,那是我受了一点别的影响,我很幼稚,还有,就是你们有些同志太不使人爱了。你不知道,他们仿佛懂了一点新的学问,能说几个异样的名词,他们就也变成只有名词了;而且那么糊涂的自大着"①。玛丽参加了一次望微的工作会议后,"她曾坐在那里几个钟头,听了许多,但是,没有一句话是可以使她佩服的!什么说成天那样坐坐,谈谈,便是革命工作,那真使她灰心"②。革命同志对外表靓丽,个性张扬的丽嘉、玛丽们十分不满,视她们为影响革命者进步的红颜祸水。在这个新的政治环境中,韦护和丽嘉"堕落的奢靡的销金窟"般的家成为群体批判的焦点,甚至包含着一些偏狭、妒忌心理。

> 原来就有一部分人不满意他的有礼貌的风度,说那是上层社会的绅士气派;有的人苛责他过去的历史;然而都不外乎嫉妒。现在呢,都找到了攻击的罅隙,说他的生活,他的行为,都足以代表他的人生观。说他是一个伪善者、投机者。仲清竟到学生前也说起他的坏话,公开他的住址,这本来是不公开的;他示意人们去参观,那像一个堕落的奢靡的销金窟。
>
> 于是当韦护和丽嘉饮着晚酒的时候,也有着不熟悉的扣门声。

---

① 丁玲.韦护[M]//陈惠芬.海上文学百家文库(丁玲卷).上海:上海文艺出版社,2010:247.

② 丁玲.一九三〇年春上海(之二)[M]//陈惠芬.海上文学百家文库(丁玲卷).上海:上海文艺出版社,2010:304.

他们熠熠的审视丽嘉,却不能在她身上得着什么,也自以为得意的走了。①

无产阶级革命群体的崛起使名媛处于尴尬位置,她们身上娇柔的资产阶级色彩在大众面前似乎成为原罪,惬意的生活方式被认定为滋养懒惰的温床,触动了集体的神经,尽管丽嘉没有一次妨碍到韦护的工作,"她不会要求他留在家里的"。韦护的问题不在于选择恋爱还是革命,而在于他与生俱来的软弱导致个体无法协调与群体的关系,他不具备刘希坚成熟的思维能够耐心地教导爱人白华成长,最终陷入茫然无措的被动局面也是必然的结局,同时从侧面反映出身为革命者,韦护的意志与决心不堪一击,更毋论肩负重大的革命职责。生性敏感的女性容易察觉到革命队伍的态度对恋人的影响,个体本能地对革命产生抵触情绪,她们并非不舍丰厚的物质资本,更多的出于自我保护,担忧群体对自我身份的永久定性。玛丽拒绝加入革命队伍,连进入革命序列的丽嘉、美琳也很难说是被崇高的事业所吸引。丽嘉更像是把革命当作人生的挑战,在新的场域中重塑自我;至于美琳则急切地希望借助革命扩大活动空间以改变当下空虚无聊的生活状态。个体较为坚定的自我意识引导她们重新建立自我与社会关系并在新的空间秩序中选择一条适宜的发展道路。

相对于左翼文学对阶级性的强调,丁玲笔下的革命与恋爱着重展现名媛的自主意识,将她们从尴尬的边缘地带解救出来,交予她们人生的选择权。美琳离开子彬后加入革命游行队伍是女性主体意识对男权的有力反击。玛丽喜欢望微却害怕在爱情中失去自由,"她希望两人做一对自由的情人,亲昵的朋友,却不是一对夫妻"。她本能地拒绝家庭,准确地说是拒绝男性可能对她行为的约束。两人同居后,望微工作繁忙无暇顾及玛丽,玛丽企图用爱情逼迫望微放弃工作。在她发现自我压抑的真相后主动放弃了这段感情。望微需要她时,她是快乐的源泉,迷人的女神;不需要她时,她便是落后的代表,人生的拖累。离开给予玛丽保持自我独立的资本,也给了望微指责的借口,他将分离的责任归结为玛丽太过苛责,这种无理的推卸不免令人

---

① 丁玲.韦护[M]//陈惠芬.海上文学百家文库(丁玲卷).上海:上海文艺出版社,2010:243.

发笑。男性革命者渴望伴侣自觉追随他的事业,最好以革命同志的身份相伴左右。这样他的人生既站在道德的制高点上坚守革命信仰,又能红袖添香满足人性私欲。但对于名媛来说无论是否加入革命,个人权利都不会得到太大的改善,依旧无法按照自己的意愿演绎人生。因为社会价值标准的调控者在对方,情感同盟对名媛来说早已如梦似幻,要么安全地屈从主流意志做个时代的追随者,要么坚守自我远离革命浪潮做个不问世事的享乐者。与此同时,作者批评了韦护在神圣的革命名义下抛弃爱人的自私又冷酷的行为,与忠诚的姗姗形成了鲜明对比,丁玲借此质疑了男子功利的爱情观,"韦护终究是物质的,也可以说是市侩的,他将爱情亵渎了"①,通过恋人、友人的行为映照展现出男权社会中女性自我意识与独立精神的重要性。

此外,丁玲聪慧地将"革命+恋爱"模式中固有的男性先进者与女性落后者的位置倒置,将男性与资产阶级习气关联,女性与进步革命群体相连。《一九三〇年春上海(之一)》中美琳是作家子彬的读者,美琳崇拜、爱慕子彬。子彬影响着美琳的审美,甚至将自己的喜好灌输给她。美琳逐渐成为家庭的囚徒,在闭塞的小家等待丈夫闲暇时的陪伴。她想和子彬沟通,了解他的内心,但子彬永远只把她当一个小孩看。美琳"不安于这太太的生活,爱人的生活",于是她瞒着子彬拜托若泉介绍一份工作。当她参加文艺研究会后,与会者的新气象点燃了她对生活的向往。子彬一点也没察觉美琳的改变,他还沉迷在颓废气的情爱创作中,丝毫不在意妻子内心的感受。显然,美琳靠近革命不全是因为马克思主义的吸引,她出走的动机更大程度上是由于夫妻间缺乏理解与沟通,她对自己无所事事的状态心生不满,对臣服于夫权下的自我感到厌弃。自觉意识的生发促使个体在更广阔的领域寻求社会与人生价值,革命激情的出现恰好填补了美琳生活的空白,其实仔细想来,参加文艺研究会与其他社交活动对她来说恐怕没有本质的区别。

丁玲在1930年左右创作的三部小说切合了社会发展的实际情况,对革命与恋爱中名媛的身份困境作出细致思考。她注重挖掘宏大的革命话语下名媛的自我意志,拒绝将女性经验变成革命寓言。无论是决心"好好做点事业"的丽嘉,还是"要在社会上占一个地位,她要同其他的人,许许多多的人

---

① 丁玲.韦护[M]//陈惠芬.海上文学百家文库(丁玲卷).上海:上海文艺出版社,2010:252.

发生关系"的美琳,或者是坚持现有生活模式,拒绝男性改造的玛丽,都表现出较为坚定的自主意识与独立精神。女性解放的方式不只有对抗一种,也可以在与群体融合的过程中把握自己的命运,建构基于自身需求的文化价值体系。丁玲在革命话语中塑造的名媛形象不免显得有些特殊化,但她对女性面临的思想冲击、性别拘制等问题的开掘,反映出革命立场中性别关系与权利分化的深层矛盾,探索了名媛在新领域的人生选择与自我发展的可行性。

第三节 异质空间下的生存实践

抗日战争对中国社会带来巨大的冲击,这场战争波及范围广,持续时间长,它剥夺了中国政治、经济、文化自然发展的权利,多方政治力量的角逐引发社会资源的重组与分化。国统区、解放区、沦陷区[①]在地域区隔的状态下既相互关联又互为因果,地缘政治文化使知识群体的心理、思维发生极大的变化,他们真切地感受到了战争带来的生存困境,也不同程度地受到区域环境内强势话语的制约。

全面抗战爆发初期,昂扬的抗日救国运动凝聚了广大人民群众,他们坚信通过上下合力能够取得民族胜利。但是,现实的黑暗腐朽使知识分子从迷梦中惊醒,对民族命运与社会前景满怀担忧。随着抗战进入相持阶段,国内封建积弊暴露无遗且它强烈的腐蚀性不断软化人的意志,使人们无心也无力反抗这间"铁屋子"。国统区的权威话语也为女性制定了一套有迹可循的行为规范,标准化的形象对自幼受到传统文化影响的名媛构成极大的压力,个体若要紧随时代,就要在男权预设的标准内削足适履,遵守新女性的角色规范。这种将自我客体化、对象化的方式也是阻碍女性自我认知的惯

---

① 张泉在《抗战时期的华北文学》(贵州教育出版社,2005年版第9页)中将沦陷区文学划为19世纪末至20世纪中叶,日本武装侵华时期日本占领区的中国文学,包括台湾(五十多年)、东北全境(十四年),华北(八年),以张家口为中心的"蒙疆"(八年),以南京为中心的"华中"(七年多),武汉(近七年),"孤岛"沦陷后的上海(三年多),以及广州、海南岛、香港等地区。

常手段。她们若要破除先验,改变身份困境,就会在一定程度上销毁自我建构的土壤,从而面临无所适从的尴尬局面。面对国统区多重力量的复杂纠葛,除了冰心在《关于女人》中塑造了一系列德才兼备的名媛形象,大多数作家离开了探索自我人生的创作领域。陈衡哲、袁昌英、苏雪林、林徽因、冯沅君等人转向学术研究与文艺评论,偶尔在诗歌、散文中营造一个温情的乌托邦,谨慎地将带着希冀的微光传递给民众。

日本侵略者试图在沦陷区把持话语权,推行日本语教育,宣扬中日"亲善文学"。严格的文化管控使国家、民族、大众、革命话语被隔绝在区域之外。但是,仅靠几个日本文人和文化汉奸的营造,远未达到他们想象中的所谓的"大东亚共荣圈"的"和平"景象。意识形态的松动留给了知识分子话语空隙,尽管在异族势力的胁迫下个体生存实属不易,但作家努力抓住这点希望,浅吟低唱着意味深长的人生悲欢。名媛略带玩味地描摹世情百态,于琐屑的日常中还原一个真实的人的生存状态,在一重重如梦似幻的巧合与流离中描摹自我影像。与此同时,殖民统治剥夺了弱小民族男性最后的权利,男权的悬置意外开启了女媛身上的枷锁,以往承袭的观念上的压力与禁忌消失殆尽,这个特殊的时空领域提供给她们一个正视内心、放逐自我的机会。

解放区政权建立的新型社会结构以广大人民群众的利益为基准,重新进行物质分配与思想改造。"新的政府打破原有的贫富分化的权利极差乃至家庭权利极差而建立了一种平等的社会秩序","妇女、子嗣也不再通过家族、家长和丈夫的间介而隶属于社会"。[①] 在新型权利结构体系中,每一个体直接从属于社会,从而实现无差异的平等。但是,强行消除差异构建的关系结构自身缺乏稳固的根基,由体制强制执行的权利平等容易沦为专制的筹码。比如,性别领域强行消除差异带来的后果是很大程度上平等地实现只存在于它的字面意义。男性主体意识在文化权利结构中依旧占据主导地位,已经被允诺了对等权利的女性在体制内大刀阔斧地改造自我,她们甚至没有一丝怀疑,就欢欢喜喜地与同志们携手听从指令,获取"圆满"的人生。在她们以为自己获得平等的权利与社会价值时,已然无知觉地交付了自我

---

① 孟悦,戴锦华.浮出历史地表:现代妇女文学研究[M].郑州:河南人民出版社,1989:214.

与自由,虽说无须忧虑对"五四"女儿们来说棘手的经济问题,却还是没能走出男权的藩篱,束手将个性特质与自我意识一同沉没在时代的主旋律中。

一、无神时代的自适其适

外来入侵者的占领打破了中国原有的社会秩序,沦陷区内民族话语、家国言说被强行废止。高压统治下,本国男性的话语权威受到压制,他们或逃离这片"文化荒原",或噤声不语。男作家的离场留下广阔的言说空间,原本处于文化场边缘的名媛获得前所未有的自由,她们无须以主流话语塑造的女性形象为标准,只要不涉及民族、国家话语,可以任意表达隐秘的内心世界与潜在的女性欲望。战争面前人人自危,为了生存父兄倾轧、夫妻反目的现象不绝如缕。慈爱的母亲,相拥的恋人,亲昵的姐妹,曾经的情感同盟如今都心怀叵测,人性在这个特殊的时期表现出狰狞的面目,唯有"我",也仅有"我"为自己打算才能避免进入那间没有光的"铁屋子"。在这个无神的时代,所有的精神信仰与情感依恋一起坠入谷底,只有内心那团依旧炙热的欲望之火催她们时时反省个体存在的意义。"什么都是模糊,瑟缩,靠不住的","房子可以毁掉,钱转眼可以成废纸,人可以死,自己更是朝不保暮"。[①]在物质与精神都十分匮乏的岁月里,一些微小、细碎的东西都可能成为保障生命的凭借,人们疯狂抓住一切可能的物质驱赶内心的恐惧。名媛作家着眼在"人性的抑制与解放,感染于小事物小动作,亦即人们日常生活的全面的情调"[②],这些平实的生活使个体触摸到生命的底色,在世情百态中演绎了个人的爱欲与哀矜,尽管文本中的一系列名媛形象有时表现出堕落、虚伪、争斗的一面,却也增添了可悲与可怜的情感色彩,呈现出鲜明的个人主义立场与自适其适的人生哲学。

乱世中借机还魂的封建意识与现代都市中金钱万能的思想造就了名媛的畸形人生。名门望族的女儿们成为父母稳固家族利益的工具,家给予她们"再好没有的严格的训练"。婚姻是父母为她们设计的最圆满的一条出路,她们如同一件件待价而沽的商品等待竞拍者的叫价。为了利益最大化,父母不惜出卖女儿的名誉,招引男人争抢。女媛在被物化的过程中一次次

[①] 张爱玲.自己的文章[M].北京:京华出版社,2006:40.
[②] 胡兰成.随笔六则[J].天地.1944(10):13-17.

丧失了主体意识。《琉璃瓦》中姚先生仔细地替七个女儿谋划婚姻大事,人人都说女儿是不值钱的瓦片,他却坚信家里个个貌美如花的女儿即便是瓦也是最具光彩的琉璃瓦。姚先生想借助姻亲帮自己在工作上更进一步。他精心设计大女儿嫁给印刷所大股东的独生子成为豪门少奶奶。后来,大女儿怀疑自己的婚姻只是父亲晋升的踏板,不能容忍人生被父亲当作摆弄的物件,几次三番阻止公公提拔父亲的行动,甚至连母亲上门看望她也避之不见。姚先生伤心至极还是打起精神,吸取上次的教训,设法把二女儿弄进机关做女秘书,让她在非富即贵的同事中"自由"选择一个乘龙快婿。谁承想二女儿竟交往了最平凡的书记员,姚先生不甘心赔了夫人又折兵。大女儿越来越疏远自己,二女儿的吃穿用度还要自己贴补,他急忙为三女儿物色对象,以免她走上姐姐们的老路。在那个动荡的年代,上流社会的名媛尚且被当作装点家族门面的物品,毋论缺衣少粮的穷苦人家的女孩,即便是亲生骨血也会沦为父母手中的筹码,为家族担负应尽的责任。这片价值陨落的时空中,自私、贪婪的人性表现得赤裸、坦率。

《昨日之恋》中的母亲的"拜金毒"与姚先生如出一辙,贪恋物质享受的母亲把漂亮的女儿们当作摇钱树,除了因病不能结婚的四姐外,其他四个女儿无一例外成为母亲攀附权贵的工具。大姐嫁给了有钱有貌的花花公子文表哥。二姐离婚后做了香港一个文人的外室。三姐委身某师长,整日里炫耀她的物质生活。"我"也在母亲的算计下嫁给阔绰的辉表哥。奢华的生活还没过多久,辉表哥家的财产在战火中化为乌有。最终,机关算尽的母亲没来得及享受荣耀,就得来一个又一个噩耗。"浪漫、爱钱,使她们得到这样残酷的结果。"①身着华服、光鲜亮丽的名媛被父母当作稳固家族势力的凭借,如同一只提线木偶从思想到行动都受旁人的指挥。

家对名媛来说,哪还有温情可言,它如同一张网困住人动弹不得。《蚌》中梅丽出生在一个衣食无忧的大家族,父亲、兄长沉浸于声色犬马的酒会、戏台,母亲和各位姨娘整日打牌、抽烟。梅丽自食其力在税捐总局上班,"这社会原不是给女人预算的,原想还可以读书、做事,现在连那样一点小希望都没有了。读书去,一天六点钟功课有三点钟家事,做事,女人是低能的,只

---

① 潘柳黛.昨日之恋[M]//范智红.新文艺小说卷.南宁:广西教育出版社,1998:310.

配端茶水,一天八点钟两手不闲着,给你一块钱还觉得太多。可是我们已经是幸运的了,我们有一个能感到苦闷的心"①。这颗不甘堕落的心促使她在乌烟瘴气的家庭中觉醒,却没有给她足够的勇气拒绝父母安排的婚姻。她被父亲当作仕途的跳板,许配给有财有势却只知吃喝玩乐的朱家少爷。表面上父母、姐妹、婶娘十分关心梅丽的婚事,背地里却各有算计。梅丽想过与琦一同私奔,但在父母名为疼惜实为监视的照顾下,根本没有机会独自出门。她明知这突如其来的关怀不过是怕她逃婚,却半委屈半感激父母给予的关照。梅丽的软弱是传统家庭中女儿们的共性,虽不满家庭安排却缺乏行动力,空有一腔热血却无奈止于言语。正如福柯所言:"用不着武器,用不着肉体的暴力和物质上的禁制,只需要一个凝视,一个监督的凝视,每个人就会在这一凝视的重压之下变得卑微,于是看似自上而下的针对每个人的监视,其实是由每个人自己加以实施的。"②梅丽的自我意识在权威的凝视下越来越薄弱,实在只能任家庭摆布,迷茫、孤独地消磨余生。

低气压的生存空间里,人们拼命抓住一些东西刺激麻痹的神经,弥补精神世界的虚无。对于《沉香屑·第一炉香》中的梁太太而言,年轻男子的情爱最能证明自己的魅力与价值。于是,她"一手挽住了时代的巨轮,在自己的小天地里,留住了满清末年的淫逸空气,关起门来做小型慈禧太后"③。她步步为营,培养自己的侄女薇龙做别墅中长袖善舞的交际花。薇龙住进梁府的当晚,看到满壁橱华丽的衣服,意识到"这跟长三堂子里买进一个人"没什么区别,但她决定留下来,即便是"看看也好"。仅仅三个月的工夫,她对这里的生活已经上了瘾,爱上了浪荡子乔琪。欲擒故纵的爱情游戏使她感到厌倦,薇龙决心离开这个伤心地,她甚至买好了回家的车票,不料临行前病倒了。这一病成了她名正言顺留下的理由,薇龙觉得"到社会上去做事,不见得是她这样的美而没有特殊技能的孩子的适当的出路。她自然还是结婚的好"④。当年单纯的女学生如今彻底被都市腐旧的思想观念与商业消费意识埋葬,她在梁人人和乔琪一步步的诱导下,成为社交场上追名逐利的摩

---

① 梅娘.梅娘小说散文集[M].北京:北京出版社,1997:23.
② 李银河.女性主义[M].济南:山东人民出版社,2005:68.
③ 张爱玲.第一炉香[M].广州:花城出版社,1997:61.
④ 张爱玲.第一炉香[M].广州:花城出版社,1997:62.

登女郎。薇龙"整天忙着,不是替乔琪弄钱,就是替梁太太弄人"①,沦落为供养他人纸醉金迷生活的工具。她将人生的全部气力投入情爱游戏,似乎只有赢取男性的爱与钱,才能在乔琪和姑母面前证明自己存在的价值。

情爱场几乎成为人生转机的唯一舞台,名媛对爱情时常表现出一种功利的、理性的态度。物质时代的爱情是苍白的,一些名媛依赖婚姻装点门面,她保持着雅致的姿态伺机而动,引诱、欺骗、敷衍、周旋,在索爱的道路上进退有据。在一个爱情贬值的时代,赫然呈现出一群精致的利己主义者。比如,杨绛的《璐璐,不用愁》中的名媛既想得到满意的婚姻又摆脱不了金钱的诱惑。在璐璐的观念里,女人的幸福只能通过婚姻、金钱得以实现。《倾城之恋》中曾经盛极一时的白家江河日下。白家为维持门面,将流苏嫁给暴发户唐公子。流苏对丈夫拈花惹草、游手好闲深感绝望,办妥离婚手续后回到白公馆。娘家人急于甩掉这个包袱,四处张罗给她介绍对象。流苏陪七小姐宝络相亲时认识了潇洒多金的范柳原,流苏认为"一个女人,再好些,得不着异性的爱,也就得不着同性的尊重"②,她为自己赢得地位的方式就是证明自己还有吸引男人的魅力。范柳原邀请流苏到香港,她清楚自己此去已没有退路,"如果赌赢了,她可以得到众人虎视眈眈的目的物范柳原,出净她胸中这一口气"③。流苏的人生价值需要用身边的男性身份来证明,她生活的自信和尊严需要依靠金钱、地位来保障。香港的沦陷成全了流苏,她赢取了梦寐以求的尊严与物质。"只要我有美丽的容颜/我可以得到你的抚爱和亲吻/只要你有金钱/你可以买我暂时的身体/和我的青春。"④一场场费尽心力的交易背后是名媛丧失希望后的决绝之路,她无奈地惜别过去单纯的自我,选择沉溺在醉生梦死中以麻痹现实的苦痛。

还有一些女性为了嫁入富商巨贾之家,费尽心力把自己包装成名媛。(《弄真成假》)张燕华寄居在做地产生意的三叔家,她名为侄女实际上还要为叔婶做脱鞋、缝纫等用人的活计。她自认比三叔的女儿张婉如美貌、聪慧,不甘心屈居人后,决定靠自己改变命运。燕华看上了外表英俊、风度翩翩的周大璋,不知他只是个到国外"洗了个澡,镀了个金身"的假绅士,他为

---

① 张爱玲.第一炉香[M].广州:花城出版社,1997:67.
② 张爱玲.倾城之恋[M].北京:北京十月文艺出版社,2009:171.
③ 张爱玲.倾城之恋[M].北京:北京十月文艺出版社,2009:173.
④ 关露.太平洋上的歌声[M].上海:上海书店出版社,1984:65.

人自私虚伪,对外吹嘘自己出身官宦世家、书香门第,其实与寡母住在杂货铺的小阁楼上。大璋竭力追求地产商的独女张婉如,为的是过上真正的豪门生活。"穷人装阔绰、残疾充矫健、丑人自谓娇美。"①燕华被大璋伪装的阔气所吸引,认为这是改变人生的机会,于是她施展手腕骗得大璋误认为婉如去苏州与表哥冯光祖结婚,又假装自己有大批嫁妆,引诱大璋与她一道私奔。在爱情中费尽心机的假名媛与假绅士终于拜堂成亲。非常时期的婚礼隐喻着风声鹤唳的国事,仓促而就的婚姻寄托着伪善者下半生的希望,可在战时哪里有什么希望,不过是人生的虚妄与无聊。欺骗筹谋而就的婚姻显得十分可笑,根本没有所谓的诗礼之家,也没有巨额嫁妆,以神圣爱情名义缔结关系的两人没有情,更谈不上爱。看着满屋破落的陈设,一向不甘落于人后的燕华为她的虚伪付出了惨痛的代价。假作真时真亦假,杨绛将物质欲望驱使下迷恋金钱,渴望享乐的一对假名媛、假绅士的真实与虚无、精明与懒惰描绘得栩栩如生。这类唯金钱至上的都市男女在当时也是一群不容忽视的存在。

名媛本能地发展出一套以弱自处的生存策略寻求男性的垂怜。千娇百媚的娇蕊依靠男人们获得奢华的生活(《红玫瑰与白玫瑰》);芬赤裸裸地哭诉悲惨境遇,期盼琳的怜悯与关怀(《鱼》);怀青接受了位高权重的金总理的金钱资助(《续结婚十年》);她们故意摆低姿态,利用柔弱的外表与女性的娇嗔为自己谋得便利。与"五四"时期的名媛相比,"娇蕊、怀青们"的自我认知更加清晰,她们承认自己的虚伪与懦弱,明白人生困境的症结所在,"真正的快乐不是依赖别人所能获得的"。可是,此刻如果不依赖男性就无法获得想要的生活。芬备受爱人欺凌,她祈祷另一个男子的慰藉,希望琳能提供"一个存放我的丰盛的感情的地方"。娇蕊只想在男人提供的安乐窝里享受一方太平。怀青清楚男性提供资助的目的,却不拒绝也不表态。"女人一辈子讲的是男人,念的是男人,怨的是男人,永远永远。"②她们似乎只有面对爱情和生存问题时才会充满反叛精神,进入风暴过后的平静期,无论伴侣多么自私、阴险,她们都很难做到真正的自立。与其说个体屈从于男子,不如说为了舒适的生活放弃自我人格,选择了场面上的尊严。

---

① 杨绛.春泥集[M].上海:上海文艺出版社,1979:85.
② 张爱玲.张爱玲文集:第4卷[M].合肥:安徽文艺出版社,1991:77.

周作人曾断言,"妇女问题的实际只有两件事,即经济的解放与性的解放"①。直到此时,乱世佳人从缥缈的精神世界中出走,意识到个人在生存困境中亟待解决的经济问题。物质资源极度匮乏的真空环境没有给女媛留下太多的就业机会,缺乏经济基础的自由就像纸上谈兵,理论明晰却无从施展。社会上"职业妇女的待遇真是太菲薄了,简直还比不上一个普通的妓女"②,留给女媛的选择并不多,要么依赖婚姻,坦然接受物化的命运;要么自食其力找份工作,忍受外界的议论与家庭的责难。由夫权主导的家庭关系中,男女之间主、客体的规范模式非常稳固,没有经济来源的女性只好服从丈夫。这一时期的文学作品中,因爱依附,因钱贪恋的女媛比比皆是。梁太太得到了丈夫留下的大笔遗产,过上了纸醉金迷的生活,但她也付出了常人难以想象的代价;薇龙在华美的舞池中迷失了人生的方向,沦为一具替人赚钱的行尸走肉;芬无名无分地为爱人生养孩子,她的寂寞与欲望投射在爱人的弟弟身上;娇蕊的爱是随心所欲的,她在男性的追逐中验证自己的价值;妯娌尖酸刻薄的话语没有激起流苏自食其力的意志,却激发了她抓住男人证明自我价值的斗志。这些大家族成长的名媛从小看尽了亲人间的尔虞我诈,缺乏家庭的关爱,被亲眷关心也多出现在自己的婚姻会为家族带来利益时。在被忽视、被否定的状态下寂寞成长的名媛缺少自我认同感,一旦有所心动,哪怕只有一丝希望,也会为情爱削足适履以获得当下的精神解脱。名媛在朝不保夕的现实中形成了一套自适其适的生活哲学。这群被国家、亲人抛弃的女子用自己仅有的青春美貌赢取优质的生活。她们还未发觉此时男子的精神世界是一片被侵略者碾压过的废墟,飘荡着凉薄的人性。他们尚且无法自足,更不可能成为女媛的精神依靠。如果女媛将他们视作救命稻草,则会受到生活沉重的打击,费尽心力得到的也只是合法婚姻关系下无可奈何的困守。

《结婚十年》中苏怀青不甘心婚后做个饭来张口的少奶奶,主动找到一份教职。小姑在公婆面前进谗言使得家人对她外出工作疑神疑鬼。怀青夫妇到上海后因为家庭开销不断争吵,丈夫崇贤指责怀青是家里的寄生虫,她为贴补家用不得不靠写稿子赚钱,但崇贤认为女人外出工作折辱他的面子,

---

① 周作人.周作人书信[M].石家庄:河北教育出版社,2002:77.
② 苏青.苏青散文集[M].合肥:安徽文艺出版社,1997:471.

宁愿她无知无识。传统大家庭中女性的独立会对男性权威构成威胁,只要怀青有独立的经济来源,公婆委婉劝说,丈夫费尽心思,小姑四处诋毁,一些行动都是要断绝她自立的心思。崇贤越来越不关心家庭,整日在外寻欢作乐,直到丽英找上门说她怀了崇贤的孩子,怀青对丈夫彻底失望了。怀青与丈夫办完离婚手续后,看着崇贤和孩子离去的身影,对自己的未来茫然若失,"我的前途也黑暗,没有儿女,没有丈夫,没有职业,没有钱——什么可靠的东西都没有,我就是仍想活,又将如何活下去呢"①,她追悔自己没能"咬紧牙关忍耐下去",对崇贤"卑屈地、软言相求"。怀青沉重地叹息是沦陷区女性无所适从的悲境缩影,"嫁人也不好,不嫁人也不好,嫁了人再离婚出走更不好,但是不走又不行,这是环境逼着她如此"②。个体在没有足够的经济基础与健全心智的情况下,即便想要逃离家庭桎梏,也无力走到理想的彼岸。这既源于性别角色的特质,也因为受到社会文化的压制,而后者往往是导致前者的原因,也几乎成为名媛生命困境中的死结。

以男性利益为基准的社会秩序严格地控制着性别角色及其行为规范,道德准则成为压倒女媛通向外界的最后一根稻草。女媛无论作为家中的贤妻良母还是社交场上的明星,都无法成为家庭的核心成员,只能以一个机械的、附属品的身份顺从话语权威的意愿。在这个无神的时代,张爱玲、杨绛、苏青、梅娘等作家从性别身份出发,发掘出夫权掌控下的家庭嗜人的一面,女媛在异族统治中把握自我命运面临着重重困难,张爱玲不无凄楚地承认,"乱世的人,得过且过,没有真的家"。关露感慨"家里底一切都呈现着寂寞与冷落,乃至到荒凉的那个限度"。家在女媛心中已是一座摇摇欲坠的屋子,能暂避风雨却时时令人提心吊胆,苏青从心底渴望"有一个自己的房间……让我独个的关在自己的房间听着,看着,幻想着吧!全世界的人都不注意我的存在,我便可以自由工作,娱乐,与休息了"③。女媛在这间隔绝他人的房间内不用考虑外界因素,可以真实地依从自己的内心单纯地生活。但是尚未自给自足的名媛终究无法得到一片安适的净土,现实环境中她们表现出病态疯狂、恣肆放荡的行为,个体在生存危机中的困顿与失落、率真与

---

① 苏青.苏青文集(上)[M].上海:上海书店出版社,1994:216.
② 苏青.结婚十年[M].广西:漓江出版社,1987:200.
③ 苏青.苏青文集[M].上海:上海书店出版社,1994:275.

坦白反而使读者感受到她们奋力向上的渴望。相对于非黑即白的二元对立,一抹葱绿配桃红似乎更能准确地体现沦陷区真实、自然的人生。

二、革命炼狱中的思想转变

杨刚、关露很早接触到唯物史观和普罗文学,加入中国共产党后,她们有意识地配合党的文艺政策进行创作。陈学昭早年就与瞿秋白、茅盾等革命作家熟识,在法国留学期间她并未对革命产生兴趣,直到1938年抵达延安后,发觉自己像"暗夜迷途的小孩,找寻慈母的保护与扶持,投入了边区的胸怀"①。杨刚、关露、陈学昭从资产阶级名媛到无产阶级革命女性的身份转变中,其思想也发生了从个人主义到集体主义的转向。她们创作的自传体小说记录了个体在革命群体的感召下价值立场与自我观念的更新过程。"我"、杜菱(关露《新旧时代》《黎明》)②、黎品生(杨刚《挑战》)、李珊裳(陈学昭《工作着是美丽的》)在革命群体中获得了新的生命意义与发展动力。她们的革命之路是一部女性与自我生命需求的斗争之路,其成长过程历经追求与放弃,斗争与妥协,希望与落寞,个体主动遵从阶级规范与革命理性,以集体意志与阶级观念为旨规。诚然,名媛在新空间得到的身份认同得益于群体的支持,但现实社会的意识形态、责任伦理与文化困境使个人解放与民族解放呈现出同构与错位的复杂形态,由此产生的精神焦虑和人生困惑成为个人角色转换过程中无法避免的伤逝之痛。

关露在1932年加入中国共产党。1938年,她的自传体长篇小说《新旧时代》开始在报纸上连载。次年,她接受党组织委派进入上海汪伪政府工作。1940年3月,小说结集出版。关露在小说的后记中坦言,"我是拿我自己作中心,写一个在我们民族革命解放斗争当中,在我们底全民族都在反抗

---

① 海宁市档案局.奔向延安[M].太原:山西古籍出版社,2007:50.
② 关露计划创作自传体小说三部曲。1938年,第一部长篇小说《新旧时代》开始在《上海妇女》连载。1939年,身为中共地下党员的关露接受组织委派,打入上海汪伪组织内部。1942年,她又接受党组织指派进入由日本女作家田村俊子主编的《女声》杂志社工作。1943年,第二部长篇小说《黎明》在《女声》连载,关露因身份原因不便再以第一人称续写,故《黎明》改为第三人称叙事,除女主人公外其他主要人物的名字不作更改。1944年4月10日出版的《杂志》预告将要连载第三部长篇小说《朝》,遗憾的是小说并未如期刊登,也没有作任何说明。

封建势力跟帝国主义,走向新民主主义国家时候的女性底生活。一个经过了她那种生活的女性是否应该走到她后来所走的这路上,一个一向都梦想与追求着自由跟解放的女性,要怎么样才能获得自己底希望;一个如何从旧的封建生活走向新生活的她底生活过程"①。小说以第一人称讲述出身官宦家庭的"我"转变为具有独立意识的革命者的精神历程。"我"的父亲脾气暴躁,赌博成性,母亲是父亲在赌场上赢得的"四千两银子"的抵押品。母亲与一般的贤惠温顺的传统女性不同,她接受过新式教育,一心想要出去教书养活自己,她认为女性一定要有独立的经济基础才能保障人身自由。小说中的女主人公是那个时代少有的富有民主主义思想和个人主义情怀的女性。母亲并未遵循父亲的意思将"我"培养成贤妻良母,相反,她教育我"一个没有知识的女人,她一生的生活就等于下跪","要独立和自由就要有知识,要有知识就得念书"。② 传统式的母亲要么唯唯诺诺地顺从父亲、做封建家庭的奴隶,要么为了金钱享乐,将女儿培养成维系名门生活的物件。而"我"的母亲是"我"人生道路上的第一个启蒙者,她教育"我"要冲破封建樊篱,争取个体自由。"我幼年底心已经朦胧地意识到对于自己未来生活底职责,母亲底言语象时钟底摆动一样催促着我要追赶的那路程。"③父亲死后,母亲没有成为大家庭的主人,反而受到家中男权统治的继任者"我"的哥哥的胁迫。子辈替代父辈成为家庭伦理的审判者,在这样周而复始的权力接替中,家庭中所有女性成员的生活空间都是低矮的。

母亲没有屈服于困难,她带着"我"和妹妹离开家门。不久,母亲离世。她将我们托付给二姨母。姨母是位深受封建思想毒害的女性,她认为婚姻是女人的终身大事,"赞成儒家对于女人的贞操教条",对我和妹妹的婚事格外热心。这个可悲的女人将自己的一生困于家庭,经历了早年丧父、中年丧子的痛苦后,依然沉浸在自我的迷梦中。"我"不愿成为姨母那种传统女性,渴望成为同母亲一样自尊自爱、积极向上的人。这种潜在的力量驱使"我"离开姨母家到上海寻求新的生活。新环境里关于革命、自由、政治、平等各种社会问题的热烈讨论点燃了"我"对生活的希望,使"我"的观念逐渐发生

---

① 关露. 新旧时代[M]. 福州:海峡文艺出版社,1985:140.
② 关露. 新旧时代[M]. 福州:海峡文艺出版社,1985:25-26.
③ 关露. 新旧时代[M]. 福州:海峡文艺出版社,1985:27.

变化。"我"认为"对于一切旧的都应该采取一种革命的方式。男女底关系也是一样"。因为关露的工作调整,被党组织指派潜伏在沦陷区日伪政府工作,她的第二部自传体小说《黎明》不得不改变叙事策略,主人公由第一人称转为第三人称杜菱,并延续第一部小说的情节,继续写出走后的杜菱的大学生活。在凌青、饶恕的启蒙下,杜菱逐渐产生把握自我命运的意识,她走出个人主义的狭小空间,积极投身集体活动,成长为一名富有战斗精神的左翼女作家。原定于1944年5月连载的第三部小说《朝》不知出于何种原因没有顺利出版,杜菱的形象发展也只能依从关露本人的经历进行猜测,女主人公会坚持革命信仰,追随集体意志成为引领革命风潮的新女性。

关露将性别解放融进民族解放中,自觉地服从革命需要与政党意志,构成了抗战时期名媛自我认同的重要方式之一。杜菱的成长离不开启蒙者的指导,母亲、老师、同学对她的选择起到重要的引领作用。她对外部世界的主动探索仍旧有限,其思想认识和角色成熟更多地源自他人的知识灌溉。她将自我融入革命队伍,无限信赖集体,做革命需要的事而不是经过自我思考觉得应该做的事。自觉悬置的"小我"成为革命队伍中的一颗螺丝钉,在她的意识中女子只有在民族解放后才能要求自我价值,这种思想留下了一定的隐患,女媛会不会如同当初的余玥、余彬一般迷失自我,再次物化成为群体中的点缀物,或许现实中关露的后半生已经为我们做出了肯定的回答。

杨刚的小说《挑战》[①]中的官宦之女黎品生因家庭娇宠颇为傲慢,她认为人有贵贱之分,习惯一切生活皆由奴婢服侍。进入林德格伦女校后,品生的思想意识和阶层观念遭受第一次冲击,不仅要与20多个同学共处一室,还要天天祷告,打扫卫生,忍受难吃的饭菜,校内任何事情都要亲力亲为。当品生与同学发生争执时,素贞批评了她的傲慢、自私。她开始反思自己的行为,过去的她曾因侍女迟到,抓住对方的头撞向书桌;因厨师做的饭菜不合胃口,将一碗滚烫的汤泼在厨师脚边;在教会学校对穷苦同学挖苦、轻蔑。品生逐渐意识到人与人之间应该是平等的。五卅惨案发生后,品生加入学生联合会组织的游行队伍,与劳动人民深入接触后,她感受到前所未有的荣

---

① 杨刚留美期间创作了长篇自传体小说《挑战》,这本用英文写作的小说完成后,杨刚将它交由好友奥尔加·菲尔德夫人保存,直到1984年经陈冠商翻译和卢豫东校对后,由人民文学出版社出版。

誉感与使命感。北伐军进城后,她欣喜地报名加入军队医院,接受北伐军主持的学习教育,更加明确了为革命奋斗的目标。她认同"每一个人都应当要求有人的权利,并且得到社会的承认",支持以消灭旧制度为目标的革命,却不能接受阶级斗争中"为了要做人,就必须战斗并且杀人"的逻辑,无法容忍革命对生命的轻视。

乱象横生的社会形势使品生意识到革命的复杂性,她却依旧希望通过"认识革命而认识一个新世界"。贫农出身的林宗元性格刚毅、无私无畏,在品生无所适从时,宗元指引她"到人民那里去,同他们一起发动革命"。品生的思想一步步发生变化,从自私自利的资产阶级小姐转变为以工农利益为旨归的革命者。但是,当革命矛头对准自己的父亲时,品生为父亲四处奔走求援,她在农协大会上忍辱为父亲申诉,农民的控诉使她意识到父亲的罪恶,但她认为父亲也只是封建制度下的牺牲品。北伐革命转入低潮,保守势力开始血腥屠杀革命者,宗元在最后一次见品生时告诉她自己处境危险,而品生的父亲即将被释放。品生不愿面对惨痛的现实,一边是革命队伍威胁着父亲的生命,一边是保守势力针对恋人的暗杀行动。当她决定与宗元一起离开时却突然听闻宗元被枪杀的消息。安然回家的父亲仍旧是一副专制的做派,他还企图用暴力手段霸占婢女兰香。品生已经不是当年那个顺从父亲的女孩,她不能原谅父亲的丑陋行为,安排兰香和意中人逃走。父亲发现品生对他的忤逆后大为恼怒,把女儿打得遍体鳞伤,让她滚出家门。父女之间的最后一丝温情被碾成碎片,新旧观念的矛盾冲突引至极致。娇生惯养的名门小姐无可留恋地离开家门,继续着宗元未完成的事业。

品生的成长经历了几次大的思想转变。她初入女校时,"极力克制由于背弃旧的习以为常的生活而开始新的生活所惹起的极大惶恐",在和同学的相处中,她认识到人与人之间是平等的,开始质疑传统伦理道德。当她亲历革命对生命的轻贱后,对阶级斗争产生过怀疑,加入北伐军的三哥对她说的话字字锥心,"以为革命只杀坏人,这是错误的。以为革命只帮助好人,那就愈加错误了。我告诉过你,各种目标在这场革命中彼此斗争。坦白说我不知道中国到哪儿去"[①]。在政治伦理取代家庭伦理成为群体的行动指归后,泥沙俱下的真相让人百感焦虑,三哥最终选择脱离革命回归他曾无比厌弃

---

① 杨刚.挑战[M].北京:人民文学出版社,1988:250.

的家庭。至于代表资产阶级专制腐朽势力的父亲被农民协会抓走后，品生对革命的目的和动机产生了不信任。她的父亲不醉心功名利禄而向往陶渊明式的恬淡生活，在他担任湖北省长期间沿袭了"教育他的文化"和"时代的风俗、法律"。品生眼中的父亲也只是封建制度的牺牲品，从没有恶意伤害过其他人。革命的目的是维护工农群体的利益，而父亲依靠自己的勤奋努力为家人挣得好一点的生活，与那些想改变命运的工农没有什么本质上的区别，都是在一定的范围内捍卫自己为人的权利。品生认为的革命对象应当是邪恶的旧制度而不是充当替罪羊的某个人。如果将解放的对象仅仅限定在工农群体中，对土豪劣绅严格惩治，那么这种丧失人权的革命也只是林宗元口中"血腥的叛复"。品生向往革命却不一味服从集体意志，她主动融入革命队伍的过程中始终保持着自觉意识和怀疑精神。品生不同于"五四"女儿或留恋资产阶级的生活方式，或依恋父母的温情庇护使她们的出走显得步伐沉重，她的迟疑多出于集体意志与个人价值立场的错位，直至革命伴侣死亡，父亲凶相毕露才促使她下定决心离开家庭，走向革命。

《挑战》是杨刚在美国采访期间创作的小说，她拉开与历史事件之间的时空距离，在远离主旋律的自由空间，以旁观者的视角回顾品生转变中面临的政治伦理与家庭伦理的同构与错位，婉转隐晦地传达出女媛的生存状态和身份焦虑。爱人宗元、父亲黎诚象征着新旧时代挣扎迷惘的自我，品生最终走上革命之路意味着她肯定革命发生的意义，但代价是要祭上血肉之躯。她在符合社会认可和集体意识的书写中，巧妙地以个人经验展现社会文化与历史进程，通过革命形势中人物的处境与感受传达种种不适之处。封建大家庭中所有人要听从父亲的安排，在革命队伍中亦不允许异质话语的存在。品生先以革命女性的新身份"挑战"了旧的社会秩序，又以个人的自觉意志"挑战"了民族话语与政治诉求，揭开了集体意志下的某些混乱无序。发动革命的意义归根到底要落实在人的发展上，因自由、平等的目的而扭曲的人性其实是反向的骚乱，不择手段地压制或许能取得超越性进展，但它也破坏了革命的整体性发展。费正清回忆起杨刚时，称赞她颇为前卫的洞见，"从她那里，我获知了中国知识分子所扮演的复杂的角色：他们对权势的习惯性依附，他们作为道德批评家的社会职责，他们为保持独立的人格所作出的挣扎,但他们缺乏为人类献身的崇高理想"①。复杂的角色转变与社会矛盾在杨刚内心埋下犹疑的种子,她将种种思考呈现在品生的生命历程中,使角色加入革命集体后依旧保持主体意识与独立品格。远离主流话语的写作氛围使杨刚放下心理包袱,回顾了女媛在价值立场转变中的精神探险,她清楚游离于"正统"之外的写作带来的后果,有意将用英语创作的《挑战》留在异国他乡,她的这片赤诚之心也只有数十年后在更加宽宥的文化氛围中才得以呈现。

1949年,陈学昭的自传体长篇小说《工作着是美丽的》上卷出版,主人公珊裳30年代初留学法国。尽管有父母疼爱、兄弟支持,她在留学期间依旧自食其力,靠写稿子赚取生活费用。法兰西的生活是惬意的,即便是"一个脚夫,一个女侍,他也是'先生',也是'太太',也是'小姐';所以是脚夫,是女仆,那是一个职业"②。法国的生活让她感受到人与人之间的真诚、友爱,与延安制度化下的人人平等形成鲜明对比。珊裳在巴黎留学期间结识了医学院的学生陆晓平,他使出各种手腕死缠烂打,珊裳勉强接受了这个贫穷、体弱的男子,"反正一个女子,总要有一个丈夫;有了一个丈夫,就有了一个保镖的人,不至于再引起麻烦、流言和诽谤了。和一个境况差一点的人在一起总比和一个境况比自己好的人在一起自由些,少受压制些"③。为了不陷落传统婚姻的窠臼,她宁愿选择一个弱势的男子。晓平善于伪装,功利世故、锱铢必较,以爱情的名义鞭策珊裳学习家务,算计她每个月的稿费供自己养病,"他从不看她写的文章,但……却不忽略这一个工作,替珊裳计算稿子的字数,管理稿费,收入的钱用以购买吃的,送到他的口里,增加营养,增加体重"④。珊裳发觉自己与晓平之间存在诸多问题,恳求他离开自己。晓平的哭闹、示弱使珊裳心软了。平时,她不仅要照顾丈夫、孩子,还要靠写作养活全家,她的胃病越来越严重,晓平却愉快地说:"每当你生了病,我就觉得你更加可爱了,你不再是一个强者,而是一个弱者。"⑤丈夫的卑劣无耻暴露无

---

① 费正清.费正清自传[M].黎鸣,贾玉文,黎宛冰,等译.天津:天津人民出版社,1993:338.
② 陈学昭.工作着是美丽的[M].杭州:浙江人民出版社,1979:30.
③ 陈学昭.工作着是美丽的[M].杭州:浙江人民出版社,1979:74.
④ 陈学昭.工作着是美丽的[M].杭州:浙江人民出版社,1979:78.
⑤ 陈学昭.工作着是美丽的[M].杭州:浙江人民出版社,1979:84.

遗,尽管他体弱多病,经济窘迫,却有极强的控制欲。导致珊裳婚姻悲剧有她自身性格软弱的因素,但最根本的原因还是受传统习俗与偏执观念的影响,草率地接受了一段无爱的婚姻。她认为嫁给一个弱势的男子就能避免沦为家庭的附庸,但是在丈夫的掌控中,她变相成了家庭的奴隶,直到晓平无情地背叛了婚姻并在她喝的可可饮料里投毒,珊裳终于认清这个男人的面目并决定离婚。晓平无耻地嘲笑道:"珊裳在这里,她倒是再也找不到适当的人了,她是没有办法的了,看她怎么样!"①丈夫的背信弃义使她不敢也不愿奢望爱情,她将后半生的希望寄托在解救她的党组织。在劳动中她的思想发生了巨大的变化,"从前,我找的是个人幸福,今天,幸福是属于大众的,在大众的幸福里,我也分得一份;并且只要健康,还能够工作,也就是我最大的幸福"②。珊裳由一个独立自信的女博士向虔诚质朴的革命者的转型中,包含着时代女性对事业、婚姻、自我命运的奋斗与挣扎。她奋力突出男权的包围却一次次陷落在男权意志的陷阱中。革命、大众之类的宏大话语吞没了"小我"的权利,女性自身立场服膺于新文化建设的需求,服从集体意志对性别的塑造与期待,同时将标准内化为个体的生存方式和行为准则,甘于成为革命的追随者。群体根据政治诉求塑造的新女性形象必然带有阶级的烙印,女媛亦步亦趋地接受着集体授予的荣光,内心既有获得身份认同和历史地位的欣喜与骄傲,又有社会秩序与自我意识冲突造成的茫然与焦虑。

解放区面临着物资匮乏与经济落后的问题,如何最大限度整合现有资源,稳固社会秩序成为新政权的当务之急。集体试图吸纳所有可能性力量,就两性问题而言,如果突出性别差异只会分散权利与资源,女性奋斗了数十载仍未获得的自由在高度政治化的区域内迅速以制度化的形式得以实现。男女平等的政策瓦解了性别差异和权利不均,家庭伦理不再对女性行为构成制约,所有个体都直接从属于集体。妇女的社会地位虽然有所提高,但绝对的两性平等对她们来说更像是一种乌托邦性质的口号,只能供已膜拜却无法获利。现实中男女之间的差别是显见的,以革命名义施加的压力实际上是一种更加隐蔽的性别偏视。男性拥有绝对的话语权去审判女性思想改造的结果。陆晓平毒害李珊裳失败后,便以她思想落后、妨碍工作、破坏医

---

① 陈学昭.工作着是美丽的[M].杭州:浙江人民出版社,1979:236.
② 陈学昭.工作着是美丽的[M].杭州:浙江人民出版社,1979:292.

院团结为由提出离婚,将婚姻失败的责任全部归结在妻子这边。如珊裳这般有才能的留法博士在延安尚处边缘地带,更不用说其他无智识、无能力的女性。陈学昭曾愤慨地指出,"在中国做女子,是非常苦恼的,特别是有些跑出过国门的女子,更会这样感到。我可以这样说,在祖国,我从来没有,的确从来没有被看待做一个人,我总被看做次于男子、小于男子、轻于男子这样的一种动物"①。非常时期对女性自由构成了极大的压力,思想文化的改变需要一个长期的、渐进的过程,强行以制度消解性别矛盾,只会为女子发展带来更多的问题。况且在革命队伍中规则只是换了一副面貌依旧束缚着女性,她们必须接受新政权赋予的责任——生养孩子,这是革命女性不可推卸的职责,国家政权与男权秩序合谋以革命的名义将女子推回传统的家庭角色。

  珊裳能够意识到体制的弊端却不敢有所质疑,往往刚触及矛盾就迅速将原因归结于自身思想的落后,开始忏悔自己对革命态度的轻慢,原本思想中残存的自由主义和个人主义观念在特殊的时空领域下被既定规范消解。珊裳不习惯互相揭发的批评与自我批评,认为这种思想斗争方式违背了人性,将自我与他人赤裸裸地暴露在光天化日之下,家庭事务被政治化,个人情感被公开化,对思想和行为的约束一度导致她想离开延安。在历经思想改造后,从前骄傲的珊裳像换了个人似的,与丈夫相互揭私,寻求医院最高领导者的帮助,向组织事无巨细地汇报自己的情感经历。个人隐私在公平、正义的名义下被公开化,政治伦理锃亮的照射下微小的个体无处遁形。珊裳察觉到根据地官僚主义的作风、劳动者的偏私,但制度与环境的约束使她匆忙地将自觉意识掩藏起来,欢欣接受新的社会角色。当她熟练地纺出纱线时,不禁懊恼从前知识带给她的复杂心绪与焦灼情感,现在的生活虽然艰苦,可心灵上无须承受那么多的苦难,群体成为她的精神依靠,珊裳心悦诚服地接受了党的思想教育和改造。革命权威为资产阶级名媛留下了一条埋葬故我、重塑新我的道路,刻意回避了她们作为女人的存在意义和生命价值。自由与独立、有序与从众这两种生活模式本身存在着不可调和的矛盾,历经磨难的女媛最终放弃了最为珍贵的自我意识,以坚强的革命意志和斗争精神接受集体的检验。

---

① 陈学昭.延安访问记[M].北京:中国国际广播出版社,2013:237.

亚里士多德说,比起历史的真实,诗更为真实,诗提供意义的真实。名媛作家的群体经验不是单纯地对主流文学书写的补充或完善,她们阐释了这一群体在战争中的心路历程。异质空间为名媛铺设了不同的人生舞台,她们或任性妄为,或谨小慎微,或坚忍激昂,或沉静敏锐,多面向地呈示演绎出她们在复杂的历史情况下的精神走向。这些名媛已经具备自我意识与理性思维,她们隐约地认识到两性平等本身就是一种话语圈套,只有正视不平等的身心差异,在肯定差别的基础上寻求平衡才是解救自我的最佳方式。在特殊的历史阶段,名媛的文学创作为我们留下了一段珍贵的时代影像,她们对人生价值的探索与自我形象的建构为广大女性提供了诸多有益的价值范式。

第四章 名媛的身份建构与精神取向

长期以来,菲勒斯文化中心设计的女性形象始终以"他者"的面目出现,男性处于社会权力中心,将女性视为社会的次生物,由他们掌控的政治、经济、文化资源不断维护并强化了性别等级秩序。男权文化为女性制定了一套道德规范作为普适的标准加以推广,女性的自我书写也需要符合主流意识形态的旨趣。作为"他性"投射的理想女性形象被强制限定。名媛作家对男权制戒律形成趋同心理,自然地沦为菲勒斯文化的点缀物。受现代文明风气熏陶的名媛在自我身份认同的过程中,面临着菲勒斯中心的强势桎梏。由集体身份到自我身份的认知是一条绵长的否定与自我否定的路程,历经异化、物化、复归原点的挫折并未阻止她们走出幻象。在尚未解构的男权文化中心,如何避免落入男权的陷阱,同时表现真实的自我意志成为名媛写作面对的难题。她们采用死亡、病态的意象隐喻难以直言的痛楚,在生命的绝境与死亡的边缘重新认识自我、探索自我。在某种程度上,剖析自我也是解除身份焦虑,进行自我治愈的一种方式。疾病为个体打开了一条通向真实的路,疏远却不脱离主流队伍的状态使女媛能够从本我出发,理性客观地看待外界施加的影响,又能放松男权中心的警惕,使女子有机会通过生命的另一面观察自我与整体的关系。由社会角色、病患角色到自我身份的确立是名媛在想象空间中获取生命价值的文本实践。她们采用多种叙事声音建构对自我的双重身份想象,展现出社会历史因素影响下个体对身份诉求的进阶策略。

第一节　由"他者"向"自我"的身份过渡

　　菲勒斯文化中心统摄下的言说并不关心妇女的实际生活,他们精心设计的女性形象大多为了强化某种特定行动指向的社会价值,对女性来说观念上的指导意义远超个体发展意义。女媛进入社会主流领域后并未得到平等的资格,"她"依旧是没有自我意识的一个空洞的符号。反观历史上的女性书写,个体对社会性别秩序与价值标准的认同是显见的。能文善论的才媛如班昭、宋若莘、宋若昭、明永乐皇后徐氏撰写的女性典籍均以菲勒斯权威为前提,她们的独立意识与主体精神几乎被主流旨趣覆盖。文学文本中赞扬的贤妻良母、节妇烈女的行为规范也依从男权文化对女性的身份预设。这种自愿的顺从使才媛获得了男权赋予的社会身份得以名留青史。如同苏青所说,女性接受的教育"第一类是古文,说的都是从前男人社会的事……其间即使偶然有一二个女作家,如曹大家之类,她们也是代男人立言。但这也无足深怪,因为她们读的是男人的书,用的根本是男人所创造的文字呀,置身在从前的男人的社会中,女子是无法说出她们自己所要说的话的"①。社会转型过程中,西方思想和自由意志不断冲击着中国封建传统文化,掌控资源与权力的男性并没有放弃权威者的姿态,他们将性别秩序固化并以更加曲折、隐晦的形式传达至女性生活的方方面面。每个时代的新女性形象都在主流意识形态的价值审判中形成。作为女性中的先觉者,名媛以为五四运动的发生将帮助自己跨越性别等级进入自由平等的时代,殊不知获得自我认同的前提是接受现实社会赋予的"他者"地位与男权规定的社会身份。

　　身份认同可以分为社会认同与自我认同。"按照吉斯登的观点,社会认同强调的是社会属性,既指别人赋予某个人的属性,又是将某个人与具有相同属性的其他人联系起来的纽带;自我认同强调的心理与身体体验,指个体在自我发展的过程中所形成的对自身及其与周围世界的关系的独特感

---

①　苏青.苏青文集(下册)[M].上海:上海书店出版社,1994:6.

觉。"①名媛建构身份认同时需要以社会认同为出发点,通过具有外在统一性的镜像,比对理想女性与现实自我之间的差距,主动靠近新女性的形象特征。在自我认同的过程中,真实的女性状况被一层层顾左右而言他的意义所覆盖。如同拉康所言,"女性并不存在",无论作为写作主体的名媛还是文本中再现的形象都有意或无形地处于被支配的地位,"她"失去了主观人格,处于被异化的状态。就连女性身份也可能是菲勒斯权威出于利益考量设定的一个载体,一个不允许从内部生成自我意识,只能由外部配给任务的角色。

受现代启蒙思想影响的名媛无法安然置身于铁屋子内,若要摆脱主流话语塑造的模式化、单一化的女性形象,她就必须进行反抗,"把自己写进本文——就像通过自己的奋斗把自己嵌入世界和历史一样"②。名媛的自我书写意味着她们试图走出男权话语界定的社会角色与性别特征,以自我意志与欲求为中心建构个体身份。于是,现实与想象中的女媛一同开始探索自我价值,在真切的身心体验中挖掘女性的存在意义与生命旨趣。文本呈现出女媛面临的种种社会问题,有的人为爱私奔却遭到男子无情爽约,苦等不至绝望自杀;有的人想要追求自由的爱情和美好的生活却难以割舍母爱的温存;有的人在婚姻与事业之间难以平衡,最终苦闷不已;有的人在婚后出现情感动摇但及时扼杀欲望,继续与丈夫回归平淡的生活。同一时期出现了大量相似的主题意味着菲勒斯文化准则早已烙进女媛的血脉,她们自身就是"殖民化"的产物。个体习得的思维方式、语言习惯都以主流意识形态的标准培养,即便进入公众领域争取自我利益也难逃传统的窠臼。这是出于思想的固化和语言的异质,个体无论具备多么强烈的找寻自我的意愿,薄弱的言说力量使名媛作家基本上不可能通过解构封建传统来颠覆性别秩序。个体没能深入探究压迫、桎梏的症结所在,只是让她们笔下的女主人公追随情感同盟的逆子们展开反抗封建父权制度的行动,这些盲目的举动势必要她们付出惨痛的代价。

作为逆子的"他性"投射,主流意志对名媛的言说取向具有绝对的掌控

---

① 付美蓉.身份认同与女性主义批评[J].咸阳师范学院学报.2013(3):87-88.
② 埃莱娜·西苏.美杜莎的笑声[M]//张京媛.当代女性主义文学批评.北京:北京大学出版社,1992:188.

力,她们看似与男子处于平等互利的同盟关系,实则男性世界的镜子中的自己,虽然很清楚,但是真正的自我却看不到了,看到的只是反射罢了。个体在男性的鼓舞下并未寻到人生的出路,但统一、坚定的身份共识使她们对困境产生了一种错觉,似乎是知识误我、情智激战牵绊了自我的发展。值得注意的是,庐隐、冯沅君、凌叔华、冰心、苏雪林的书写并非全然服从男权文化秩序,她们笔下的男性不再是伟岸、理性的引导者,反而表现出苦痛哭泣、手足无措的举动,无法为女性提供有益的价值启示。文本中的男子要么作为一个空洞的符号,在女主人公的回忆或信件中一闪而过;要么作为胆小懦弱的受害者,眼睁睁地看着女性上演反抗的独角戏。

名媛虽然在行动上反叛父辈,但在情感上希望得到双亲的庇护,"依恋女儿那种有人保护的、不用承担世界和自己的压力的孩提阶段"①。她们没有逆子那般深刻的反叛动力与权利渴望。家庭给予的安全感和满足感使她在情智激战中痛苦不已,有的丢掉了自由,重新回到家中做个遵从传统礼教的女儿;有的丢掉了爱情,依照父母之命接受包办婚姻;有的丢掉了生命,用血和泪完成与封建家庭的对峙;有的丢掉了事业,在琐碎的家事中宛若一具行尸走肉。个体在寻求自我的过程中遭遇了重重阻隔,庐隐心痛地意识到"其实填不平的大地,何处没有缺憾"②。石评梅绝望地"讪笑人们口头笔尖那些诱人昏醉的麻剂","宇宙没有一件永久不变的东西。我只好求之于空寂。因为空寂是永久不变的,永久可以在幻望中安慰你自己"。③ 幻想能够充当逃避的温床,却不能长久地抚慰漂泊的心灵。"女人想成为女人,必须承担的损失不是放弃男性,而是永远阻止她成为女人的东西——'女性'是一种伪装、一种弥补、一种失败,即不能成为女人的伪装。"④初涉世事时,女媛亦步亦趋地将斗争焦点对向封建家庭,丝毫没有意识到只要处于权利意

---

① 孟悦,戴锦华.浮出历史地表:现代妇女文学研究[M].北京:中国人民大学出版社,2002:16.
② 庐隐.胜利以后[M]//钱虹.庐隐选集(上册).福州:福建人民出版社,1985:291.
③ 石评梅.给庐隐[M]//杨扬编.石评梅作品集(散文).北京:书目文献出版社,1983:44.
④ 齐泽克.敏感的主体:政治本体论的缺席中心[M].应奇,陈丽微,孟军,译.南京:江苏人民出版社,2006:312.

识尚未革新的社会,个人就不可避免地遭受男权的挤压。"镜子阶段是场悲剧,它的内在冲劲从不足匮缺奔向预见先定——对于受空间确认诱惑的主体来说,它策动了从身体的残缺形象到我们称之为整体的矫形形式的种种狂想——一直达到建立起异化着的个体的强固框架,这个框架以其僵硬的结构将影响整个精神发展。由此,从内在世界(Innenwelt)到外在世界(Umwelt)的循环的打破,导致了对自我的验证的无穷化解。"①首批接受高等教育,受文明新风影响的女媛依照现代模式进行自我调适。整齐划一的规范行为使她们成为时代女性的典范,却也丧失了多元发展的可能,不自觉地走入男权的陷阱,完成了对群体精神统治的辅助性工作。

但是,已经萌发了自我意识的名媛不会一直停留在新思想与旧秩序的夹缝中,她们不愿做"破产的礼法的降服者",宁可"作个方生的主义真理的牺牲者"。② 如果越出菲勒斯中心给定的女性框架,自身将面临被全盘消解的危险,更无从得到社会认同。对她们而言接受菲勒斯权威赋予的社会身份是必要的,哪怕这种身份带着某种既定的使命,她们也需要把握仅有的可能谋求一种暂时的稳定,继而探索未知领域与人生意义,不断强化自我力量,从而逐步摆脱统一的群体模式,建构真实的女性自我。自我认同不是简单地对现实主体的复刻,也并非依靠天马行空的想象超出菲勒斯权威的限制。作为他者的身份界定使女子无论在政治领域还是文化领域都无法得到完全的再现。每个时代的理想形象皆由男性权威定下基调,用最容易掌握的、最有利于社会发展的形式规定女子的言行,同时排除可能给权威带来的隐患。所以,女子想要从再现中获得自我的真实几乎是一件无妄的举动,"再现总是伴随着不可避免的虚构与错误,因为再现宣称它指代的事物根本是不存在的"③。在文学领域呈现了女媛再现自我的艰难历程。她们寻求父母的关爱却被包办婚姻索要了生命;寻求恋人的精神支持却被严酷的现实一点点消磨生活的希望。个人无所依傍地回望过往血泪模糊的印迹,为孤

---

① 拉康.助成"我"的功能形成的镜子阶段[M]//拉康选集.褚孝泉,译.上海:上海三联书店,2001:93.
② 冯沅君.旅行[M]//袁世硕,严蓉仙.冯沅君创作译文集.济南:山东人民出版社,1983:23.
③ 罗钢,刘象愚.文化研究读本[M].北京:中国社会科学出版社,2000:20.

独飘零的自我感到伤心,于是一些人在同性之谊中寄托情感,在这座小小的堡垒中守候着自我的微光。

父权制坍塌的那一天起,昔日的爱人成为家庭权利的继任者。夫权笼罩在妻子的上空,依从男性话语建构的名媛形象更像是一种范本,其象征意义大于实际意义。她还未意识到两性关系的变化,欢欣地在小家庭中找寻逝去的自我却陷入另一重困境。个人整日忙于生活琐事,事业志趣俨然成为陈迹,她不禁彷徨失落。当她与父权家庭斗争时,背后尚有爱人的支持,而当她们解开夫权家庭的伪饰后,究竟何处才是归程?菲勒斯中心主义结构中男性主体地位的稳固以女性地位的丧失为补充,一起抗争的伴侣亲手埋葬了女媛的理想。她们沉默地接受既定事实,不再同"五四"女儿们一样哭喊现实的不公,诉说自己的苦楚。血与泪的教训告诉她们,以女儿、妻子、母亲的家庭角色建构身份认同的方式会受到双重制约。如果她们否认自己属于某一类属,那么男性的言说则完全代表了女性的意愿。但如果她们认同这一集体,那么个体的多样性必然受到集体的制约,她们也变相地承认了社会身份是人生的唯一标准。在这个近乎悖论的命题中,个体的突围并不是那么容易,"如果你做了什么,那你就输了。如果你什么都不做,那他们就赢了"[1]。言说是社会文化体系内的一种权力运作方式,只有那些拥有权力的人才能够再现自我和他者,而那些无智识的民众抑或有部分言说权利的女子非但不能再现自身和他人,且只能作为伴生物存在。女媛如果不解决边缘化的身份危机,那么固定的家庭奴仆与疯癫的异化者形象会被大量生产,她们实在只能作为消费品,成为菲勒斯中心的点缀物。

"五四"落潮后,名媛形象呈现出落寞、低沉的姿态,从另一角度来说也是自身积蓄对抗性力量的表现。莎菲的出现是时代的必然,带着对"既存规范、价值观和权利形式的一种质疑"[2]进入文学史。作者丁玲在现实中受到无政府主义影响,倾向"自己安排自己在世界上的生活"。文本中莎菲叛逆的绝叫是女媛最激进、最摩登的个人主义表现,是生长中的个体对自我意识

---

[1] 齐格蒙特·鲍曼.现代性与矛盾性[M].邵迎生,译.北京:商务印书馆,2003:110.

[2] 于丽娅·克里斯特娃.反抗的未来[M].黄晞耘,译.北京:广西师范大学出版社,2007:3.

的强烈渴望,是在菲勒斯文化空间反抗男权的一次试验。丁玲借用莎菲的形象颠覆了传统观念里两性看与被看、主体与附属之间的关系。爱情成为莎菲认识自我的一面镜子,她在炙热的肉体渴望与纯净的精神沟通中体验生命的意义,她的"爱情观是建立在提高自身价值的渴望以及强烈的感情梦想之上的,她依赖这些梦想并将自我与现实生活相联系","希望通过爱情所得到地不可替代的、独一无二的、对独立的个人价值的肯定和褒扬"。① 莎菲第一次见到凌吉士时被他俊朗的外表吸引,并产生强烈的占有欲。在莎菲的凝视下凌吉士成为她欲望的载体与消费的对象。这种颠覆性别秩序的描写将传统观念中被引导、被欣赏的女子推向主体地位,她不再是被动地予取予求,而是成为两性关系中的主导者。莎菲拒绝了苇弟的情感,费尽心思接近凌吉士,在征服他后莎菲及时停止了这段关系,一张苍白而空虚的脸蛋不能带给她持久的欢喜。面对内心欲求与外部世界的冲突,莎菲不同于道学家宣扬的贞洁烈女,也并非主流话语推崇的贤妻良母,她越出菲勒斯秩序,将自我需要作为行动的出发点,其主体意志超越了时代规定的范畴,这也注定了莎菲的孤独。"铁屋子"内沉睡的人已经清醒,对她来说最大的困难不在于如何打破坚固的枷锁,而在于破除禁锢后如何自处。

莎菲迈出了解构性别秩序的一步,沁珠(庐隐《象牙戒指》)、雪樵(石评梅《匹马嘶风录》)也越出了男权的限制,主导着人生方向寻找自我价值,她们是菲勒斯文化中的异数。沁珠在得知子卿革命者的身份后,没有因为角色光环接受他的感情;雪樵理性地掌控着爱情与事业的分寸,面对亲人、恋人的一一离去,她没有一蹶不振反而更加坚定为革命奉献的信念。庐隐、石评梅关注到掩盖在革命、阶级、民族等宏大话语下的性别压迫。她们塑造的女媛形象对菲勒斯中心主义造成一定的不安,可能引发性别秩序的混乱。男性书写者对名媛的再现中曲折地表达了这种隐忧,或将女子鼓吹为奉献劳苦的贤妻良母,或在革命者的指引下加入集体后迅速蜕变。实际上,名媛由家庭走向革命的身份转变远不像男作家呈现的那么简单,她们无可避免地需要处理性别秩序中新的身份符号带来的问题。集体意志拒斥个人主义的浮现,由个体归顺群体的角色转变注定再一次忍受撕裂的苦痛。

---

① 吉尔·里波韦兹基.第三类女性:女性地位的不变性与可变性[M].田常晖,张峰,译.湖南:湖南文艺出版社,2000:31.

进入革命空间的名媛在男性的凝视下再度被定性为"他者",逐渐形成两极分化的状态:其一是放大女性特质,操控性别资本,成为革命队伍中的交际花。实际上,这个时代的女性除了交际尺度略微宽松,并没有获得表达自我意愿的机会与行动自由,更不用说权利平等。性别秩序在宏大话语下只是以更加隐蔽的形式存在,如果没有坚定的意志和自主的意识,非常容易在社会角色中迷失自我,终究还是要面临被物化的局面。"女人的不幸则在于被几乎不可抗拒的诱惑包围着;每一种事物都在诱使她走容易走的道路;她不是被要求奋发向上,走自己的路,而是听说只要滑下去,就可以到达极乐的天堂。当她发觉自己被海市蜃楼愚弄时,已经为时太晚,她的力量在失败的冒险中已被耗尽。"[1]名媛不论自愿成为革命队伍中的交际花,还是在同志的召唤下为革命献身,她们都经历了由拒绝到妥协,从坚定到动摇的过程中面对外界无数次的引诱,她们尝试过从自我的主体身份出发,进入男性的世界用他们的规则继续事业,却在迷幻的爱情与激昂的革命氛围中软化了意志,一步步沦为集体的点缀物。

其二是消除性别差异,通过扮演男性,按照男人的思维方式与逻辑习惯加入革命群体。这意味着名媛若想在公共领域获得再现权需要以失掉本我为代价,若强制消除生理上的差异,"她在男人面前不是主体,而是荒谬地带有主观性的客体;她把自己既当做自我,又当做他者,这种矛盾产生了令人费解的后果"[2]。延安政权以制度化的形式废除了男女的不平等之处,女性奋斗了数十载却从未享有的自由在这里实现了。绝对意义上的公平其实是一种形而上的概念,具体实施中伴随着很多实际问题,而且女媛与先前的自我决裂是以价值观念的重塑,性别特征的模糊以及自我意识的缺席为代价的。她们亦步亦趋地接受了集体赋予的荣光,以集体立场表达焕然一新的精神面貌。对于曾经追求个性自由的名媛来说内心是五味杂陈的,既有获得新的社会身份与历史地位的欣喜与骄傲,也不可避免地对自我消亡感到茫然。

生为女人,何所遁逃;只有革命,只有恋爱。可惜的是,革命与恋爱都没有成为名媛自我救赎的通路。"对于男性统治的社会来说,男人是基本原

---

[1] 波伏娃.第二性[M].陶铁柱,译.北京:中国书籍出版社,2004:679.
[2] 波伏娃.第二性[M].陶铁柱,译.北京:中国书籍出版社,2004:759.

则,女人是受排斥的对立项;只要牢牢保持这个区别,整个社会系统就可以有效运行。"①在沦陷区,严密的言论管控打击了男性的话语权威,为名媛作家的自由言说提供了契机。在菲勒斯文化中心最脆弱的阶段,她们直接向男性中心权利结构发难。张爱玲、苏青、施济美、杨绛、梅娘笔下的男子几乎是享乐、懦弱、投机、轻浮的代名词,名媛反而表现得率真大胆,极力抓住一切生存的可能和希望。金钱与物质至上的空间滋长了污秽和黑暗,是非在生命面前似乎都没有那么重要。作家试图解除男性施加在女媛身上的魔咒,基于自我需求与生存欲求构建起特殊时空下的自我形象。不论是在爱情中步步为营,依靠婚姻得到尊严与物质保障的白流苏;还是看透社交场上的情爱游戏,自愿在缓歌曼舞中消磨一生的葛薇龙;抑或是在生活的磨炼下选择自食其力的苏怀青。这些名媛具备了一定的主体意识,凭借才智为自己的未来谋划出路,她们认识到男子以及男权的代理人对个人意志的消耗,自觉地抵抗外界的侵扰,但是她们发觉的只是权利秩序中那些显见的压抑,却忘记了内化在骨子里致使个性扭曲的动因。男权意志的隐蔽性与深刻性使得女媛反抗的效力大打折扣,建构自我也就无法达到预期的效果,往往呈现悲剧或者悲喜剧的结局。

值得注意的是,沦陷区异族势力的介入一定程度上瓦解了男性权威,也没有为女子发展提供更多的机会。社会供给女性的职位依旧有限,缺乏自立资本的个人发展就像是海市蜃楼般虚幻。生活上的危机与压迫刺激着个人寻找精神上的依托,金钱、物质以及男性都成为她们处心积虑的对象。低气压的空间内各种力量潜滋暗涨,影响了个体的纯然性,使女媛不得不面对自我分裂与异化的危机。区域内意识形态与权利模式的差异化促使个体的自我认同呈现多元化发展趋势。但是,在依旧强势的菲勒斯权威面前,个体身份的多样意味着力量的分散,况且对于执着抵抗他者地位,建构主体身份的女媛来说过分强调自我是否会再次落入二元对立的性别陷阱,似乎很难提供一个一劳永逸的方案。但是名媛在建构身份认同的过程中意识到问题的根源在于性别权利的不均衡,为以后女性的发展找到了矛盾焦点。个体的身份认同终究是需要一个包容的空间,外部条件的缺失使名媛在他者地

---

① 特雷·伊格尔顿.二十世纪西方文学理论[M].伍晓明,译.西安:陕西师范大学出版社,1987:165.

位与主体身份的斡旋中步履维艰,但她们仍然努力跨越男权的藩篱,言说着真实的自我。

第二节　疾病叙事的精神标识与主体诉求

菲勒斯中心主义文化中女媛的空间是狭仄的,扬男抑女的文化氛围与自由平等的时代理念格格不入。觉醒的女媛出于对现实的考量,意识到过度地反叛反而会遭受毁灭性打击,越界行为可能被菲勒斯权威指责为癫狂的恣动,将她们归为妖魔化的异类。如果选择跟随男性言说者的步伐,就不得不带着"纸枷锁"写作。名媛作家在超越与顺应间徘徊,不合理的社会制度和强势的性别压迫摧残着个体的身心,她们逐渐呈现病态化的体征。疾病是一股刺激神经的兴奋剂,肉体上的折磨刺激着个体的言说冲动。常规书写只能在有限的空间范围内表达一定的意义,而疾病这种非常态的体征为作家打开了一扇通往自我隐蔽世界的门,更适合承载性别秩序下较为弱势的女媛的真实欲望,因为所有发生的越界行动不过是一个病人的呓语,菲勒斯权威即便无法容忍他者主体意识的上扬,也绝不会认真对待一个弱者的自我剖析。病人精神和身体上的羸弱致使她们无力解构男性权威,统治者索性留下一定的言说空间给这些没有威胁性的病患,既可以造就平等自由的假象又可以旁观他人的喜怒嗔痴。即便偶然发生企图扰乱菲勒斯文化的痴狂行为,男性权威者也能够覆手为雨,轻易划归为病者的无效举动。菲勒斯文化中心放松的警戒使疾病书写成为名媛作家广泛采用的叙事方式,她们经由个体经验出发,在苦灼与死亡的边缘重新认识、探索自我身体与精神。深入地剖析自我在某种程度上也是解除身份焦虑,进行自我疗救的过程。作家借助这一特殊的表达方式展现出时代重轭下名媛的精神向度与审美取向。

疾病在文化阐释系统中代表着一种身份症候,它"是生命的阴面,是一种更麻烦的公民身份。每个降临世间的人都拥有双重公民身份,其一属于健康王国,另一则属于疾病王国"[①]。疾病这种麻烦的公民身份在名媛笔下

---

① 苏珊·桑塔格.疾病的隐喻[M].程巍,译.上海:上海译文出版社,2003:5.

反复出现,它不只作为细节,还作为推动人物性格、命运发展的动力出现。饱受病痛折磨的主人公并不在意是否治愈疾病,她很轻易地就接受麻烦甚至沉醉其中。疾病成为她摆脱社会角色的借口,可以不去思考现实带来的烦恼,"今天病了,我的先生可以原谅我,不必板坐在书桌里,我的朋友原谅我,不必勉强陪着她们到操场上散步……因为病被众人所原谅,把种种的担子都暂且搁下,我简直是个被赦的犯人,喜悦何如?"①。丽石面对压力与烦恼时,"不免要恳求上帝,使我永远在病中"。疾病也成为她宣泄情绪的一个出口,提供了名正言顺的理由脱离日常规范,使她拥有片刻只属于自己的安宁。她利用这种非正常化的身份调控自我与社会角色之间的距离,就像体内的细胞遭遇病毒侵袭一般,丽石对菲勒斯权威作出防御姿态,再借助同性间的情感同盟抵御主流意识形态下制度化的女性身份。但是,同盟的瓦解导致她的病情加重,丽石清楚地意识到传统道德规范对生命的戕害,"我不恨别的,只恨上帝造人,为什么不一视同仁,分什么男和女,因此不知把这个安静的世界,搅乱到什么地步"②。既然无法逃脱程式化的结局,生命的存在便失去了意义,她索性将自己献祭给这个不合理的社会。因为疾病,丽石得以远离菲勒斯中心文化规定的女性角色,但却无法脱离权力中心对个体的管控。疾病为个人打开了一条通向真实的隐幽的路,疏离却不脱序的状态使她能够从本我出发,感受外界施加在身体与精神上的重量,又能暂时放置社会强加给女子的责任,通过生命的另一面观察自我与整体的关系。

《或人的悲哀》中患了失眠症、心脏病的亚侠,《海滨故人》中得了心病的露莎、宗莹、心悟,《一个著作家》中抑郁吐血而死的沁芬,她们的病因多来自精神上的压力,传统价值观念与新的文化准则之间存在诸多矛盾,面对外部世界的压迫,无力反抗的个体纷纷陷入情天愁海。卡伦·荷妮认为,社会中的每个人面对的文化冲突的质是相同的,但投射在个体身上呈现出的量是不同的,"正常人可以在不损害人格的前提下处理这些困境,而在神经症患

---

① 庐隐.丽石的日记[M]//任海灯.丽石的日记.北京:北京燕山出版社,1998:35.
② 庐隐.丽石的日记[M]//任海灯.丽石的日记.北京:北京燕山出版社,1998:41-42.

者那里,所有这些冲突都极为强烈,以致达到了不可能有任何满意的解决方法的程度"①。郁结在内心无法调和的矛盾致使个人郁郁寡欢,精神上的压力导致身体作出反抗,一团团嫣红的鲜血消耗着她们生命的能量,呈现出自我对封建传统秩序无可奈何却又不愿沉沦的抗争。究竟是疾病引发名媛疏离社会,还是主流意识形态的压迫导致她们患病,因果形制莫衷一是。无一例外的是,承受着精神压力和躯体痛苦的女媛最终都走向了死亡的结局。

还有一类名媛与反抗传统社会角色、坚守自我身份而患病的丽石们不同,她们因恪守传统贤妻良母的行为准则而呈现病态,借助患病后异常的感知表达平常状态下难以言说的灵肉冲突与精神焦虑。《紫色的罂粟花》中的赵思佳在中学时期与已经结婚的英语老师相恋,师母知晓后极尽所能谩骂侮辱。从事秘密工作的老师死于敌人的严刑后,师母抛弃孩子改嫁他人。思佳收留了这个可怜的孩子,像一位贤母般尽心尽力地照顾他。思佳坚守着当年的爱情,面对他人的追求不为所动,她早已将身心交付故人,现在的她只是一具枯萎的躯体,有血有肉却失了情感。恋人的儿子患了传染病后,思佳不顾家人劝阻没日没夜地照顾孩子,最终不幸染病而亡。思佳执拗地为理想爱情树立丰碑,却因贤妻良母的虚名丧失生命。《凤仪园》中冯太太的丈夫在海难中死亡,十余年来她日夜期盼丈夫归来,不相信丈夫与她已阴阳两隔,相思与忧患导致她体弱多病。凤仪园是荒凉颓败的精神家园的象征,而冯太太是这座精神家园最后的守望者。她压制自我欲望恪守妇人之道,家里从来不请男性家庭教师,也不允许孩子接触任何抒情文字、歌曲。谢康平的到来打破了冯太太压抑已久的情欲,她却在一夜之欢后断绝了与康平的联系。冯太太并非对异性的爱无动于衷,只是恪守着传统道德观念,在她的认识里,道德、责任是先于个人私欲而存在的,充斥着使命、责任、道德的婚姻成为个体生命的负担,也导致她一辈子都在做回忆的奴隶。"疾病的症状不是别的,而是爱的力量变相的显现。"②赵思佳、冯太太的病是爱情造成的,但归根到底是由于个人对传统观念的服膺,以高尚的道德感制约着人的本性。病态的爱只能在幻想中达到美满的状态,只要落入凡尘便会遭

---

① 卡伦·荷妮.我们时代的病态人格[M].陈收,译.北京:国际文化出版公司,2001:198.
② 苏珊·桑塔格.疾病的隐喻[M].程巍,译.上海:上海译文出版社,2003:20.

到现实的冲击,为了维护这份虚幻缥缈的感情,女媛不惜埋葬人的本能,将自我永久停留在过去。

  疾病是生命存在难以摆脱的自然状态,它损害、削弱了个体的完整性,导致生理状态的失调,使人脱离了正常的运转模式。被疾病侵蚀的个体与先前正常的自我决然不同,她离开了人生的舒适区,也获得了重新建构自我身份的机会。不论是对菲勒斯文化中心规定角色的拒绝,还是对贤妻良母职责的恪守,病态成为她们不加掩饰地找寻自我的手段。"身份是必需的构想或必需的虚构。我们需要它们在世界中起作用,将我们落实到与其他人的关系中,并组织成一种我们到底是谁的感觉。"[①]通过疾病名媛获得了象征意义上的主体意识的分裂重组,疾病"说明一个人和他周围世界的关系变得特殊了,生活的进程对他来说不再是老样子了,不再是正常的和理所当然的了"[②]。病人的精神世界与现实社会拉开一定距离,由社会角色、病患角色到自我身份的确立是名媛在新的想象空间中获取生命价值的历程。女媛建构身份认同的过程中,对封建传统礼教与男性话语始终保持一定的忌惮,躯体疾病是内心焦虑、抑郁的反射,"女性焦虑从根本上是惧怕作为无抑制和无表述的客体的女性躯体"[③]。文本中的疾病成为她们压制欲望、抵消躁动的凭借,借用身体表达的抗议类似于一种自白式的宣泄,但对象不明、行为暧昧的举动除了加重人生的苍凉感,也隔绝了灵肉合一的本真之境。

  名媛作家抛弃主体欲望与自主能力的身份选择源于自我对身体合理性的忽视。石评梅通过扮演病患,以接近生命失重状态的方式重建自我身份,表达出新旧时代女子的精神苦闷。石评梅的文字满含孤寂、压抑的情调,庐隐曾写信劝她不要为感情折磨自己,"你本来体质很好,并没有心脏病,也不曾吐血,你何必自己过分的糟蹋呢。我接到你纵性喝酒的消息,十分难受。亲爱的朋友!你对于爱你的某君,既是不能在他生时牺牲无谓的毁誉,而满

[①] 斯图尔特·霍尔.表征:文化表象与意指实践[M].徐亮,陆兴华,译.北京:商务印书馆,2003:307.

[②] 波兰特.文学与疾病:比较文学研究的几个方面[M]//叶舒宪.文学与治疗.西安:陕西师范大学出版社,2018:292.

[③] 米歇丽·蒙特雷.女性本质的研究[M]//张京媛.当代女性主义文学批评.北京:北京大学出版社,1992:421.

足他如饥如渴的纯挚情怀,又何必在他死后,作无谓的摧残呢"①。石评梅明知自己不可能介入高君宇的婚姻,却又在恋人死后表现出忠贞不渝的行为,她以一种决绝又残忍的态度与自己的身体为敌,并反复赞美、陶醉为爱付出,受病痛折磨的状态。成全她爱情童话的只是病体魔怔后不受常规控制的幻想,真实的痛感在虚构中倾泻而出。西方早期浪漫派作家就常常把疾病当作人格的象征性表达,格罗德克认为"病人自己创造了自己的病","他就是该疾病的原因,我们用不着从别处寻找病因"②。石评梅凝视自己身体与精神上的伤痛,把血尸、骷髅、孤冢等血淋淋的恐怖意象与爱情关联,让病体混杂着血泪的悲戚,在毁灭中一同掩埋掉封建传统观念对个性的抑制。极端化的病态书写与浪漫化的情感挥洒折射出作者自我身份建构的两难处境,个体在新秩序尚未稳定之际无从找寻有效的精神依偎,于是在是非变换间呈现出迷失的病态。这种凄美与天真的疾病幻想也是那个时代纠结在情感中无法自拔的名媛的真实写照。

疾病这种带有精神创伤的身份特征常常被作家用来表达和发泄内心情绪,"它是通过身体说出的话,是一种用来戏剧性地表达内心情状的语言:是一种自我表达"③。饱受肺结核困扰的林徽因在重病时期创作的诗歌充满虚无感和绝望感。"多余的理性还像一只饥饿的野狗/那样追着空罐同肉骨,自己寂寞的追着/咬嚼人类的感伤;生活是什么都还说不上来,摆在眼前的已是这许多渣滓!"④现实中这些具备现代理性和自主意识的女媛寻找许久却依旧无法获知人生的意义,因为理性探求的对象本身早已破败腐溃,寻求的结果只会让人暗自神伤。历尽千帆逐渐形成的理性思维此刻对于诗人来说是多余的存在,如同当时喊着知识误我的女媛,她们对理性、知识的否定其实是对现实的讽刺与自我精神的幻灭。"世界仍旧一团糟,多少地方是黑

---

① 庐隐.寄天涯一孤鸿[M]//范桥,叶子.庐隐散文.北京:中国广播电视出版社,1993:277.
② 苏珊·桑塔格.疾病的隐喻[M].程巍,译.上海:上海译文出版社,2003:43.
③ 苏珊·桑塔格.疾病的隐喻[M].程巍,译.上海:上海译文出版社,2003:41.
④ 林徽因.恶劣的心绪[M]//陈学勇.林徽因文存:诗歌 小说 戏剧.成都:四川文艺出版社,2005:78.

云布满着粗筋络往理想的反面猛进","信仰只一细炷香,那点子亮再经不起西风"。① 女媛们向前看不到希望,又不愿回首往事,最终只能虚度生命,"不能问谁/想望的终点,——没有终点/这前面。背后,/历史是片累赘!"(载1937年5月16日《大公报·文艺》),这种绝望、空虚的精神状态一度成为女媛的集体病症。

疾病有时隐含着示弱、留恋的意味,表现出个体渴望得到他人的关注。莎菲"为了有蕴姐千依百顺地疼我,我便装病躺在床上不肯起来。为了想蕴姐抚摩我,我伏在桌上想到一些小不满意的事而哼哼卿卿的哭"②。洒脱的莎菲只有面对与她心意相通的蕴姐时才会表露出天真的孩子气。装病是她寻求慰藉的方式,似乎只有以疾病作为借口,她才能卸掉满身防备,将内心最柔软的一面表现出来。葛薇龙本来决定离开香港,回到上海"做一个新的人",却在买完车票回家的路上淋了雨,由感冒转成肺炎,"生这场病,也许一般是自愿的;也许她下意识地不肯回去,有心挨延着"③。已经习惯纸醉金迷的薇龙并不舍得离开这样的生活,突如其来的病"理所应当"地成为留下的借口。女媛不论扮演病人还是真正患病,疾病成为她们表达内心情感的一种方式,将无法直言却又不得不说的话通过变形后传达。忧虑、伤感抑制了机体的正常运转,她们在精神上成为一个残缺的人,低姿态地借助疾病拉近与他人之间的距离,再通过外力的支持填补内心的空虚,企图在他人的关注与支撑中证明自我的存在价值。

以弱自处的方式短期内可以弥补女媛的身心需求,但长远看来,自主性的部分丧失对机体正常运转极为不利。蕴姐死后,莎菲的精神随之坍塌,她孤单地幽囚在公寓里,咳嗽、吐血、失眠,歇斯底里地以糟蹋自己的方式反抗命运的不公,"足足有半年为病而禁了的酒,今天又开始痛饮了。明明看到那吐出来的是比酒还红的血"④。生命中最疼爱她、理解她的那个人走了,肺

---

① 林徽因.纪念志摩去世四周年[M]//林徽因诗文集.上海:上海三联书店,2006:100.
② 丁玲.莎菲女士的日记[M]//李定周.丁玲选集:第2卷.成都:四川人民出版社,1984:76.
③ 张爱玲.沉香屑·第一炉香[M]//第一炉香.广州:花城出版社,1997:62.
④ 丁玲.莎菲女士的日记[M]//李定周.丁玲选集:第2卷.成都:四川人民出版社,1984:63.

病成为隔绝她与外界的一道屏障,莎菲在伤痛中折磨自己,贴近生命的绝境,释放毫无掩饰的本我。她内心的欲望就像刚从笼子中放出的猎豹,肆意地冲击着身体的每一个细胞,虽然极度渴望满足情欲,却在理智与道德的约束下纠结不已,"我真不知应怎样才能分析我自己"①。《象牙戒指》中张沁珠也表达了同样的焦虑,"生于矛盾,死于矛盾,我的痛苦永不能免除"②。个体在经历情感伤痛后独立地探索着人生的可能性,却被无路可走的现实几近击垮,呈现出人格分裂的状态。

薇龙、莎菲、沁珠们的病也是一种灵魂病,从身体器官到人格精神都带着反叛的意味。个人与疾病抗争过程中自我意志"为了收复身体的反叛势力而获得了专横的力量"③。莎菲勇敢地正视内心欲求,始终在爱情中掌控主动权,她叛逆的绝叫是对性别秩序的有力抗争。当她意识到欲望引导的情感游戏属于不理智的做法后,及时推开怀中的猎物,强烈的占有欲终在理智下得到疗救,顿悟后的莎菲终于能够摆脱焦灼的精神状态开展新的生活。因病得偿所愿的薇龙却永远无法痊愈,她早已将人生的解药——自我意志丢弃,自愿充当他人的傀儡。沁珠在感情中犹豫不决,既不能坚持自我又不敢袒露心扉,这种矛盾加重了她的疾病,也只有死亡才能使她感到解脱,完成对生存夹缝中悲苦的病体的拯救。究其原因,女性意识与自我认同的缺失造成女媛人格的分裂状态,不论面对精神上的压迫还是身体上的苦痛,她们都需要直面当下的问题,置之不理或游戏人生等消极应对的方式只会加剧危机,即便精神疾病能够在外力的安抚下暂时稳定,也只能在自我意识健全后得到救治。

依照托马斯曼所说,疾病书写是一种认识方式,"病态事物完全只是实现精神、诗意和象征意图而进入文学境域的手段"④。不同于肺病、心脏病这些被审美观照,赋予唯美、浪漫气质的疾病,任何一种在当下无法治愈的传染病都带着罪恶的象征意义。类似白薇这样染上无法治愈的传染病,容易

---

① 丁玲.莎菲女士的日记[M]//李定周.丁玲选集:第2卷.成都:四川人民出版社,1984:51.
② 庐隐.象牙戒指[M].沈阳:万卷出版公司,2015:188.
③ 苏珊·桑塔格.疾病的隐喻[M].程巍,译.上海:上海译文出版社,2003:40-41.
④ 托马斯·曼.一本图集的序言[M]//德语时刻.韦邵辰,宁宵宵,译.南京:江苏文艺出版社,2010:279.

被世人上升为人身攻击,指责她不检点、不道德的行为。人们以道德为标尺衡量患者,认为这是对放纵的身体作出的惩罚。病患被审判为低人一等的异类,似乎只配瑟缩在角落,独自承受身体的折磨与德行上的遣责。白薇没有因此停止探索的脚步,既然重疾是个体无法逃脱的宿命,那么病史就是一部遭遇异性背叛的精神历程。疾病带来的死亡威胁预示着外界对个体生命意志的压迫,被世界抛弃的孤寂感比死亡还可怕。在这样一个闭塞黑暗的空间中只有自己,也唯有自己,客观上为个体审视自我提供了条件。作家从未这样清晰地将自我看作孤立的主体,在没有任何外力支援的情况下,她们的精神世界激发出前所未有的生命潜力。她们奋力地抓住可以活下去的机会,比起一个个在病痛与爱恋中欲生欲死的名媛,被外界遗弃的她们认识到道德败坏的男性对女子的侵辱,爱人对个体生命的残害。由疼痛经验生成的自觉意识与理性思维使她们不怯于被世人冠以道德评判,借小说表达出对文明与价值的怀疑。

梅娘的小说《动手术之前》叙事节奏极快,躺在病床的"我"向主刀医生倾吐患病经历及心路历程,喋喋不休地叨念既是担忧他人将传染病患等同为品质低劣者,又是个体精神苦痛、急于寻求理解的表现。"我"被丈夫的客人诱骗而染上花柳病,受到了情感和身体上的双重伤害。"我确信自己是染上了那致命的病症以后,我变得冷酷了,我恨所有的男人,我要报复,我要去做暗娼,凭我的条件,我能蛇一样地去缠绕男人,让他们在我的毒液中腐烂。"①曾经最亲爱的丈夫亲手扼杀了"我"干净的生命,然而当"我"目睹了他人出殡的一幕,突然意识到情爱、贞操"都是骗人的东西,生命才最可贵"。于是"我"鼓起勇气躺在手术台上袒露自己的缺陷,试图借助手术与过去的自我做彻底的断绝。在现代文学中,国民劣根性常常被看作民族病态的表征,主流话语通常将患病者指向弱质女流与精神贫瘠的底层民众。而梅娘反常态地指出传染病源自道貌岸然的男子,最亲密的丈夫也能将妻子当作玩物拱手让人,直接造成了妻子患病。无法治愈的传染性疾病像一道屏障,外界对病患的疏离使得个体摆脱了惯常的思考方式与行为逻辑,以一种接近原初的生命状态感知自我,进入纯然的心灵之境。传染类疾病被世人当作道德败坏的标识,病患对传染源的咒骂、怨怒是正常的情感宣泄。可

---

① 梅娘.动手术之前[M]//张泉.梅娘小说散文集.北京:北京出版社,1997:286.

是，从属于菲勒斯话语体系的女媛无权撼动文化的本质，过度的情绪爆发只会被男权排除在话语秩序之外。秩序绝对排斥歇斯底里、带有破坏性质的癫狂行动。所以，名媛作家在疾病书写中十分注重控制情绪的释放，过于疯狂的举动如果被男权文化利用，还有可能曲解为一种妖魔化形象，对于名媛作家建构性别身份与社会认同极为不利。

虽然疾病表现与正常体征相背离，对个体造成消极影响，严重时甚至会威胁生命，但是疾病的负价值在特定的空间下也可以转为正价值。例如，阿斯伯格综合征患者有严重的社交障碍，他们的相处方式非常仪式化，一定要说完内心的全部想法，如果对方企图岔开话题，他们因无法理解他人语言传递的信息，会按照自己的意志完成整个言说程序。如果对方强行脱离话题，他们就会发脾气甚至殴打对方。但是这类人在智性方面异于常人，牛顿、爱因斯坦、凡·高的成就某种程度上得益于阿斯伯格综合征。细菌使人患病，但经过生物工程加工制成的疫苗能够帮助人类有效抵抗疾病。从这个意义上讲，疾病对社会、人类的发展具有催化作用。疾病在患者身上呈现出两种相反的作用力，一种代表了主体原有的、有序的运作，另一种带着强大的颠覆力打破机体秩序。这两种力量的对抗决定了疾病价值的性质和程度。疼痛体验促使人倾向内省，如果个体能够从低落情绪中醒悟，领悟到另一层生命哲学，改变原有的生存方式，强化人性意识和人的尊严以达到精神的高洁，那么就意味着疾病在个人体内完成了一次由负能量到正价值的转化。

疾病正、负价值的转化受到社会秩序、自我意识、价值体系的影响。在革命阵营内部，身体作为革命的资本被合法征用。革命话语中的疾病隐喻是复杂的，一方面身体是个人的所有物，自我拥有绝对的支配权；另一方面在神圣的革命事业中，个体不自知地被主流意识形态同化进而服膺于它。集体将不同于它的价值观念视为疾病，通过革命力量完成的政治神话是十分危险的信号，它是某一团体在话语场使用集权的标志。这种话语体系中的"疾病隐喻变得更加恶毒，荒谬，更具有蛊惑性。存在着一种与日俱增的倾向，把任何一种自己不赞成的状况都称作疾病。本来被认为像健康一样是自然之一部分的疾病，成了任何"不自然"之物的同义词"①。在革命队伍中，疾病不属于生命的常态，它被视作"正常"的对立面。例如蒋光慈的《冲

---

① 苏珊·桑塔格.疾病的隐喻[M].程巍,译.上海译文出版社,2003:66-67.

出云围的月亮》中,疾病之源来自工农阶级的对立面——资产阶级,而革命是医治病症的良药。当女主人公回归革命征途后也获得了新生,身体的失衡在意识形态的转换后神奇地自愈。

随着革命政权的建立,解放区的疾病书写被赋予特殊的政治隐喻,它不能被作家随意延伸内涵,因为疾病存活的土壤——封建制度已经被消灭。为了调和革命语境中的阶级立场与文化体制,解放区文学建构了一种新的疾病话语的生产与分配方式,"在每个社会,话语的制造是同时受一定数量程序的控制、选择、组织和重新分配的,这些程序的作用在于消除话语的力量和危险,控制其偶发事件,避开其沉重而可怕的物质性"[①]。丁玲、杨刚、陈学昭等人的写作从最初对新环境的怀疑到赞扬,疾病在解放区晴朗的天空下得到根治。革命话语扫除了一切失衡、颠覆的可能性,每个人都是拥有绝对平等、健康的主体。政治制度解构了疾病对现实否定性表达的权利,从思想上清除了作家借助疾病指代现实的方式。

现代文学史上,名媛作家的疾病书写经过群体特有的情感过滤升华为一种智慧的结晶,饱含着个体对自我、文化、社会的思考。作家在病痛中与笔下的名媛一同经历了苦闷、焦虑的精神折磨。孤独的疾病空间内,个体可以摆脱精神和思想上的压力,在认识自我的过程中获得新生,疾病也完成了由负价值向正价值的转换。若无法从痛苦中抽离,作家常常借用死亡驱散笼罩在女子上空的迷雾,生命的终结也是复归原点、摆脱矛盾的一种凭借。名媛作家依靠疾病建构自我的方式呈现出以下特点:首先,个体大多因为爱情引起疾病,她们过分执着于情爱体验而忽视了真正导致身心异常的社会因素,致使个人在情感与身体失控后表现出虚无、浮荡的消极状态,也使得名媛作家笔下的疾病隐喻停留在一个比较肤浅的阶段。其次,名媛作家整体上缺乏社会关怀意识,特别是"五四"时期的疾病书写沉浸在情天愁海中无法自拔,她们的注意力多放在私人领域,还无力把握整体局面勾勒出有建设性的名媛形象。最后,疾病这种无法掩盖的体征在新政权中的表现是多面的,绝对平等使个体回归正常还是"扮演"正常,是消除疾病还是隐藏病原,隐晦地言说方式造成了女媛形象的复杂多义。

[①] 米歇尔·福柯.话语的秩序[M]//许宝强,袁伟.语言与翻译的政治.肖涛,译.北京:中央编译出版社,2001:3.

第三节　自传性文本的双重身份阐释

新文学的倡导者提出从语言形式到文体风格的整体性变革方案,以突破传统文学体式对思想的禁锢。文学作为一种特殊的意识形态表达方式,在解构与建构对象的过程中如何最大程度地体现时代精神,采取何种形式建立现代文学文本范式成为新文学面临的重要问题。周作人在《思想革命》中提出,文学合文字与思想两者而成,文学改革是第一步,思想改革是第二步。废除艰涩的文言文容易,去除传统的思想观念是困难的。傅斯年认为"单说思想革命,似乎不如说心理改换……因为思想之外,还有感情,思想的革命之外,还有感情的发展。合感情与思想,文学的内心才有所凭托,所以泛称心理改换,较为普遍了"[1]。相较于思想革新,国人更迫切地需要心理改换。传统宗法制社会里"人"的主体性被君、父的权利意志抹杀,被奴化的个体缺乏"为人"的情感,几近提线木偶,思想和感情遵从着主流行为规范。

知识分子借助文学的力量进行思想革新时,文本承载的内容和感情就显得无比重要。作家的主体性诉求若要得到充分展现就需要对文本结构进行重新编码,选择适宜思想传递与情感抒发的文体形式。西方文学作品中主观抒情的运用引起"五四"作家的广泛关注,《狂人日记》《鲁滨孙漂流记》《少年维特之烦恼》等小说由自我抒发的言说方式与充满激情的表达和新青年强烈扩张的情感欲望产生了共鸣。"五四"知识分子依照西方文体隐含的审美心理结构和艺术思维方式表现解放人性的现代精神内蕴。一时间,书信体、日记体小说盛行,在小说中嵌入书信、日记的书写方式更是不胜枚举。名媛作家迫不及待地追随这股个性解放的浪潮,她们普遍认同"最率真坦白能表现了自己的,还需在日记和尺牍中,比较能找到"[2],在小说中倾注自己的阅历、思想、感情的方式成为她们写作的一条捷径。现代文学史上,几乎

---

[1] 傅斯年.白话文学与心理的改革[M]//朱正.傅斯年集.广州:花城出版社,2010:71.

[2] 石评梅.再读《兰生弟的日记》[M]//屈毓秀,尤敏.石评梅选集.太原:山西人民出版社,1983:404.

所有的名媛作家都采用过自传性文体。"文学中的文体从来都不是一个简单的技巧问题。文体显示出一个时代的精神面貌。"①自传性叙事在名媛作家的创作中占据绝对数量出于以下几个原因:

首先,自传性文体较为松散的结构符合女媛的生活实际。它有别于戏剧强烈、集中的矛盾冲突,诗歌一气呵成的情感宣泄;往往在安排主线后可以沿着任何一条枝干通过插入日记、信件、回忆跃入另一时空,引出其他人物、事件,且不必过多铺垫情节、设置伏笔。女媛可以随时暂停书写,从事家庭事务、社会活动。就像特里·洛弗尔所说,写小说是一种家务性的工作,这里家庭和工作地点从未分开过。她们可以在写作的间歇从事家事,也不会影响小说的流畅度。

其次,书信、日记的言说方式对女媛来说能够扬长避短,适宜她们发挥女性特质表达自我的真切感受。刚刚进入文坛的名媛还缺乏一定的写作技巧,在破旧立新的过程中,旧道德的附着力使她们每一步的背离都十分艰难,反抗的尺度也必然经过内心的几重思虑。如何在有限的言说空间呈现新旧夹缝中的困境,成为她们写作的难题。书信、日记重在表达内心情感,时间、情节甚至人物都可以是模糊的,它符合女媛感性化、情绪化、细腻化的表达特质,同时,她们受制于视野狭仄,还无法把握宏大题材甚至无力抽丝剥茧解开附着在身上的压力源头。这类私语性的编码方式有效地解决了名媛作家在菲勒斯权威下言说尺度的问题,它既能够真实呈现个人在现实社会中想说而不敢说的话,反映出时代重轭下个体的精神取向,也并未对权威作出实质抗争,依然承担着自己的社会角色。个体的自我需求与传统规范的压力构成了女媛不同侧面的心灵映现。

再次,尽管出身高门巨族或书香世家的名媛大多接受过高等教育,甚至有机会留学海外,但她们的生活经验与同时期男性相比还是狭仄的。单纯的人生阅历使她们的关注点聚焦在家庭、婚恋、社交领域。她们把人生经历诉诸笔端,将过渡时代的"我"的思想转变与情感曲线勾画成一个有血有肉的形象,充满生命活力的叙事使私人化的体验拥有诗性价值,从而成为女性生命经验的一部分。

---

① 中国社会科学出版社文学编辑室.小说文体研究[M].北京:中国社会科学出版社,1988:49.

最后,自传性文体迎合了"五四"时期高扬的个人主义思潮。如何更好地展现觉醒后的自我追求成为名媛作家首要考虑的因素。日记体、书信体为作家尽情展现自我情感与体验提供了适宜的空间,尤其第一人称的表达方式突出了个体的主观性,"从前的人,是为君而存在,为道而存在,为父母而存在,现在的人才晓得为自我而存在了"①。个体逐渐脱离了忠君爱国的道德枷锁,自我存在的意识转变使"'我'这个形式成了人的社会地位和唯我独尊的一种表示"②。作为独立的主体,女媛开始以个体解放与自我认知为中心探索外部世界,体验的过程也是她不断映射内心,了解自我的渠道。同时,以"我"为主体的叙事方式突破了传统古典小说的全知视角,由注重雕琢外在情节转向表现个体价值,从而开掘了文学的心理空间。

在沉重的道德枷锁与严苛的社会秩序下,真实的女子形象早已模糊不清。突然被解放的她们喜悦地发出自己的声音,探索着作为主体的"我"的无限可能。自传性文体为名媛进入创作领域提供了便利,她们"之所以那么偏好个人抒情的形式如书信、自传、自白、日记以及游记等,恰是生活被体验为一种艺术或是说艺术被体验为一种生活的结果"③。对自我经历的回顾、分析、解剖是名媛作家领悟生命价值与存在意义的方式,她们笔下的人物总是印刻着过去某个阶段的自我印记。贝娄认为"每部小说其实都是一部更高水平的自传"。阿·本涅特曾表示,"第一流的小说,说到底必须是带有作者本人的生活故事的,而不是其他什么的",这意味着"小说必然带有作者自传的性质"④。袁昌英提及小说与作者的关系时说道:"人只是要向这广漠的宇宙中,虔诚地热情地摸索,非要探求一个宇宙的究竟,一个真实的存在,而满足他内心坚定的'自我'的对象不可。可是在这种摸索与探求的进行中,他唯一的蓝本与模型就是他坚定的'自我',别的一切,他是把握不住的。因此他一生苦心孤诣所摸索探求出来的结果,总不免是他'自我'的扩大化,重

---

① 郁达夫.现代散文导论(下)[M]//蔡元培,胡适,郑振铎,等.中国新文学大系导论集.上海:上海书店,1982:205.

② 伊·谢·科恩.自我论:个人与个人自我意识[M].佟景韩,范国恩,许宏治,译.北京:生活·读书·新知三联书店,1986:72.

③ 桑德拉·M·吉尔伯特,苏珊·格巴.阁楼里的疯女人[M]//伊格尔顿.女权主义文学理论.胡敏,陈彩霞,林树明,译.长沙:湖南文艺出版社,1989:115.

④ A·本涅特.论小说写作技巧[M].汪培基,译.北京:三联书店,1985:395-396.

要化,优美化,崇高化而已。"①在名媛作家的自传性文本中,"自我"是她们了解世界的源泉,是传递思想、抒发情感的介质。不可忽视的是,自传性叙事的存在价值必须借由理性打通从个人到人类的精神通道,使个人化的感触上升为人类的共同经验,"由暂时的、个人性的东西中铸造出那持久不倒的建筑物"②。如果缺乏理性的节制,过分的情感抒发容易使小说流于颓废气。石评梅笔下沉醉在痛苦中不愿醒来的人物;庐隐那里生着"哲学病",惆怅焦灼的形象;冯沅君小说中撕心裂肺宣泄情感的女媛永远只能在死亡中得到解脱。泛滥的抒情,自怨自艾的话语,千人一面的人物形象导致作品的艺术感染性受到不同程度的损伤,使读者难以从文本中得到审美体验。

所以,自传体文本中自我经历的再现方式与情感尺度显得尤为重要。贴近真实人生的描摹容易引发读者的情感共鸣,陌生化的结构设置能够突出负载在人物身上的矛盾冲突。真实与虚构,感性与理性经由心灵之镜调和而成的文本,其中的人物形象应该与本我保持一定的审美距离,容纳更丰厚的空间,借助"自我"而达到茨威格所说的"某个自我不在的地方"③。作家描述自我经历的同时也在文本中实践他种身份模式,尝试摆脱以男性为镜像的刻板角色,建立自由、独立、健全的自我形象。在书写过程中,名媛作家面对的是两个空间的自我,现实中对封建传统文化半推半就的"我",借助创作文本的权利获得了重新选择的机会,主体被不同层次的剪裁、重组、扩张,以多种方式的排列组合形构出作家与角色之间的复杂关系。一些文本中不仅主人公身上有作者的影子,其他人物也是作者形象的映射。例如,《海滨故人》中的露莎、玲玉、莲裳、云青、宗莹与庐隐的经历极其相似,她们之间的书信往来既像对朋友的倾诉,又像写给自己的日记,一个又一个相似的困境将她们的命运紧紧缠绕。陌生化的处理将女媛在现实中面临的问题详细地剖析给读者,拉开时空与言说距离的方式也表达了作者对当时社会秩序的不满。另一些文本中的"我"远比现实中的"我"张扬洒脱,丁玲、梅娘、苏青、张爱玲等作家笔下的名媛敢于挑战传统道德规范,直白地表达女

---

① 袁昌英.漫谈友谊[M]//张翅翔.袁昌英作品选.长沙:湖南人民出版社,1985:248.

② 伍尔夫.一间自己的屋子[M].王还,译.北京:生活·读书·新知三联书店,1989:91.

③ 茨威格.艺术创作的秘密[M].高中甫,译.北京:社会科学文献出版社,1995:62.

性欲望。作家面向自我的写作构成了一个封闭的空间,在这个极其私密的领域她们进行了一系列尝试。有同性之谊的心灵慰藉,有坦诚直白的欲望表达,有为了爱情、金钱的钻营,也有为了自由割舍一切的悲壮。一个个有血有肉的形象是作者对自我的价值归属与情感取向的真实映现。那么,小说中的"谎言"在某种意义上具备补偿属性,也就是巴尔加斯·略萨所说的,"小说这种文学体裁并不是用来讲'真实'的,而是用来讲'谎言'的。那些你放入小说中的故事,尽管是你的亲身经历,最后都变成了谎言,变成了一些在一定程度上自由自在、摆脱了现实束缚的故事"①。谎言与真实之间的反差恰恰是自传性文本的意义所在,作家将自我送到了某个虚幻的地方,通过艺术呈示试图在理性审思下回顾自己的历史,"写自己的历史,就是试图塑造自己,这一意义要远远超过认识自己"②。最初,获得言说权利的名媛作家感到欣喜,愉悦过后却是踟蹰不已的忧心,她们隐隐感到解放、自由这些鼓舞人心的话语是扼杀生命的陷阱,女子一旦跨越自由的界限便会遭受男权的打击,甚至被指责为异类,丧失话语权利。面对菲勒斯权威的强势,她们建立起一套女性独有的写作方式,巧妙地回避男权社会的价值标准。当两性关系紧张时,她们表现出对男权的靠拢;当性别关系相对松散,或者由外力打破了两者间的状态时,她们显示出强烈的自我欲求,希望得到社会的认可,获得与男性同等的权利。名媛作家用一套言说方式反抗社会对女性生存空间的压抑,在自传性叙事中她们将自我形象筛选、拆分、编码,错落有致地凝聚成一个个似是而非的超我形象。这是一种基于身份意识上的自我重构,潜藏着文化符码的归属问题。每一社会历史时期都存在着一种主导话语表述方向的权威,作家采用的叙述声音成为解读这种不断变化着的权利关系的有效方式之一。

苏珊·S·兰瑟的女性主义叙事学理论以作者在叙事话语中的"声音"为主线,分析社会历史因素对主体写作造成的影响,以及声音是如何对身份和权利进行控诉的。她认为叙述声音是作者建构自我权威的一种方式,文本中的言说策略与当下社会对于女性的态度息息相关,任何一个叙述主体

---

① 秘鲁作家巴尔加斯·略萨在中国社会科学院发表了题为《一个作家的证词》的演讲,经杨玲翻译后发表在《外国文学动态》(曾用刊名《外国文学动态》)2011年第4期。
② 菲利浦·勒热讷.自传契约[M].杨国政,译.北京:三联书店,2001:81.

都在有意或无意地向社会权力中心靠拢以寻求自身的合法性,获得所谓的平等。受社会语境影响的叙述声音包含着"自我"双重的身份想象,一方面作为作家主体的"我"采用一定的写作策略呈现的声音与权威话语之间的距离。权威强烈的向心力使作家只能在一定的范围内活动,两者间的关系取决于处于原点的作用力与个体的反作用力,文本的叙述声音是直接、间接还是沉默。它蕴含着某一历史时期书写者对自我在文化领域建立何种权威的身份想象。另一方面是自传性文本中的"我",这是作家依靠主观经验与理性审思后重塑的超我形象,混合了个体真实的生命轨迹与虚构的先锋气质,是作家为备受现实掣肘的时代女性做出的正名,她们往往比现实中的"我"走得更远,对社会中各种压迫、桎梏回以激烈的反抗。名媛作家依靠自传性文体构建起对自我的双重身份想象,值得注意的是,作家树立身份权威的叙事意识与人物的自我意识之间并没有直接关联,创作者与文本主人公各有一套自己的行动轨迹。当政治场与文化场的主导权高度统一时,名媛的身份想象趋向一致,更多的时候反映出个体与社会之间的多重关系模式。

苏珊·S·兰瑟在《虚构的权威》中将小说的叙述模式分为作者的(authorial),个人的(personal),集体的(communal)三种类型。"作者型声音是一种'异故事的'、集体的并具有潜在自我指称意义的叙事状态","由于作者型叙述者存在于叙述时间以外,而且不会被时间加以'人化',作者也就拥有某种常规性的权威"。[①]其中,叙述者不是文本中的参与者,她因冷静、客观的超凡性获得言说的权威。这种权威的存在有一定的条件,需要作者在写作时付出相当的包容力,它以妥协的方式减少了男权规范与女性意愿之间的紧张关系。"五四"时期风靡一时的自传性小说偏爱在文本中穿插书信、日记,主人公"用书信体文本私下向一位受述者讲述个人的、往往也是自己的爱情故事。这种叙事模式把女性的声音导向一种自我包容或息事宁人的形式,它最大限度地减弱了'自由'动摇男权社会的能量,削弱了女性长久保持文学权威的潜力"[②]。叙事声音超越了此时与彼地的时空界限,在回顾

---

① 兰瑟.虚构的权威:女性作家与叙述声音[M].黄必康,译.北京:北京大学出版社,2001:17-18.
② 兰瑟.虚构的权威:女性作家与叙述声音[M].黄必康,译.北京:北京大学出版社,2001:31.

自我历程时宏观把握整个事件,抽取最有力的片段加之审美化塑造,同时以哀婉的情绪掩饰紧张的矛盾冲突,用抒情话语分散尖锐的问题指向。悲情既是主体在夹缝中的生存困境,也是一种绝望的无奈之举。背负着沉重使命的叙事者变相地以商讨的方式减少对秩序的威胁,凭借柔韧化的历史副本构建起自我的权威。

在自传体小说中,名媛作家常常营造一个较为封闭的空间,为自我身份重塑提供一个安适的场所。以庐隐的《海滨故人》为例,五位主人公在海边这一艺术想象空间自由逍遥地度过暑期生活。封闭的环境使她们回归最本真的自我,不必理会外界的烦恼。"在这一个暑假里,寂寞的松林,和无言的海滩,被这五个女孩子点染得十分热闹。"①庐隐建立了一片美好的净土却全然不见男性的身影,暗示了女性一旦进入人生下一阶段,便会打破现有的纯真状态,那么当下保持自我价值与独立人格的女子形象终究只是南柯一梦。传统的爱情书信承载着女性的相思之情,而文本中的书信则是女媛抵御异性情感的凭借,她们依靠这座精神堡垒一同抵制男权的压迫。庐隐笔下忠贞不渝、善良质朴的女媛与见异思迁、放纵肉欲的男性形成鲜明对比,一个个道貌岸然的男子"第一步就是以讨论学问为名,那招牌实在是荒唐得很,等你真正和他讨论学问时,他便再进一层,和你讨论人生问题,从人生问题里边渲染上许多愤慨悲抑的感情话,打动了你,然后恋爱问题就可以应运而生了"②。女媛间互诉衷肠却依旧无法改变自我命运,情感宣泄之后的结果也只能是随波逐流,她们将无奈的悲剧结局归结为知识误我,呈现出这一时期名媛思想的局限性,个体由知识觉醒却又被男子以现代之名深深伤害。"五四"时期的自由婚恋是在不对等的关系中进行的一场看似平等的交往。个性解放思想激活了女媛沉睡已久的生命活力,她们期待由美好婚姻步入现代生活,但现实中她们根本无法得到正向的爱情。自由恋爱几乎成为名媛人生的枷锁,将她们的自主意愿与自由权利困于牢笼。解放女性反倒成为男性欲望释放的借口,为已婚人士打开了道德的闸门。如果被动卷入婚外恋的女媛固守如初,便会被视为封建守旧者;如果她们接受所谓的新式爱情,必然要承受谴责与压力。时代赋予女性的自由像是重新包装后粉墨登

---

① 庐隐.海滨故人[M].海滨故人.北京:北京理工大学出版社,2012:5.
② 庐隐.海滨故人[M].海滨故人.北京:北京理工大学出版社,2012:22.

第四章 名媛的身份建构与精神取向

场的魔盒,看似五彩斑斓实则带着致命的危险。

庐隐曾说文学创作的根本目的是作家本人将她想象的未来世界指示给正在歧路彷徨的人们。现实中,庐隐随恋爱自由的浪潮于1923年与有妇之夫郭梦良结缘。同年,她在《海滨故人》中发出绝望的喟叹。露沙拒绝了梓青虚假的爱,选择漂泊天涯维持高洁的自我,隐遁后的孤魂究竟是一曲断肠的悲歌还是一首悠然的辞赋?庐隐在文本中实践了她未曾拥有的生命经历,从开始就将叙述声音安排在某种关系网中,由情节担负起限制叙述声音的使命,以反方向的作用力调和菲勒斯权威与个人主义之间的矛盾,用妥协的话语策略应和"解"而未"放"的性别秩序。

个人型叙述声音"仅仅指热奈特所谓的'自身故事的'(auto diegetic)的叙述,其中讲故事的'我'(I)也是故事中的主角,是该主角以往的自我"。自传性文本中的主人公很容易与作家本身画上等号,它带来的劣处是文本中的"我"预先被置于权力空间中的弱势地位,行动范围被无意间缩小了,读者会戴着有色眼镜比对文本内外的人物形象。名媛的内心世界还未敢全然表露,如果贸然袒露心扉难免被家卫道士贴上难堪的标签。在某些情况下,个人型叙述模式的"权威大打折扣,因为作者型的叙述者拥有发挥知识和判断的宽广余地,而个人型叙述者只能申明个人解释自己经历的权利及其有效性"[①]。她无法揭示自己在整个环境中的位置,因为"我"是不可能知道所有人的行动轨迹,无从对比也就不能获得明确的信息。此外,各流派间的口诛笔伐使读者对男性知识分子并不严谨的观点生疑,对这群没有多少文化资本与社会经验的女性更是难以信服。那么,叙事声音达到恰如其分的尺度就显得至关重要,名媛的书写既要有一定的超越性,摆脱芸芸众生的时代病,在广大读者中造成一定的影响,又不宜超越男权框定的言说范畴,威胁到秩序结构。作家凭借叙述技巧注重传递有效信息,充分宣扬个性主义与自由意志,保留自觉的女性意识,为女媛在文学领域获取话语权提供言说实际。

丁玲的《莎菲女士的日记》采用个人型叙事声音,作者的浪漫主义气质强化了个人型叙述声音的权威性。直抒胸臆的第一人称叙述视角可以尽情

---

① 兰瑟.虚构的权威:女性作家与叙述声音[M].黄必康,译.北京:北京大学出版社,2001:20.

地宣泄"我"的感受,文本大量采用"我要""我觉得""我真希望""我决定"这类主观话语,由"我"牢牢控制的话语权解决了自传体小说极易出现的结构松散的问题。西尔维尔·莫诺德认为直接陈述语是有自卫性的。莎菲的声音特性成就了她的主体存在,紧紧攫住了读者的心。对于塑造莎菲的个人主义特点,没有比给予她说话的权利更为重要的。以往沉浸在困境中叙说人生失意的名媛作家偏爱使用转述的方式表达男权给个人带来的压力,而莎菲坚定的自我意识必要采用个人的直接表达,以体现她离经叛道、唯我独尊的特异性。疾病为她酣畅淋漓的情感宣泄找到抒发的借口,提供给她特立独行的资本。痛苦冲击着身体也刺激了她袒露心扉的欲望,倾泻而出的感情驱使读者随着莎菲的觉醒与颠覆游走,且无暇生出疑虑。

  文本中错落有致的"声音"策略地建构起莎菲的权威,她不理会别人的看法,只根据自己的喜好享受自由的说话方式,不依靠第一人称话语强迫读者接纳这个极端的个人主义者。面对蕴姐,莎菲渴求她的关注而装病赖床,表现得像一个可爱的孩子;面对苇弟,她固执地坚持心声,像一个成熟的理性主义者;面对凌吉士,她坦诚自己的欲望,是一个彻底的个人主义者。如果说"五四"时期的露沙们只敢用讽刺的语言委婉地表达性别抗争,以示自主言说的权利,那么莎菲的独立无须通过与他人的对抗获得,她毫无保留地展现自我依凭的是足够强大的主体信念,即便面对压力与诱惑,仍旧能够及时醒悟,保持自己的声音。

  莎菲的否定话语带有敌视的意味,苇弟懦弱的性格使她感到厌恶,"请珍重点你的眼泪吧,不要以为妹妹像别的女人一样脆弱得受不起一颗眼泪……","还要哭,请你转家去哭,我看见眼泪就讨厌"。[①] 莎菲得意于自己在感情中高高在上的位置,她冷酷的话语折磨着苇弟,可苇弟真诚的态度又令莎菲心生怜悯,"我知道自己的罪过,请不要再爱这样一个不配承受那真挚的爱的女人了吧"[②]。莎菲不是否定苇弟这个人而是否定这段关系,她渴望一段灵肉合一的爱情。面对俊美的凌吉士,莎菲感慨道:"可怜的男子!神

---

① 丁玲.莎菲女士的日记[M]//方铭,王达敏.中国现当代文学精品选:现代卷小说.合肥:安徽教育出版社,2008:129.
② 丁玲.莎菲女士的日记[M]//方铭,王达敏.中国现当代文学精品选:现代卷小说.合肥:安徽教育出版社,2008:129-130

既然赋予你这样的一副美形,却又暗暗的捉弄你,把那样一个毫不相称的灵魂放到你人生的顶上!""你,在我面前,是显得多么可怜的一个男子啊!"①否定话语针对凌吉士卑丑的灵魂,她看清了凌吉士为情欲编织的谎言,"我不能像别的女人一样晕倒在她那爱人的臂膀里"②,莎菲及时脱离了诱惑,正是以自我为中心的行事准则让她在这段情爱关系中能够占据主导地位,她欣喜地呼喊出"我胜利了",实现了个体真正意义上的自由。

莎菲通过否定男性权威成就自己的权威。日记采用直白、大胆的自我剖析,避免使用讽刺、隐喻的文字游戏。由于丁玲不希望日记中的剖白让读者产生任何误解,影响到"我"的形象建构。小说制造出一种比莎菲的话语更加强大的"声音",那是由凌吉士发出的诱惑之音。他颀长的身躯,薄薄的嘴唇,丰仪的气质无一不散发着魅惑,强化了他的形象权威,使得莎菲无力抵抗。莎菲的爱情追逐带着挑战权威的意味,通过主动改变势位关系不断加强自我权威。她叛逆的绝叫是对男权神话的解构,也成为塑造个人权威的范本。在日记这种私密的叙述空间内,莎菲表现出强烈的与他人建立亲密关系的渴望,以自我为中心的绝对权威呈现出女性的自主意识与人性诉求,"一位中国妇女破天荒地描述了自己内心深处的情感,并置它于深刻表现妇女所遭受的压迫和主要在性道德方面所受到的约束的社会环境中"③。个人型叙述声音刻画了一个具备独立思想、自觉意识的时代女性,也制造了一股颠覆男性话语的潮流。随后,叙述者为维护自我独立形象,要么话语过于激进被划规为文学史中的"疯女人",要么敏于言却"钝"于行,掉入男性的话语圈套。个体的身份认同在变动中不断建立又不断坍塌,以至于最后无法构建一个稳固的自我身份而陷入茫然。

集体型叙事声音模式是"某个具有一定规模的群体被赋予叙事权威;这种叙事权威通过多方位、交互赋权的叙述声音,也通过某个获得群体明显授

---

① 丁玲.莎菲女士的日记[M]//方铭,王达敏.中国现当代文学精品选:现代卷 小说.合肥:安徽教育出版社,2008:148.

② 丁玲.莎菲女士的日记[M]//方铭,王达敏.中国现当代文学精品选:现代卷 小说.合肥:安徽教育出版社,2008:149.

③ 沃尔夫根·顾彬.关于《莎菲女士的日记》[M]//孙瑞珍,王中忱.丁玲研究在国外.长沙:湖南人民出版社,1985:198-199.

权的个人的声音在文本中以文字的形式固定下来"①。名媛作家的自传性文本通常经历了由作者型/个人型叙事声音过渡到集体型叙事声音。她们难以像其他被压迫的群体那样建立自己的集体意识,一直不能完整地发出她们的声音。如同西蒙·波伏娃所说,妇女因"缺乏具体的办法,不能把自己组织起来,形成一个与其他相关的统一组织旗鼓相当的整体……她们散居于男性之中,因为住房、家居、经济条件和社会地位诸因素而附属于父亲或丈夫等等身份的男性。这种依附比起她们对其他女性的依附关系更为紧密"②。女性很难自主聚集以共同争取自身的权利和地位,飘零的个体只好等待契机,某一天将"我"的声音汇入集体的合唱。

战争环境中,名媛作家依旧遵从以自我感知表现人生体验,但这种个人化的表达受到了集体的挤兑,个人自由在集体意识面前迅速弱化。进入革命队伍后,她们的身份、话语、思想经历了翻天覆地的变化,个体激发出新的创作活力。陈学昭的《工作着是美丽的》(上卷)开篇采用作者型叙述声音描述主人公李珊裳留学法国期间的惬意生活,自结识陆晓平后,平静的生活被这个身体孱弱的伪君子拖累。两人回国后,珊裳在延安等待安排工作期间发现当地人"都有一个坚定不移的信念:凭人类自己的脑和手是一定可以建设起人间的理想天堂来的,而这正是他们不倦地在从事的事业"③。这时,珊裳的声音是异于群体存在的,她的西化思想与延安生活不甚协调。她不爱与别人交流,宁可自己在一个破窑洞里写东西。叙事者的话语权威很快被集体话语替代,珊裳"头脑中顽强地固守着自己的不正确想法和看法,好象固守一块阵地一样。她没有想过,如果没有号召,如果那些共产党员和非党员的积极分子不去响应号召,工作靠什么来完成呢? 号召的本身就是一个工作计划,先一个号召常常是下一个号召的准备条件,一个号召完成就是整个工作前进了一步,工作就是这样一步一步向前推进的,中国的革命就是这样一步一步发展着的,抗战也是这样一步一步接近胜利的。她也还没有懂得,在革命队伍里的每一个人——除非那是某个有意调皮捣蛋的分子,那是极少极少的——管他自觉不自觉,他实际上已经在这里演了一个角色,而且

---

① 兰瑟.虚构的权威:女性作家与叙述声音[M].黄必康,译.北京:北京大学出版社,2001:23.
② 波伏娃.第二性[M].陶铁柱,译.北京:中国书籍出版社,1998:18-19.
③ 陈学昭.工作着是美丽的[M].杭州:浙江人民出版社,1979:168.

是一个集体的英雄。这就是整个的革命事业,也就是活生生的艺术和文学的源泉"①。叙事者指出珊裳置身事外的行为是不正确的,已经进入集体的她依旧抵抗群体秩序,拒绝接受解放区既定的女性角色,坚守着独立自由的思想。

投毒事件发生后,个体与集体、妻子与丈夫之间的矛盾冲突达到顶峰。珊裳认清了丈夫的阴险狡诈,晓平却四处寻求同情,宣扬珊裳的落后、张狂,指责她自私自利的行为。珊裳无奈地向组织汇报了两人从相识到谋杀的点点滴滴,为证明晓平话语的虚假,她必须将私密的过往摆在公共场域接受审判。个人主义者认为谈论自己的私事就好像被集体话语强行拆分了个人声音的权威,"她"接受着集体的审视,表现出个人声音在集体意志下的软弱,而代表了集体声音的叙述者受好奇心驱使对一些无关紧要的隐私也充满兴趣,从侧面反映出人性中的窥私欲。个体遭遇两难状态,如果对舆论置若罔闻,有可能背上沉重的骂名;如果同舆论争辩,有可能遭受集体强势的批判。小说中的珊裳在集体的接纳下获得新生,作者型权威明显让位于集体型权威,客观上表现出对男权制度的维护。此外,珊裳与晓平对同一事件全然不同的表达,体现出资产阶级知识女性与无产阶级话语权威之间的对抗,也是吃苦耐劳却不善言辞的妻子与自私算计、巧言令色的丈夫之间的角力。最终这场纷争不了了之,珊裳在组织的帮助下开始新的生活,叙述者与小说主人公的思想意识也就此发生转变。

叙述者既保持文字表述的权威又不放弃评判的权利,那么她必须接受解放区的价值观念,小说主人公也要主动转变身份。离婚后的珊裳在劳动中获得了踏实的感觉,她想:"究竟什么东西还不能使我在这革命队伍里象自自然然一分子呢?"②她一生中最幸福的年月,就是"到中央党校四部去做文化教员","从来没有一个人因为她是非党员而歧视她,或者对她有任何看法,他们对她是这样关怀、体贴,使她心里感到很不安"③。后来,她随着几个文艺工作者出发到各解放区采访,"他们这一群人,渡过天险黄河,穿过封锁线,踏遍华北崎岖的山路。他们目睹了多少被敌人摧毁的村庄,和那些曾被

---

① 陈学昭.工作着是美丽的[M].杭州:浙江人民出版社,1979:172-173.
② 陈学昭.工作着是美丽的[M].杭州:浙江人民出版社,1979:270.
③ 陈学昭.工作着是美丽的[M].杭州:浙江人民出版社,1979:273.

践踏而解放了的人民;他们听到了多少充满智慧的神话般的事迹,以及革命军队英勇杀敌的故事"。珊裳在手册上记录她的见闻,"今晚我们停落在一个离敌人只有四十里、离顽固军只有三十里的新近被我们解放了的村庄,因为我们过境,民兵们都自动地在四周山上给我们放哨"①。她对自己与集体之间的关系的表述并不固定。一开始,她以一个外来人的立场审视解放区的环境,逐渐融入集体后,她的心理结构经历了我——他们——我们的转变。身份立场的变化使代词的功能有所扩张,不仅用来表述行动方向,它们本身也变成需要强调的对象。

"我们"使叙述者具备一种公共性的眼光,这是一种视点聚焦般的意识。玛丽·迪恩在《书桌无罪》中提出"在社会群体不存之地,用'我们'这个代词似乎也太宽泛",合众之音凝聚了足够的力量但也带来不小的隐忧。其一,由谁代表"我们"最为合适,个人成为这一类属的发言人能否得到群体和读者的满意。一部由个人创作的小说,集体型叙述声音实际上是所有虚构叙事权威中最不真实的一种,因为一个单数叙事的作者既要假装为整个集体说话又要代表这个集体说话是不可靠的。其二,群体中的边缘者是否会得到同等重视。以"我们"的形式建构的群体具有目标性和同一感,在团结中壮大的力量会以主体的意志为转移,排除掉为话语霸权臣服的个体,"我们"还具备多少同一性,代词能否恰如其分地表达集体的意愿还有待考察。

需要说明的是,作者型叙述声音让位于集体型叙述声音表现出意识形态上的紧迫性。叙述者只有把个人的人生规划融入社会事业,抛开狭隘的思想意识加入革命集体,才能避免纠结于家庭还是事业这种无解的烦恼。过去备受歧视的珊裳在组织的帮助下凭借写作获得群体的认可。叙述者一旦把自己融入解放区的生活,就不再以旁观者的身份出现,她已经成为群体中的一员,不仅为自己说话,还代表这个群体说话。叙述者似乎被授权表达其他人物的思想,一会儿发表见解,一会儿抒发情感。通常情况下,叙述声音和叙事视点应该是同一的,叙述者不能代替他人的感觉,这等于把自己的思想强加给他人,破坏了叙事务真的原则。珊裳依靠群体建立的新身份是她主动解构资产阶级知识女性的自我权威后,在集体的庇护下获得的虚构的权威。在革命文学中,个人性是一个关键的能指,压制个人主义就意味着

---

① 陈学昭.工作着是美丽的[M].杭州:浙江人民出版社,1979:283.

壮大群体力量,个人的身份转变意味着作者型叙事与集体型叙事之间权利关系的转换。

米兰·昆德拉在《小说的艺术》中写道:"世界没有了最高法官,突然显现出一种可怕的模糊;唯一的神的真理解体了,变成数百个被人们共同分享的相对真理。"①叙述声音依赖文本表述和接受语境产生意义。作者型叙述声音在结构上享有超凡的叙事特权,它的全知全能随时可以树立话语霸权,这种形式也是解构现存权威最有力的武器。由于个人型叙述声音的权威受限,它建立稳固的权利体系的可能相对较小,但它仍具有某种直击人心的能力让读者信服。集体型叙述声音建构的是共享的群体话语,通常由某一政治话语统摄。作家采用不同的叙事声音建构话语权威,表现出对当下社会的态度以及自我意识的变化。名媛作家在自传性文本中从结构到形象进行了一场内外兼修的身份想象。自传类文体有助于作家在自己经历中寻求力量支撑,以真实事件、真切感情得到广泛的认同,强化"我"的声音权威。文本中的女媛经历了由情感发泄到冷静自审的过程,个体的理性思维不断加强,她们已具备一定的自觉意识和反思能力。作为女性中最早的独立者,名媛的身份阐释寄予了个体对女性人生价值与生命意蕴的思考,她们的每一步实践都为文学史增添了深刻而又多情的一笔。

---

① 米兰·昆德拉.小说的艺术[M].董强,译.上海:上海译文出版社,2014:27.

第五章 名媛的编辑理念与价值立场

报纸文艺副刊、文学杂志作为中国现代文学的重要传播介质,提供了一个宽广的平台容纳主编、作者、读者,通过快速、有效的传播方式推进文学生产,以便自身在文学场域占有位置与权利。布尔迪厄认为权利场作为元场(meta-field),主要指政治、经济场。文学场是位于权利场之下的次场(sub-field),由文学生产、消费等过程中各种力量构成的关系网络。场域作为一种"关系"系统,具备一定的自主性,它有自身的结构特征与运作逻辑,但是"它所遵循的常规,并不是明白无疑、编纂成文的"①,因为场域处于动态运行中,不仅内部的行动者不断斗争以获取资本与权利,而且场域之间的力量也在互相渗透,相互影响。每一场域内部的矛盾纵生且结构不断变动,这为行动者的发展带来很大的变数,她可能在外力的支持下获得超越性进展,也可能在外界强势干预下偏离轨道,或者在多重势力的角逐下艰难地维持自我。

行动者依凭"资本"②在场域中展开博弈,资本"体现出一种生成性,总是意味着一种生产利润的潜在能力,一种以等量或扩大的方式来生产自身的

---

① 布迪厄,华康德.实践与反思:反思社会学导引[M].李猛,李康,译.北京:中央编译出版社,1998:135.

② 布迪厄把资本划分为四大类:经济资本、社会资本、文化资本、象征资本。他认为,正是资本的逻辑决定了场域内所发生的种种竞争和力量的不均衡,任何资本的功能需要与场域紧密联系起来研究才能得以发挥。资本在场域中既是行动者在游戏中的最终争夺目标,也是取得该目标的手段和技能。

能力"①。文化素养和教育经历成为行动者获取社会地位的凭借,"习性"②以及她所处的"位置"决定了她的创作旨趣与批评取向,个体为了维持并扩大自己的资本不断发起斗争,以便自己的文学主张和生产得到社会认可。拥有特定资本的名媛在文学场具备一定的优势,个体担任主编期间,既能从微末处把握现实,又能借出习性的方法采取特殊的策略参与斗争。首先,名媛作家的生活体验与写作经验使她们对事件的萌发与走向有着极高的敏感度,与报刊注重时效性、针对性的诉求相吻合。其次,作家身份便于她们向文坛友人广泛约稿,相近的文艺观念容易吸引志同道合的朋友,在刊物周围逐渐形成一支较为稳定的创作队伍,保障了稿源的数量。最后,历经多年的磨砺与审思,作家较为了解文艺的本质与内涵,她们的眼界、学识和审美保证了稿件的质量与品位。作家的职业素养使她们悉心于文学的内在特质,编辑身份要求她们注重社会环境的潜在影响。作家、主编的职业特性在文学领域交汇并形成相长之势。名媛担任主编的报刊备受社会关注,她们本身就是刊物的最佳代言者,在多个领域拥有宽广的人脉。她们担任主编期间巧妙地借助其他刊物的力量,或为报纸宣传造势,或建立文化同盟掀起论战。在她们的调控下刊物言论不过分激进,避免了不必要的人身攻击,多以克制、理性的话语聚焦问题深源,与权利场介入的力量展开斡旋,在多面相的思考中找寻与论证社会走向和未来发展。同时,她们注重在刊物中展现性别话语与权利诉求,不仅留给女作家广阔的言说空间以呈现女子真实的生活样态,还适时组织开展有关女性切身利益的话题,广泛邀请文坛名流参与讨论,以缓解当下的社会矛盾并为女性发展提出建议。

　　文学场是各种资本相互转换、此消彼长的空间。在复杂的元场中,各个场域为掌握更多权利会寻求合作,例如,权利场从文化场寻求意识形态上的

---

① 杨善华.当代西方社会学理论[M].北京:北京大学出版社,2001:283.
② 习性(Habitus)是布尔迪厄场域理论中的一个重要概念。布尔迪厄认为,习性是一种同时具有"建构的结构"和"结构的建构"双重性质和功能的"持续的和可转换的禀性系统",它不是习惯(habit),而是一个开放的性情系统,是对客观社会结构中的行动者主观身心方面的体现。习性与场之间的关系是在两方面进行运作的。一方面,这是一种调节的关系:场构造习性,习性是体现场的内在必要性的产物。另一方面,这是一种知识的关系,或是认识的建构关系。习性有助于把场建构成一个有意义的世界,值得行动者投资精力的世界。

辅助,为它的政策、制度宣传造势。文学场借由权利场的政治话语、资金支持提升个人的职业声望,继而获取经济资本与社会资本。由此看来,文学场内除了行动者依凭资本进行权利争夺外,权利场的介入也使它的既定路线发生变化,如果内外部的行动走向一致,那么资本间能够互为助力;如果内外部的行动发生分歧,那么两者间的斗争势必使报刊面临转型。持续不断的激烈斗争造就了文学场的活力,多种势力的角逐也使得现代文学报刊的发展形成了相互制约、互为补充的格局。民国时期,同人性、政治性、商业性报刊不仅再现了中国现代文学的真实图景和生态环境,也在思想传播与言说倾向中展现出大时代下名媛的编辑理念与价值立场。

第一节 同人理念的持守与拓展

场域是一个关系系统,场与场之间的相互影响刺激了每个空间自主性的增强,在权利的动态斗争中,文学场分裂为两个次场:有限生产次场(sub-field of limited production)与大生产次场(sub-field of large scale production),一边是专注于纯文学,崇尚形式实验与革新的生产场;一边是以政治、经济资本为导向,为满足大众需求而创作的生产场。有限生产次场强调内部的纯洁和逻辑,反对直接的政治干预,经济操控。行动者若要拥有并保持话语权利必要表现出足够抗衡内、外部压力的自主性,能够拒绝外来资本转化的发生。个人刻意保持与权利场的距离,在获得一定独立性的同时也使她占据的位置容易因政治、经济的震荡而陷落。报刊的主编在文学生产、传播中占据中心地位,她们"是把文化建设的责任加在双肩的。文化的建设在个人不外是自我的觉醒,在团体不外是有总体的统一中心之自觉,而唤醒这种自觉的人,构成这种统一中心的人,编辑杂志者要占一大部分"[1]。作为推动文化建设,构成统一中心的编辑,在同人期刊中拥有远超过政治性、商业性报刊的话语权。同人报刊往往由具有相同或相近文学理念与审美取向的文人创办,多因学缘、地缘关系结合,其成员大多有稳定的收入来源,独立的经济

---

[1] 郭沫若.致《文学》编辑的一封信[M]//李玉珍,周春东,刘裕莲,等.文学研究会资料(上)中国文学史资料全编(现代卷).北京:知识产权出版社,2010:612-613.

能够保障作家少受外界干扰,专注地表达他们的文学理念。在这片相对独立的生产场,知识分子持守着文学的人学本质与审美属性,在实践中探寻着文学的发展方向。

一、《华严》:人学内涵与审美属性的持守

"五四"时期,有着相同或相近文学观念与审美追求的知识分子多因学缘、地缘关系结合创办同人报刊。"当时不论大书店、中型书店或皮包书店出版的,可以说都是同人刊物,因为各有一段饱经风霜、历尽艰辛的史实可写。几位作家意气相投、政治和文艺观点相同或相似,就结合起来找个出版商编个期刊。也有出版商想出版一种文学期刊以资号召而去找一位或几位著名作家来担任编辑的。更多的是自己几个人凑钱办;或找个不懂文艺的经商的亲戚朋友当后台老板的。"①1929年1月创刊的《华严》是"五四"时期典型的同人杂志,由庐隐、于赓虞担任主编。杂志刊登有小说、新诗、散文、外国文学翻译、文论,稿件主要来自庐隐、于赓虞、瞿世英、焦菊隐、陆晶清、石评梅、刘绍苍等人。当时文坛流行社团之间研讨文学、互换稿件、协作办刊,利用友社关系一同推动新文学的发展。庐隐、瞿世英、徐玉诺是文学研究会的会员,于赓虞、焦菊隐是天津绿波社成员。绿波社社长赵景深主动与京沪一些文学社团联系,广交文友,寻求协作。他最赞赏文学研究会"为人生"的文学主张,先后与周作人、郑振铎等通信就童话创作展开探讨。1923年秋,赵景深由郑振铎介绍加入"文研会"。绿波社社员焦菊隐、于赓虞也与王统照常有书信联系,在创作上得到过王统照的鼓励与指导,两人也在"文研会"出版的刊物《小说月报》《文学旬刊》上发表了不少文章。1925年,于赓虞考入燕京大学国文系,在此期间结识了庐隐、陆晶清、石评梅。在于赓虞的牵线下,绿波社与石、陆参与的蔷薇社结为友社,他的文章也常常出现在《蔷薇周刊》。《华严》是因学缘、地缘为纽带集结的一批思想趋同的新青年创办的纯文学刊物。杂志撰稿人不多,内部组织流派简单,以文学研究会、绿波社成员为主,其余作家或因学缘关系进入,如石评梅、陆晶清与庐隐是北京女子高等师范的同学,李辰东与于赓虞为燕京大学同学;或因地缘关

---

① 上海鲁迅纪念馆.赵家璧文集(第2卷)[M].上海:上海文艺出版社,2008:117.

系引入，如赵荫棠、徐玉诺、李辰东与主编于赓虞同为河南籍。思想观念与社会关系的交织将这群知识群体紧密地结合。

《华严》虽然没有创刊词，第1期庐隐的《文学家的使命》与于赓虞的《诗之艺术》表达了他们的办刊理念。庐隐谈到自己的创作动机单纯是为了表现自我生命，如果评论家、读者加以尊崇的头衔，那只是在过度阐释。她列举易卜生的例子佐证其观点，《玩偶之家》发表后在社会上引起轰动，许多新女性对此剧充满赞赏，认为小说为提倡妇女运动而作，可易卜生说自己只是"为作诗而写作"。庐隐十分赞同易卜生的观点，认为真正的文学家是为创作而创作，由自我体会生发出的感悟，表现社会的真实面貌与个体的独立精神。当下各种主义、思潮的入侵容易使作家困于某种时代趣味中，导致以理论指导文艺创作，以主义统领文学走向的现象。"千古常新的文学，一定不是某种主义的奴隶，也不是某种思想的工具。文学的本质是打破一切因袭与束缚，是完成自由的东西，它是要努力，将重重物欲所遮掩的真相，暴露于人间的。"[①]庐隐反对作家忽略文学的根本，若在提笔前就已经把自己置于某位置，造作而成的文字势必丧失灵性，作家也不可能成为社会的先驱者、预言家。所以，她提出文学家的使命是为创作而创作，伟大的作家心里绝没有主义、派别，他只是为了表现自己的生命、人类的品格而付出心力。在纯粹的艺术冲动下创造的作品才有利于情感共鸣，贴近读者。

于赓虞在《诗之艺术》中写道："诗人是预言家，诗人是生命的歌者，他与时代有关系，但不是时代的奴仆：他永远站在主人的地位。"[②]他反对将诗歌作为宣传的工具，认为易卜生尚且以作诗的态度创作戏剧，诗人更应该"单为作诗起见"。伟大的诗人在写作前不应考虑社会效用，只有从思想上获得了绝对的自由，内心流露出的情感才能成就一幅完美的艺术画卷。他认为诗歌要表现时代但不受制于时代。面对文坛上关于艺术性与政治功利性的矛盾冲突，他提出以某种意识形态为目的的写作不仅破坏了诗歌的审美艺术，口号化、公式化的概念也损害了情感的传递。刻意地批量生产只会搅乱文艺正常的发展，形成浮动、激进的社会心理，也只有调和内容、形式、情感的分量才能成就诗歌的风韵之美。

---

① 庐隐.文学家的使命[J].华严,1929(1):11-19.
② 于赓虞.诗之艺术[J].华严,1929(1):21-32.

两位主编的文艺观点是一致的。他们首先强调作家本人必须具备独立、自由的意识，不断扩充生活经验，由自我内心出发表现个性特质。这既是稳固"五四"时期刚刚获取的人的自由的切实行动，也是对顽固的封建传统思想的有力反击。其次，他们反对将观念、主义预置在写作之前，引导作家思想走势，他们推崇由内倾泻而出的情感表达配以适宜的表现形式，只有强大的内在驱动力，有感而发地书写才会产生永恒的生命力。最后，他们自觉地与政治保持疏离的状态，并不意味个体倾向于做淡泊脱俗的谪仙人。恰恰相反，他们推崇作品在保证艺术性的前提下也要展现社会现实，反映时代风貌。社会问题的表现是由内而发的艺术呈示，而非来自外界的价值引导。《华严》在保持自身独立品格与肩负文学使命的道路上进行了有益的探索与实践。

每个出版物背后都聚集了一批人马，组成了一支文学力量，正如李欧梵所言，"当时几乎所有的文学期刊的实际操纵者都是小'党派'，在一个文学社团里的几个志同道合的朋友，持他们自己所提倡的文学和意识形态立场"[1]。对同人期刊的成员来说，首要处莫过于相互之间的身份认同。他们的文章常常呈现出思想观念、艺术理念上的高度一致。《华严》中的诗歌、散文创作占据相当大的比例。这类文体形式自由，结构相对散漫，适于细腻的情感抒发。作家在花草鱼虫、山水月夜中感受万物的凋零与轮转，想到踽踽独行的自我不由生出苍凉与悲戚之感。他们往往借助梦境，采用夸张、联想、比喻、类比等方式展现内心的寂寞和惆怅，绝望与希冀。庐隐、于赓虞、焦菊隐、陆晶清偏爱将自我放逐在骷髅、毒蛇、坟墓、冷月、凄风等冰冷的意境中，揭示苦闷窒息的生活下个体迷乱的精神。庐隐的散文《星夜》充斥在一片万念俱灰的哀婉中。璀璨的明灯麻醉了多数人的神经，"我"在华筵还未散去就悄悄离席，逃到无灯光华彩的丛林中，如同逃囚"暂时脱下铁锁和镣铐"，向命运之神哭诉身心上一道道悲苦的伤痕。庐隐意识到社会的种种乱象，找到了"黑暗中的灵光"却苦十九法"慰人以柔情、予人以幸福"。在寒星、冷雾中无力改变现实，却又不敢沉沦的"我"万念俱灰。陆晶清的诗歌《酒醒后》描画了一个酒醒神苏后人群散尽，唯有孤雁在侧的伶仃之境。冷

---

[1] 李欧梵.上海摩登：一种新都市文化在中国（1930—1945）[M].北京：人民文学出版社,2010:143.

月映照下百花凋零、夜莺悲鸣，孤零的"我"要到何处寻找希望，无法脱离沉寂之苦的"我"最终只好在死亡中获得解脱。于赓虞的诗歌《剑与泪》充斥了令人战栗的意向，"乌鸦啄食少女之尸身"，"媚眼，玫唇当作了杀人的毒菌"。他选择了"别人所不敢看而未曾想到的情思"，这种颓废气质也受到文艺界的质疑与指责，但于赓虞执着于个人化的心灵呈示，认为当下诗歌批评存在一定的局限性，往往"以一种思想而揭示全体"，颓废并不意味着教人丧失希望，它也能够给予人们生活上的启示，提示人们注意沉沦、迷乱的陷阱。《华严》上的文章多表达出悲痛与幻灭交织的颓废情绪，这些创作是同人对西方文学思潮选择与接受后的呈示。

此时，一些作家在文学实践上深受西方浪漫主义与象征主义的影响，主编也利用杂志推介雪莱、海涅、波特莱尔的文章，称赞雪莱的《诗之辩护》为文坛巨著。雪莱在引入中国时，是以"立意在反抗，指归在动作，而为世所不甚愉悦者"[①]的摩罗诗人的形象出现，一度被塑造为精神界的战士，被赋予打破传统桎梏的时代意味。译介本身就是一种被阐释、被叙述的过程，其间产生了转喻、衍生等多种可能。20世纪二三十年代，雪莱备受争议的爱情引起不少知识分子的诟病。1928年，赵景深在《小说月报》发表《雪莱不是美丽的天使》对这位浪漫诗人提出批评，"雪莱抛弃哈莱特是突然的、自私的、熟虑的。哈莱特觉得活在世上没趣，便只好自杀"。滥情与随性的雪莱应该担负杀妻的罪名。诗人的确是在追求真实的自我，可任性妄为的举动导致他人丧失了生命。于赓虞与赵景深关系密切，两人同为绿波社社员，常常聚在一起探讨文学，但他并不赞同赵景深的看法，他格外推崇雪莱的诗作与精神。于赓虞的诗集《晨曦之前》与雪莱的《西风颂》颇多神似，同样充满了狂飙突进式的时代精神。同时，他对雪莱的感情生活也很感兴趣，多年后完成了《雪莱的婚姻》《雪莱的浪漫史》等著作。《华严》曾屡次刊登有关雪莱的文章，杂志撰稿人大多认同雪莱式的战斗豪情与浪漫精神，但也呈现出与西方浪漫主义的差异，他们更注重诗歌的现实意义，"文艺不但是时代的表现，而且为新时代的预言"，现代知识分子承续着传统文人的言志情怀，融合中西创作理念的书写势必不只是情感的流淌，还添加了揭露社会的现实意义。

---

① 鲁迅.摩罗诗力说[M]//吴晓明，王德峰.鲁迅文选.上海：上海远东出版社，2011：13.

除了译介西方文学作品外,刊物还刊登了一些文学评论。李辰东将现代文学批评分为两类,主观的文学批评中"批评家是重梦诗人之梦,把他的梦表现出来,成为另一篇的文艺作品。对于原来的作品,既不欲增其价,亦不能减其值,原作品之好坏,依然如故"①,要避免以先验的观念评价作品,以个人立场扩张文本意义。他认为文学原理与作品之间的关系应是作品产生在前,理论批评在后。文学理论、美学原理依靠研究大量的文本得出结论。这些理论被生产后,若用它来指导创作易造成本末倒置的情况。"任心灵之所之,就是鉴赏;表示出来,就是批评",客观的文学批评要从事实中"找出一个普遍的原理,作为批评的标准。他们以为批评的目的,是在判别文学的善恶美丑和真伪,假使没有标准,只能谓之鉴赏,不能谓之批评"②。李辰东认为批评家要避免被印象所迷惑,应先有一种评判尺度,置身文本之外对作品进行客观的审美观照,更重要的是评论者将批评视为严肃的表达,而非情感投射后的再创作。

《华严》共发行8期,刊登了83篇文章。庐隐和于赓虞的创作、翻译占了近一半的篇目。庐隐的作品包括小说、散文、诗歌、剧作、理论多种体裁,文章一如既往地发泄自己的隐衷,表白生命的感受。革命文学发展如火如荼的年代,同人呵护下的《华严》承袭着个人主义的表达。从杂志第6期"编校以后"可以得知第9、10期正在编稿,但是,它发行至第8期后突然停刊,真实原因已不得而知,但从于赓虞《世纪的脸·序语》中可以观其一二。普罗文学运动达到高潮的时期,许多作家都开始转变了,"均以某种意识形态作骨髓写着所谓的诗","这狂潮,给我一个沉思的机会,且几乎将我压死,但我决没有忏悔的心情。结果,我沉默了,整二年之久,没有写过一行诗"③,直到1931年冬,于赓虞才重新开始写作。可以猜测有意疏远潮流的《华严》受到了普罗文学的挤兑,由于时代、观念等因素被迫停刊。但不可否认的是,同人期刊曾肩负起文学的使命,对自我的表现与艺术审美的探索,对建设期的新文学发展起到了一定的推动作用。

---

① 李辰东.现代中国文学批评[J].华严,1929(7):517-532.
② 李辰东.现代中国文学批评[J].华严,1929(7):517-532.
③ 于赓虞.世纪的脸·序语[M]//解志熙,王文金.于赓虞诗文辑存.开封:河南大学出版社,2004:310.

二、《现代文艺》:"自由主义文学"的后花园

1935年2月,凌叔华担任《武汉日报》文艺副刊的主编。深受中西文化影响的她认为多样的文艺探索有益于思想争鸣,文学要保持"绝对的,尊严的独立性,它不能做任何主义的工具"①。武汉城内相对宽松的文化环境给予凌叔华较大的自由度,她秉持和而不同、审美本位的自由主义原则,以武汉大学为文化空间坐标的原点,汇集陈西滢、吴其昌、石民、陈铨、方重、朱东润、孙大雨、陈春随等武大教授,将精英文化拓展至大众传媒。此外,广邀新月、京派、左联、民主主义作家发表言论。"戒除党同伐异"的办刊理念意味着《现代文艺》日后鲜少口诛笔伐之势,却拥繁弦急管之音。副刊每期的篇幅不到一个版面,发行95期共出现70多位作家,对于一个地方性报纸来说,"这张网撒得不算不远了"。这片自由生发、自由讨论的土壤在某种意义上优化了20世纪30年代的文学结构,抵制了国民党官办文艺的侵蚀,弥补了左翼文学模式化,海派文学商业化的弊端。

凌叔华注重文艺绝对的独立性,认为它不能做任何主义的工具。文艺副刊发行期间,武汉四周硝烟弥漫,北有饿狼眈眈相向,南燃战火国共对峙。副刊上极少出现残酷的民族战争,激烈的阶级斗争,刊登的大多是对故居的怀念(白坤《故居回忆》),对游览见闻的追记(苏雪林《岛居漫兴》、倪文穆《山居散简》),对武汉景色的体味(微沫《珞珈散记》),即便追忆逝去的北平表现得也是淡香疏影般悠然浮动的情绪(朱光潜《后门大街》)。任何的风月夜曲、秋影暮歌都能撩起文人情思(凌叔华《春的剪影》、张天《秋香》、石民《晨曦》、李蕤《月夜》等)。作家们随四时而动,追记寰宇内的浮沉演绎,亦不为时局所感,追求文学的独立品性。这种自由主义精神也体现在刊物的文学译介上。抗战时期,救国强国的民族需求促使译者对域外作品的接受视角集中于现实主义题材。但是文艺副刊有意忽略了注重文学与政治密切联系的当代"标准",杜秦翻译的显克微支的小说《天使》,郑效洵择取的摩罗诗人的诗作只是由小情小爱着手,哼唱一支怀想昔日温暖的歌谣(普世庚《我爱过你》、莱芒托夫《我们分离了》)。

---

① 凌叔华.《武汉日报》副刊《现代文艺》发刊词[M]//陈学勇.凌叔华文存(下).四川:四川文艺出版社,1998:810.

抗战中期,政治趋向独裁化,文学趋向政治化,国民政府要求文学维护党国利益,左翼文学倡导从阶级立场出发暴露腐朽的政权。夹在两股强势力量之间的自由主义知识分子想要维持自身的独立性和超然性,除了坚定的文化认同还需要巧妙的话语策略。他们虽居庙堂之远却心系家国前景,强烈的责任意识促使个人自觉肩负社会使命,他们选择以学理的方式介入民族自救的方向,规划了一条由人性促发展,从启蒙促革新的路径。凌叔华在"发刊词"中强调了文艺要注重表现"永久的普遍的人性","时代潮流虽日异而月不同,文艺的本质,却不能随之变化"。在副刊上发表的《异国》是她少有的、涉及中日战争题材的小说,通过旅居日本的蕙住院时的见闻展现普通民众的善良本性。但小说结尾笔锋一转,当日本败北的号外传来时,日本护士对蕙的关心化为怨怒,温暖的人情瞬间被战争倾覆。面对现实中的激烈战事,凌叔华选择以文化、道德的力量改造人性,希望人们理性地面对战争,审思事态,避免被别有用心的激进主义者利用,沦为战争的牺牲品。

除自我对时代的考量外,凌叔华以特有的编辑方式介入社会,推动民族的文化改良。《武汉日报》文艺副刊与胡适主编的《独立评论》几乎在同一时期连载了陈衡哲入蜀后的散记。陈衡哲秉笔直书,自称"借了文艺思想来尽我改造社会心理的一份责任"[①],她在《从北平到成都》《四川的二云》《成都的春》中接连指出蜀地军阀的混乱统治、鸦片的肆意传播、女子的慵懒习气等问题,四川的方方面面无不让人体会到"一个文化是可以降落到什么地位"。她认为症结"其实还在政治和社会意识的两方面,什么大学教育,什么经济改造,还不是要根据在这两根柱石之上?政治的改造不在我们权利之内,暂且不说;社会意识的改造,却能说不是教育界的责任吗?这意识是陶铸人格的一个大力量:故除非我们能根本的把它改造过,什么努力都是不但没用,而且会立刻被社会的丑意识所利用的"(载《现代文艺》,1936 年 6 月 5 日)。陈衡哲赤裸裸的暴露触及了地方势力的痛处,成都、南京的报纸涌现出大量批判文章。四川发行量最大的《新新新闻》在半个多月的时间里接连刊载 20 多篇针对陈的文章,骂战从地域歧视上升到人身攻击,失望的陈衡哲决意离开四川,在《归途》中她表达了管闲事者挨打的痛心,但"我并不相信

---

① 陈衡哲.陈衡哲致胡适信[M]//中国社会科学院近代史研究所中华民国史组.胡适往来书信选上册.北京:中华书局,1979:797.

一味不管闲事是一个值得奖励的态度。我常想,社会上的许多罪恶,不尽是坏人的责任。好人不管闲事,不能不说也是罪恶只有加增,没有减少的一个主要原因"①。腐旧的社会风气需要国家政策的调整,也要知识分子的引导,自由主义知识分子希望通过改造人性、陶铸人格,营造出健康、现代的社会风尚。他们对国难的痛心和希望凝蕴在肌肉与骨骼,与宣扬某种主义的话语相比,少了一分热烈与激情,多了一分平静与持守,"不用一张嘴发音,他却是用全身来说话"②。

编辑过程中,与"写什么"相比凌叔华更强调"怎样写"。她推崇文字精美、艺术完备的文学样态。副刊中袁昌英的小说《毁灭》即一篇这样的佳作,展现出生活艺术化的美学理念。作家着力烘托男女间的缤纷爱恋,一切的花草树木、远山近景皆染上温暖的爱意,当饱满的情感将要倾溢而出时,男主人公突然因公离世。袁昌英没有从英雄主义角度烘托痛楚氛围和个人壮举,而是让情绪凝固在刹那的逝去与永恒的爱恋中,使读者在话语空白中感受微妙的美学体验。这种隐而不彰的叙事方式使内容与形式完美结合、互为补充。在作者眼中,美有美的姿采,恶有恶的别致,"至于那才,情,貌,均臻极峰的人物,一旦相遇为知己,我必视为人中之圣,理想中之理想,梦寐中之妙境,花卉中之芬芳,晚霞中之金幔,午夜中之星月,萦于心,系于神,顷刻之不能相忘"③。混乱时空下,自由主义知识分子从未放弃对文艺的美学追求,这种清丽的人生志趣与豁达的处事原则为文学建立了一片免受外力侵扰的净土。

副刊上,女作家的文章占了近一半的篇目。冰心、苏雪林、杨刚、沉樱、徐芳、冷绡、罗洪、维特、陈蓝、蒋恩钿、谢缦、青子、微沫等一批女作家的出现,除了增添刊物的吸引力,还有凌叔华对抗国民政府政治逆流的用意。经济危机爆发后,西方国家为稳定局势推行限制妇女就业的政策。受国际形势影响,国内封建礼教复燃,贤妻良母主义和"妇女回家论"甚嚣尘上,各地

---

① 陈衡哲.归途[M]//曹聚仁.现代中国报告文学选乙编.香港:三育图书有限公司,1979:460.
② 靳以文集编辑委员会.靳以文集(下卷)[M].北京:人民文学出版社,1986:106.
③ 袁昌英.爱美[M]//张志欣,何香久.二十世纪散文大系2.石家庄:河北教育出版社,2001:361.

纷纷出现限定妇女着装、限制女职员就业、表彰节妇等事件。1935年,一名女教师因在舞台上扮演娜拉而被解职。① 《妇女共鸣》曾发表评论:"现在的社会潮流,显然是已经退回五四运动以前的状态,这是多么奇怪的一回事呵!"(梅魂《娜拉的时代》,《妇女共鸣》1935年4卷3期)各大报纸纷纷就新贤良问题展开讨论,官办媒体极力鼓吹"妇女回家论",另一些刊物号召女性步入社会、加入民族救亡的队伍。《武汉日报》文艺副刊没有参与这场激烈的论战,凌叔华一面借助业已成名的女作家的影响力,展现理想女性的生活样态,一面接过怯懦的女学生带着温度的小作,借用副刊这块小小的园地鼓励她们追寻自由和自我。凌叔华以一贯的宽厚与包容,引导人性发展的方式抵抗社会中的病态乱象。

针对文坛中愈演愈烈的病态文学,凌叔华尽力在报纸上呈现健全的文学样态。她推崇"论断平允不偏激,不存成见",体现"向上的志气,和进取的精神"②的文章。《武汉日报》文艺副刊上既有陈西滢对政府改进民生政策时注重引导民众思想的建议(《过年》),也有朱光潜对近代美学和唯心哲学的介绍(《近代美学》);既有萧乾(《叹息的船》)、芦焚(《浮世绘》)轻言缓语中对战争性相的深度挖掘,也有严文井用"黑色鸟"、巴金借"隐身珠"对时代现象的隐喻。社会万象、山川风物,目之所及处皆可引发作家的情感共鸣。副刊包罗万象的理性审思与风雅高洁的文人情怀使外界将它"与沪津大公报的'文艺'相提并举,认为是国内报副刊中对于文艺有相当供献的两个刊物"③。

战争打破了凌叔华安富尊荣的名媛生活,随陈西滢迁居武汉的日子是百无聊赖的,狭窄、闭塞的空间压抑了个人发展,主编刊物的工作却点亮了她的生活。在亲历战争、混乱、倾轧后,她从专注于"高门巨族的精魂"转为做"一个价值的寻求人",借助《武汉日报》文艺副刊这块园地与自由主义知识分子一起探索观照现实的另一种可能。副刊按照"预定的路线","始终在

---

① 兹九.娜拉在中国[N].申报,1935-02-24(8).
② 凌叔华.《武汉日报》副刊《现代文艺》发刊词[M]//陈学勇.凌叔华文存(下).四川:四川文艺出版社,1998:812.
③ 凌叔华.《武汉日报》副刊《现代文艺》停刊之词[M]//陈学勇.凌叔华文存(下).四川:四川文艺出版社,1998:816.

跋涉着这一条平坦的,却不大时髦的道路上的"①,在玄黄未定的过渡转型期,它与时下环境的隔膜愈发深重。1936年10月,《文艺界同仁为团结御侮与言论自由宣言》发表,要求作家为抗日救亡服务的前提下把握社会现实,肩负文学使命。在这样一个社会价值论、工具论泛滥的时代,精英知识分子选择"以文学的道德力量与美学力量介入民族自救的历史发展进程"②,他们坚守的文学净土呈现出对人性的思辨与守望,对理性的探索和推崇,提出了改造人生观、治理人心等文化救治方案,这种梦想在民族、国家面临危机之际略显得不合时宜。由于缺乏对近代国情的深入认识,自由主义文学与急迫的救亡使命相左,没有融入抗战的大合唱中。1936年12月,副刊被迫停刊。尽管有限生产次场是一个相对独立、自足的空间,行动者的主观意识较强,但他们仍然无法避免社会环境带来的震荡,随着权利场力量的强势介入,个体的自主性势必会受到新型社会结构中多方力量的挤压而有所削减。

第二节 意识形态的共识与分歧

中国的现代化进程伴随着激烈的党派斗争与残酷的民族战争,权利场内各政治力量为稳固地位,谋取利益最大化,纷纷介入传媒领域,企图控制话语权引导民众服膺它宣传的主义。应运而生的此类报刊带有明显的政治色彩,一些作为政党的机关刊物在权利场严格的文化管控下不得不伪装真实身份。例如,丁玲主编的《北斗》在左翼文学期刊凋零之际,肩负起思想传播的使命。一些报刊作为殖民者的"喉舌",辅助日本在占领区实施的军政政策。日伪政府颁布了一系列严苛的文化法规"肃清"舆论市场,紧锣密鼓地建设文化团体与报纸杂志,一步步地对沦陷区进行文化渗透。但是,场域内的行动者具有主观性与能动性,能够根据具体环境作出策略选择,不失时机地争夺权利与资本。由关露与日本左翼作家佐藤俊子主编的《女声》是上海沦陷时期由日伪控制出版的唯一一本妇女杂志。杂志为传播殖民文化而

---

① 凌叔华.《武汉日报》副刊《现代文艺》发刊词[M]//陈学勇.凌叔华文存(下).四川:四川文艺出版社,1998:812.
② 李俊国.三十年代"京派"文学思想辨析[J].中国社会科学,1988(1):175-192.

生,却在主编关露的策略下运用多种表达方式发表了带有左翼倾向甚至体现爱国主义思想的文章。杂志立场的悄然变化削减了《女声》的政治色彩,逐渐偏离了管控者的意识倾向。

一、《北斗》:左翼文学的重要阵地

20世纪二三十年代,上海工商业蓬勃发展,市民阶层渐次形成,阅读人群大幅增加。报纸杂志如雨后春笋般涌现,它既是知识分子表达见解的舞台,也是政治力量角逐的领域。国民政府颁布一系列新闻出版法规,打击异己力量的同时不断扩张官办媒介的影响力。左联成立半年后,被认定为不合法组织,国民政府"一面禁止书报,封闭书店,颁布恶出版法,通缉著作家,一面用最末的手段,将左翼作家逮捕、拘禁、秘密处以死刑"①。面对不利局势,左联被迫调整文化宣传策略。1931年,张闻天出任中共中央宣传部部长,早年参加文学研究会的经历使他较为熟悉文艺界的情况。他认为"革命的小资产阶级的文学家"是我们的同盟者,对他们要"忍耐的解释说服与争取",要克服关门主义、宗派主义思想,建立"广泛的革命的统一战线"②,不断扩大左翼文学的影响力。为揭露国民党民族主义文学的反动内质,左联决定公开发行一个以创作为主的文学刊物,他们选择"看起来带一点小资产阶级的味道"、"还不算太红"③、有过办刊经验的丁玲担任主编。左联已经察觉到丁玲思想上的变化,她的小说《阿毛姑娘》《庆云里中的一间小房里》显示出深沉的忧患意识,革命的时代氛围潜移默化地影响了她的政治态度和人生信仰。主编《红黑》杂志时,丁玲在《卷首题辞》中写道:"为一个可悲的命运,为一种不幸的生存,为一点渺小的愿望而奋力争斗,这是文艺的真意义","要创作,必须深入地知道人间苦,从这苦味生活中训练创作的力。"她的视角逐渐远离资产阶级的生活领域,聚焦于普通民众的现状。一定意义

---

① 鲁迅.中国无产积极革命文学和前驱的血[M]//野草.北京:煤炭工业出版社,2021:118.

② 张闻天.文艺战线上的关门主义[M]//张闻天选集编辑组.张闻天文集:第1卷.北京:中共党史资料出版社,1990:307-314.

③ 丁玲.我与雪峰的交往[M]//丁玲全集:第6卷.河北:河北人民出版社,2001:270.

上,既是左联选定了丁玲作为普罗文学的宣扬者,也是丁玲主动充当左翼文学的螺丝钉。

《北斗》发行前,左联为营造氛围在《文艺新闻》上刊登消息,"上海又新开了一'湖风书店',并特请丁玲主编一文艺杂志,撰稿者除郑振铎、叶绍钧等极少数的'男士'外,余均为女士,如冰心、李兰、陈衡哲、冰莹、沉樱等女作家","将由罗致全国女作家于一堂之观"。此后,每逢《北斗》出刊,《文艺新闻》均会在第1版醒目位置转载它的目录。《文艺新闻》一年多的出版生涯中共刊登30余条有关丁玲或《北斗》的消息。左联借助大众传媒的力量,不遗余力地扩大丁玲和杂志的影响力。

接任主编职位后,丁玲给沈从文写了一封恳切的"救援信",此时两人在政治和文学倾向上已有了明显的分歧,她在信中策略地掩饰了刊物的左翼倾向,表示"坐庄的人全靠我自己(我愿将全力放在这上面)和你","仍像《红黑》一样,专重创作"①。在沈从文等好友的襄助下,1931年9月出版的《北斗》"创刊号"热闹非凡,既有鲁迅、阳翰笙、沈起予等"左联"发起人,也有丁玲、冰心、林徽因、陈衡哲、白薇等令人瞩目的女作家,还有郑振铎、叶圣陶、徐志摩等非左联成员的文章。名家荟萃的形式不仅使杂志在竞争激烈的文化市场上吸引大量读者的关注,也间接隐藏了"左联"机关刊物的身份,保障了左翼思想的持续输出。

为淡化"左联"先前盲动的激进倾向,丁玲与鲁迅商议后决定在《北斗》"创刊号"上以珂勒惠支的黑白木刻《牺牲》替代"发刊词"。版画上一位悲痛欲绝的母亲闭着眼睛交出自己的孩子,鲁迅执笔的介绍语仅就画论画,不展开评论。杂志借此既表达了"左联"对柔石等革命牺牲者的怀念,也传递出他们对国民党反动行为的强烈不满。《北斗》几乎每期都有鲁迅的文章,"在一个刊物上接连发表这么多作品,而且只有半年时间,这在鲁迅的创作生涯中是仅见的"②。但是,杂志上以鲁迅署名的作品只有两篇,他不断更换笔名的政治智慧既有效地保护了自身安全,又掩盖了杂志的思想倾向,最重要的是留给了其他作家,尤其是文学新人发挥的空间。即便未署真名,熟悉文艺界的人一看这鞭辟入里的文风便知是鲁迅的文章。《北斗》借助他的文

---

① 李辉.沈从文与丁玲[M].郑州:大象出版社,2019:101.
② 颜雄.丁玲说《北斗》[J].新文学史料.2004(3):6-20.

第五章　名媛的编辑理念与价值立场

化地位增强了刊物的吸引力和影响力。

作为刚刚故去的胡也频的遗孀,丁玲为避免引起国民党的过度关注,在"创刊号"上以 T.L. 为笔名发表长诗《给我爱的》,她写道"太阳把你的颜色染红,太阳把我的颜色染红,但是太阳也把他们的颜色染红,我们现在是大家都一样了","只有一种信仰,固定着我们大家的心"(载《北斗》1931 年 9 月 20 日)。这信仰既是她潜意识的悸动倾向,也是承继革命之路的誓言。丁玲策略的争夺和维护有利于巩固自身的位置与权利,她依据习性对当下局势作出判断,这种习性是个体在物质世界的感知、行动而形成的能动的性情系统,它寄寓着个人在教育引导下的社会化过程,涵盖了个体的社会地位、生活经历、文化素养,具备一定的转换性,能够从一个场域迁移至另一场域,将过去习得的经验、形成的思维作用于当下。在丁玲汇聚文坛名家与淡化激进斗争方式这一"显"一"隐"的编辑策略下,杂志发行两期"已被国内外读者所称许,公认为 1931 年我国文坛唯一的好刊物"(《启示》,载《北斗》1931 年 11 月 20 日)。

《北斗》上左翼文学的理论批评与自由主义作家的文艺创作穿插编排,呈现出多元的文化素质。起初,这种形式得到"左联"领导人的认可,但自由文人的大量出现还是遭到非议。耶林逐一批评了第 1、2 期"灰色"作家的文章,认为他们在"描写技术上固然取得了较满意的成功,具体意识则不免颇多不正确的倾向",有几篇文章取材对象"更是十足的小资产阶级性"[1]。瞿秋白、钱杏邨也对非左联作家作出严厉的指责。杂志面临着角色危机,丁玲没有盲目跟从舆论导向,她认可这些作品的文学价值,不愿干预作家的独立创作,认为"刊物就是要给作者自由。……有自由就有了个性!我作为编辑是这个态度,作为作家也是这个态度"[2]。

丁玲开放的编辑理念使杂志没有迅速坠入"左翼"一个色调的窄路,《北斗》在意识形态、编辑方针、读者市场间辗转腾挪,拥有了多向度的生存空间。杂志上关于文学走向的讨论,既有遵循"左联"阶级论观点的文章,如沈起予的《抗日声中的文学》,钱杏邨的《一九三一年文坛之回顾》,丹仁(冯雪峰)的《民族革命战争的五月》;也有从抗战角度思考的民族话语,如茅盾在

---

① 杨雪舞.沈从文和他身边的人们[M].山西:北岳文艺出版社,2012:200-201.
② 颜雄.丁玲说《北斗》[J].新文学史料.2004(3):6-20.

《我们所必须创造的文艺作品》中提倡作家"艺术地表现出一般民众反帝国主义斗争的勇猛。必须指出只有民众的加紧反抗斗争","可以打破帝国主义者共管中国的迷梦"(载《北斗》1932年5月20日)。寒生(阳翰笙)的《从怒涛澎湃般的观众呼喊声里归来——上海四团体抗日联合大公演观后感》将焦点对准中日民族矛盾,肯定了反帝运动本身的价值。后期,"左联"对此类的言论加以驳斥,但丁玲依然选择一字不改地刊发这些不同的见解。《北斗》发起的"文艺大众化"讨论中也呈现出一些异音,杜衡认为过于迁就大众理解能力的作品容易忽视审美,这种文章无法称为文艺,文学大众化在当下是难以实现的。陶晶孙认为大众化的主客体存在理论与现实的背离,刻意制造的大众文学只会影响文学的自然成长。《北斗》多面相地呈示反映出丁玲宽广的社会视野和较为成熟的文学理念,也展现了"左联"组织在发展初期的探索与包容。

随着阶级矛盾与民族矛盾的加剧,《北斗》的功利主义色彩愈发明晰,作为"左联"的机关刊物,它必须服从政治团体的诉求,"意识形态是权利关系的再现系统",具有将个体询唤成主体的功能,"在这一过程中,每一个主体都同时扮演着被召唤者和召唤者的角色……他/她成为主体的任务就是召唤下一个同伴成为主体"[①]。为实现大众化战略目标,左联指示丁玲包装和提拔文学新人,杂志的第2卷3、4期集中刊登了3位工人作家的多篇稿件,丁玲觉得这些"还说不上好的新作,而很幼稚"(载《北斗》1932年7月20日),已经加入中国共产党的她需要表现坚定的政治立场与责任意识,不得不降低艺术要求完成组织交予的任务。此外,"左联"的决议文件《中国无产阶级革命文学的新任务》从"题材,方法,形式三方面提示最根本的原则"[②],详细列出左翼文学的范式。丁玲的文学观念随之发生转变,她认为作家"并不一定象胡秋原之流,在文学的社会价值以外,还要求着所谓文学的本身价值"[③]。"左联"文化政策的调整致使杂志的多元思想逐渐趋同为一致话语,

---

① 肖小穗.意识形态:权利关系的再现系统[M]//陶东风.文化研究:第3辑.天津:天津社会科学院出版社,2002:195.

② 冯雪峰.中国无产阶级革命文学的新任务[M]//北京大学,北京师范大学,北京师范学院,等.文学运动史料选:第2册.上海:上海教育出版社,1979:241.

③ 丁玲.丁玲研究资料[M].天津:天津人民出版社,1982:107.

意识倾向骤然"红"了起来。1932年,《北斗》被国民党当局查禁。

《北斗》兼顾文学创作与理论批评的编排方式与丁玲开放的编辑理念有着密切的联系,她借助人脉资源向文坛名流广泛约稿,使"左联"刊物呈现出前所未有的熠熠星光,既掩盖了杂志"左"的倾向,保障了左翼思想的持续输出,又吸引和培养了一批文学青年。《北斗》见证了丁玲从关注小资产阶级情感的名媛作家到参与无产阶级活动的革命作家的身份转变,这段主编经历也影响了丁玲个人后期的意识倾向与文学理念,开启了她文学创作的新路径。

二、《女声》:"封锁"下的启蒙之声

太平洋战争爆发后,日军进驻租界全面统治上海。日伪政府颁布了一系列文化宣传政策与法规,实行严密的舆论管制,该政府在1942年出台的"出版法"较蒋介石政府颁布的"修正出版法"更为严格,明确规定违法人员直接交由地方警察机关处理。日伪政府出资主办了一些报纸、杂志,企图利用舆论宣传"大东亚生活秩序",实现对沦陷区民众的思想控制,同时装点文化市场的繁荣门面。《女声》作为日伪政府出资主办的唯一一本妇女杂志,成为殖民者宣传"中日妇女解放"思想的工具。事实上,《女声》发行期间基本没有出现帮扶日伪政府的实质性言论,杂志文化身份的变化与主编的办刊理念密不可分。

最初,《女声》的主编由佐藤俊子担任,她是日本女权主义的倡导者,发表过一系列带有左翼倾向的小说,她对中日妇女相似的命运深表同情,希望能够通过杂志帮助中国女性排解现实生活中的苦难。因此,她计划出版一本远离政治的、事关女性生活的综合型刊物,除了定期刊登伪政府规定的宣扬"中日共荣"的文章以及由日本使馆提供的实时报道外,她尽量淡化意识形态对杂志的影响,将关注重点放在性别话语与日常生活。《女声》的另一位核心人物是20世纪30年代颇负盛名的左翼女诗人关露,她于1932年加入中国共产党与左翼作家联盟,在丁玲被国民党特务绑架后,关露接替她负责"左联"创作委员会的工作。1939年,关露奉中国共产党地下党组织指派进入汪伪特工总部做情报工作。在"策反"伪政府高层李士群的任务结束后,她又收到了组织委派的新任务,进入《女声》杂志担任文艺编辑,利用职务之便收集日方情报。1945年,佐藤俊子死后,关露继任主编一职。据日本

学者岸阳子在《为了忘却的纪念》中记录,关露进入杂志社后得到了佐藤的信任,佐藤虽担当社长,但"实际上担负起了《女声》编辑事物的是关露,没有关露的合作,这位从没打算学中文的俊子不可能编辑中文杂志"①。佐藤日本知名作家的身份便于她协调物资、出版、价位等杂志发行问题,而关露不仅掌管杂志的社会消息、影戏评论等多个板块,还在3年多的出版发行中发表了130多篇文章。从这个角度来看,关露是《女声》真正意义上的掌舵人。

关露在工作之初向佐藤表示,"我是学文学的,不懂政治,不会写政论性文章",她一步步地利用佐藤"亲共"、同情中国妇女的心理慢慢化解杂志背后意识形态的强势掌控。《女声》在发刊词中强调杂志为"中国妇女界的声音"。一乃妇女呼声;二为妇女而声;三由妇女发声。当时,日伪政府大力提倡贤妻良母式的女子,主张女子管理家政,以使男子无后顾之忧。这种论调实际上在对女子进行奴化教育,用封建伦理道德与殖民统治思想绑缚女性,使个体丧失独立人格与尊严,顺从男子的意志。与《女声》同一时期创刊的《文友》也是具有日伪背景的刊物,其言论基本都是顺应、宣传日伪政府的文化政策,如杨绚霄的《中国女子教育的回顾与前瞻》支持女子回归家庭,他认为"中国女子的体质、思想、习惯以及环境和男子都不同,在自身或社会地位上,妇女都像是成了独立自由的人。知识简陋、意志薄弱的妇女陷入了深渊而不可拔。实际上,所谓谋取经济独立不但牺牲了色相,而由劳力汗血所换得的酬报更不足以维持其最低限度的生活。……务必把自己当做是家庭的天然的主持者,把为妻为母当作是一种不可避免的神圣职责"(载《文友》,1944年2月1日)。他认为近代女子教育误导了女性忙于经济独立,将女子生活不易的原因归结为社会对男女的分工不同,劝女性承担母职,成为神圣家庭的主导者。这类言论如同迷惑青年女性的毒药,扼杀了她们刚刚萌生的独立意识,以性别分工、传统道德的观念影响了女子的独立发展,使懵懂的个人成为政治势力手中的提线木偶,回归到最便于权力者管理的状态。

在宣传"贤妻良母"的文化氛围中,《女声》刊登了关露撰写的《结婚以后的妇女与社会关系》一文,她鼓励女性发展独立人格,自主意识的言说在当下是一种另类的存在。关露巧妙地置换概念,指出家庭妇女具备社会属

---

① 岸阳子.为了忘却的纪念[M]//李玉,严绍璗.传统文化与中日两国社会及经济发展.北京:北京人民文学出版社,2003:74.

性,"妇女分明是社会的一半,分明有着比处理家事与管理儿童更高的智慧和天禀,为什么一定要放弃了自己更高的发展,去做一个只知有家而不知有国的人呢?……妻子与母亲只是她私人的任务,在私人的任务以上还有一个更高的东西,那就是她与她的家庭所寄托的那个社会"。她将殖民话语中的政治色彩转化为平实的生活韵调,指出女性同样需要承担社会责任,进而肯定了职业女性的身份存在。她对一些接受过高等教育,因结婚终止工作的女性表示惋惜,"许多智慧而优秀的职业妇女都由于结婚把以往的与将来的都断送了。往往一个有着才能与希望的妇女,一变而为一个庸俗的管家"(载《女声》,1942年11月15日)。她认为女性不能把家庭当作人生的全部,这样的行为无异于作茧自缚,迟早会将自我埋葬在庸俗的琐事中。她鼓励女性走出围城,成为社会的一分子,做一些积极、有益的活动。此外,关露建议社会应提供给女性一片平等的、展示自我的空间,让她们意识到自身的社会价值与生命意义,使她们知晓自己不仅属于家庭,也是社会必不可少的一分子。她有意地曲解官方意识,婉转地传达出女性同样具有社会职责,从而为个体发展和自立提供话语支持。

此外,杂志上还刊登了一系列关于女性日常生活的文章。沦陷区的人们对自我身份、人生选择、生活境遇产生种种困惑,在高压政治下究竟要顺从权利意志还是坚持本我?要抓住一切生存可能还是弃绝苟且的度日?杂志展开了一系列讨论,针对以往被轻视的日常,从婚恋、职业、生儿育女到美容护肤、烹饪料理,从花草鱼虫到明星、家政,任何琐事都可能成为她们的谈资。杂志力求兼顾知识性与趣味性,以一种私人化地方式诠释生活的种种可能,一步步培养女性的现代思想与自立意识,不仅有效地阻截了殖民者的思想控制,也借此传达出被历史压抑和轻视的女性群体的声音。

尽管上海地区女性职业化程度较高,但她们的就业范围依旧狭窄,还受到性别上的歧视与压迫。"商店和酒楼招请女职员的与待者的意义"在于为有钱人的消费"加上一种女人的诱惑。""女工与其说是一批职业妇女,不如说她们是一批奴隶,她们做着超过合理时间的工作,吃的是缺乏营养的半饱的饭,穿的是难以御寒的衣裳,住的是没有阳光、空气污浊、潮湿肮脏的破房,没有休息,没有娱乐,没有希望。更悲惨的是让自己的身体受到践踏,精神受到摧残的舞女、向导、妓女。——除此之外,更多的妇女陷在毫无出路的失业境地。"[芳君(关露),《职业妇女与无职业妇女》,载《女声》,1943年

4月15日]。女子若想获得同等的就业机会与平等权利,等待秩序的革新或启蒙者的怜悯基本是无妄的。《女声》就女子未来的发展进行了客观冷静的分析,《怎样做一个新妇女》《中国妇女求学问题》《贞操与恋爱之上》《谈做人》《职业妇女与无职业妇女》《论离婚》《摩登妇女》等文章纷纷指出当下女性的困境主要源自封建传统观念对个体的束缚,社会没有给予她们足够的平等权利,女子习惯性地追随男性的脚步。她们若没有足够的生存能力和清晰的思想认知,想要逃离桎梏是难上加难。所以,现代教育对女子来说是必不可少的。新文化不仅能够帮助女性意识到自我的存在,建立独立的人格,而且可以获取经济独立的能力。杂志鼓励女性同胞互相帮助,呼吁有闲阶级的妇女依靠现有资源帮助劳动妇女争取更多的权益保障。同时,关露批评了只追求物质享受,没有专长与技能的名媛,"她们既不会旧式妇女的操作和勤俭,又没有新妇女应有的现代知识和技能,她们并不懂得打字或速记或是能有应付现代工业生产的各种技能。她们只会作物质上的享乐,这样摩登妇女不但不能独立自由和进步,反倒更落伍,更依靠,做了完完全全的寄生虫"[芳君(关露),《摩登妇女》,载《女声》,1945年1月15日]。这类女性的人生是肤浅的,只有具备独立意识和生存技能的现代女性才能"实现社会的需要,能够为现代的社会人群尽她们的义务和本质"。《女声》受区域内意识形态与言论管制的影响,没能进一步讨论性别压迫存在的原因,只是像朋友一样为迷茫中的女性提出可行性意见,以解决她们生活中的实际问题。

相对于《天地》的读者群定位在知识水平偏高的名媛贵妇,《女声》的受众主要是社会中下层群体,集中在教师、艺人、工人、记者、学生、舞女等。"读者信箱"栏目每期回答若干信件的问题,涉及学业、就业、婚姻、健康等方面。编辑通常同时刊登来信与回信,意在激发女性自立自尊、积极向上的信念,甚至有时单独约见读者,解决她们思想上的难题。这部分栏目如同沦陷区女性的生活实录,实现了杂志"由妇女发声"的办刊宗旨。

沦陷区出版的杂志为装点"门面",表达立场常常需要刊登日伪政要的谈话或评论。《文友》《太平洋周报》刊发了不少显要人物的文章,连商业性杂志《天地》也邀请伪政府官员、社会名流撰写评论。《女声》尽管稿源紧缺,却从未出现过此类稿件,可见主编的政治立场与文化倾向。它的日伪背景与主编的编辑理念又存在一定的差异,这就对稿件要求极高,一般的文章并不能满足它的需求。关露只好自己写稿填补空缺,使用多个笔名发表评论、通讯、访谈、小说、诗歌、散文、戏评、影评、译作等。此外,她注重发掘进步青年作家,通过征文的形式鼓励读者大胆投稿。同时期出版的《华文大阪每日》《文友》的征文多是对日伪当局宣传口号的应景之作,而《女声》的征文要求读者写自己亲历的、真实的生活故事,写平实的日常所见。也许是巧合,也许是她慧眼识珠,征文中选取的许多文章实为中共地下党党员所作。丁景唐回忆当年投稿"根据党的关于敌占区工作方针,自己不能办刊物,就向敌伪办的刊物或别的刊物投稿,楔入敌人的宣传阵地,在当时政治环境允许的情况下,写一些有意义的文章"。文章的发表激发了青年的创作热情,"分散在各条战线上的一些同志,用各种笔名向《女声》投稿,进行'散兵作战'"①。杨志诚、董乐山、鲍士用、杜淑贞、李祖良、陈嬗桢等人以顾左言他的写作策略,机敏地与权利话语展开周旋。杂志的一部分成为进步青年的平台,极尽所能为身处困境中的民众带去鼓励与指导,《女声》在一定意义上承继了启蒙女性认知的重要责任。

在沦陷区,发行量大、有影响力的报刊都要受到严格的审查,因为《女声》的主编是日本著名作家佐藤俊子,加上它的受众是妇女,日伪政府对杂志的监管并不严格,但如果越出言论管制的界限,带来的后果也是不可想象的。关露在复杂、严酷的殖民语境中,采用隐晦、曲笔的方式委婉地表达思想。她从远离时政的访问、影评、剧评入手,创作了《从冬天想到的事》《我们要强壮起来》《非常时期的妇孺》《关于电力节制的感想》等文章,表现出非常时期上海市民困苦艰难的生活,暗指由日伪政府当局造成的困境。同时,她在《潘金莲与"武松杀嫂"》《詹周氏与潘金莲》《一个伟大的妇人——武则天》《女诫》《林黛玉和她的悲剧:红楼梦以外的事》中借古讽今,指出没有社会地位、经济不独立的女性自甘卑下的处境。武则天的出现打破了传统的贞操观,证明了女性与男子拥有同等的政治权利。关露的写作意在鼓励女子保持独立、自尊的精神,养成自主意识和平权观念,勇敢追求个体权利,避免再次上演类似的人生悲剧。

1945年4月,佐藤去世,关露全面接管《女声》,杂志迅速表现出激进的

---

① 丁景唐.关露同志与《女声》[M]//俞子林.书的记忆.上海:上海书店出版社,2008:119.

色彩。在《追悼佐藤俊子》特刊的卷首语中,她写道:"三年的今天有着与以往不同的意义。就是说,现在世界的意义与以往不同了,欧洲战事虽然告了断落,但是对着我们东方人民仍然是逼着燎原之火。我们每个人的生活都有一种在火线上的意味,每个人都饱受着炮弹的威胁。"(载《女声》,1945年6月15日)虽然德国在5月已宣布无条件投降,但日本是否投降以及何时投降还是未知数。关露主持杂志后的反战论调是十分大胆的,除了言说倾向发生变化,杂志版面设置上也有所更改,去除了宣传日本军国主义思想的新闻栏。为避免伪政府干预,关露巧借佐藤的名义发表声明:"佐藤俊子在时,有这样一个意见,说是从第四卷的第一期起出一个革新号;在革新号中把以前的几个长篇暂时停止,换一些新的东西。现在我们遵守亡人的意见,把旧的连载的东西暂时停止,换一点新的。"(《三周年的话》,载《女声》,1945年6月15日)杂志最后一期的头版刊载了评论文章《和平中的妇女大会》,作者表达了明确的反战立场,"要防止战争只有一条道路,尤其是对于民主国家的民族联盟,要作反对挑发战争的战斗,作反对独裁政权利量的战斗,为了巩固的世界和平的建设"(载《女声》,1945年7月15日)。在低气压的环境下,编者如此直言不讳地表达依凭的是她坚定的民族立场与政治信念。关露借由《女声》记录与构建起战争时期女性生活的真实情况与复杂面相。日本政府出资的办刊背景使杂志长久以来处于被斥责、否定的一面,但历史本身是复杂的,沦陷区的文化环境是陈杂与压抑的,人的主观性必然受到历史因素的影响,我们对特殊时空领域下的文学生产"有必要从'设身处地'的理解开始"[①]。关露承接知识分子的启蒙使命,在杂志上采用多种言说策略模糊政治话语,淡化殖民色彩,实践着启蒙女子的行动,为沦陷区茫然无措的女性指引发展方向。杂志上刊发的中共地下党员及进步人士的文章在某种程度上与权利场形成角力,在关露的努力下,沦陷区唯一一本由日伪政府出资主办的妇女杂志呈现出偏离话语权威的政治论调,避免沦为殖民者的宣传平台。

---

① 钱理群."言"与"不言"之间[M]//彭放.中国沦陷区文学研究:资料总汇.哈尔滨:黑龙江人民出版社,2007:711.

第五章　名媛的编辑理念与价值立场

第三节　商业效应的追逐与转型

从文学场域来看，大规模生产次场迎合了受众的消费趣味。其实，商业性报刊在传媒领域形成之初处于相对弱势的地位，其新闻报道的时效性和真实性无法与政治性报刊相比，文章的立意与审美又逊色于同人报刊，它的生存空间受到双重挤压。商业性报刊为突破瓶颈对报刊内容和经营方式进行了彻底地改革，它在文学场域与受众需求中找到了一条适宜发展的路线。随着市场占有率的提升，它不可避免地受到权利场的注意，外力的强势介入使报纸沦为政治力量对决的产物。主编的权利能够对外部力量进行折射或重构，主编否定得越充分，文学场越能获取相对多的自主权。例如，杨刚主编《大公报·文艺》期间，凭借一系列策略使这份"亲蒋"的报纸逐渐呈现出"红色"质素。商业性报刊的目的是营利，政治、经济资本的流入为它占领文化市场，提升社会地位带来了便利，它不绝对拒斥权利场的介入，尤其在战争时期，苏青为维持《天地》的正常运转，甚至主动寻求政界人士的援助。但是，强势的权利场往往使报纸在不自知的情况下改变其话语倾向与价值立场，使它沦为权利场的附庸，背离最初的办刊理念。复杂的关系结构使商业性报纸在权利场的影响下呈现出迥然的面向。

一、《大公报·文艺》呈现的"红色"质素

1926年，新记《大公报》续刊。为打破当下媒界言论挟私的弊端，3位合伙人吴鼎昌、胡政之、张季鸾商议以"不党，不卖，不私，不盲"为社训表达报纸的独立立场，明确会平等看待各党派，"纯以公民地位发表意见，此外无成见，无背景。凡其行为利于国者，吾人拥护之；其害国者，纠弹之"（《本社同人之志趣》，载《大公报》，1926年9月1日）。《大公报》根据形势对各派力量进行考量，认为吴佩孚"目有气力而无知识，今则并力无之，但有气耳"（《跌霸》，载《大公报》，1926年12月1日）；汪精卫"特以'好为人上'之故，可以举国家利益、地方治安、人民生命财产，以殉其变化无常目标不定之领袖欲，则直罪恶而已"（《呜呼领袖欲之罪恶》，载《大公报》，1927年11月4日）；蒋介石"不学无术之为害"（《蒋介石之人生观》，载《大公报》，1927年

12月2日);共产党"以专力无产阶级运动自命,而排斥一切民主派或改良派进化派之智识阶级"(《共产党在华失败之批判》,载《大公报》,1927年7月1日)。看起来,它对当时国内各派政治力量都带有不满,似乎要走一条独立品评的道路。实际上,它是在深入研究各派的政治理念、施策方向、领导人格局,为国家发展找寻一支坚实可靠的力量。《大公报》从国民立场出发,希望尽快结束军阀割据,推崇在统一政府的领导下,通过社会改良"对内务求得长治久安之规模,对外必脱离不平等条约之束缚"(《岁首之辞》,《大公报》,1928年1月1日)。南京国民政府在形式上完成统一后,报纸对蒋介石的称呼也从"粤蒋""宁蒋"改为"蒋主席""蒋委员长",《大公报》对蒋氏态度发生了转变。究其原因,知识分子受到传统忠君颂圣思想的影响,在尚未清楚复杂环境中运行的逻辑规则时,官方强势输出的价值观念容易消解他们在混沌中野蛮生长的理性之思,正统的"声音"瓦解掉个人的疑虑,强烈的责任意识激发起知识分子的担当,开启了新形势下的话语建构。

蒋氏深知媒体的言论倾向有助于引导国民认知,能够为政府施策带来助力。彼时,国民政府内派系斗争愈演愈烈,地方势力持续引发骚乱。各集团旗下报纸都试图引导舆论,对政府的公信力带来挑战。于是,蒋氏通过一系列手段拉拢文化界人士,对颇具社会影响力的《大公报》更是给予特别优待。他前奉张季鸾为"国士",后纳吴鼎昌入仕,并多次接受《大公报》记者专访,通过这份商办报纸透露政策法令。权利场提供的资本使《大公报》在文化场的分量陡然提升,其"不偏不倚"的办刊宗旨也悄然发生转变。张季鸾在报纸续刊两周年时发表社评,"虽然本报非任何方面的机关报纸,今昔北战完成,党国统一","今后惟当就人民之立场,以拥护与赞助国民政府之建设"(《本报续刊二周年之感想》,载《大公报》,1928年9月1日),明确表达对南京国民政府的支持,并夸赞蒋氏"气度宏廓,勋业灿烂。为现在领袖之第一人"(《青年与领袖欲》,载《大公报》,1929年2月5日)。蒋介石报之以李,在《大公报》发行"一万号"之际亲笔撰文祝贺,声称该报"声光蔚起,大改昔观,曾不五年,一跃而为中国第一流之新闻纸"(《收获与耕耘》,载《大公报》,1931年5月22日)。与此同时,国民政府立法、司法、监察、考试院长及党政军要员皆发来贺电。国民政府上下如此大张旗鼓地推崇一份商办报纸,既彰显出蒋氏对自由言论的宽容,又拉近了与《大公报》的关系,为社会舆论增添助力。此外,在战时物资短缺的情况下,他及时为报社提供纸张、油印等物资以维持日常运转。蒋氏前期的情感投入与后期的资源支持,使"不受一切带有政治性质之金钱补助"的报纸言论无可避免地"囿于智识及感情"①。

在公,《大公报》建言献策、维护国家利益;于私,高层间书信往来、共商国是。张季鸾不仅为政府谋定国策,起草《国民精神总动员纲领》等文件,通过《大公报》不遗余力地宣传"国家至上,民族至上,军事第一,胜利第一"的政策,还与胡政之代表政府与日方秘密和谈,商讨和平解决两国争端的方案,最大限度为国内生产争取时间。随着《大公报》高层更多地参与政府最高机密的筹划工作,其言论逐渐发生转向。如,西安事变爆发后,舆论界一片哗然,媒体对此态度不一。作为西北联军喉舌的《解放日报》从民族主义立场出发,希望蒋氏能以民族利益为重。苏维埃中央政府机关报《红色中华》认为"蒋虽百死也不足以赎其罪于万一"(《西安抗日起义的原因》,载《红色中华》,1936年12月16日),要求将他交给人民审判。一贯中立的商业大报《申报》认为当下应"万众一心,镇静自处,拥护政府之方针"。同为民营报纸的《大公报》则连发数篇社评,严厉斥责张学良、杨虎城的不忠不义之举,并指责"共党于陕变有密切关联,现时更成共同负责之势,然则请觉其迷而期其悟"(《对西安负责者之最后警告》,载《大公报》,1937年1月22日),认为蒋氏"热诚为国的精神与其领导全军的能力,实际上早成了中国领袖","这样人才与资望,绝再找不出来,也没有机会再培植"(《给西安军界的公开信》,载《大公报》,1936年12月18日)。《大公报》只字未提中央军轰炸西安伤及无辜百姓造成的惨案,不惜隐瞒事实维护蒋氏权威,除了双方利益往来和私人情谊,还有报人对当前形势的思量,他们认为"中国立国之基础条件,必须为一个政府,一种军队,犹如人体之不能有癌肿。中国今日亟需建国奋斗,不能容忍内部之组织的摇动"(《对西安负责者之最后警告》,载《大公报》,1937年1月22日),必要以"国家中心主义"为原则,凝聚所有力量外

---

① 1926年9月1日,张季鸾在《大公报》发表《本社同人之志趣》,提出"四不"政策,其中"不卖是指不以言论作交易,不受一切带有政治性质之金钱补助,且不接受政治方面入股投资,是以吾人之言论,或不免囿于智识及感情,而断不以金钱所左右"。在当时复杂的战争环境中,一份商办报纸从新闻来源到办刊物资都接受了国民党的支持,加上报社高层与政府高层的亲密关系,即便不掺杂金钱往来,其言论倾向难免也会受到影响。

御其侮才能挽救民族危机。这也暴露出知识分子对当下形势的一种过于理想化、简单化的策略。

《大公报》偏向国民政府的言论立场显然已跃出其持中、公允的办刊理念,丧失新闻应有的客观与真实。张季鸾对此解释道,"蒋先生有很多地方也不尽如人意,但强敌当前,而且已侵入内地了,没有时间容许我们再另外建立一个中心,而没有重心,打仗是要失败的。所以,我近几年,千方百计,委曲求全,总要全力维护国家这个中心"①。这段话很好地诠释了大公报人在当时国内外环境中作出如此选择的原因,随着战事发展,报纸提出"国家必须统一,统一必须领袖"的政治构想。值得注意的是,拥护领袖的目的是维护国家利益,但核心要素很容易被偷换,因为领袖的指示与国家实际利益并不一定吻合。例如在各党派意见不一时,蒋氏并未以民族国家为重包容多方意见,而是急于通过武装斗争排除异己,牢牢把握军政大权。这时,国家中心被等同于领袖中心,《大公报》为维护中心发表的新闻、社评带有明显偏向,刻意的辩白显示出它已沦为蒋氏集团维护独裁统治的舆论源头。

在传统知识分子的观念中,"正统"身份具有相当的权威性与吸引力。军阀混战时期,权利场内部斗争还未明晰,《大公报》尚能秉持不偏不倚的态度等视各党。南京国民政府成立后,权利场结构发生重大变化,掌握政治、经济大权的行动者开始对文化场渗透,一步步影响知识分子的性情倾向。作为"公众喉舌"的《大公报》逐渐偏离原本的身份符码,为求全而舍中立,不断强调权力统一是实现内修外攘的必要存在,但现实中政府弱势独裁的表现使它陷入了维护、辩白、推崇循环往复的尴尬境地。报社同人也许感到言行有差,于1943年宣布删除社训中"不党不卖"四字,以"不私不盲"为新的办刊准则。一份商业大报在复杂局势下做到持中品评谈何容易,最终被卷入权力角逐的洪流,表现出明显的态度倾向。

抗战进入相持阶段,知识分子和文化机构相继向西南、西北转移。1938年,《大公报》决定筹办香港版。彼时香港市场上鲜有进步报刊,"除了几份与香港当局有关系的大报外,其他都是纯粹的商业性报纸,其编辑人眼光既狭窄,思想也落后。至于大量充斥市场的小报,则完全以低级趣味、诲淫诲

---

① 刑建榕.民国文人归宿[M].上海:上海辞书出版社,2015:140.

盗的东西取胜"①。单一的文化市场给予《大公报》足够的生长空间,包罗万象的内容吸引了不同阶层。报纸"日销5万多","国内达粤、桂、闽、滇以及湘南、赣南;国外遍及南洋各岛及暹罗(今泰国)、越南"。②此外,港岛较内陆宽松的言论环境也提供报刊重新调整文学生产的机会。

萧乾接手文艺副刊后,稿源主要依靠流亡大后方或留在"孤岛"的作家,靳以的《八一三》、巴金的《在轰炸中过的日子》、沈从文的《湘西》等文章虽表现了抗战时期民众的实际生活,反映出作者对战争和人类命运的思考,但与前线战事仍有一定距离。萧乾意识到"抗战时期的文艺副刊,不能像和平时期那样率由旧章。它需要更直接地反映战争,更充分地宣传抗战并起到鼓舞前后方士气的号角作用"③。随后,他发出《寻找朋友,并为〈文艺〉索文》的公开信,希望流亡各地的作家朋友将前线所见付诸笔端。随后复信纷至,许多作家提到他们在延安的新生活。萧乾决定改变副刊立场,刊登这些记录延安新貌与八路军事迹的文章。吴伯箫的《潞安风物》以战地通讯的形式连载16期,报道八路军在晋东南的抗敌活动,歌颂了根据地军民勤劳质朴的美德。斐琴的《两个日本青年朋友》记录了两位日本俘虏在八路军战士的感化下改变观念,积极参加反战工作中心态与行动上的变化。刘白羽的《蓝河上》介绍了根据地人民热火朝天的新生活。黄钢的《两个除夕》讲述他在汉口、延安过除夕时的不同心境,详细描写了平易近人的毛泽东与群众共度除夕的场面。除了表现延安新貌的文章外,《文艺》还刊登了对延安文学的评论文章。例如,楼菲对共产党机关刊物《文艺战线》第3期中的文章一一作出评价,认为它们"洋溢着生命的力",显示出"一致的步调,一致的叫喊,掘出了某一角现实的血肉"(《书报简评》,载《大公报·文艺》,1939年7月9日)。念英充分肯定卞之琳的《第七七二团在太行山一带》,认为作者"用文学的手腕来提供一个历史的叙述","使一向把八路军的作战表示怀疑的人们,不能不再重加考虑他的善意或恶意的疑虑"(《书报简评》,载《大公报·文艺》,1940年6月2日)。念英的评论着重强调了现实中战争的惨烈,希望借助《文艺》的影响力,使读者能重新审视党派军事行动的真实意图,对时

---

① 茅盾.我走过的道路[M].北京:人民文学出版社,1997:176.
② 周雨.大公报史(1902—1949)[M].南京:江苏古籍出版社,1993:50.
③ 萧乾.我当过文学保姆:七年报纸文艺副刊编辑的甘与苦[J].新文学史料.1991(3):22—45.

局作出正确判断,不做无谓的行动。另外,萧乾还开辟了《战地特刊》,集中推出有关抗战前线的系列文章。如,陈毅的《最近的山西》记录了日军在山西境内的狼狈惨状,以及当地百姓对共产党的拥戴。由艾风翻译的史沫特莱的《八路军随军记》宣扬了八路军在战争中的昂扬斗志与精神风貌。副刊上呈现的共产党形象与报纸社评中描述的面貌大相径庭,萧乾主编的副刊已表现与正刊言论相左的倾向。

1939年,萧乾赴英任教前夕,向胡政之推荐杨刚接替自己的工作。胡政之担心杨刚的激进言行有损报纸"不党不私"的立场而犹豫不定。在萧乾的坚持与劝解下,杨刚于同年9月正式接办文艺副刊。如果说《文艺》在萧乾主编时是抗日战线上的一名小兵;那么它在杨刚的推进下迅速成长为一名勇敢的斗士。杨刚上任后,随即发出《重申〈文艺〉意旨》的宣言:"我们这国家从哪一方面都还不敢谈及"理想"两个字。破洞裂罅,溃烂的坑洼,所在有的是,而且不一定是健康向阳。今后暴露的工夫似乎还得加紧。……《文艺》篇幅小,野心却有一个,它要反映着民族囫囵的一整个,从内心腠理到表皮。"(《重申〈文艺〉意旨》,载《大公报·文艺》,1939年9月4日)杨刚想要避开港英政府、国民政府、大公报高层的言论管控绝非易事,有多年办刊经验的她清楚,只有利用报纸的时效性、连续性、通俗性,适时推出对重大问题的系统讨论,借此产生广泛的社会影响力,才能有效抵御外界对《文艺》的过度干预。杨刚在鲁迅逝世三周年之际,以《文艺》的名义组织召开"民族文艺的内容与技术问题"座谈会,许地山、刘火子、黄文俞、郁风、刘思慕等十余人参会并达成共识,认为民族文艺是现阶段及将来要走的一条路,是抗战的、反汉奸的、大众的、有中国民族特性的。他们鼓励广大作家抛开外界干扰,直面周遭的一切,从光明和黑暗两方面围绕抗战现实展开创作。这群知识分子在国家危难之际,自觉肩负起文人的社会使命,重申文学的认知功能,增强了文艺副刊介入现实的力量。

在杨刚的调整下,《文艺》发表首篇直接赞美八路军将领的文章(沙汀《贺龙将军》)。副刊上明显的言论倾向使它遭到报社高层的批评,却意外收获读者的追捧。考虑到市场因素,胡政之给予《文艺》一定的自由,默许了其言论。随后,左翼知识分子的稿件在《文艺》上频频出现,吴伯箫的《沁洲行》歌颂了根据地军民的抗争精神与质朴美德。庄栋的长篇通讯记录了延安文协代表大会的盛况(《记延安文协代表大会》)。杨刚甚至直接向丁玲约稿,请她为心向延安的青年讲述摆脱国民党钳制的经验(《我是怎样来陕北的》)。沙汀的长篇通讯《抗战期中的"日后"文艺》介绍了共产党领导的各抗日根据地的文学活动,以及延安文协分会、鲁迅文艺工作团、西北战地服务团的工作近况。《文艺》还刊登了一系列歌颂延安的诗歌(征军的《走向延河》、逢英的《延安》),赞扬毛泽东的智谋,讴歌八路军将士的作品(卞之琳《〈论持久战〉的著者》《给一位过雪山草地的参谋长》)。与此同时,副刊也发表了指责国民政府黑暗腐朽和残暴蛮横的文章(原子《几封信之一——长官的腐败》)。《文艺》对党派在抗战期间行为、言论的直白呈现,有助于民众意识到真实的社会状况,了解与熟识国家发展的另一种可能。它也为知识青年在暗夜中点燃希望,为团结这一重要的群体力量做好思想引导。

随着民族危机步步加深,知识分子在抗日统一战线的号召下,携手共建中华全国文艺界抗敌协会香港分会。国民政府出于对共产党力量的忌惮,筹组"中国文化协会"与"文协"分庭抗礼,同时,指示旗下机关报《国民日报》与汪精卫集团的《南华日报》、国家社会党的《国家社会报》形成同盟。权利场力量的分流破坏了文艺界抗日活动的效果。彼时的香港,抗日与投降、团结与分裂、进步与倒退的勾连暗潮汹涌。国民政府一面宣扬香港是歌舞升平的乐土,是不受战争侵蚀的世外桃源,一面发出反动的甚至卖国投降的言论。杨刚、乔冠华、戴望舒、叶灵凤等人纷纷在报刊上发表言论以正视听,却收效甚微。为打破香港文坛的萎靡状态,杨刚通过"文协香港分会"机关报发出《反对新式风花雪月——对香港文艺青年的一个挑战》,批评了香港青年的堕落思想与矫情行为,指出"香港何处不是生活?何处不是材料!好的正可供感情的激励,坏的也恰恰需要暴露。表现香港的视野非常广阔,我们亦何苦专挖自己的空心肠!……我的手套已经抛出去了,敢请香港文艺青年接受一场挑战"(载《文艺青年》,1940 年 10 月 1 日)。杨刚的挑战在香港文坛引发强烈反响,《国家社会报》《星岛日报·星座》《大公报·学生界》《立报·言林》《华侨日报》等十余份报刊卷入论战,发表相关评论 90 余篇。当论争进入白热化阶段,杨刚又组织《文艺》开展关于"新式风花雪月"的讨论会,利用舆论热度扩大言论影响力,帮助香港青年走出别有用心的政治力量编织的幻象,鼓励他们从个人生活的小圈子投身民族救亡运动,正视当下社会存在的问题与战争带来的残酷后果。自然,杨刚发起的"挑战"受到国民党海外部的控告,张季鸾也来信提醒她思想不要乱跑。杨刚却认为

《大公报》高层不能只照"上面"的旨意办事,坚持将《文艺》作为人民的喉舌,履行其"斗士"的职责。

1941年12月,香港沦陷,港版《大公报》停刊。翌年,杨刚从张蓬舟手中接过桂林版文艺副刊的主编职务,她在《归来献词》中表明,副刊会沿着先前的路继续挖掘深广的人生。出于桂系和蒋介石之间的矛盾,桂林城文化环境相对宽松,副刊尚可保持斗士的姿态。1943年10月,杨刚奉命到重庆主编渝、桂两地的文艺副刊,此时《文艺》调整为周刊,版面也有所缩小,重庆窒息的政治环境和紧缩的意识形态使她能调动的力量非常有限,副刊的影响力远不及香港时期。1944年,杨刚赴美留学,结束了文艺副刊主编的工作。

在香港这片远离主战场的土壤,权利场力量的消长给予文艺副刊调整文学生产的时机。杨刚作为文艺副刊的主编,利用这块相对自由的阵地,从民族国家的现实需求对副刊进行改版,他们以团结抗日为办刊宗旨,强调文学的本体力量,自觉实践自由独立的文学追求,彰显出进步知识分子的责任意识与信念持守。在他们的努力下,副刊成为抗战文学的阵地,客观、真实地反映出各党派的抗战政策与实际行动。刊物上偏向红色政权的言论,记录了特殊历史时期知识分子介入现实的积极姿态与立场选择,演绎了文学生产场自主性的生成过程以及场域间复杂的互动关系。

二、《天地》:低气压下生长的世俗文学

1941年年底,上海全面沦陷。随后日军接管媒体、出版社,查封商务、中华、世界、大东、开明等书店,查禁《申报》《大美晚报》等20余种报刊。市场上"就只有几家新设的报社和杂志社零碎地出版了几种,其中大半是些适应新环境的著译作,而尤以关于国际形势者占多数,否则便是迎合低级趣味专供消遣的东西"①。日本对沪的文化输入政策不同于对东北沦陷区的粗暴压制,他们认为"使一般的大众参加到和平建国的阵容里来,而用了直接的命令的片面地议论是不大得策的,我们宁可不去讲理论,而把安慰和娱乐赠与他们,然后慢慢地使他们理解我们的主张"②。因此,在所谓的"东亚共荣圈"

---

① 杨寿清.上海沦陷后两年来的出版界[M]//张静庐.中国近现代出版史料补编.上海:上海书店出版社,2003:376.
② 孔庆东.超越雅俗[M].北京:北京大学出版社,1998:65.

营造的"和平"氛围中,上海迎来了出版业的复苏。

1943年10月,苏青主办的《天地》出刊,杂志犹如先天不足的早产儿,不仅缺乏自由的生长环境,也缺少办刊最基本的物资。《天地》曾因配给纸不能发放到位,第11期无法按时出版,12期又因纸价太高,页数锐减,14期继续缩减页数,仅刊登了11篇文章。从1945年6月出版的《编辑后记》来看,苏青已编排好下期的稿件,最终因沦陷区出版成本太高而被迫停刊。疯长的物价使她不得不注重资金回转,市场以一股强势的力量左右着文艺的趣味。作家提笔前要考虑"文艺顾客的脾胃",自己的文章能否"在'文化市场'上占一席地"(文载道《关于〈文抄〉及〈风土小记〉》,载《古今》,1944年6月1日)。以读者为导向的文化生产不乏卖稿易酬之作,苏青希望作家能"以常人地位说常人的话,举凡生活之甘苦、名利之得失、爱情之变迁、事业之成败"(《发刊词》,载《天地》,1943年10月10日),深度挖掘世态万象,在《天地》上展现真正的大众文学、写实文学。

《天地》在乱世维持了近两年的发行,离不开背后达官显贵的支持。苏青办杂志前已是上海文艺界小有名气的作家,时任汪伪上海市市长的陈公博很欣赏她的才华,特意送来十万元的款项帮她解决生活困难,同时安排她到日伪政府工作。得知苏青有意创办刊物,他又送来五万元贺仪,周佛海的妻子杨淑慧也送来两万元贺礼。苏青与伪政府上层官员的关系为《天地》的顺利发行解决了资金和出版问题。这时的苏青集社长、主编、编者于一身,整个杂志的运作均由她支配,她十分爽利地说:"我办杂志自然是为了赚钱,至少也想靠此维持生活,文化云云,不过为了自己性之所近,想尝尝编辑滋味,为国为民的意思则不敢妄吹牛。"①她根据市场空间将作者的文学生产预先纳入某种主题。《天地》发刊之初已定下若干栏目供作者选择,"随感录"任"嬉笑怒骂,论事理,辨是非。从心所欲,只要检查处可以通过的话,便无不可说"。"小说"只要"能感动人,便是佳作,新文艺腔过重者不录"。"人物志只要不是有意谩骂或拍马屁,知我罪我,也就听之而已"。此外,"地方志""风俗志""掌故""杂考""科学小品"等板块无一不是针对市场需求的精心设计。这种做法既能避免触碰政治红线,保全杂志和编辑的安全,也能有

---

① 苏青.做编辑的滋味[M]//于青,晓蓝,一心,编.苏青文集(下册).上海:上海书店出版社,1994:395.

的放矢抓住受众,还有利于杂志后期的编辑与排版,避免文坛新人的佳作依惯例排在有名望的老作家和权贵作家的文章之后,做填补版面空白的处理。

异族统治在客观上削弱了男性的话语权利,逼仄的生活空间下,大批文人纷纷离沪。文化主导者的离场给予沦陷区女作家前所未有的宽广平台,这些女作家多是衣食无忧的名媛太太,她们"把全部精神生活和现实生活都集中在爱情里和扩大为爱情,她只有在爱情里才能找到生命的支持力"①。《天地》中不论是周文玑法官、苏曾祥医师等职业女性,还是周杨淑慧、梁文若这类名媛贵妇,抑或是施济美、炎樱等女作家都喜欢围绕爱情、家庭问题侃侃而谈。女作家中最耀眼的双子星苏青、张爱玲在杂志第6期发表了同题散文《谈女人》。苏青大胆地指出女性受到的生理和精神压迫,"女性有母性与娼妇两型,我们究竟学母性型好呢?还是怎么样?我敢说世界上没有一个女人不想永久学娼妇型的,但是结果不可能,只好变成母性型了"(载《天地》,1944年3月10日)。俗白的话语揭示了性别压迫下的精神危机,引发都市女性强烈的情感共鸣。张爱玲通过审视日常生活的"常"与"变",展现人生的虚无感与浮华背后的苍凉感。"以美好的身体取悦于人,是世界上最古老的职业,也是极普遍的妇女职业,为了谋生而结婚的女人全可以归在这一项下。这也毋庸讳言——有美的身体,以身体悦人;有美的思想,以思想悦人,其实也没有多大分别。"(载《天地》,1944年3月10日)在沦陷区逼仄的生活环境下,她们以世俗的细枝末节切入文化主体的膝里,展现人性深处的硬冷与荒寒。这些切近生活、直击人心的言论吸引了大量读者,使《天地》成为上海市民追捧"才女与名媛"的窗口。

时下,有评论针对女作家兴盛的现象写道:"余于海上文坛亦不无'阴盛阳衰'之感,少数女作家之作品,确未可轻视,惟此乃上海一隅之地之特殊现状,乃古今中外所鲜见者。且于其谓'阴盛',不如曰'阳衰',较为更符实际。"(正人,《从女人谈起》,载《天地》,1944年10月1日)男作家的坦然接受,一是由于丢弃话语权是他们自愿的、并非缴械的行为,二是女子在他们"负气出走"后临水照花似的言说符合他们的性别观念。男作家不能容忍举起女权妇德旗帜、充满剑拔弩张之气的激进女性,也不喜爱柔弱纤细的俗物,他们理想中的女子要有才情,更要识时务。苏青懂得审时度势,在沦陷

---

① 黑格尔.美学(第2卷)[M].朱光潜,译.北京:商务印书馆,1986:327.

区紧张的生存环境下她以示弱的方式寻求汪伪高层、达官贵人、文坛名人的帮助,获得金钱、物资的同时,这些人物的显赫身份变相地提升了杂志的知名度与影响力,推动了《天地》在文化市场上的竞争力。但陈公博、周佛海、樊仲云等人的文章试图引导民众对伪政府的认同,也使得《天地》蒙上了"别样"的色彩。

其实,"阴盛"之貌绝非"阳衰"之实,男作家依旧牢牢掌控着凌驾两性关系之上的话语权利,他们常常以赏玩的眼光看待女性。《出妻表》(散谈的人著)用俏皮滑稽的言语列数娶妻的劣处。妻子之为伴侣,不如朋友更好;妻子之忠诚,不若养狗;妻子料理家务,不如仆人称职;甚至妻子的肉体安慰,也不如野草闲花。《写字间里的女性》(思德著)描摹了都市职业女性的虚荣与无聊,她们外出工作的目的无非是寻觅结婚对象。《疏女经》(正人著)教男人取厌女人的法则,以防被女性骗入婚姻。这些戏谑之言若非出现在价值陨落的时空,其媚俗之态必会遭到社会的强烈唾弃。但细细想来,调侃的言辞也在微末处点透了乱世人生的虚无与虚伪。

《天地》共发行 21 期,其中文章多关乎衣食住行、婚姻家庭、生活杂谈。文人一副坐而论道的架势,从漫谈《穿衣论》到品评人的《聪明与愚拙》,从追溯《贞洁堂》的历史到探讨《婚姻与生育》,从文史考辨《柳文写景脞谈》到追忆《故居》,从国剧《说学优》到介绍洋戏《谈西洋人的闹戏院》。作家缺乏对普通民众设身处地的关怀,大多沉浸在自我建构的小天地,无意捅破风花雪月的窗户纸,这片"太平景象"与沦陷前的香港何其相似,杨刚敢于向香港文坛发起挑战,苏青却用妙笔造出"天地"间最应景的花,变相充当了软化民族精神的传播者。

此外,主编苏青缺乏应有的社会敏锐度。同时期发行的《杂志》针对时下女性热点问题,组织"家庭、婚姻、职业"特辑、"詹周氏杀害亲夫案"特辑等,苏青被邀请参与讨论并发表相关文章,议题引发了社会强烈的反响,《杂志》逐步成为沦陷时期上海最有影响力的刊物。反观《天地》,苏青政治观念的淡漠,生活态度的虚浮无形中减弱了杂志呈现大众文学、写实文学的愿景。

战争结束后,苏青意识上的浅薄与政治上的单纯使她不解《天地》为何会遭到指控,她认为:"假如国家不否认我们在沦陷区的人民也尚有苟延残喘的权利的话,我就是如此苟延残喘下来了。心中并不觉得愧怍。"[1]求生是人的本能,但人性的复杂往往超出历史的描绘,她趋利避害的心态迎合了异族统治者的需要,变相充当了粉饰太平的工具。苏青从红极一时的名媛作家、主编到"落水文人"的浮沉值得我们深思,在狐兔横行、群鬼跳梁的时代,文人若无清明的民族意识与坚定的人生信念,怀着怯懦苟安的心态获取名利,纵有再高的天赋与才情也擦不掉身上沾染的腐气。

客观地说,文学场内部力量的角逐与场域之间的权利互渗是促使文学繁茂、思潮更迭的动力,也是文学场的自主性得以强化的实践过程。文学场内的行动者能够根据当下环境,策略地作出利于自身获取资本与权利的决定,甚至在某些时候,她们能使报刊的走势呈现出与权利场相背离的状态。在这个满是冲突的空间结构,名媛利用优势细密筹划,尽力实现其文学主张与办刊理念,以便在文学场占据话语权利,同时凭借现有资源在关系网络中转化为更多的利益以巩固自身位置。这个过程不但使她们形成了较为全面的思考方式与机敏的应变策略,构建有助于个体发展的"习性",而且从传播领域呈现出文学发展流变中个体与整体的互动关系,勾勒出名媛编辑的成长历程。

---

[1] 萧关鸿.情话寻找历史的诗情[M].上海:复旦大学出版社,1990:104.

第六章 名媛的执教活动与学术研究

民国时期,一些接受过高等教育的名媛凭借知识资本进入大学任教,虽然得到了一定的言说权利与相应的社会地位,却还是受到某些关系的制约,需要在对抗中保持独立。如同福柯所说,人只有通过主体化才能重新占有他们自己所是之人。名媛除了在文学领域不断争取言说空间,建构自我身份外,也在逻各斯世界留下了女性拓荒者的印记,通过教育活动培养了后辈的自觉意识与进取精神。学者、作家的身份带给名媛理性之思与感性之韵,她们的学术研究与文学创作形成互动之势,文章兼具沉缓与性灵、思辨与流彩之风。在社会文化转型期,名媛的执教活动与学术研究不仅推进了女性自我发展的进程,维护与稳固了女性的社会地位,也为现代学科正规化、体系化作出了一定的贡献。

第一节 社会角色与活动空间的扩大

一、学者职业地位的确立

废除科举制度终止了士绅阶层的上升通道,举贡生员从通向权力阶层的天梯上掉落,成了芸芸众生中的一员。他们为谋生计四处寻找出路,知识是他们最大的资本,许多人在社会变革中转换角色进入学校执教。1910年就职于京师大学堂的18位"经文科"教员中有3位留学生,其中2位兼有进士出身;2位翻译林纾、陈衍均为举人。1917年年底,梁启超辞去段祺瑞内阁财政总长一职;1923年,出任清华大学国学研究院导师,把大部分精力都投入教学和学术中。从政界跨入教育界意味着这群兼具旧识与新知的士绅群体的社会角色发生了变化,但他们依旧肩负着知识分子的使命,以另一种方式发挥着自我价值。近代大学为他们提供了传承文化、研究学术的空间,学者禀赋的文化资本为他们带来一定的话语权。针对当下散漫、混乱的校园风气,他们重新规划了校园管理体制,力求建立思想自由、学术独立的环境。教授治校的组织管理形式充分调动了学者群体的自主性,它作为一种组织文化引导着全校师生的行动方向。1917 年,蔡元培就任北京大学校长后着力将学校营造为一块学术净土。当时校内封建思想、官僚气息浓厚,学生多是京官或八旗贵族子弟,把升官发财当作求学目的。蔡元培重申大学的办学宗旨在于"研究高深学问",鼓励学生抱定信念、砥砺德行、敬爱师友,提倡教师改良讲义,以新思想、新观念引导学生成长。这种现代教育理念与办学指导思想冲破了封建教育体制的狭私弊端,为现代大学制度革新作出先导性实践。随后,清华大学采取以评议会、教授会为主体的校务管理制度。东南大学采用董事会治校的管理模式。这群坚持学术独立、自由理念的教授以民主管理的方式执行校园事宜。由教授主导利于教学目标有的放矢;民主管理能够集纳各群体的诉求。教授治校对于革新陈旧观念与营造学术氛围作出了切实的努力,为现代学科建立乃至整个教育体制的完善奠定了基础。

民国初期,知识分子多因地缘、学缘、亲缘关系谋取教职,针对教师群体间的连带关系,田光程批评道,"大学校不是官厅衙门,聘任教授、讲师应以在学术上的成绩为标准,不能以人力渊源为进阶"(《对大学教授的一个呼吁》,载《大公报》,1936 年 11 月 24 日)。但是,社会中的人际关联与情感交往早已固化为一种强势而稳定的组织结构,"蔡元培长校北大,奉行思想自由、兼容并包的方针……但在人事上,受主客观的制约,不免偏重浙人,尤其是中国文史研究方面,'北大国文系仍不免有被浙江同乡会、章氏同学会包办的嫌疑'"①。在复杂社会关系的招揽下,教师的学术水平、思想观念存在较大的差异,造成学者群的复杂样貌。经过大刀阔斧的教育改革,高等院校的师资水平得到显著提高。

20 世纪 30 年代以后,大学聘任制度逐渐完善。政策明确规定出任副教

---

① 桑兵:近代中国学术的地缘与流派历史研究[J].历史研究,1999(3):24—41.

授、教授的学历、资历。学历成为高等院校的准入机制,是获得专业信任的价值标尺,驱动着学科朝向精细化发展,带动了教师队伍不断追求更高层次的进步。聘任制度是"保证大学教师朝专业化方向发展的外部强制性力量,同时也是其专业化程度的重要指标"[①]。为谋取教职,知识分子需要在某一学科领域获取较高的专业化程度。"职业化"学者需要通过规范的学科培养,层级递进的教育模式在学术体制中起到双重作用,一方面为学科的发展培养了源源不断的后备力量,另一方面它成为学者角色的一种筛选和控制机制。只有获得足够文化资本的人才能担负"传道、授业、解惑"的责任,承担起学者的使命。但校长依旧有充足的自主权选择符合条件的学者,甚至有权破格提拔满腹珠玑却受一纸文凭拖累的文化精英,如陈寅恪、苏雪林等人。聘书满期以后,学校和教师可以双向选择,学校能够依照教育反馈对教员队伍有所调整,教师也可以依照自己的意愿另行应聘。宽松的氛围促进了教育体制不断向人性化转变,以此形成良性循环促进大学内部健康的互动关系。

大学教职受青睐的原因之一在于丰厚的薪资,1927年颁布的《大学教员薪俸表》大幅度提高了学者的待遇,它将教员薪俸分为四等十二级,一等为教授,自400元至600元;二等为副教授,自260元至400元;三等为讲师,自160元至260元;四等为助教,自100元至160元。同一时期,北平中学教员的月薪为100至200元。小商贩、粗工在10至20元,厨师、招待在8至12元。中国高等院校的教师薪资基本与美国学者的收入持平,留学生群体选择归国也在情理之中。除了教职外,译著稿酬也是一笔可观的费用。"平常西文译稿仅能得到两块钱一千字,而且这是实数,所有的标点空白都要除外计算。这种标准维持到民国十年后,一直没有什么改变。"[②]创作小说价格一般在千字两三元。当然也有个别学者酬劳远超同期水平,比如林纾的翻译小说能达到千字6元。学者的文化资本在教育领域转化为可观的经济资本。仓廪实而知礼节,衣食足而知荣辱。稳定的收入是维护学者精神独立的基础保障。大学教师成为职业声望高、入职门槛高、经济待遇好的新型职

---

① 田正平,吴民祥.近代中国大学教师的资格检定与聘任[J].教育研究.2004(10):81-89.
② 周作人.周作人回忆录[M].长沙:湖南人民出版社,1982:45.

业,吸引了文化精英的进入。

二、女学者——新兴的社会角色

在中国古代社会中,女性因其"卑弱"[①]的地位成为学者的屈指可数。东汉时期的班昭能著书立说、授课读史,除了帮助亡兄班固续写《汉书》外,还入宫为皇后、贵人授课,更有名儒马融拜其门下研学《汉书》。晚清民初,解放女子运动打开了女性进入社会的通道,各大报纸、杂志鼓励女性成为国家的"生利者","养高尚之德,而求与男子享同等之权利者,舍扩充女子之职业"[②]。教师被认为是"母职"的延伸,是女性最适宜从事的职业之一。据全国教育统计,1915年在各级学校担任教职员的女性有11 938人,其中初等学校10 471人,中等学校1467人,高等学校中无女教职员。现代女子大学的建立,大学开女禁促进了女学者的诞生。胡适呼吁大学应"延聘有学问的女教授,不论是中国女子还是外国女子,这是养成男女同校的大学生活的最容易的第一步"[③]。在中国,最早登上大学讲台的女性教师多为外籍人士,她们主要任教于教会大学和女子大学。例如圣约翰书院的英语教员葛胜芳、施宾塞女士,金陵女子大学生物系主任黎富士博士、教育系华群硕士、化学系蔡路德博士以及历史系主任师以法。中国本土的女教师主要来源于归国留学生、新式学堂的毕业生。至1929年,国内大学女性教师已有270人,1930年增至305人。在大学任职的女学者普遍为家境殷实、家庭开明的名媛,她们具备扎实的古典文学功底,后来进入高等院校接受全面、系统的文化培养与学术训练,多数人曾留学海外,取得硕士、博士学位。在现代文明的培养下,女性认识到自身肩负同男子一样的社会使命,在为国家培养后辈人才的同时也在学术研究领域确立了女性的主体地位,于逻各斯中心留下女性拓荒者的印记。

---

① 班昭在《女诫》中提到女子言行举动应注意的7个方面,她首先谈到了女子的"卑弱"地位,认为女性生来就不能与男子相提并论,必要谦虚忍让、辛勤劳作、清静自重,恪尽女子本分,敬谨服侍夫家。《女诫》因符合传统性别秩序,在很长时间内都被推崇为女性应遵守的人生准则。
② 白云.女子职业谈.妇女杂志[J].1915,1(9):7-8.
③ 胡适.大学开女禁的问题[M]//白吉庵,刘燕云.胡适教育论著选.北京:人民教育出版社,1994:99.

陈衡哲在1920年获得美国芝加哥大学英国文学硕士学位后,受蔡元培邀请担任北京大学历史系教授。冰心在1926年获得美国威尔斯利女子大学文学硕士学位后,相继在燕京大学、北平女子文理学院、清华大学国文系任教。劳君展获法国里昂大学数学硕士学位后,进入巴黎大学跟随居里夫人学习镭学,1927年回国后任武汉大学数学系教授。1928年,林徽因从美国宾夕法尼亚大学美术学院毕业后,受聘于东北大学建筑系。袁昌英在1921年获得英国爱丁堡大学英国文学硕士学位,1926年到巴黎大学研究院进修法国文学和近代欧洲戏剧,1929年被武汉大学聘为外文系教授。方令孺1923年赴美留学,先后就读于华盛顿州立大学、威斯康星大学,1929年回国后任青岛大学中文系教授。雷洁琼在1931年获得美国南加州大学社会学硕士后,到燕京大学社会学系任教。1927年,冯沅君从北京大学研究所中国古典文学专业毕业,1932年留学法国获巴黎大学文学博士学位后,先后任教于金陵女子大学、复旦大学、武汉大学、山东大学等校。杨绛1935年从清华大学研究生院外国文学专业毕业后,随丈夫钱锺书赴英、法两地留学,1938年回国后历任上海震旦女子文理学院外语系教授、清华大学西语系教授。陈学昭在1935年获得法国克莱蒙大学文学博士学位后回国,1949年在浙江大学任党支部书记、中文系教授。另一些名媛在国内大学毕业后直接留校任教,例如,1924年毕业于岭南大学古典文学专业的冼玉清,1929年从北京协和医科大学获得医学博士学位的林巧稚。当时大多数妇女仍停留在"贤母良妻"的家庭角色,即便接受了高等教育的女媛,也有部分人放弃了自己的发展。例如,出生于南京望族的杨步伟曾担任崇实女子中学校长,后东渡日本获东京帝国大学医科博士学位,婚后她为照顾丈夫赵元任的生活而停止工作,回归家庭。唐筼毕业于金陵女校体育专业,后执教于北京女高师、北京女子文理学院,婚后在家照顾陈寅恪起居,悉心帮助丈夫整理文章、书信。

一些富有使命感与责任感的名媛应社会需要,进入高等院校从事教育、研究工作,不仅为现代大学学科建设作出应有的贡献,也为学科发展培养了源源不断的后备力量。费希特在《论学者的使命,人的使命》中指出人的使命是尽可能地发挥自己的天资,如果每个人都能得到同等的、持续的发展,就需要一群人用尽全部的时间和力量将知识化做科学,保障其他需求的发展和满足。学者的使命在于"高度注视人类一般的实际发展进程,并经常促进这种发展进程"①。学者作为文化的传承者,需要"优先地、充分地发展他本身的社会才能、敏感性和传授技能"②。在新旧交替的时代,顽固者粗暴地抵抗新文化的涌入,时时处处寻找突破口,毁灭现代、新潮思想对社会的影响,也以免自己沦为历史的遗物。在思想的争锋与文化的碰撞中,学者的重要职责之一是厘清个体与社会的关系。社会系统内部各个因素之间相互制约,互为影响,正是由于各部分的互动共生,社会秩序得以在矛盾中不断强化其自主性,从而稳固结构使得整个关系系统趋于均衡。而作为社会主体的人所处的位置决定了他们的社会角色。为了达到一定的社会效果,每个人都需要为角色付出,获得相应的知识与技能。帕森斯将"位置—角色"作为社会系统结构中最基本的分析单位,"'位置'也就是行动者在社会系统中所处的结构性方位,而'角色'则意味着社会对这一位置所具有的行为期待"③。任何个体都是自身行为的主体,其角色与地位取决于自身所占有的条件与意愿。个体通过社会角色与外部发生关联,个人与他人、个人与社会之间的关系正是凭借角色与地位而发生的,彼此间的互动关系组成了社会系统的基本结构。不同的社会角色意味着不同的价值分工,角色行为的规范化、制度化相应地影响到个体的思想与行动。作为"角色"的积极构建者与实践者,学者在社会中所处的位置能够引导其他群体,包括他们自身的发展方向。通过知识、技能、品性的教导影响他者的思维方式,以此帮助个体发挥天资,在社会中找到适合自己的位置,从而为社会发展集聚势能。同时,学者利用教育权利者的位置通过调整教育方式,有针对性地培养未来社会精英所需的技能。学者角色使个体实现自我价值的同时,也为广大群体的发展提供了源源不断的技术支持与思维导向。

此前,女性的社会角色大多是女招待、女售货员、女工、女护士,即便涉足教育领域,也囿于蒙养院、初等学校的工作。学者拥有一定的社会地位与丰厚的才学,向来被认为非文化精英不能胜任。名媛与学者的角色碰撞使

---

① 费希特.论学者的使命,人的使命[M].梁志学,沈真,译.北京:商务印书馆,1984:40.
② 费希特.论学者的使命,人的使命[M].梁志学,沈真,译.北京:商务印书馆,1984:43.
③ 刘润忠.社会行动·社会系统·社会控制[M].天津:天津人民出版社,2005:6.

女性处于文化权力的巅峰,这在民国初期很难被社会群体认可。1925年,苏雪林从法国留学归来,在返回安徽途中,因身着洋装成为人们议论的对象。"孩子们聚拢了看我,眼光中露出惊奇,而大人则颇有鄙夷不屑的颜色,这是从前所没有的。"①及至20世纪30年代,陈衡哲随丈夫任鸿隽入川后,经常"会被附近的女人和孩子围观。她们看我的天足,我不戴耳环的耳朵,我不擦粉的脸,和我不加装饰的衣服"②,民众的惊奇、鄙夷不仅代表了封建传统思想与西方现代文明之间的隔阂,也意味着富有智识的女性对传统性别秩序构成了威胁,她们进入了一直由男性掌控的理性空间,危及了男性制定社会秩序的权利与不可比肩的地位。一直以来,女性语言被认为带着感性的、分裂的、重复的特征,在崇尚理性逻辑的男性世界中略显荒谬与怪诞。女性在进行文学创作时,富有性别特征的言说可以有效地抵抗菲勒斯中心的话语霸权,但是进入学术研究领域依旧采用这种非理性的女性话语就显得不合时宜。如果她们完全用理性范式书写又意味着被男性意识所同化,在表达学术观点与建构理论体系之前就已丧失自我意志和主体身份。女学者为解决身份麻烦,不拒绝理性象征的语言但适当地改变理论阐述的方式,在著述中搭建规范的逻辑体系,以独立思考和多重角度观照科学领域。极具先锋姿态的名媛在向逻各斯世界进发的过程中,一面需要不断提高自己的理性思辨能力,一面需要谨慎面对理性规范中的逻辑圈套,解决实现自我价值之前的多方困扰。学者的社会角色影响了个体的人格形成,职业素养和行为规范,不断重塑着她们的"习性"与思维方式,甚至对个体的价值取向产生一定的反作用力,激发她们形成严谨的逻辑思维体系,平衡了女性情感过于充沛的弱点,使得她们的著述兼具理性之思与感性之美,体现出鲜明的个人风格。同时,学者角色还提升了女性的社会地位,为广大女子确立自我、实现自我增添了角色自信。

三、现代学科研究的起步与发展

"中华民国"成立后,教育部公布《大学令》将"大学分为文科、理科、法

---

① 苏雪林.归途[M].北京:群众出版社,1999:201.
② 陈衡哲.陈衡哲早年自传[M].合肥:安徽教育出版社,2006:121.

科、商科、医科、农科、工科"①。在"分科设门"的指导思想下,许多高等院校重新调整院系结构。蔡元培担任北大校长时期,实施了停办工、商两科,注重发展文、理科的教育改革。1929年,南京国民政府教育部公布《大学规程》对学系和课程进行详细规定,"大学文学院或独立学院文科分为中国文学、外国文学、哲学、史学、语言学、社会学、音乐学及其他各学系"②。学科的精细化分类需要吸纳大量的专业教师,尤其是经过系统规范培养的知识分子,他们对中国现代学科的建立起到关键性作用。百废待兴之际,如何分科治学成为各大院校首要明确的问题。时任清华大学国文学系主任的杨振声认为,成立中国文学系的目的在于"创造我们这个时代的新文学"③,研究"我们自己的旧文学""参考外国的新文学"的目的都是为了创造中国的新文学。1931年,朱自清接任中国文学系主任后,进一步声明"大学是最高的学术机关,她有领导社会的责任与力量。创造新文学的使命,她义不容辞地该分担着"④。"学术机关"的定位明确了大学对客观存在的事物及其规律进行学科化研究的职责,而"创造新文学的使命"指出了研究的具体方向。

高等教育的学科结构由传统的经史子集转为西式的专业分类后,旧有教本无法运用到新式分科教育中,教师直接将西文课本用作教材的现象普遍存在。一来学生可以直接学习西方知识、理论,养成条理化的逻辑思维。二来教师也免去准备教案的麻烦。但是,这种全然照搬西方的教学方式不符合中国学生的认知结构,学生对此颇有微词。南开大学学生宁恩承以笑萍为笔名发表《轮回教育》一文,指责一些留洋归国的教师多是采用"美国政治、美国经济、美国商业,……所用的欺哄法是完全美国法,完全用外国语来唬"(载《南大周刊》,1924年11月28日)。陈季能回忆起上课时,政治学教授"每次带着一叠厚厚的洋文书来到教室,天南地北地讲,然而我只听他说美国的总统,英国的国会,我听到末一个钟点,我不曾听他讲一讲中国,连一个例子也不曾引过"⑤。教师也逐渐意识到西方教材与中国文化之间的差

---

① 璩鑫圭,唐良炎.学制演变[M].上海:上海教育出版社,1991:663.
② 周予同.中国现代教育史[M].福州:福建教育出版社,2007:138.
③ 桑兵.晚清民国的学人与学术[M].成都:四川人民出版社,2020:380.
④ 姜建,吴为公.朱自清年谱[M].北京:光明日报出版社,2010:86
⑤ 侯怀银,李艳莉.商务印书馆与中国教育学发展[M].北京:商务印书馆,2017:125.

异。另外,邻邦日本在大学开设本国文学史课程的同时也着手研究中国文学史。至1912年,日本已出版十余部有关中国文学史的学术著作。欧美学界也相继出版一些研究专著,例如,俄国学者瓦西里耶夫的《中国文学史纲要》,英国学者翟里思《中国文学史》,德国学者格鲁贝的《中国文学史》。

国内学术研究领域的空白刺激了学者的竞胜心理,面对强势的西方文化,教师自编讲义的情况越来越多。一方面,他们想通过建构本土的文学史,重述本民族的文学价值与文化地位,塑造文化强国的形象。另一方面,西方国家的现代体制吸引了国人的注目,他们迫不及待地套用西方制度易旧为新。盲目崇西的后果有损于中国几千年来积淀的文化价值,一时间"国渣""国粹"之争四起。对此,梁启超提出建议,"社会日复杂,应治之学日多,学者断不能如清儒之专研古典;而固有之遗产,又不可蔑弃,则将来必有一派学者焉,用最新的科学方法,将旧学分科整治,撷其粹,存其真,续清儒未竟之绪,而益加以精严;使后之学者既节省精力,而亦不坠其先业;世界人之治'中华国学'者,亦得有藉焉"①。他认为既要重视国学、存真撷粹,又不能止步于古典研究方法,要善于吸收西方的科学观念整理典籍。这种兼容并包的治学态度与分科整治的研究方法为现代学术研究指明了方向。

学术范式的确立并非一蹴而就,不是经历几次文化运动就能即刻达到去旧立新的效果,从国语运动的发展历程便可窥见一二。学术范式的建立是一个长期的新旧思想与中西理念相磨合的过程。学术研究的现代特性包括新的话语模式、思维方式、学术方法以及研究精神。语体变革不单单是语言形式的变化,更动摇了民族的心理结构,打破了固有的思维习惯。"鲁迅强调文言文语法不精密,说明中国人思维不严密;周作人指出古汉语的晦涩,养成国民笼统的心理;胡适提出研究中国文学套语体现出来的民族心理;钱玄同、刘半农则从汉语的非拼音化倾向探讨中国文化的特质……这一系列见解,不见得都十分准确,但体现一种总的倾向:'五四'作家是把语言跟思维联系在一起来考虑的,这就使得他们有可能超越一般的语言文字改革专家,而直接影响整个民族精神的发展。"②由白话语取代了艰涩的文言文,同时现代思想的介入为学术范式的确立做出了先决保障。

---

① 梁启超.清代学术概论[M].长沙:岳麓书院,2010:105.
② 陈平原,钱理群,黄子平.艺术思维[J].读书,1986(2):74-83.

学者们借鉴西方治学方法,将它与中国传统研究方法相结合,形成符合本土文化的新的研究体式。"西方科学实证主义与中国传统的乾嘉汉学的融合而成科学实证方法,西方马克思主义唯物辩证法与中国传统的朴素辩证法的融合而成中国特色的唯物辩证法,西方的诠释学方法、直觉方法与中国传统的诠释方法、直觉方法的融合而成诠释学方法、直觉体悟方法。"①"五四"时期出版的学术著作大多采用这种新的研究方法,论著既带有开山辟路的创新意义,也具有极高的学术价值。胡适的《中国哲学史大纲》②被余时英誉为"提供了一套关于国故整理的信仰、价值和技术系统"。梁启超的《中国近三百年学术史》③给出整理国故的另一种方案,他以儒学为本源,以戴学、颜李学、阳明学为补充,在儒家义理思想体系与西方先进思想的基础上,形成了融合科学视野的新学术史观。鲁迅的《中国小说史略》④是"一部开山的创作,搜集甚勤,取材甚精,断制也甚谨严"⑤,他确定了小说史研究的对象和范围,较为科学地对小说进行分类,探讨了小说发展与社会历史之间的关系,对典型作品进行了鞭辟入里的分析。作家身份蕴含的知识结构与审美理念使他的学术研究体现出诗性品格。此外章太炎、王国维、蔡元培、陈寅恪、赵元任、郑振铎、钱穆、俞平伯在各个领域纷纷开拓研究理论与方法,为现代学科建设奠定了基础。

　　西方文化的输入促进了中国传统史学观念与治学理念的更新。源远流长的中华文明与西方哲思在碰撞中产生了丰富、复杂的样貌,学者开阔的眼界与丰厚的知识为学科发展作出范式探寻,开创了真正意义上的现代学科

---

① 薛其林.民国时期学术研究方法论[M].长沙:湖南人民出版社,2002:55.
② 《中国哲学史大纲》是胡适1917年在北京大学哲学系为本科生讲课的讲义,经过整理后1919年由上海商务印书馆公开发行"卷上"。"卷中"涉及中国中古哲学史中的汉代哲学部分,没有公开出版发行,现存的定稿本是1919年北大内部出版的讲义本。"卷下"没有公开出版发行,现今未发现同名手稿本存世。
③ 《中国近三百年学术史》是梁启超1923年7月至1925年春在南开大学、清华大学授课时的讲义,1926年由上海民志书店正式出版。
④ 《中国小说史略》是鲁迅1920年至1924年在北京大学、北京高等师范学校、世界语专门学校、北京女子高等师范学校等校授课时的讲义。1923年与1924年由北京新潮社分上、下两册出版。
⑤ 胡适.白话文学史·自序[M]//中国社会科学院文学研究所鲁迅研究室.鲁迅研究学术论著资料汇编(1913—1983)第1卷.北京:中国文联出版公司,1985:506.

研究，为学术体系的科学化、系统化奠定了基础。与此同时，许多大学教授也是新文化运动的发起者与参与者，他们的授课内容、研究方向与当下社会发展息息相关，其执教活动既有力地响应了文化潮流，个人也在潮流中被推向"神坛"，进一步稳固他们的社会地位。在高等学府执教的名媛如同璀璨银河中的点点星光，她们开启了现代女学者的著述之路，在教育与科研领域取得的成绩对女性确立自我身份、获取社会认同具有价值导向作用。

第二节 学术研究与自身价值的实现

伴随着大学体制改革，现代中文学科门类逐渐细化，教学目标进一步明确。学者借助多种研究方法进行学术探索，成果主要以两种形式呈现：一是学术著作，大多数在教师自编的教学讲义的基础上整理出版。教师将治学理念与教育目标融于讲义，每年适当根据社会现状、学科发展扩充研究内容，增补修删后的讲义不仅融合了西方科学理论与中国文化精粹，也不断为学术研究的应用性增添分量。二是发表于各大报纸杂志的专题文章，融汇了学者的理性思考与科学认知。她们自觉地将中、西方文史研究并重，多角度、立体化地观照利于学科系统化、科学化的发展。同时，名媛的学术探索带有鲜明的个人特色，为现代学术研究留下了难得的女性印痕。

一、西方史学与文学研究

作为第一代系统地接受了西方史学教育培养的名媛，陈衡哲的史学著作"把文化作为历史的骨髓"，不再将政权更迭、战事发展作为叙述主线。她显然受到欧美"新史学"思想的影响，拒绝传统的政治史写作，拓展了历史研究的范围和方法，对社会史、思想史、文化史、科技史、政治军事史进行综合叙述，从多角度审视史实。1920年，陈衡哲执教北大历史系时，给学生列出的历史参考书目中就有多部西方"新史学"的代表作。陈衡哲表示自己虽然深受唯物史观影响，它是"解释历史的良好工具之一，但不是唯一的工具"[①]。

---

① 陈衡哲.陈衡哲致胡适[M]//胡适来往书信选(上册).北京：中华书局，1979：139.

历史是复杂的,每一空间必然受到多种因素的影响,这就需要用综合的眼光全面统摄,才会避免走入狭隘的道路。多元的史学观不只限于某一地区的史料挖掘、整理回顾,而要跨越地域界限,联系同一时期其他国家的境况,它也不只限于论史,而是从社会多个方面烛照源流,洞见真妄。

  陈衡哲的《西洋史》是一部颇具开创意义的史学著作,她采用西方"新史学"的治学方法,以国人视角观照西洋历史,从文化角度重构世界发展进程,其诗学论述也为史著增添了几分洒脱的格调。中国传统史籍"知有朝廷而不知有国家""知有个人而不知有群体"[①],带有鲜明的阶层色彩,记录着权利者的行动。这种史学观将阅读对象限定在统治阶层,致使群智、群力一步步衰颓。陈衡哲认为"历史既是全体人类的传记,他的范围当然很广。拿破仑的事业固然是历史;法兰西乡下一个穷妇人的生活状况,也何尝不是历史","但整理的方法,是根据于历史的观念的。……历史不是片面的,乃是全体的;选择历史材料的标准,不单是政治,也不单是经济或宗教,乃是政治、经济、宗教以及凡百人类活动的总和。换一句话说,我们当把文化作为历史的骨髓。凡是助进文化,或者妨害文化的重大事迹和势力,都有历史的价值。这是这本历史取材的标准"[②]。她的历史观是统一的、整体的社会史观,以文化作为评判的标准,力求将"真理与兴趣同时实现于读者的心中"[③],使论著成为一部普及型读物。

  当时国内的历史教材以翻译、改编西方著作为主,观点大多照搬西方。陈衡哲整体的、融合的历史观一定程度上突破了"欧洲中心论""种族优越论"等传统观点。她的西洋史论述不限于地理意义上的西洋,还涉及对亚洲、非洲部分地区的追记,也常常将西方历史人物、掌故与中国相比较。例如,论及苏格拉底的哲学时,指出它与儒学都"采用中庸态度的,是以国家的幸福为人生努力的标鹄的,是以修身致知为达此目的的手段的"[④];谈到欧洲新帝国主义时,联系到国家的膨胀思想导致中国被侵略的局面,帝国主义需

---

  ① 梁启超.新史学[M]//中国社会科学院近代史研究所中华民国史组.饮冰室合集(9).北京:中华书局,1989:6.
  ② 陈衡哲.西洋史[M].沈阳:辽宁教育出版社,1998:10-11.
  ③ 陈衡哲.西洋史[M].沈阳:辽宁教育出版社,1998:7.
  ④ 陈衡哲.西洋史[M].沈阳:辽宁教育出版社,1998:56.

要"大宗的原料,投资的机会,及消耗盈余出品的商场,于是我们中国便成为他们最好的目的物了"①。陈衡哲认为史学研究的范围不能囿于地域,因为"无论那一部分人类的历史,都具有普通和特别的两个性质……普通的性质,是人类所共有的。所以我们研究了人类一部分的历史,不但可以了解那一部分的人类,并且可以了解自己的一部分"②。学科发展需要包容的环境与宽容的态度,历史研究的目的不仅仅在于述史,还在于以史为鉴,不可因西方的学术形制固化中国学者的视野。在《西洋史》的最后一章,她建议中国若要摆脱被殖民的困境就需凭借努力掌握自己的命运,既不能因效法西方文明丢掉中华传统文化中的精华,也不能因固执守旧沦为列强的奴隶。

在中国历史学科研究的起步阶段,陈衡哲以文化作为研究的脉络,揭示出历史变迁与文化兴衰之间的关系。埃及文化在金字塔时期进入黄金时代,外来者的入侵使埃及成为尚武之国,他们用武力赶走异族侵略者。自此,本国走上征伐外族的道路,向外扩张的野心也导致了埃及文化的衰落。同样,葬送古罗马帝国的"乃是罗马自己的武功,和那个武功所产生的效果"③。她认为"武力是帝国的重要分子。所以帝国的成立,是一件反文化的事"④,武力虽然中断了文明的演进,但文化的传承与发展不会因此毁灭。一些战败国的文化随着入侵者回到母国,在异地续写着它的荣光。"亚力山大战胜波斯之后,希腊在世界文化史上的位置,又受了一个大变化。此时他已不是希腊人的希腊,已经成为世界人的希腊了。亚历山大的十万刀兵,却比不上小小的二十四个希腊字母。兵亡刃销之后,而希腊的字母不但巍然独存,并且已经成为上古世界的普通语了。"⑤陈衡哲写作《西洋史》时,正值国内军阀混战,她对中国政局的担忧也表现在史著中。"战争是一件可以避免的事。避免的方法虽不止一端,然揭穿武人政客的黑幕,揭穿他们愚弄人民的黑幕,却是重要方法中的一个。运用这个方法的工具,当以历史为最有功效了"⑥。她的史论不只以整体的眼光重构历史现象,还根据史实引导当下

---

① 陈衡哲.西洋史[M].沈阳:辽宁教育出版社,1998:294.
② 陈衡哲.西洋史[M].沈阳:辽宁教育出版社,1998:9.
③ 陈衡哲.西洋史[M].沈阳:辽宁教育出版社,1998:72.
④ 陈衡哲.西洋史[M].沈阳:辽宁教育出版社,1998:26.
⑤ 陈衡哲.西洋史[M].沈阳:辽宁教育出版社,1998:62-63.
⑥ 陈衡哲.西洋史[M].沈阳:辽宁教育出版社,1998:5.

社会作出适宜的价值判断,培养民众的理性审思。她的民族情怀与反战思想也为质朴平直的史学论著增添了人文色彩。

陈衡哲写作《西洋史》时期,学界出版的白话文著述已不在少数,但多数著作表述不规范,时而文白交替,时而中英夹杂。陈衡哲的写作采用全白话的形式,对西方历史人物和著作进行细致的标注和翻译。在史料选择上,她注重以西论中,结合当下中国社会的热点问题选取材料。她认同语体变革对文化发展的积极作用,借用意大利的语言变革进行佐证。意大利在中古时期产生了一种异于古拉丁的方言,在当时被认为没有文学价值。直到14世纪,一些文人使用方言进行文学创作后,它逐渐代替拉丁文成为创造近代欧洲灿烂文化的重要工具。中古拉丁文犹如我国的官牍文字,"和他对待的,一方面有更美更佳的古拉丁文,一方面又为普通人所用,而尚无文学价值的各国方言。上面所述的古学复兴,犹之我国唐代士人的提倡古文;而此章所述的新文学的产生亦与我国近日的白话文学运动有点相像"[1]。方言文学与古学复兴同出一源,文人"虽是一向前看,一向后顾,但他们却同是对于中古拉丁文表示不满意的"[2]。意大利新文学的发展掀起了欧洲文艺复兴的曙光,但丁的《神曲》,朴枷邱(注:薄伽丘)的《十日谈》,绰塞(注:乔叟)的《坎特布里古事》,塞文蒂(注:塞万提斯)的《吉诃德先生》成为各国的文学典范,人们慢慢脱离宗教的束缚,开始探索人的价值。文艺复兴运动引发了人的觉醒,推动了整个世界文明的发展,开启了欧洲的现代化征程。陈衡哲借助意大利的新文学运动比拟中国的白话文运动,既使读者清晰地了解到意大利方言在中世纪欧洲的文化地位与历史功绩,还有力地支持了行进中的白话文运动,尽力创造一片宽容的文化氛围。

陈衡哲的女性身份也影响了她对史料的选择与阐释。此前的史著极少记载女性事迹,尤其是社会中下层女性。陈衡哲的《西洋史》关注女性在历史中的地位和作用,让读者在时代轮转中窥探先锋女性的风采。她论及《汉穆拉比法典》时,注意到当时妇女地位较高,已有自主选择职业的权利。她认为文艺复兴促进了女学者的兴起,以威尼司的佳姗特拉和佛罗伦司的亚力山特拉为代表的女学者与男子自由交际,探索学术。"这些女学者实是近

---

[1] 陈衡哲.西洋史[M].沈阳:辽宁教育出版社,1998:147.
[2] 陈衡哲.西洋史[M].沈阳:辽宁教育出版社,1998:147.

代女子解放的先锋,尤可贵的,是她们的解放方法。她们的解放,是由内而外的,是以解放自己的理智为起点的,她们并不曾以解放的责任推到男子的身上去。"①陈衡哲提出女子解放的重点在于自我的觉醒,必要由理智的解放为起点,这就突显出智育的重要性。工业革命时期,"工厂制度的兴起,妇女已能获到经济上的独立,而靠了教育的普及,妇女的智识及能力,也能日益加增,使他们在人生生活各方面都能与男子分工及竞争。因此之故,在教育方面,经济方面,职业方面,政事方面,妇女们现在是确已与男子争到了平等的地位,而其中尤以女子参政权的运动及获得为妇女运动得胜的最明显的标帜"②。陈衡哲挖掘出历史中对女性产生重要影响的时刻,提醒女性保持独立思考的能力和自觉的发展意识,"人们常有把女子参政运动视为妇女运动的唯一事业者,这是一个大错误,女子参政固是妇女运动的一件事,但他绝不足以代表妇女运动的全部。这个理由很是简单的,因为,第一,政治上的活动,不过是人生活动的一部分,他不但不能代表人生的一切活动,并且不是人生活动的中心点。其二,参政权的争得……仍不过是一件比较肤浅的事。妇女们如欲与男子们挣到真正的平等,根本上尚以自己的智识的解放,能力的修养,及人格的提高为最重要","热心妇女运动者的最大责任,即是去帮助我们的青年姊妹们,使她们能发挥她们各人的天才于最适当的道途,至于参政运动,却不过是这些道途中之一罢了"③。这不得不说是陈衡哲的远见卓识,她清楚地意识到女性解放不要被虚名所累,若要获得真正意义上的平等,还需女性从自身立场出发争取自我权利。最根本的方法是解放智识,提高自我认识和应对外界的能力。她在当时指明的妇女运动的发展方向也被未来社会现实所印证。值得注意的是,陈衡哲没有从单一的性别视角考量现象,而是理智客观地评述历史。她认为拿破仑法典的精神"是根基于人类平等的原理的,虽然他所给妇女的地位,仍然是不平等,虽然用二十世纪的人的眼光看来,他仍有不少缺点,但他实是当时法律上的一个大建设。他不但统一了法国的法制,并且成为普鲁士,荷兰,意大利,比利时等各

---

① 陈衡哲.西洋史[M].沈阳:辽宁教育出版社,1998:146.
② 陈衡哲.西洋史[M].沈阳:辽宁教育出版社,1998:301.
③ 陈衡哲.西洋史[M].沈阳:辽宁教育出版社,1998:301-302.

国近代法律的模型"①。尽管法典授予妇女一定的权利,陈衡哲还是对它作出了公允的评价,她的理性思维与独特视角为史著增添了客观性和平实感。

《西洋史》还是一部融合了"诗情"的史论,胡适赞誉它"运用历史的想象力与文学的天才"的创作。陈衡哲总结上古时代各地区、国家的文化时写道,"爱琴人把这些文化的种子,带到了希腊,又由希腊传到了罗马,于是人类的文明,更得到了无数的新滋料,无数的新肥土,他的花也就开得更好看了。希腊的文学美术,及科学哲学,罗马的法律,及政治的组织,便是这些种子所产的最佳的果子。后来他们又落日耳曼人的肥土上去,再加上了一点基督教和回教的日光雨露,着着实实的酝酿了六七百年,结果便是近世的文明。这个酝酿及发芽的事业,是欧洲中古的特别任务"②。她对意大利文艺复兴时期的历史功绩发出"落红不是无情物,化作春泥更护花"的喟叹,认为侵略者的暴力虽导致意大利文明化为"泥土",但文明的种子却被入侵者带回母国,孕育了近代欧洲的灿烂文明,所以意大利的文化功绩是千古不朽的,"武力的胜利在一时,文化的胜利在永久"③。陈衡哲的史学著述独出机杼,以情入理却不喧宾夺主,融合了知识启蒙与美学感染力的写作更容易被读者接受,综合的、有断制的材料选择体现出她独特的史学眼光与创作姿态,为现代学科的研究思路和语言风格作出了新的尝试。

另一位名媛袁昌英在1921年获得英国爱丁堡大学古典文学与近代戏剧专业硕士学位后归国,任教期间着手西方文学研究,为初创期的外国文学学科建设奠定了基础。袁昌英有选择地引入西方文明,将它与中国社会文化现象相结合,对塑造青年的科学思维与审美理念起到积极的作用。她常常借用西方心理学对研究对象进行抽丝剥茧式的分析。《释梦》一文运用西方精神分析学说肯定了现代心理学释梦的科学依据,借用弗洛伊德的"潜觉悟""我"等心理学概念对具体的梦进行阐析。文章随后介绍了荣格的观点,将他定位为"吾人只能视为夫氏理论之副助,而不可遽认之为夫氏之替代也"④,引入了檀士烈在《新心理学及其人生之关系》中对弗洛伊德理论的见解以及他的释梦方法。袁昌英认为这三位现代心理学家的理论观点没有根

---

① 陈衡哲.西洋史[M].沈阳:辽宁教育出版社,1998:259.
② 陈衡哲.西洋史[M].沈阳:辽宁教育出版社,1998:79.
③ 陈衡哲.西洋史[M].沈阳:辽宁教育出版社,1998:157.
④ 罗惜春.袁昌英评传[M].湘潭:湘潭大学出版社,2015:30.

本性区别,仅在细节处略有差异。她认为精神分析学说对释梦有很大的帮助,首先,可以从梦中了解到有价值的东西,洞悉真我,以此为根据完善人生。其次,疾病多因压制欲望而生,如果从梦中找到疾病的根源,对症下药就能达到事半功倍的效果。最后,通过梦的科学解析能有效解决现实问题。袁昌英肯定了精神分析学说的功用,并在随后的研究中多次用此方法。她的文学批评《法国近十年来的戏剧新运动》将剧作分为现代悲剧、现代化的浪漫剧、心理分析的喜剧、幻想和诗情化的滑稽剧,注重从心理角度考察作家、作品。在著作《法国文学》中,她把20世纪初期的法国戏剧分为四种类型:后期浪漫主义、象征主义、论文体的社会问题剧、心理分析剧。详细介绍了心理分析的古典主义代表、法国小说界的权威——普鲁斯特,认为他善于抓住隐藏在潜意识与意识中的感觉,这正是对现代人类灵魂最深远最微妙的发明。当时法国学界对普鲁斯特的评价好坏参半,袁昌英已在国内推崇他的文学理念与美学主张,显示出敏锐的学术眼光与独立的治学精神。

袁昌英任教武汉大学时期是她的学术高产期。《莎士比亚的幽默》一文分析了英国人的幽默是西洋文学的特殊产物,他们独特的性灵源于这片娇柔腼腆的山川。轻烟笼罩的自然环境,宽厚包容的人文氛围培养出人们健全和谐的品格。莎士比亚的魅力在于他的幽默感,他之所以成为英国文学史上最炫耀的荣光,除了后天的不懈努力,还离不开生活环境对个人性格与心理的影响。《易卜生的野鸭》用心理学理论分析戏剧抓住观众注意力的重点在于趣味,而趣味产生于"悬点"和有趣的场幕。袁昌英画图示例每一场幕中出场人物的行动是如何制造悬点,列出每一幕的悬点之间相互推进以达到戏剧高潮的行进模式。她在《皮兰得罗》中介绍了罗马女子高等师范学校的哲学与心理学教授皮兰得罗用研究反常心理的成果解析平常心理。这种模式不同于剧作惯常采用的冲突结构。剧本不分幕,剧尾也没有收缩,开放的模式充斥着戏谑诙谐的氛围,拓展了戏剧写作的形式。

袁昌英在论著中大量引入西方心理学研究成果,目的不只是揭开潜意识下人的本质,而是借助科学方法分析、指导文学创作,"真正伟大的作品,对于人心的改造,是有不可讳言的效力"①。在《文学的使命》一文中,袁昌英

---

① 袁昌英.文学的使命[M]//钟敬文.山居散墨.石家庄:河北教育出版社,1994:54.

没有直接说明文学的使命是什么,她先引用高斯渥斯的话指明作者"唯一的野心,只是将自己所见到的真实,朴挚地表现出来;用这真实去捉住读者或听众,使他们性灵里面发生一种精神的或道德的酝酿;由这酝酿的结果,眼界因而扩大了,想象因而提高了,谅解因而增进了"①,借用朱子诗作"问渠那得清如许,为有源头活水来",指出文学要供给活水的源泉,美的文本形式如同天光云影在读者心中游弋,开拓人的眼界,增强人的幸福感,继而推导出文学的使命在于直接供给美感,间接为人类造就幸福。她的论述旁征博引,体现出学者的文化素养与广博的知识结构。

在唯美主义思潮的影响下,袁昌英的文章呈现璧坐玑驰之美。她评析莎士比亚剧作中的人物夏洛克时,起笔引入亚里士多德对世间万物的美学观照,"我们的大千宇宙是一出完美的戏剧",人们面对自然中的戏剧,"万千的星球,日日夜夜,在这无边无际的空间,循环不息的运行。试观我们的日月、星辰、大地、汪洋、四季、潮汐、树木、花草、飞禽、走兽、人类。这一切的组织如何细密严谨。这一切的运行如何平匀流利。这一切的个性,有的如何彰明较著,有的如何隐约朦胧。所以我们若能把自己的性灵修炼到偌大的地步,能够闭上眼睛静赏这出美剧的进行,应是如何畅快的事"②。她认为戏剧产生于自然,也能呈现出与宇宙相抗衡的能量。例如,喜剧中表现的理性、情感、智慧,悲剧中传达的责任、意识、欲望都可以指导人的发展,所以戏剧的力量是伟大的、真切的,继而分析莎翁笔下的夏洛克的性格特点、这部剧作及人物对英国文学乃至世界文学的影响。

阅读袁昌英的论著、文艺批评如沐春风,不仅词句、结构尽显诗意,内容也引导人们走向美的圣殿。她十分推崇唯美主义的理念,她的第一部专著《法兰西文学》细致梳理了唯美主义文学的发展历程,概括其流派特点,并对戈蒂耶、波特莱尔、本威尔、海勒蒂亚等作家进行重点分析。她认为"艺术之于人生正如水之于鱼。戏剧为各种艺术的一种组合有机体,于人生更有若

---

① 袁昌英.文学的使命[M]//钟敬文.山居散墨.石家庄:河北教育出版社,1994:55.
② 袁昌英.歇洛克[M]//钟敬文.山居散墨.石家庄:河北教育出版社,1994:163.

血与肉的密切关系"①。作为唯美主义的代表作,《莎乐美》"在艺术方面讲起来,是一节完整美妙的音乐,是一美玉无瑕的玛瑙"②,但因为剧作内容颓废,全剧整体氛围污秽致使它失去了美的形式,这部剧作不过是几页废纸。随后她分析了王尔德与培特的师承关系与审美差异,认为家庭环境、猖狂的文人气息是王尔德颓废气质的来源。她肯定了培特的唯美主义理论才是最正宗的理论,"在内容方面是完全富于精神的欣赏,高尚意识的培植与愉快,而不容一丝一毫下流的肉感的享乐混在其中。这种唯美主义的训练,对于我们人格的修养,精神的健全,智慧的提高,都只是有益无损。以前大儒蔡孑民先生以及近来朱光潜先生所孜孜称道的美感教育也就是这唯美主义的真谛"③。

  袁昌英对唯美主义的认识有三个显著的特点。首先,她出于对中国社会文化现状的考量,主张将唯美主义限定在理性的范围内。当时邵洵美、叶灵凤等人推崇唯美主义的肉欲表现与享乐思想,以反对文以载道的文学功用,而袁昌英认为颓废气的表达等同于"做了一场噩梦,梦见一群绿头苍蝇,在自己身上乱轰,把四肢、五官、皮肤、筋肉都轰得发麻发肿"④。现实社会中,许多青年借个性解放、婚姻自由的名义行不道德之举,造成了许多婚恋悲剧。如若对享乐主义、颓废气质不加以遏制,那么对青年的成长乃至社会风气将造成不可估量的恶果。其次,她强调内容与形式的完美结合。"上乘的作品,内涵必藉形式而姿态英发,形式必仰内涵而生气蓬勃。"⑤波特莱尔的《恶之花》意在表现丑恶、阴暗的一面,却因艺术化地呈示使诗歌成为法国文学史上划时代的作品。文艺的物料是文字,它由词句、音调、意象、结构共同组成,"内含是由这形式传达出来的思想或是情感,或是意境,或是形象,

---

① 袁昌英.法国近卜年来的戏剧新运动[M]//钟敬文.山居散墨.石家庄:河北教育出版社,1994:76.
② 袁昌英.关于《莎乐美》[M]//袁昌英作品选.长沙:湖南人民出版社,1985:273.
③ 袁昌英.关于《莎乐美》[M]//袁昌英作品选.长沙:湖南人民出版社,1985:276.
④ 袁昌英.文学的使命[M]//钟敬文.山居散墨.石家庄:河北教育出版社,1994:47.
⑤ 袁昌英.文学的使命[M]//钟敬文.山居散墨.石家庄:河北教育出版社,1994:52.

或是事实或这一切的总和"①。如果将注意力只放在形式,不注重内涵,就容易忽略文学表现人生的内面,文章即便获得美的形式,也难以产生经久不衰的艺术魅力。如果文章的形式存在问题,那么纵使内容表达准确也难以称之为文学作品,例如公式化的普罗文学,"感觉如同在康衢大道上,忽然碰见一群张牙舞爪的虎狼,即刻就要吃人的可怕"②。只有内容与形式相互协调,作品才会具备一定的文学价值。最后,她将唯美主义与当下中国社会的美育结合起来,对人格涵养提出富有创建性的看法。她提倡通过内外交融的美学享受培养人们高尚的道德情操与健康的审美情趣,建议人们将美感融入生活,和谐宽容的文化氛围既利于文学的多元发展,也为个体成长提供了适宜的空间。

二、中国文学史的编写与现代学科建设

国有史,方有志,家有谱,中国的修史传统源远流长却没有形成系统。"《庄子》的《天下篇》,《汉书艺文志》的《六艺略》《诸子略》,均是平行的记述。"③民国初年,王国维、蔡元培、傅斯年、沈士兼等学者普遍认同"凡学问之事其可称科学以上者,必不可无系统"④。1919 年,胡适提出"整理国故"的口号,旨在发起了一场"用评判的态度,科学的精神"⑤,对过去一切历史文化做一番系统整理的运动。"国学的目的是要做成中国文化史","一切国学的研究,无论时代古今,无论问题大小,都要朝着这一个大方向走"⑥。现代大学教育刺激了新史的撰写,以中国文学史为例,据陈玉堂《中国文学史书目提要》统计,在 1904 至 1937 年出版的 99 种中国文学史(通史)中明显提及与"教科"相关的至少有 46 种。

---

① 袁昌英.文学的使命[M]//钟敬文.山居散墨.石家庄:河北教育出版社,1994:51.
② 袁昌英.文学的使命[M]//钟敬文.山居散墨.石家庄:河北教育出版社,1994:47.
③ 蔡元培.中国古代哲学史大纲·序[M]//沈善洪.蔡元培选集(上).杭州:浙江教育出版社,1993:48.
④ 王国维.欧罗巴通史·序[M]//谢维扬,房鑫亮.王国维全集(第14卷).杭州:浙江教育出版社,2010:3.
⑤ 胡适.新思潮的意义[M]//胡适文存.合肥:黄山书社,1996:533.
⑥ 胡适.国学季刊发刊宣言[M]//胡适文存二集.合肥:黄山书社,1996:10.

1922年,冯沅君考入北京大学国学门攻读研究生。在专家学者的培养下,她掌握了考据、训诂等研究方法,先后在国学门的期刊《北大国学门周刊》上发表《祝英台的歌》《〈老子〉韵例初探》《楚词韵例》《楚词之祖称与后裔》《南宋词人小记二则》《易韵例初》等多篇论文。毕业后,她将主要精力投入古典文学的教学与研究,与丈夫陆侃如合作完成《中国诗史》《中国文学史简编》《南戏拾遗》等著作,并发表一系列研究论文。冯沅君的治学理念与写作思路深受胡适、王国维、胡小石等教授的影响,她用科学的方法"整理国故",尝试以新的体例撰写文学史,担负起知识分子保存历史文化、传承民族精神的使命。

冯沅君的学术研究成果有以下几个特点。第一,用历史的眼光进行文学史研究,将中国一切历史文化纳入研究系统,上自科学理论,下至山歌之微,扫清门户偏见,等视文学价值。冯沅君与陆侃如合著的中国文学专史——《中国诗史》梳理了中国两千多年来的诗歌发展,大胆破除了传统的文学观念,扩大了诗歌的研究范围。从前所谓的"诗"专指五、七言的古近体。夫妇二人将古往今来一切韵文囊括在内,体现出著者开创新标准的学术自信与独立意识。论著填补了以往研究中缺乏系统性观照的史学编纂,将"南"与"风""雅""颂"四体并置,列出前代学者反对"南"独为一体的言辞并逐一辩驳。关于汉代的乐府诗,先前的史著多集中在乐府民歌研究,著者对此做出全面述评,详设贵族的乐府、外国的乐府、民间的乐府三章。在《中国文学史简编》中,冯沅君、陆侃如将诗词歌赋、散曲杂剧、传奇平话、小说散文统统包括在内,打破了体裁的高下之分,扩大了文学史的研究范围。《南戏拾遗》补充了戏曲史上遗漏的南戏,提升戏曲在文学史中的地位。论著分为上、下两卷,上卷共收录南戏73种,这些新材料从未出现过。下卷包括43种南戏,在赵景深的《宋元戏文本事》、钱南扬的《宋元南戏百一录》中已有收录,两人在其研究基础上进行增补。《南戏拾遗》"目的不仅在辑佚,尤其在本事的寻索。或据古籍的记载,或据同题材而现存的剧本或小说,或据残曲本身。所引书必详注版本及页码,以备复检"[①]。著作题为"拾遗",实则系统整理了宋元南戏,并对有关材料进行仔细考证和详细梳理。在《古优解》中,她又将目光聚焦在中国古代社会地位卑贱的"优"身上,联系社会文化考证

---

① 本社.中华戏曲:第44辑[M].北京:文化艺术出版社,2011:295.

"优"的起源、特征、影响,从历史、社会、心理三个方面分析当时人们需要古优的原因,并在后期陆续发表《汉赋与古优》《古优解补正》等多篇论文,对自己先前的研究成果作出补充。冯沅君在《古剧说汇》附录中撰写了《记女曲家黄娥徐媛》《记女曲家吴藻》,她认为黄娥之于明曲如李清照之于宋词,而先前文学著作只字片语的记录模糊了她的文学功绩。冯沅君考证了黄娥、徐媛的家庭出身、生平事迹以及她们进行文学创作的原因。她对吴藻的个性、身世、文学史成就也进行了详细的分析。在文章结尾她将话题引向社会制度对女性的压迫,解释了历史长河中仅仅出现几位女曲家的原因。冯沅君的论文开创了女曲家研究的先河,她注重社会文化因素对女性创作的影响,真正做到以历史的眼光将"民间小儿女唱的歌谣"与高文典册并置,尽可能地还原历史真相,评述其文学价值。

第二,用考据的方法系统整理研究资料。冯、陆写作《中国诗史》的原因之一是对当下文学史著作的不满,"三千年的文学历史,竟无一本差强人意的文学史——也有译外人所著来充数的,也有杂抄文论诗话来凑成的。书的内容更是可笑——也有远论三皇五帝的文学的,也有高谈昆曲与国运的关系的。个个人都诅咒中国无好文学史,个个人都希望中国有好文学史,然而没有一个肯自己动手做一部文学史"①。1931年出版的《中国诗史》,上起《诗经》《楚辞》,下至明清散曲,附论小曲、歌谣,分析了两千多年来中国诗歌的发展面貌,它不以政权更迭为时代划分依据,突出诗歌体裁变更带来的影响。著者择取历代重要诗人进行详细评述,联系其身世、时代背景分析其创作风格。著作评述较为严谨,带着明显的考据特征,已具备现代文学批评的特点。《古剧说汇》作为一部详尽的戏剧史料汇编,收录了冯沅君十几年来研究古代戏剧的论文。她精细地搜集资料与筛选材料,几乎翻阅了所能获取的全部史料,书中的"勾阑考""做场考"考证了古代舞台的构造与上演的情形,"路歧考""才人考"考证了古剧的演员和编剧人。此外,她还对古代优人、俗讲、赚词、诸宫调、院本、杂剧、南戏进行考辨,理清宋元戏曲的创演过程中一系列细密、具体的问题,对研究古代戏剧具有重要的参考价值。

在著作下设的子目中可以看出著者严谨、系统的逻辑架构。她十分重

---

① 陆侃如.古代诗史·自序[M]//陆侃如古典文学论文集.上海:上海古籍出版社,1987:100.

视章节之间的连贯性,通常设专节讲述文学史上文体的演进过程。例如,《中国诗史》"三国诗"一章分节论述五言诗的起源历程,用大量的篇幅考据汉乐府对五言诗的影响,推翻了先前学界判定的五言诗源于汉初枚乘、苏武、李陵、古诗十九首之类的说法。著者将汉乐府分为三类,贵族特制的乐府、外国输入的乐府、民间采来的乐府,后两者已有较多的五言成分,五言诗正是在乐府时期演化生成的。东汉时期,逐渐出现纯粹的五言诗诗人,如应亨、班固、蔡邕、秦嘉等人,随后她列举三国诗的代表诗人与著作。古代诗歌的演进过程相当复杂,著者别出心裁地将诗歌划分为古代、中代、近代三个阶段,依其特征命名为诗的自由史、诗的束缚史、诗的变化史,并对每一种诗体的萌生和发展演变做出详细分析,清晰地反映出中国古代诗歌的艺术特点。《中国文学史简编》中"唐代的诗"一讲没有按照传统方式分为初唐、盛唐、中唐、晚唐四期。著者认为安史之乱前后的唐诗呈现出迥然的面貌,之前诗歌多歌功颂德、沉迷于酒乐声色之趣,之后转向关注社会病象、离乱苦痛,技术方面也更为纯熟,句法、章法、用韵上更加精巧。著者十分注重研究体例设计,对传统文学的发掘颇具创新,不论从宏观视角上对"诗"史的界定,将古往今来一切韵文囊括在内,还是在下设子目条例中对文学现象的见解,均体现出学者独具特色的治学理念与勇于探索的实践精神,也为文学史研究拓宽了道路。

第三,著者采用比较的方法进行学术研究,分析古代文学的文体特点及其异同,不囿于国学研究的国别限制,借鉴西方学术界的研究成果推进本国学术发展。她在论述中采用科学的方法比较历代作家的个性与共性,避免中国传统学术研究缺乏系统性的弊端。例如,她论及韩愈与孟郊两人都受杜甫的影响,诗歌风格上喜好选奇争胜,但孟郊"喜为穷苦之句",多写仇怨、感伤、病贫之事。比较黄庭坚与苏轼、柳永、秦观时,评论"黄词的豪放处近苏,艳冶俚俗处近柳,婉媚处近秦",但他"学苏而未得其清旷,学柳而未得其详赡,学秦而未得起深切"。[①] 此外,冯沅君的《古优解》用比较研究的方法与外国研究的成果对本国文学现象进行分析,先考证了古优的起源,虽然关于"优"的史料指向8世纪以后,但她参照西方关于"Fou"(侏儒、弄臣)的研究

---

① 陆侃如,冯沅君.中国诗史[M].天津:百花文艺出版社,2008:364.

成果,指出"用优的风气决不始于此时,或者始于西周初年"①。这种比较研究的方法并非严格意义上的比较文学,其目的不在于论证两国文化在历史上的交互影响,而意在借西方的研究成果,从形体特征、智力情况、演出服装、社会地位、精神世界考量古优的特征,同时以 Fou 在西方文学中的地位呼吁中国学界重视古优的史学价值。20 世纪初,冯沅君的古优研究可谓独树一帜,她科学地考证了古优与远古的"巫",近代的优伶之间的关系,突出古优在中国戏剧发展历程中的重要地位,研究填补了中国戏曲史的一大空白,既为演剧人员的存在寻找到历史源头,也为演员的身份演变勾勒出一条清晰的发展路线。

第四,冯沅君的研究著作体现出进化的文学史观。《中国诗史》《中国文学史简编》将文学兴盛与文体演进联系起来,强调文学的时代性与创新性。这种研究体例明显受到王国维"一代有一代之文学"论断的影响,"楚之骚、汉之赋、六代之骈语、唐之诗、宋之词、元之曲,皆所谓一代之文学,而后世莫能继焉者也"②。在《中国诗史》中,著者以诗体变革作为研究的脉络,纵览中国几千年前的诗歌发展史,认为"诗歌变迁的第一关键在汉,第二关键在唐"③,将先秦至汉划归古代,三国至六朝划为中代,唐以后划为近代。古代诗史仅论述诗经、楚辞、乐府,中代诗史限于三国、六朝、唐代诗歌,近代诗史论述唐五代与宋朝的词、元代散曲,不论同一时期的其他文体。论著体现出学者鲜明的主体意识与现代的学术思维,不仅扩大了诗的范畴,将古往今来一切韵文包括在内,还突出表现每一时期新旧诗体交错发生的过程,着重阐明新诗体的萌发、独立、创新的特点。与其说著者在建构一部完整的中国诗歌史,不如说他们意在完成一部古代诗体的代兴史,以揭示文学嬗变的内涵,带有针砭复古文学史观的意味。新的文学史观作为一种思想武器,有力地反击了将词、曲排除在文学研究之外的陈旧观念。但是,他们把"词盛行

---

① 冯沅君.古优解[M]//袁世硕,张可礼.陆侃如冯沅君合集(第 4 卷).合肥:安徽教育出版社,2011:10.
② 王国维.宋元戏曲史[M].南京:凤凰出版社,2010:1.
③ 陆侃如,冯沅君.导论[M]//袁世硕,张可礼.陆侃如冯君合集(第 1 卷):中国诗史(上).合肥:安徽教育出版社,2011:5.

以后的诗及散曲盛行以后的词,则概在劣作之列而删却了"①,摒弃了有较高成就的宋诗、清代诗词,绝对化地论断也使这部学术著作留下了遗憾。《中国文学史简编》同样以文体为轴,从古民族文学开始,依次讲述乐府古辞、三国六朝诗、唐诗、宋词、元明散曲、杂剧、明清传奇、平话、小说,研究其起源、发生、兴盛、分化的过程及原因。最后一讲将行进中的白话文学运动、无产文学运动写入文学史,肯定了白话文的价值,认定中国就此进入一个崭新的时代。在筚路蓝缕的研究路上,冯沅君勇于探索的精神拓宽了现代学术研究的思路与方向。

苏雪林在武汉大学任教期间编写的讲义《中国文学史略》②也将新文学纳入文学史研究。在"西洋文化的输入与五四运动"一章,她把西方文化对中国的影响上溯至汉朝佛教传入时期,而后南北朝佛经译介,明朝天主教传入,清代西洋神学、天文、历法的输入对中国文学产生了持续性影响。她将鸦片战争后,西洋文化的输入分为三个时期。第一期为曾国藩等人主导的以"科学"为核心的洋务运动;第二期为康、梁主导的戊戌变法;第三期是以"道德伦理"为中心的五四运动对传统旧习的革新。论著最后一章"现代文坛鸟瞰"依体裁分类,介绍了诗歌、小品文、小说、戏剧创作方面的代表作家、作品。这种先文体分类,后作家分析的文学史叙述方式成为后来分体文学史的雏形。"中国文学史"作为国文系的核心课程,新文学研究虽然只涉及讲义的最后两章,但它被纳入文学史视野,对其学科化发展、新文学史书写以及现代教育启蒙都具有一定的开创意义。

《中国文学史略》既有对前人研究成果的继承,也体现出著者独特的见

---

① 陆侃如,冯沅君.导论[M]//袁世硕,张可礼.陆侃如冯君合集(第1卷):中国诗史(上).合肥:安徽教育出版社,2011:5.

② 苏雪林的《中国文学史》有三个版本。1934年版的《中国文学史》前设导论,从先秦文学起至两宋词止,共计20章,此讲义并非完本,苏在教学过程中逐渐完成文学史书写。1938年版的《中国文学史略》删除前版的导论,从商代起至现代文坛止,文学史规模完整成型,此书由武汉大学内部刊行,现藏于武汉大学图书馆古籍部。1970年台湾光启版的《中国文学史》与1938年版的《中国文学史略》都是4编,共计30章。每一历史阶段的时代划分点相同,仅每编章节顺序有所调整。因论文考察对象为现代文学时期,故不对1970年版的著作加以参考,1934年版的《中国文学史》并未完成,苏雪林一边讲课一边编写讲义,所以选择以完整版的《中国文学史略》为研究对象,考察她的文学观与文学史观较为妥帖。

解。首先,苏雪林承袭了20世纪二三十年代流行的以文体为经、以时代为纬的体例构造框架①,依文学自身发展变迁将中国文学分为古代文学、汉魏六朝文学、唐宋文学、元明清及近代文学四个时期,认为"研究文学史的人,只宜讨论进化的作品而将那些退化的作品束之高阁"②。她对汉魏六朝文学仅论乐府、五言诗、辞赋、散文;唐宋时期论述诗、词、传奇、话本;元明清时期论述元杂剧与戏曲、明清传奇与散曲,兼顾元明清时期的诗歌、散文、小说创作,没有一味地约束在"楚之骚、汉之赋、六代之骈语、唐之诗、宋之词、元之曲"的进化史观内,而是以开阔的视野看待文学史的发展历程。这种编排方式既淡化了朝代对文学史书写的框定,体现出以文学自身变迁为主线的史学叙述方式,又兼顾同一时期其他文体的发展特征,做到点面结合、主次清晰。其次,苏雪林的《史略》前十讲被认为与冯沅君、陆侃如的《中国文学史简编》前五讲的写作思路、使用材料高度重合,两书都是从考证古代文学起源,对古民族文学进行分类开始。苏雪林虽赞同冯、陆二人将"南"与"风""雅""颂"并立,却对"南"属于楚民族最初的文学持有异议。她认为《二南》产生在动迁左右,应属于周民族时代的作品。又如,冯、陆认为《九章》中仅有《涉江》《哀郢》《抽思》《怀沙》是屈原作品,其余均为伪作。苏雪林则力陈《九章》内的篇目均为屈原所作。最后,苏雪林的治学理念深受老师胡适的影响,在考证过程中她采取"大胆假设、小心求证"的方式,注重挖掘材料、理清脉络、按图索骥、印证判断。她的屈赋研究依照胡适提出的科学方法,"根据内容及形式来断定屈原作品之真伪"。她对杜甫诗歌的分期,宋词的分期参照了胡适的观点,与此同时她也汲取了西方学术研究方法将中国文学置于世界文学中,突破了前人的研究视野,拓展了文学史的研究思路,为她后来形成的"世界文化同源说"奠定了基础。

苏雪林在学术研究中经常以跨文化研究的方法对中外作家进行类比。她论及王维、孟浩然为代表的田园派诗人时,将他们与以法国卢梭为代表的浪漫派以及以英国华兹华斯为代表的湖畔诗人相比较。"以西洋文学家相

---

① 20世纪二三十年代出版的这种体例的文学史著作有凌独见的《新著国语文学史》,胡怀琛的《中国文学史略》,谭正璧《中国文学史》,赵景深的《中国文学小史》,刘麟生的《中国文学ABC》,冯沅君、陆侃如的《中国文学史简编》,等等。

② 苏雪林.中国文学史[M].成都:天地出版社,1934:12.

比李(白)则若拜伦,雪莱,海涅,虽天才绝代而仅此一格,杜甫则若莎士比亚,融铸万象,入于豪端,可称化工之笔。"①李贺"探幽入奥,而以极壮丽之辞采出之"②,他与法国的波特莱尔相似,都喜以腐肉、磷光、死灭等恶丑现象着手表现出颓废的美感。她谈及唐诗发展到第三期崇尚唯美主义文学时,将唐诗与西洋的高蹈派相比。法国文学家戈恬、李司特主张"艺术为艺术",其"作品专讲声调之铿锵,颜色之华美,结构之精致,表面上虽沉博绝丽而内容则殊空虚。……晚唐之诗似亦与此形情相类"③。在1933年出版的《唐诗概论》中,苏雪林采用同样的方法将韩愈诗歌的存在价值与艺术魅力与法国雕塑家罗丹相比,"罗丹所雕之石像筋骨突兀,面目狞恶,乍见之似泥石一堆,未施雕琢,细辨之则神情飞动,真气流注,寓由绝大之天才与工力,韩愈之诗盖亦如此"④。韩愈极度排斥辞藻,诗格之变也是自他而始。苏雪林把中国文学史中的作家与西方的浪漫、写实、唯美、象征、颓废派作家相比较,既重视中国同类别作家之间的承接关系与差异,又将读者引向一个更加广阔的视角了解跨时空领域下中、西方作家的精妙演绎。

她的《唐诗概论》体现出独立的文学史家的眼光,摒弃了严羽在《沧浪诗话》中将唐诗分为盛唐、大历、晚唐三期之说,也没有采用高棅《唐诗品汇序》中分为初、盛、中、晚四期说,而是按诗歌内容和艺术风格将唐诗划为五个阶段:继承齐梁古典作风时期、浪漫文学隆盛时期、写实文学诞生时期、唯美文学发达时期、唐诗的衰颓期。她反对从社会学角度对诗歌分期,认为政治对文学的影响不可一概而论,有时政局经过几度沧桑,而文学进行如故,有时文学已改变方向,而政局依然未动。苏雪林结合诗歌内容与形式勾勒出唐诗发展演变的历史进程,在具体研究中引入诙谐、幽默的审美方式,指出杜甫、苏轼诗歌的幽默趣味,分析趣味生成的原因在于诗人的脾气秉性,往往能在悲苦中寓以乐观,使人读后破涕为笑。她运用实证主义的研究方法细致分析李诗和古代文学史料,论证李商隐《无题》《艳情》诸篇并非君臣遇合的政治寄托,而是其恋爱经过的真实记录。尽管学界对此多有异议,但这种

---

① 苏雪林.中国文学史[M].成都:天地出版社,1934:358.
② 苏雪林.中国文学史[M].成都:天地出版社,1934:368.
③ 苏雪林.中国文学史[M].成都:天地出版社,1934:367-368.
④ 苏雪林.中国文学史[M].成都:天地出版社,1934:361.

研究思路的拓展与审美接受心理的变化带来的创新意义是不容忽视的。

苏雪林在武汉大学任教期间教授"新文学研究"课程。当时的武汉大学崇古思想浓重,文学院长刘永济是楚辞专家,系主任刘博平是《说文》研究专家,中文系的资深教授基本都是古典文学的推崇者,新文学课程起步实属不易。苏雪林还曾遭遇仅有4名学生选课的尴尬情况。在备受冷落的情况下,她兢兢业业地从事新文学研究,以同时代学者、作家的眼光看待发生中的新文学。此前,已有朱自清、杨振声、沈从文、废名的新文学讲义出版发行,但内容较为零散,缺乏系统性。苏雪林的新文学研究涵盖面较广,既能体现出时代特色,呈现民国时期的社会文化观念,又对后来的文学史研究具有重要的参考意义。1934年,苏雪林的课程讲义《新文学研究》[①]由武汉大学印制,她采用了与朱自清的《纲要》相同的体例,讲稿分为总论、分论两部分,分论下设诗歌、小说、小品文、戏剧四部分。她的讲义与朱自清的论著相比内容更加充实,论述对象涵盖文坛"左""中""右"三方,"所论及的面之广,在当时的评论界是无人能出其右的"[②]。20世纪三四十年代,苏雪林发表的作家、作品论大多在此基础上整理形成。她认为仅仅《呐喊》《彷徨》两本小说就足够鲁迅在文学史上占据永久的地位;沈从文雄强狂野的气质为小说带来了不同凡响的艺术效果;冰心是新诗界最有天分的诗人,诗风澄澈而凄美;李金发是中国象征诗派的创世者,诗文充满感伤情调与异域色彩;徐志摩的散文与新诗一样美妙,融合中外文学、白话土语形成了一种奇辞壮彩。苏雪林受传统文学影响颇深,其作家评论显示出新旧思想斑驳交织的特点。她眼中的郁达夫、郭沫若、叶灵凤行为乖张,文章中妖魔化的女性形象使作品艺术风格大打折扣。她在专章中论述了冰心、凌叔华、袁昌英的创作,推崇这些经西洋文明浸染后仍恪守传统美德的女媛。可以看出,苏雪林采用现代理性的方式观照文学,却未脱离传统道德规范对个体的束缚。此外,《新文学研究》采用影响研究的方法考察我国现代文学对域外文学的借鉴。她把凌叔华的《李先生》《有福气的人》与曼殊斐尔的《夜深时》《一个理想的家庭》进行比较,认为两人在心理描写上表现突出,赞誉凌叔华为"中国的曼

---

① 苏雪林去台湾后对《新文学研究》进行整理,1979年出版时更名为《二三十年代作家与作品》。1983年再版时更名为《中国二三十年代作家》。
② 方维保.荆棘花冠[M].桂林:广西师范大学出版社,2006:148-149.

殊斐尔"。她认为王统照的《黄昏》受到屠格涅夫《父与子》的影响,王鲁彦的《菊英的出嫁》似乎从梭罗古勃《未生者之爱》蜕化而出。《新文学研究》全方位、多角度的透视显示出苏雪林的理性思辨能力与宽阔的学术视野,她对作家的点评成为现代文学史研究中的经典,对后来的新文学研究和文学史写作产生了一定的影响。

民国时期,苏雪林的屈赋研究成果众多,发表了《屈原与河神祭奠关系》《〈天问〉里的三个神话》《昆仑之谜》《山鬼与酒神》《〈国殇〉乃无头战神考》《〈天问〉九重天考》等文章。她以世界整体文化观分析战国时期的文学发展,这种观念与战国时期邹衍提出的大九州、大瀛海的观点相似。苏雪林借助中外文化学、神话学、宗教学、民俗学、心理学的研究成果对屈赋进行多角度分析,在对中外宗教故事、神话传说进行深入研究后发现产生于中国昆仑山、印度须弥山、希腊的奥林匹斯山的神话传说非常相似,都是由西亚亚拉拉特山的故事演变而来。屈赋中的哲学、宗教、神话内容也源于域外,那么这就可以解释为何在中国古籍中无法寻得典故出处,为何相隔并不远的后代学者无法理解屈赋的奥秘。苏雪林认为中国文化是西亚文化的冢子,希腊、印度文化也受到两河流域文明的影响。她将屈原置于世界文化中,以域外文化与战国文化的碰撞、交融为线索,阐释屈原作品中未解的奥秘。

《天问》以难以释义著称,苏雪林大胆推测其晦涩难懂的原因在于文献的错简与脱文。她将两句或四句写于一张纸上,重新推敲、组合文章。她在研究中发现《天问》包含了东西方的三个神话故事,在论文《〈天问〉里的〈旧约创世纪〉》《后羿射日神话》《印度诸天搅海故事》中详细阐释。这种世界文化整体观突出了屈原作品中的域外文化成分,跨时空的比较与梳理开辟了屈赋研究的新路径。宏观视野和微观考证相结合的处理方式既是现代、科学的治学方法,也体现出苏雪林坚韧精进的治学精神。她的论文旁征博引、纵横点评、妙语珠玑,其独特的研究视角立于主流文学批评范式之外,对后世的学术研究具有一定的史学价值与参考意义。1950年,苏雪林赴法前夕将《昆仑之谜》《〈天问〉里的三个神话》等文章呈送顾颉刚指正,顾在信中写道:"大作在比较神话学上,在中国神话史上,在中西交通史上,都有极大的贡献与启发。我们从前只就中国史料来研究中国古代史,无论如何解释总不能圆满,联系,总不能灵活,而且也讲不出一个究竟,这是久闷在心头的。自读大作,涣如发蒙,知道许多正统的古代史是由西亚的神话变成的,这怎么不叫人高兴。"①他对苏雪林的研究发现大加赞赏,认为她拓展了屈赋研究的方法,将中外文化融为一体、互为参照。中国经史子集合而为一、互相引证。她宽阔的学术视野也激发了古典文学研究的新浪潮。

1928年,冰心在燕京大学承担戏剧选修课教学工作。1930年,她到北平女子文理学院教授新文学课程。任教期间,她的主要精力集中在文学创作与外文译介,较少从事学术研究。从《论"文学批评"》一文我们可以窥得她"静默"的缘由,冰心认为读者若不了解作家的创作动机,任由自己的心境和成见出发进行文学批评,会"在不自觉里或者便要消灭了几个胆怯的作家"②,作品的原意也被诠释得面目全非。但是,真正了解到作家的创作动机并不容易,"在我未十分明白了解以前,自我这一方面反映出来时,绝不使他们受我丝毫的影响。我只有静默,只有瞻望,只有这漠漠的至诚,来敬礼我现在所不能明了,不能探索的神圣文学!"③。冰心现存的学术研究有1923年燕京大学的本科毕业论文《元代的戏曲》,1926年威尔斯利女子大学的硕士毕业论文《李易安女士词的翻译和编辑》。

《元代的戏曲》前列提纲,后附参考书目,已具备现代论文的特点。起笔论及楚骚汉赋、唐诗宋词各有千秋,"然而作家之盛、作品之多,最能发泄民众的精神,描写社会的状况的,却是没有一时代的文学,能与元曲抗衡"④。她快速切入主题,一一论述元曲类别、历史渊源、作家、结构、角色、思想、艺术特点,认为当时的政治环境与社会因素造成了元曲的兴盛,士人不被重用,物质、精神承受双重苦痛,孤愤之情发于戏曲。士人"虽都是对于时局表示不满,却因着作者个性和处境的关系,有的就看透一切,敝屣富贵,有的就

---

① 顾颉刚.顾颉刚致苏雪林函[M]//沈晖.苏雪林年谱长编.合肥:安徽文艺出版社,2017:305.
② 冰心.论"文学批评"[M]//卓如.冰心全集:第1册.福州:海峡文艺出版社,2012:343.
③ 冰心.论"文学批评"[M]//卓如.冰心全集:第1册.福州:海峡文艺出版社,2012:343.
④ 冰心.元代的戏曲[M]//卓如.冰心全集.第1册.福州:海峡文艺出版社,2012:544.

高声疾呼,痛下攻击。嬉笑怒骂,各成文章,因此造成了一时代惊才绝艳的文学"①。和平派恬淡自然,其文典雅清丽;激烈派愤世嫉俗,其文酣畅淋漓,直指社会黑暗。她认为元曲是中国文学中最好的一种,其意境真挚、修辞自由、不避骈律、旧句,"不必存传世的先见。兴之所至,不着深思,只图发泄胸中的情事与感想"②。随后从意境、修辞方面举例论证。论文最后一章论述了元曲与新文学的关系,从时代方面而言,文学进化的过程是层层打破束缚的过程。文学发展至"曲"时,文体已较为自由,俚语、白话皆可入之。新文学必然在旧文学的基础上加以改进,新诗弃置了音韵、格律,文体自由已达到极致。元曲和新文学时代紧邻,也都属于大众化的表达,值得学者从时代角度深思其意义。由工具方面而言,两者都采用彻底的白话,作家创作的自由度较高。冰心的学术观点新颖、格式规整、论点清晰、引据翔实,特别是她注意到政治环境、社会因素对文体产生的影响,发掘出元曲对当下文学的启示意义。1927年,《燕京大学学报》创刊号刊登了她的毕业论文,版面位居王国维之后,足见燕京大学对其论文的赞赏。

《李易安女士词的翻译和编辑》③是冰心在威尔斯利女子大学用英文撰写的硕士论文。她详细介绍了词的产生过程,由旧体诗到新体诗的文体嬗变及其特征,重点论述易安词的创作缘由、特点。在词人小传中,冰心写道:"对一位女诗人来说,中国是一个困难的地方","东方的文学家们十分厌恶赞美一位妇女文学家!他们即使赞扬,也要带着一种宽容和讥讽的语言"。④论文不仅评析了一位伟大的女词人的作品,还带着重新评判的价值,意在提高女子的社会地位,改变传统的性别观念。为了使美国学者了解易安词,冰心颇为细致地结合时代背景与其生活经历,分析易安词的内容与意境。论文最后附有李易安的25首代表作,并对其中的民俗、典故加以注解。冰心是

---

① 冰心.元代的戏曲[M]//卓如.冰心全集.第1册.福州:海峡文艺出版社,2012:557.

② 冰心.元代的戏曲[M]//卓如.冰心全集:第1册.福州:海峡文艺出版社,2012:566.

③ 1926年夏,冰心将毕业论文呈送美国威尔斯利女子大学研究院。1980年夏,冰心女儿吴冰赴美访问,到威尔斯利女子大学寻得这篇论文的原稿,经校方同意后,她将原稿复印带回国内。

④ 冰心.李易安女士词的翻译和编辑[M]//卓如.冰心全集:第2册.福州:海峡文艺出版社,2012:190.

较早向美国学界介绍李清照诗词的中国学者,她的研究和译介为词的文学审美与中美比较诗学的建立奠定了基础,开启了中美学者、译者参与、研究易安词的滥觞,为诗词研究和译介的多元化合作、发展做出一定的贡献。

除了上述在文学学科建设中发挥才智、做出成绩的名媛以外,另一些人在其他学科领域默默付出,为中国科学事业的起步奠定了基础。林徽因是中国建筑学科和理论研究的创立者和开拓者之一,其研究建立在大量的实地考察和精密测量、分析上,她用西方建筑标准对中国传统建筑形式进行论证,肯定了中国古代建筑的特色和标准,有力地反驳了西方学者对中国古代建筑的歪曲。她在清华授课时期已经意识到建筑与人的关系,将"住宅概论"作为专题研究,体现出学者的敏锐触觉与人文关怀。此外,她提出"建筑意"的概念对建筑学结构体系是一种富有创建性的美学贡献。1923年,获得哥伦比亚大学化学硕士学位的严彩韵回国后在北京协和医学院任教,与丈夫吴宪一同参与建立生物化学学科,建立现代营养学研究体系。冼玉清自岭南大学毕业后留校任教,以广东地区为研究对象,对历史文献、金石丛帖、诗词书画、地方戏剧进行细致考证,生平学术研究成果不下三百万字,为岭南文化的传承、发展作出巨大的贡献。刘恩兰是自然地理学专业第一位女硕士,也是中国地理学会、中国气象学会的创办人之一,被誉为"中国第一位女海洋学家"。1939年,周如松获得伦敦大学博士学位后回国,在武汉大学物理系筹建"内耗实验室",研究位错基本理论,编写《金属物理》等有关教材,筹划中国金属物理学科发展。1943年,程俊英的《中国大教育家》出版,论著系统总结了中国教育思想的变迁,既是一本内容翔实的教育史研究,也为当下为师之道给予方向指引。民国时期,这些具备一定的知识储备与思辨能力的名媛进入学术研究领域,成为近代学科研究队伍的重要组成部分,她们打破性别拘制,以女性特有的细致与敏锐不断开拓研究道路,结合西方现代治学理念与传统学术研究方法,使学科向体系化、规范化、理论化发展,其研究成果也为后世做出参考范式。

"本真的科学研究工作是一种贵族的事业,只有极少数人甘愿选择它⋯⋯他们的本质特征是品德高尚、个体精神永不衰竭、才华横溢,因此精神贵族只能是少数人。大学的观念应指向这少数人,而芸芸众生则在对精神贵族的憧憬中看到了自身的价值。"①雅斯贝尔斯的话用在这群从事学术研究的名媛身上再恰当不过,她们不仅仅是物质条件优越,更是精神上的贵族。学术研究是一条艰苦的路,它不像吟诗作画般调剂着生活的滋味,不似文学创作抒发着自我的心绪,更没有社会名流的身份带来的荣耀与光环。它需要远离喧嚣,耐心处理浩繁的材料,在日复一日的工作中取得一点点的进展。由俭入奢易,由奢入俭难。受战争环境影响,她们生活条件的下降还是其次,精神上的苦难更是对意志的摧残。她们之所以筚路蓝缕、以启山林,与个体的精神信仰有关,她们希望依靠教育唤醒沉睡在迷梦中的人们,依托现代学科发展使国家摆脱困顿的局面。名媛的执教活动不仅为现代学科建设奠定了基础,而且真正体现出大学的意义,读者、学生在学者的言传身教中找寻生命的价值,每一个知识主体在为自我发展、社会进步、国家强盛提供着源源不断的动力。

第三节 学术思维与创作艺术的汇通

学术研究与文学创作采用的思考方式是不同的。治学需要一定的知识储备,缜密的逻辑思维,科学的研究方法和持之以恒的探索精神,而文学创作需要天赋、才情,尽管后天的训练能够提高写作技巧,却无法弥补资才这种近乎本能的特质对文学创作的影响。清朝考据之风盛行,许多文人纷纷转到学术研究领域以期名传四海。袁枚指出"诗不如文,文不如著书,人必兼数者而后传"的说法纯属无稽之谈,传世与否"以实求,不以名取,安在其兼不兼也","精则传,兼则不精,不精则不传",所以他建议"入文苑,入儒林,足下亦宜早自择。宁从一而深造,毋泛涉而两失也"。② 学问与写作并无高下之分,只要能做到精专就有传世的价值。两者对个人素质的要求截然不同,前者需要绝对理性统摄全局,讲究言出有因、有理有据,排斥情绪话语的表达;后者由情感驱使,自由地彰显个性,理智可以节制情感,却不能埋没情

---

① 雅斯贝尔斯.什么是教育[M].邹进,译.北京:三联书店.1991:141.
② 袁枚.答友人某论文书[M]//朱桦.历代名家书简.广州:广东人民出版社,2004:187-188.

感。文学即人学，人性和社会的复杂性为作家选择题材提供了大量的资源，也为想象增添了筹码。

社会角色会对人的思维乃至性格产生一定的影响。作为学者，个人要在卷帙浩繁中理出头绪，运用现代治学理念和科学研究方法进行探索。浩大的工作量加上战时资料难以获取，生活困窘等现实为她们的研究带来相当大的难度。她们秉承着开山劈石的勇气与细致的工匠精神一点点地为现代学科建设添砖加瓦，日积月累的研究也使个人形成了富有逻辑性的思维与冷静、理智的性格。当她们面对研究对象时习惯性地带着问题意识，理性解构材料，"求真"成为行动的旨归。作为作家，她们是表现世界的中介，除了天生的资才外，还需要细致地观察外界，整合各种因素后采用适合的手法进行表达。作家"既不是历史学家，也不是预言家，她是存在的勘探者"①，力求表现客观现实与普世哲学。写作中恣意的情感流露与奔腾的想象增添了作品的风韵，小说往往呈现出"文如其人"的特点。

学术研究、文学创作的特质相差甚远，它对个体思维的强化甚至是互斥的，鲁迅对此颇有感慨，研究需要"沉下心去搜集材料，处理材料，心思一集中在这上面，自然而然地不会胡思乱想也就写不出什么文艺作品来了。人的才智沉下去了就浮不上来，浮上来就不容易沉下去"②。这就要求兼具学者、作家双重身份的知识分子适时地改变固有的思维模式，以纯粹的治学方式求"真"，以多样的创作方式塑"美"。言说者主动调用习得的经验，在知识迁移中对原有的经验模式进行调整，思维方式的汇通与交融在原有的空间体系中开辟出一个新的领域，但也存在一定的风险，倘若没有把握主次分量便会本末倒置，这对主体提出了更高的要求，需要不断优化思维结构与思考方式，才能推进学术研究与文学创作在互动共生中焕发出新的生命活力。

一、学术思维对文学创作的渗透

新文学伊始，胡适呼吁知识分子扩大写作材料的来源，社会上的种种问题都可以用作材料，"凡是有价值的思想，都是从这个那个具体的问题下手的。先研究了问题的种种方面的重重的事实，看看究竟病在何处，这是思想

---

① 米兰·昆德拉.小说的艺术[M].董强，译.上海：上海译文出版社，2013:4.
② 罗常培.苍洱之间[M].合肥：黄山书社，2009:5.

的第一步功夫。然后根据一生的经验学问,提出种种解决的方法,提出种种医病的丹方,这是思想的第二步功夫。然后用一生的经验学问,加上想象的能力,推想每一种假定的解决法,该有什么样的效果,推向这种效果是否真能解决跟前这个困难问题。推向的结果,拣定一种假定的解决,认为我的主张,这是思想的第三步功夫。凡是有价值的主张,都是先经过这三步功夫来的"①。他将写作分为三个步骤:收集材料——观察分析——想象推断,这与他在学术研究中采用的实证主义研究方法类似。文学创作中的问题意识与学术研究中的逻辑论证存在一定的相通之处,社会科学研究通过整理、索引、类比、分析等手段揭示对象的本质和规律,而文学创作中丰富多样的艺术手法使文本风格与思想倾向之间产生较大的差异,但其最终目的都指向社会存在,"存在并不是已经发生的,存在是人的可能性的场所"②。两者都在占有材料的基础上进行客观分析后指明物质的本性。在主体思考过程中,流动的意识会将现有材料与过去形成的表象进行结合,两者的碰撞产生的相互作用成为书写的原动力。如果在流动的意识上添加充沛的情感与艺术表现手法,那么它就成为文学创作中常常运用的想象力。学术研究拒斥感性却不排斥联想,在某些范围内,想象力还会激发学术研究生成新的增长点。

名媛在文学创作时常常表现出清醒的问题意识,她们遵循研究时步步论证的思维习惯规划结构,注重对社会存在的表现,不论通过小说情节呈现问题、表达观点,还是在杂文、诗歌中对现实民生的品评,都显示出她们对社会问题的关注。个体能够敏锐地发觉掩藏在传统文化、行为习惯之下的矛盾点,而后运用多元化的表达方式使现象浮出水面,文章很少出现激情四溢的情感宣泄,常常带有释理的性质。在高等院校系统学习的过程中,名媛对西方文化十分熟络,她们借用多个文学流派的创作理念指导写作,在理论、实践两个方向为新文学学科发展作出范式探寻。同时,她们的学术研究不仅为写作提供了背景材料与素材,也拓展了文学的表现形式与艺术风格。

---

① 胡适.问题与主义[M]//穆洛.胡适精选集.北京:中华工商联合出版社,2020:32-33.
② 米兰·昆德拉.小说的艺术[M].孟湄,译.北京:生活·读书·新知三联书店,1992:42.

现象分析、归纳演绎是学术研究常常采用的方法,运用到文学写作中既增加了"理趣"与思想深度,又调节了女性写作中容易过度抒发的情感,在感性与理性的平衡中提升文化意蕴。陈衡哲《一只扣针的故事》讲述了关于利己与利他,亲情与爱情的故事。丧夫的西克夫人为了给孩子一个安稳的成长环境,拒绝了爱慕者重组家庭的要求,她将全部的精力放在子女教育上。西克夫人的追求者成全了她的愿望,没有丝毫逾矩的行动,还把一生的资产都留给她。文章采用白描的笔法客观陈述事情经过,叙写亲情、爱情却不沉浸在情绪中,通过渲染气氛将情感传递给读者。一边是深情的爱恋,一边是母亲的职责,小说的客观陈述使读者最大程度上贴近情境却不陷于情感,依旧保持理性作出价值判断。陈衡哲在她的散文中也表达过类似的观点,她认为母职是女子的基本职业,倘若做了妻母就要尽力做好这份工作。小说《洛绮思的问题》是对受过高等教育的女性该如何平衡婚姻与事业的思考,陈衡哲通过洛绮思的梦境展现出她真正向往的生活形式,肯定了家庭、事业两全的美满人生。她"之所以显然与一般女作家有所不同者,就是她却能进一步的把这一股炽烈的感情,透过严肃的理智,冷静而客观的描写社会和反映人生。他的写作题材,能够扩展到各方面,而不以身边人物与日常琐事为限;而且还能以其卓越的构想,优美的文笔,运用她的类似象征派的手法与接近理想主义的作风,藉以表现她在文艺创作上的独特风格"①。及至1930年代,陈衡哲的文风发生了很大的变化,这与她20年代开始系统从事史学研究有一定的关系。在史学编写过程中,她意识到文化对民族发展的重要性。于是,她的文学创作更加关注现实民生。《川行琐记》是她入蜀后观察到的社会弊端所作的系列文章。为了改善当地的文化习气,她自觉地承担起知识分子的社会使命,指出当地腐旧的社会风气、女子教育、政府作为存在较大的问题。民国时期,女性获得完满的人生还十分困难,像陈衡哲这样既有自己独立的事业,又能得到丈夫的支持,在生活上幸福美满的人寥寥无几。在当时,她就发现了职业女性面对的诸多社会问题实属不易。直到今天,许多女性依旧在母职与自我,婚姻与事业间踌躇不已,可见她的学者思维表现出的远见卓识与问题意识。

同样,冰心的小说与诗歌创作也体现出浓厚的问题意识。她早期创作

---

① 陈敬之.现代文学早期的女作家[M].台北:成文出版社,1980:19-20.

的小说大多重现象展示,轻问题分析。《两个家庭》呈现出两对青年夫妇的生活状态,接受过新式教育的亚茜把家庭打理得井井有条,只顾自己玩乐的陈太太丝毫不顾及丈夫孩子。从比对中可以得知两位太太的行为处事对人生和家庭的影响,冰心仅在文末借他人之口,将陈太太的悲剧归结为"没有受过学校的教育,否则也可以自立"①。《是谁断送了你》将问题留给读者判断,讲述了怡萱在叔叔的帮助下获得上学的机会,却因一封匿名的求爱信被父母认为道德堕落,被关在家中郁郁而亡。小说最后几句道出问题所在,父亲埋怨叔叔是他建议女子上学导致了怡萱的悲剧,叔叔无奈地叹息着"到底是谁断送了你"。问题的悬置更能引发读者对整个事件的回顾与思考,增添了文章的思想性。后来冰心的《超人》《烦闷》《悟》等小说提出以爱的哲学改造和拯救社会问题的方案。从美国硕士毕业回国后,冰心创作的小说《分》一扫以往她爱的信仰。这一时期,她已经意识到阶级剥削的存在,文章以对比手法表现出两个同时出生、同时出院的婴孩不同的人生经历,从现象分析中得出由于阶层存在使贫富悬殊明显,讽刺了享乐生活的富家子,赞赏了刚决勇毅的劳动人民,肯定了个体为改变命运做出的反抗行为。此外,冰心的诗歌也带着浓淡相宜的哲理性,表现出对社会、自然、人生的理性思考。"成功的花,人们只惊羡她现时的明艳!然而当初的芽儿,浸透了奋斗的泪泉,洒遍了牺牲的血雨"(《繁星·五五》),"空中的鸟!何必和笼里的同伴争噪呢?你自有你的天地"(《繁星·七〇》),"理智富而情感分子薄"②的创作增添了文本的思想性,也是阅历丰富与心智成熟后个体表现出的睿智与通透。

留学海外的名媛接受过西方系统的学术训练,长期对西方文化的研究使她们在创作时自觉地采用西方理论分析问题、组织结构。袁昌英改编的中国传统戏剧《孔雀东南飞》明显受到弗洛伊德精神分析学说的影响,以探索人性为核心,融入追求个性解放的五四精神,又引入西方观念建构戏剧冲突,发掘中国经典剧本的生命力。学者思维使她在面对材料时,没有依照惯例以夫妻两人的感情发展为主线,而着重分析"休妻"这一幕,"中国做婆的

---

① 冰心.两个家庭[M]//卓如.冰心全集:第1册.福州:海峡文艺出版社,2012:19.
② 梁实秋.《繁星》与《春水》[M]//范伯群.冰心研究资料.北京:北京出版社,1984:370.

自古就有绝对的威权处置儿媳的。焦母之驱退兰芝不过是执行这权威罢了。然而这个答复不能满足我。我觉得人与人的关系总是有一种心理作用的背景"①。焦母早年丧夫,导致她过度依赖儿子,形成恋子的变态心理,她在虐待儿媳中获得心理满足,"难道只有我苦得,别人苦不得吗"。袁昌英进一步挖掘导致焦母精神变态的原因,年纪轻轻的焦母丧夫后,在封建宗族制度和贞节观念的压抑下生理和心理都发生了扭曲。她敏锐地揭露焦母的隐痛,用精神分析法对人性进行深入剖析,揭示出母性中的阴暗面及其变态心理的缘由,加强了作品的文化内涵与艺术张力。

作为莎翁研究专家,袁昌英的文学创作深受莎士比亚戏剧理论的影响,在创作主题、人物塑造、艺术风格上都不同程度地借鉴了莎剧。她在戏剧中歌颂爱情、赞美友情、提倡自由、追求浪漫,塑造了一系列人文主义者。《结婚前的一吻》中善良敦厚、重情明理的李雅贞;《究竟谁是扫帚星》中独立善断、理性果决的玉芳;《人之道》中慷慨大方、才思敏捷的梅英;《活诗人》中天真可爱、聪慧机敏的李雪梅;《文坛幻舞》中意志坚定、高洁独立的蓉英。这些心地善良、有勇有谋的女性形象对过于强调个人主义,或沉迷于享乐的新女性形象具有一定的纠偏作用。袁昌英还在剧本中探讨了文学的本质与意义,通过《活诗人》《文坛幻舞》中主人公的经历阐释她的文学理念,"诗人必有诗人的人格,诗人必有诗人的情感。没有真挚的情感与高尚完美的人格,任他的诗写得如何天花乱坠,也不能成为真正的诗人"②。由金钱、欲望支配人性发展,势必会造成艺术堕落的情形。她的散文《行年四十》从现代医学、心理学、哲学角度阐述人到四十岁时的生理和心理变化。《漫谈友谊》解释了人需要情感慰藉的需求,在心理学上称作"爱群天性"。名媛在写作时引入西方文学流派的创作理论和方法屡见不鲜。苏雪林借用法国学者伯格森的生命哲学理论创作小说《回光》;冰心借鉴梅特林克象征主义表现手法写作的散文《往事》;林徽因运用象征、暗示、意识流手法写作的小说《窘》《九十九度中》。她们拓展了文学的表现内容和表达方式,呈现出以女性为经验主体的审美视角与精神内涵。

学者思维还会激发个体的创作灵感,苏雪林就从南明历史研究中找到

---

① 袁昌英.《孔雀东南飞》及其他独幕剧[M].商务印书馆,1930:1-2.
② 袁昌英.活诗人[M]//张翅翔.袁昌英作品选.长沙:湖南人民出版社,1985:67.

了写作素材,"预定作为短篇小说题材者也不下十六七处之多"①。1945年出版的《蝉蜕集》中的7篇小说均取材于她所著的《南明忠烈传》②,文章借古喻今,痛斥南明官场腐败、社会混乱,暗指抗战时期中国社会的黑暗,同时她也塑造了一系列葆有民族气节的忠臣志士。《秀峰夜话》中,她借人物对话提出解决社会问题的方法,"整顿之道,则必须涤去老庄之余毒,注入西儒那点认真的精神"③。她不仅在学术研究中引入西方的治学方法,而且在作品中也呼吁大众以科学的方法进行一场从器物到精神领域的变革。她严谨的治学精神也体现在小说创作中,《蝉蜕集》虽是一部历史小说集,苏雪林却在每篇文章后附上参考材料,力求有史可寻。这种考据方法用在小说写作上增加了文章的可信度,也为民众效仿先贤志士,抵抗日本侵略者增添了民族自信。小说集《天马集》是她在研究屈赋时发现希腊神话对屈原创作的影响,由此产生了改写希腊神话的念头。一系列神话小说表达出理想环境需要自由、权威、秩序的相互制约,自由要在权威和秩序的限制内,秩序要做到保持社会稳定兼顾个体自由,权威需受到一定的限制,如果它超出规定势必受到他者力量的挑战。苏雪林在学术研究与文学创作中时时体现出对现代社会制度的思考,在个人主义泛滥的年代,这类由神话传说扩展至社会关系的考量凸显了学者的思想高度与责任意识。

苏雪林留法期间系统学习了西方绘画艺术,她常常用西画观察、透视的方法谋篇布局,文章宛若一幅水彩画,构景布局错落有致。《鸽儿的通信》里丰富的色彩变化与景物描写传递出少妇敏感的内心,她寄给丈夫的每一封信诉说了生活中所见之景,倾吐着内心的孤寂与担忧。"昨晚我独自坐在凉台上,等候眉儿似的新月上来,但它却老是藏在树叶后,好像怕羞似的,不肯和人相见。有时从树叶的缝里,露出它的半边脸而,不一时又缩了回去。雨过后,天空里还堆积着一叠叠的湿云,映着月光,深碧里透着淡黄的颜色,这淡黄的光,又映着暗绿的树影儿,加上一层濛濛薄雾,万物的轮廓,象润着了水似的,模糊晕了开来,眼前只见一片融合的光影。"④通信之初,她的言辞婉

---

① 苏雪林.蝉蜕集[M].上海:商务印书馆,1946:1.
② 历史传记《南明忠烈传》从明朝崇祯皇帝自尽后,皇室宗亲在南方建立的统治政权起,记录了自1644年至1662年间,近百位忠烈志士的生平事迹。
③ 苏雪林.蝉蜕集[M].上海:商务印书馆,1946:84.
④ 苏雪林.鸽儿的通信[M]//沈晖.苏雪林选集.合肥:安徽文艺出版社,1989:168.

转,带着闺秀的娇羞。在极度思念丈夫时,她眼中的景物也似乎有了心事,"这道溪流,本来温柔得象少女般可爱,但不知何时流入深林,她的身体被便被囚禁在重叠的浓翠中间。早晨时她不能更向玫瑰色的朝阳微笑,夜深时不能和娟娟的月儿谈心,她的明澈莹晶的眼波,渐渐变成忧郁的深蓝色,时时凄咽着幽伤的调子"①。漫漫长日,她的思念也带上了担忧,花园中争奇斗艳的花朵加剧了她的焦虑,她把自己比作向日葵向丈夫表白忠贞,"葵花的中心,更是可佩的:她知道自己比不上群花的娇美轻盈,也不敢冀望太阳爱她,但她总是伸着她长长的颈,守着太阳的踪迹,太阳走到哪里,她的颈也转到哪里。轻佻的花儿们和太阳亲热不上两三天,又和风儿跳舞去了,但在萧条的秋光里,还见葵花巍然地立着,永远望着太阳!"②。若长期没收到丈夫的信,她"心理的忧闷,象雨后遥山一般,浓酽酽的又翠深了一层"③。远山近景、花草树木皆染上思妇的哀愁,浓翠深蓝、淡黄红日成为她情绪的指示灯。一幅幅色彩明丽、构图精巧的水彩画体现出妻子的心理变化。同样,《绿天》《棘心》《未完成的画》中的整体结构与色彩绘图使文章增色不少,也塑造了苏雪林独特的审美风格。

凌叔华则把中国传统绘画技艺融入小说创作,用丹青笔墨勾勒人物线条,以淡雅笔致描摹万千风物。文章流淌着清幽秀丽的古典韵律,散发出深远丰厚的意味。凌叔华幼承缪素筠、王竹林、郝漱玉等名师门下,后来成为北京画会的参与者,曾在燕京大学教授"中国艺术史"与"中国绘画"课程。她擅长以画理入文,《绣枕》其实可以看作两幅画。一幅是婚前大小姐绣枕的画面,暑天里仔细做工的大小姐,一针一线细密地绣着东西,认真的神情里寄托了少女的相思。另一幅是大小姐得知绣枕被人糟践后黯然神伤的画面。两年后一个夏天的晚上,大小姐与小妞儿闲聊时得知自己费劲心力的绣品被别人糟践。凌叔华以绣枕为"画眼",由整体场景推动故事发展,人物作为环境中的一角出现,不是人物推动情节发展,而是依靠画面对比呈现人物前后的内心变化,表现出女性的身份地位与狭窄的生存空间,这种强烈的

---

① 苏雪林.鸽儿的通信[M]//沈晖.苏雪林选集.合肥:安徽文艺出版社,1989:171.
② 苏雪林.鸽儿的通信[M]//沈晖.苏雪林选集.合肥:安徽文艺出版社,1989:175-176.
③ 苏雪林.鸽儿的通信[M]//沈晖.苏雪林选集.合肥:安徽文艺出版社,1989:176.

画面反差也带来了回味无穷的审美效果。

以画理作文的方式具备以下几个特点:首先,作者注重对空间环境进行整体观照,人、事、物、景属于空间的一部分,错落有致的安排中既注重整体画面和谐统一,又着重突出"画眼",同时依靠色彩变化、笔墨线条传递意味。其次,习画带来的艺术品位对个体审美产生了深刻的影响,她的文章畅达而有余韵,清丽而有气度,多一分色彩则艳俗,少一分笔墨而寡淡,在平衡中达到精巧、细腻的美学效果。最后,她在写作中善于采用留白的绘画手法,花开半朵,酒至微醺为的是保持布局结构的通透,留下充足的空间供读者展开联想,这种独特的艺术手法也增添了文章的个性特色。

另一位名媛林徽因的诗歌体现出建筑的气韵,勾勒出一个兼具美与力的空间。她的建筑学研究对文学创作的影响主要表现在两个方面:一是文本形式体现出建筑的结构特点,有的诗歌体式如同飞檐造型,如《深笑》前4句是长句,字数在8到11字,整齐中略有参差,后两句均为2字,承接前句的情绪并延伸整首诗的格调。有的诗体如同曲廊式结构,如《笑》共分2节,每节7句,都采用首尾长句、中间短句的结构,且字数基本相同。诗歌由人物面部特征入手,从甜美温柔的表情荡漾到远处,水波云彩都感染了人的笑意,如同曲廊般带给读者层次丰富的雅致之感。有的诗歌采用极其规整的几何形式,如《深夜里听到乐声》严格遵循了节的对称、句的均齐。全诗分5节,每节3句,首尾长中间短,整齐中的起伏带来节奏的顿挫与情感的悠长。她善于根据不同的内容选取适宜的形式,使诗歌呈现出和谐灵动的建筑之美。林徽因在中国古代建筑研究中曾提及"支撑那屋顶的柱梁部分,也就是全部的木造骨架,这全部木造的结构方法"①,这是研究中国建筑的关键所在。她的小说《窘》沿着骨架生成肌理,由"窘"一字贯穿全篇,搭建出一个成熟男子与少女之间产生暧昧情愫的空间结构。《九十九度中》采用了建筑学中的榫卯结构,每一个人、一件事都是独立的板块,她将板块整合在20世纪30年代的社会城市中,在"柱梁"的连接下所有的人物、事件平行运动,这与西方文学创作中的意识流有异曲同工之妙。二是把建筑物作为表现对象,赋予它们生命力与文化意蕴。《忆》《六点半的下午》《静院》中的"窗户",《深笑》中的"百层塔""琉璃檐",《红叶里的信念》中的"一角高楼""石桥""白栏杆",

---

① 林徽因.绪论[M]//梁思成.清式营造则例.北京:中国建筑工业出版社,1981:3.

处处景物处处情,林徽因把建筑实体与诗情有机结合,拓展了诗的表现形式与表达内容,用艺术的手法分析与传递建筑物的美学价值,为它增添生命灵性与人文魅力。

学者思维对文学创作的渗透也是文学空间多元化需求的表现,既有利于创作领域的发展,对学术研究视野、方法的开拓也具有促进作用。学术思维对创作的影响并非单一的传递,它存在多种可能却又各有倚重。睿智、包容的学者风范使名媛的理性审思蕴含着温度,数十年的历练成就了她们恬淡、清丽的人生哲学。战争年代,唯有这样的精神与意志才能支撑个体坚持不断地为中国现代学科和新文学建设做出奉献。

二、创作实践对学术研究的影响

新文化运动响亮地提出"个人主义"的口号,它肯定了个体作为"人"的价值,尊重人的需求与自由发展,提倡探索人的存在意义。一时间,名媛的文学写作从不同角度反映人生的意义,追求真善美融合统一的人文情怀也为她们的学术研究增添了温度。在实际创作中,名媛意识到文化改造人心的作用,著书论说时偏爱以文化为中心统筹古今中外的史料。这些论著辞章华茂、婉转有致,不仅是学科研究中的经典范本,其自身也是一篇华彩流利的美文,她们的表达为现代学术著作增添了美学价值。

科学家的求真务实与诗人的浪漫情怀使林徽因面对中国古代建筑时,发现它除了诗意和画意之外,还有"建筑意"。她对这个概念没有直接下定义,而是以物拟人、以情入理,营造出情感充沛的意境传递"建筑意"的特点。

顽石会不会点头,我们不敢有所争辩,那问题怕要牵涉到物理学家,但经过大匠之手泽,年代之磋磨,有一些石头的确是会蕴含生气的。天然的材料经人的聪明建造,再受时间的洗礼,成美术与历史地理之和,使它不能不引起赏鉴者一种特殊的性灵的融会,神志的感触,这话或者可以算是说得通。

无论那一个巍峨的古城楼,或一角倾颓的殿基的灵魂里,无形中都在诉说,乃至于歌唱,时间上漫不可信的变迁;由温雅的儿女佳话,到流血成渠的杀戮。他们所给的"意"的确是"诗"与"画"的。但是建筑师要郑重郑重的声明,那里面还有超出这"诗"、"画"

以外的意存在。眼睛在接触人的智力和生活所产生的一个结构,在光影恰恰可人中,和谐的轮廓,披着风露所赐与的层层生动的色彩;潜意识里更有"眼看他起高楼,眼看他楼塌了"凭吊兴衰的感慨;偶然更发现一片,只要一片,极精致的雕纹,一位不知名匠师的手笔,请问那时锐感,即不叫他做"建筑意",我们也得要临时给他制造个同样狂妄的名词,是不?①

在她的观念中建筑有灵魂,从它诞生的那一刻起,它就是一件艺术品。一砖一瓦、一城一池与此地的环境、文化相互融合,不仅实实在在地印刻了当时社会的审美观念,欲绝还休地诉说着审美的变迁,还承载了众多人事的悲欢,成为文人墨客的创作来源。如果孤立地把建筑看作科学研究的对象,丢掉其文化意味,那么建筑就只是一堆冰冷的空间结构体,丧失了它的社会价值与人文意义。林徽因将科学与文化结合,建构了富有人文气息的建筑学研究体系。民国时期,她就开始关注民居设计,这种超前性和敏锐度除了专业背景知识外,还需要宽广的社会视野。她的论文数据翔实、论证严密,文章纵横捭阖,为起步阶段的建筑学发展增添了通达性与深广度。《清式营造则例》谈及斗拱时,当时学界尚未发现确切材料证明斗拱在秦汉之前已经出现,林徽因的古典文学素养为她的论证找到了文献支持,《论语·公冶长》"臧文仲居蔡,山节藻棁",《鲁灵光殿赋》"层栌磥垝以岌峨,曲枅要绍而环句",她推测山节、层栌、曲枅应该就是如今的斗拱,但依靠文人词句进行论证不符合严密的科学考据要求,她自己也意识到这个问题,却坚持认定斗拱与华夏文化同长,虽然现阶段的资料和成果不足以支撑其论点,却希望后来的学者能够意识到辞文辅助的材料,在科技提升后证明其猜想。

陈衡哲进行西方史学研究时以文化为中心,"凡是助进文化,或是妨害文化的重大事迹和势力,都有历史的价值"②,她从一个新的角度解读西洋历史的发展历程。"亚历山大的十万刀兵,却比不上小小的二十四个希腊字

---

① 林徽因.平郊建筑杂录[M]//陈学勇.林徽因文存:散文 书信 评论 翻译.成都:四川文艺出版社,2005:9.
② 陈衡哲.西洋史[M].沈阳:辽宁教育出版社,1998:11.

母"①,兵亡刃销后,希腊字母依然存在。这分明展现出一位学者对文化发展的关切,她眼中穷兵黩武的意义并非开疆拓土,而在于促进了文化的融合。虽然陈衡哲研究的是西洋史,却常常将西方历史与中国社会情况相联系,把史学研究落实到人的发展,揭穿武人政客的黑幕,指明中国未来的发展道路。她在论说时穿插中国古典诗词,一是拉近西方历史与读者之间的距离,用国人熟悉的典故理解域外文化。二是在严肃的史论中通过诗歌调节整体节奏,"使真理与兴趣同时实现于读者心中",避免产生阅读疲劳。陈衡哲的人文之思使她能够从传统书写中脱离,严谨务实的史学家的一面与富于人文关怀的文学家的一面相融合,造就了气度宽广、文采斐然的史著,也真正体现出以史为鉴的学科使命。

苏雪林的《唐诗概论》运用了"移情"的方式分析盛唐边塞诗人岑参的诗歌,"他有一种热烈豪迈的性格和瑰奇雄怪的思想,最爱欣赏宇宙间的'壮美',以及人间一切可惊、可怖、可喜、可乐的事物。而环境恰恰又成全了他。十余年间驰驱戎幕,经历边塞,所见所闻,都非常人臆想能及。像那峥嵘的火山,翻腾的热海,阑干百丈的瀚海坚冰,千峰万岭银光皑皑的大雪,九月怒吼驱山走石的狂风;以至于悲壮的胡笳,豪宕的蛮舞,草头一点疾如飞的骏马,二百万浩浩荡荡的大行军……"②苏雪林好像伴随着岑参的人生,经历了十余年的戎马生涯,壮美的景物、豪宕的山川影响了诗人的性格,也造就了豪迈瑰丽的诗风。"情感的共鸣体验,它与另一个个体的情感相一致,但并不必然同一"③,先天性格与后天行为之间的差异使得"移情"势必存在偏差,如果论著掺杂了过多的情绪与想象,就会摧毁学术研究的本质——真实。苏雪林关于李商隐爱情诗的考证,以及她对现代文学作家的评价都表现出过多的个性特征,她自己也意识到这个问题,辩称"我的讲义给应赞美的人以赞美,应咒诅的人以咒诅,说丝毫不会夹杂私人的情感是未必,说绝对没有偏见也未必,不过我总把自己所想到看到的忠实地反映出来"④。特异的

---

① 陈衡哲.西洋史[M].沈阳:辽宁教育出版社,1998:62.
② 苏雪林.唐诗概论[M].沈阳:辽宁教育出版社,1997:39.
③ 阿尔文·戈德曼.认知科学的哲学应用[M].方环非,译.杭州:浙江大学出版社,2015:141.
④ 苏雪林.我的教书生活[M]//沈辉.苏雪林文集:第2卷.合肥:安徽文艺出版社,1996:89.

写作使她在学界受到"野狐禅"之讥,但这种探究方式也促进了思想观念的更新,拓展了研究视域,具有一定的创新价值与启发意义。

苏雪林的学术研究受创作实践的影响不止于此,想象力也激发了她的学术灵感。她在考证李商隐的诗歌时,通过资料索引、文献互证,大胆猜测李义山的诗歌大多叙写了爱情,并通过文献整理推断诗人的恋爱对象为女道士、宫嫔,甚至在论证中得出宫嫔的名字为飞鸾、青凤。论作言之凿凿却缺乏实据,大多在想象中得出的结论。多年后,也许苏雪林意识到《李义山恋爱事迹考》立论欠缺,再版时将书名改为《玉溪诗谜》,以解谜的形式探索诗歌内容,也算是剥下了考证的学术外衣。学术研究中,文人气质的过度渗透会使著作个性突出而理性不足,联想丰富而欠缺实证。艺术想象与科学想象存在一定的差异,想象利于创新,是推进学术研究的要素,但研究却不能只为了创新,毕竟科学的根基在于求真,倘若在"真"的基础上倾注了"美"的文辞,则会提升论著的美学境界,使读者获取知识的同时也别有幽怀之感。

陈衡哲做史学论著的目的之一是"使真理与兴趣,同时实现于读书的心中"①,为了让国人读懂西洋史,她的写作语言平实贴切,介绍中古与近世的差异时她写道,"中古的代表,比如是一个戴着面幂,关在小室中的干瘪僧侣;近古的代表,却是一个享受'现在'和'此地'之美的强健少年。前者的人生观是出世的;后者的人生观是入世的。前者是中古文化的结晶,后者是希腊精神的复活,也就是近世文化的种子"②。这种表达更像是在"说历史"。她在叙述战争过程中花费大量的笔墨讲述一个农家姑娘的爱国事迹,为史著增添了可读性与趣味性。至于袁昌英的论著处处体现出唯美主义的风格,上一节已有具体分析,此处不再赘述。林徽因在建筑论作中融入古文笔法,将文体与研究对象相融合,端正典雅的文辞增添了建筑的凝重气韵,使论著整体余韵畅达、气骨凌然。"追徽宗立,以天纵艺资,入绍大统,其好奢丽之习,出自天性。且奸邪盈朝,掊剥横赋,倡丰亨豫大之说,故尤侈为营建。崇宁大观以还,大内朝寝均丽若琼瑶,官苑殿阁又增于昔矣。……五六年间,穷索珍奇,纲运花石;尽天下之巧工绝技,以营假山,池沼,至于山周十余里,峰高九十步;怪石崭崖,洞峡溪涧,巧牟造化;而亭台馆阁,日增月益,

---

① 陈衡哲.西洋史[M].沈阳:辽宁教育出版社,1998:6.
② 陈衡哲.西洋史[M].沈阳:辽宁教育出版社,1998:140.

不可殚记;其部署缔构颇越乎常轨,非建筑壮健之姿态,实失艺术真旨。"①苏雪林的评论笔锋犀利,句句华彩,引人入胜,她评价唐朝诗人李贺"思想每能曲折地透进几层,故一平常观念也能写成奇语,好像太阳射过三棱镜,映出璀璨的七色光线一般。他从六朝宫体采取香艳的感情和华丽的辞藻,使诗恢复了'美'。又以李白之飘逸,韩愈之险怪,孟郊之刻削,融在一炉,百炼千锤成为他自己的奇辞壮采"②;论及徐志摩的诗歌时,从形式、精神两方面进行研究,认为诗人"永远像春光、火焰、爱情。永远是热,是一团燃烧似的热。他燃烧自己的诗歌发出金色的神异光,燃烧中国人的心,从冰冷转到温暖,如一阵和风,一片阳光,溶解北极高峰的冰雪,但是可怜的是最后燃烧了他自己的形体,竟如他所说的像一只夜蝶飞出天外,在星的烈焰里变了灰"③。跟随苏雪林洋洋洒洒的言辞,似乎能在飞花溅藻间体会徐志摩诗歌的绚彩之美。学术著作中的优美文辞源自女媛多年的文学习作凝练出的笔法,清俊秀丽的语句为论文增色不少,既使读者受到思想启发,也在阅读中自然而然地经历了一场美的洗礼。

人的主观性决定了个体思维能够将此时与彼时,概念与表征联系在一起,通过科学的训练,个体具备发觉、探索、呈现物质自身特性的能力。同样,写作带来的思维惯性与表达方式也会不自觉地迁移到学术研究中,适度地运用会为论著增添个性色彩。名媛的文人气质造就了学术著作的别样风姿,却也难免遭到诟病。仔细想来,论著的标准化与经典性处于不断建构与解构的过程中,在任何时期学术争鸣都是促进文化发展的有效手段,如果用当下的标准审视现代学科建设初期的研究成果未免过于苛责,正如胡适所说"宽容比自由更重要",学界需要自由的空间,也需要宽容的环境造就良好的研究氛围。女学者肩负起文化传承与建设的使命,同男性知识分子一起探索中国现代社会科学的发展方向,为大学学科的正规化、现代化,学科体系系统化作出了不容忽视的贡献。

---

① 林徽因.中国建筑史宋辽金[M]//陈学勇.林徽因文存 建筑.成都:四川文艺出版社,2005:91-92.
② 苏雪林.唐诗概论[M].沈阳:辽宁教育出版社,1997:104.
③ 苏雪林.徐志摩的诗[M]//沈晖.苏雪林文集:第3卷.合肥:安徽文艺出版社,1996:140.

余 论

名媛参与、见证了中国现代文学的发生与发展,个体也在文学创作的真实与虚构间重新经历了一场精神上的洗礼。囿于社会、文化、心理以及民族矛盾、阶级矛盾的制约,名媛们自我意识的觉醒、形成与生长过程有许多不同。追寻她们的家庭环境、教育经历、文学创作、编辑活动、学术研究,能够发掘出女性获取社会认同,建构自我身份需要经历的一段漫长而曲折的过程,即认识自我——再现自我——发展自我。

首先是认识自我。个体在接受教育的过程中获得了一定的知识与经验,但还缺乏激发自身需求的动力,在某一刻社会现实映射内心后的强烈欲望,便于她们结合教育中习得的理念,体会自我的存在,思考个体的生命价值并对此作出一系列反应。"五四"时期,"娜拉"们尝试打破封建枷锁对个体身心的桎梏,经历了一系列困惑与冲突,付出了血与泪的代价,这些反叛行动反而激发了主体性生成,也使她们对矛盾深源有了一定的认识。名媛试图冲破性别拘执却面临着被物化的危机,不论忍耐顺从还是决绝反抗,她们都未能跨越男权的藩篱。异质空间下的生存实践使名媛的自我认知发生了极大的差异,个体或是在革命炼狱中接受洗礼,重获新生;或是在低气压的空间下发觉金钱、物质对生存的重要。个体社会化的过程也是深入了解自我的途径,她们在与外部世界的磨合中不断调整发展方向与方式,试图摆脱社会、性别、制度的约束,辨明真实的自我需求,依从自我意志作出价值判断。

其次是再现自我。再现的途径包含两个方面,一是在现实中进入社会各个领域的名媛,通过作家、主编、学者等身份尝试打破传统观念的约束并建构自我。二是文学文本中呈现出的名媛形象,她们映射了作者的思想与情感,被寄予一定的文化意蕴与审美取向。不论在现实社会还是想象空间,再现都要面临压制女性成长的、较为稳固的社会文化体系。对此,女性须经历先解构再建构自我的过程,它需要主体具备一定的能力与素养,面对长时间存在的困难依旧葆有进取精神与思辨能力,若个人缺乏成熟的条件,那么再现的效果会大打折扣。因为解构这一环节难以找到矛盾焦点且抗争时间较长。如果将矛盾指向菲勒斯中心主义结构争夺性别权利,要求两性平等,那么名媛必定会在斗争之初就被迫偃旗息鼓。比如,丁玲《莎菲女士的日记》中的莎菲,庐隐《象牙戒指》中的沁珠,白薇《炸弹与征鸟》中余玥、余彬两姐妹都试图在两性关系中占据主导地位,无论是及时退出恋爱游戏,保持自我独立的莎菲,还是不敢直面婚姻,导致恋人死亡,终身悲苦的沁珠,抑或是想通过革命事业获取平等身份的两姐妹,无一例外都在自我与外界的斡旋中陷入精神危机。且不说难以撼动稳固的男权秩序,即便个体的自主性有所增益,带着针对性质的行动必然导致身心混乱的负面结果,最终只是换了一种形式的压迫而已。

如果将矛盾指向封建传统秩序,其中就存在一个如何分辨的问题,并非所有的传统思想都是糟粕,但传统思想中又保留有男权的印记。改革制度并非最大的困难,难点在于发觉潜意识中影响世世代代行为习惯的秩序,那些被守旧派奉为安身立命的准则。它经历了时间的磨砺,口耳相传至今,这种稳固的结构一旦上升到行为准则的高度,人们便难以发觉它的支配性。"从来如此,便对吗",鲁迅在百年前就提出了警示,直到现阶段那部分束缚自我发展的思想依旧存在且难以根除。比如,"贤妻良母"的身份特征太过于经典化,以至于在亚洲文化圈的影响力经久不衰。它被誉为女性的传统美德与荣耀光环,如果现代女性发展的超前一些,就有卫道士议论、讥讽,像品评稀罕物件一般细细打量留洋女子的一举一动,陈衡哲、袁昌英、苏雪林等人留学归国后都曾被四邻围观。在现实中,名媛努力平衡事业与家庭,也感到无尽的压力与疲累;在写作中,她们通过不同的路径选择,勾勒出理想女子的模样。思想的洗涤需要一个开放的平台,也需要个体领悟到缠绕在自身周围的问题,不再盲从所谓的"道德"与"准则"。女媛从两方面解构压抑自我发展的社会文化体系更像是一种策略,而并非目的。抗争虽不能瓦解个体周遭有形或无形的压制,却能消磨掉部分不利于个人成长的规矩,为自我主体性的发展开拓适宜的空间。

在没有先前参照的情况下,名媛的自我建构如同围棋的初学者,明确知道不能走哪几步,却不知道该走哪一步。如果再加上几招不慎,个体极易陷入迷障,进而对过往的选择产生怀疑。"五四"时期陷于知识苦愁、情智冲突的名媛;20世纪二三十年代在革命与恋爱中徘徊的名媛,每一次时代浪潮的袭来对她们来说都是一次人生的考验。如果把"他者"和"自我"的势位关系看作空间系统中的一对结构,那么"自我"的膨胀势必影响权利结构的变化,一旦对原有平衡状态构成潜在威胁,周遭环境也会处于紧缩状态,空间内的开放性大不如前。如此,名媛要想获取话语权利与身份认同需要积蓄足够的势能,借助空间结构内可利用的资源,包括暂时与她们处于对立位置的"他者"的力量。但是,面对外部援助时,她们需要理性审思其因果联系,掌握维持事态平衡的分寸感,这是一个长期的调节与完善自我的过程。所以说解构与建构的目的不在于颠覆权利系统,而在于提升个体把握现实的能力,从而稳固自我身份与话语权威。

最后是发展自我。女媛抛开社会赋予的时代使命还需要以主流话语认同的方式改变角色定位。个体顾影自怜式的表达难以对社会秩序产生变革性力量,只有进入正统的运行轨道,占据有分量的位置才能实现自我价值。但是,文学场域的阻止势力依旧强大,甚至进化为一种更具掩饰性的形象,以情感、道德绑架的形式羁绊个体的独立生长。女性天性注重情感,受教育程度高者往往更在意行为规范,这无疑对名媛的自我建构形成牵制,再加上她们生活本就较为安适,愿意冲破社会阻力实现人格独立的不占多数,最终能在男权社会中崭露头角的更是寥寥无几。这其中存在一个近乎悖论的现象:相对于一穷二白,只能通过革命改变生活现状的妇女来说,占有社会、经济、文化、声望资本的名媛革新的意愿较低,现有的生活能够满足她们基础的物质与精神需要,甚至有一些人沉醉于安逸的生活。而没有经济保障的妇女有强烈的革命决心,但是缺乏知识素养的个体只能成为革命队伍中的从属者,女子的自主性与自由度也流于形式,背离了性别解放的初衷。所以,文学史上具有危机意识且真正有能力、有勇气推进自我发展的女性并不多,也就凸显出名媛现象的先锋意义与可贵之处。

名媛将性别作为自我认知的手段,揭开尘封的历史旧习对个体发展的羁绊,发掘出压抑在男权下女性的真实。个体从追求性别平等对话开始,容易走入两性对立的僵局,意味着颠覆性别关系并非实现自我的有效方式,反对男权不等同于建立自我中心,如果一味地继续性别争执只会进入一个征服与被征服、压迫与反压迫的死循环,行动也就失去了原有的意义。但是,直至今天女性创作依旧自觉或不自觉地流露出二元对立的性别认知,"一种分裂的语境迎合了女性话语的私人性写作特点,而女性文学至今并未形成任何经典的女性传统或注目于女性立场的文学范示,这种飘散的植根于个人独特体验之上的性别神话无法指向任何一种整合性的乐观前途,其结果是很容易昙花一现"①。性别神话赋予作家想象的底气,她们通过塑造越出传统伦理规范的女性形象与男性权威进行对抗,从建构的新型关系中探寻自我价值,但这种认知方式也导致当代女性写作还是徘徊在爱情、婚姻、事业、身体等传统命题中寻找解药,自我意识的生发与社会地位的提升没能帮助她们摆脱性别烦恼,依旧面临着同一个世纪前的女性相似的角色危机。

事实上,刻意地强调性别的社会属性容易割裂其自然属性。如果女性书写依赖人为删削后的性别特质证明自我,而缺少对历史和现实的反思,那么她们容易形成一种偏执的价值观念,陷落在性别迷宫中,导致女性创作仍然以背景和注脚的形式存在。伍尔芙曾反复强调"任何人若想写作而想到自己的性别就无救了","只要觉得自己是一个女人在那里说话,那她就无救了"。② 她提醒作家注意性别视角的狭仄,如果在分析和表达中将它作为认识世界的凭借,那么基于性别的言说将会限定个体发展的可能性和文本的真实性。当代女性文学中一些沉浸在私人叙事、身体叙事的文本过于强调女性身份的特殊性,作家还未形成以自我为主体的思考方式,习惯性地以男性标准为基础,企图建构一个异性身份无法体会的语言王国以颠覆男权文化。从某种层面来说,以他者为参照本是无可厚非的,但女性话语习惯以压倒对方为目的,表现出专制、独权的特征,同时呈现了对西方女权、女性主义理论的狂热追捧。话语资源的引入为批判男权提供了有效的理论依据,她们以一种更明显、更偏激的举动试图颠覆性别秩序,对西方理论无条件地移植势必为行动的有效性埋下隐患。理论与实践的脱节遏制了个体的发展,在建构自我的同时也使部分文化价值发生断裂。由此可以看出,中国当代

---

① 贺桂梅.性别的神话与陷落[M]//孟繁华.中国当代文学通论.沈阳:辽宁人民出版社,2009:357.
② 弗吉尼亚·伍尔夫.一间自己的屋子[M].王怀,译.上海:三联书店,1992:128.

女作家无论以男性作为映照自我的一面镜子,还是以西方文化作为解救自我的一面旗帜,这种放弃主体性的言说方式导致了女性精神焦虑与角色彷徨也是必然的结果。其实,女性写作不必盲目借助西方话语的力量帮助自身获取超越性进展,也无须故步自封、决然独立,而要在对话中寻找一条共存的发展道路,以刺激文学写作的多元增长。

此外,生活面的狭窄导致同一时期的女性写作表现出高度雷同的主题,同一作家的创作也呈现出重复叙事的特点。个体囿于生活细节和自我情感的抒发致使文本普遍缺乏厚重的思想沉淀与美学深度。现代文学的发生期已经出现类似的问题,"娜拉"出走后陷于情智冲突或徘徊在事业与爱情的同主题文本充斥了女媛的情感宣泄,她们在围城内进退维谷。这一现象呈现出女子在自我建构初期面临的困境,也为当代女性写作提供一定的思想启示与借鉴意义:女性要认识性别特征而不依赖性别特质,挖掘潜在的内涵又要超越角色限定,由对立的视角转向立体化的观照,从而达到深层的价值追求。正如崔卫平在《我是女性,但不主义》一文中表达的,"实际上我对女人有没有本质并不很在意,我关心的是女人有没有现实性。她们有没有自己真实的思想感情,有没有自己实实在在的生活;不管是在周围现实之中还是在自己内部,她们是否找到一些踏踏实实的东西;她们的想法愿望是否有某种实际生活作为依托;当她们为自己树立一个目标时,她们是否具备与此相适应的能力;她们如何不断提高和调整自己而不是故步自封"①。当女性确立自我主体性之后无需纠结于性别本质,而需要脚踏实地触摸生命的质地,在每一寸流转的时光中真切地把握自我的存在,呈现出合乎社会需要与精神需求的文学文本。

文学场内的行动者身处复杂的关系网络,既受到外部权利场的制约,也承受内部纷争的钳制,"一边是急剧推进的现代化、商业化进程。不仅事实上不断恶化着女性的生存环境,而且是经商业包装而翻新的传统女性规范的涌流;在另一边,男性写作不断丰富着某种阴险莫测、歇斯底里、欲壑难填的女性形象,作为一个新的文化停泊地,用以有效地移置自身所承受的创伤体验与社会性焦虑。与此同时,商业化进程所造成的主流社会及话语的裂

---

① 崔卫平.我是女性,但不主义[J].文艺争鸣.1998(6):46-53.

解与多元化,在制造着挤压女性的社会力量的同时,也造成新的裂隙、诱惑与可能"①。女性尚未走出男权的藩篱,还要面临商业社会对人生的新挑战。文学场在权利场的强势介入下分裂出一个满足公众需要的、贴近市场的生产场,而进入此序列的女作家也成为大众消费追逐的对象,她们呈现出的物化倾向被批评家诟病。但是,社会本身就是一个关系系统,个体可以保持主观性却不能作为独立的存在。政治、经济对文学场的介入与折射是一种真实的、不可否认的状况,是消费社会的文化特征之一,写作的市场化倾向也有它存在的必然价值。其实,不论女作家持守何种文学理念,她们不仅要面对真正的女性生命意识的问题,还有全人类的生存环境与精神处境的问题。面对百年未有之大变局,女性不能再只注视自我,关注自己的选择,正如特雷·伊格尔顿批评妇女运动时所说,她们"似乎除了妇女的痛苦以外根本不关心任何人的痛苦,也不关心从政治上解决妇女的痛苦,正像一些马克思主义者似乎除了工人阶级所受的压迫对任何人所受的压迫都不关心一样"②。她们只有清醒地意识到人类命运共同体的意义,社会空间结构的整体发展态势,自我与他者的势位关系,才能深入发掘人生和人性的特质,进而拓展新世纪的写作路径。

---

① 荒林.问题意识、批评立场和九十年代女性写作[M]//张清华.中国新时期女性主义文学研究资料.济南:山东文艺出版社,2006:189.
② 伊格尔顿.二十世纪西方文学理论[M]//伍晓明,译.西安:陕西师范大学出版社,1987:164.

附 录

1. **陈衡哲**(1890—1976年),出生于江苏常州。祖父陈钟英做过地方官员。父亲陈韬是清末举人,能诗善文,擅长书法。祖母赵氏、母亲庄曜孚均为画家。舅舅庄思缄先后任广西知县、知府、国民政府江苏都督,精通国学,推崇西方科学和文化,是陈衡哲少年时期的引路人。1915年,考入美国瓦沙大学主攻西洋史,副修西洋文学;1916年,结识胡适、任叔永,在两人的邀请下,开始为《留美学生季报》写稿;1917年,创作的短篇小说《一日》被胡适誉为文学革命讨论初期最早出现的白话文作品;同年,在《新青年》发表白话诗《人家说我发了疯》,短篇小说《老夫妻》《小雨点》《波儿》,新诗《鸟》,等等;1920年,获得芝加哥大学硕士后归国,任国立北京大学西洋史教授;同年秋,与时任教育部司长的任叔永结婚。陈衡哲曾任上海商务印书馆编辑,南京国立东南大学历史系副教授,四川大学西洋史教授。代表作有短篇小说集《小雨点》《西风》,散文集《衡哲散文集》,专著《西洋史》《欧洲文艺复兴小史》。

2. **袁昌英**(1894—1973年),出生于湖南醴陵。父亲袁家普曾任民国大学代理校长,历任云南、湖南、山东、安徽省财政厅长。1912年,随父迁居北京、云南等地,居家延师学习英义,从上海中西女塾毕业后自费留学英国;1917年,考入苏格兰爱丁堡大学主修英国古典文学与近代戏剧;1921年,取得英国文学硕士学位,是获得英国硕士学位的第一位中国女性;同年,与时任中国公学经济学、会计学教授的杨端六结婚;1926年,考入法国巴黎大学研究院,主修法国文学和近代欧洲戏剧,回国后在上海吴淞中国公学,国立武汉大学外文系任教。袁昌英在《太平洋》《小说月报》《现代评论》《武汉日报·现代文艺》《宇宙风》等报刊发表多篇小说、剧本、散文、论文、译作。代表作有专著《法兰学文学》《法国文学》,戏剧集《孔雀东南飞及其他独幕剧》,散文集《山居散墨》《生死·友谊》《行年四十》。

3. **白薇**(1894—1987年),出生于湖南资兴。祖父黄秋芳是前清举人,在湘军中任过军官。祖母曾任太平天国女将洪宣娇的部下。父亲黄晦是前清秀才,曾留学日本,经黄兴介绍加入同盟会。母亲何娇苓出身名门。1918年,从长沙第一女子师范以优等成绩考取留学日本官费生,因父亲反对留学要她立刻成婚,只身逃亡日本,先在东亚日语学校补习日文,后考取东京御茶水女子高等师范理科,主修生物学,兼修心理学,自学佛学、美学、哲学。在日本期间,结识田汉以及研究法国文学的日本著名学者中村吉藏等人,并在他们的影响下开始写作。1926年,剧作《苏斐》《访雯》《琳丽》相继发表;1927年,在国民政府原总政治部国际编辑局任日语翻译,同时在武昌中山大学任教,教授日语、动物、植物等课程;1928年,发表剧作《打出幽灵塔》、长篇小说《炸弹与征鸟》,自此被称为"文坛上的第一流人物","现代女性作家中优秀的戏剧作家";同年,在北新书店宴请会上结识鲁迅,此后在文学上交往颇多;1929年,剧作《蔷薇酒》《姨娘》、短篇小说《接江》相继发表;同年,在吴淞中国公学中文系任教;1930年,加入"左联"、艺术剧社、"剧联",其间作品多发表在《北斗》《文学月报》;1933年,出版白薇、杨骚情书集《昨夜》;1936年,出版长篇自传体小说《悲剧生涯》。

4. **苏雪林**(1897—1999年),出生于浙江瑞安。祖父曾任海宁知州,父亲曾任山东道员。幼时家设女塾,接触了一些新式学堂的书籍。1917年,于安徽省立第一女子师范毕业后,留女师附小任教,兼任师范预科国文课;1919年,进入北京高等女子师范就读,受到胡适、周作人、陈衡哲、李大钊、陈中凡等教师的影响,开始进行文学创作;1921年,考取里昂中法学院;1924年,转至里昂国立艺术学院学习绘画;1925年,母亲病危,苏雪林辍学回国与毕业于麻省理工学院工程机械系的张宝龄完婚。苏雪林历任苏州景海女师国文主任,东吴大学、安徽大学、武汉大学教师。作品多发表在《现代评论》《北新周刊》《语丝》《新文艺》等报刊。她一生著作丰富,代表作有短篇小说集《绿天》,自传体长篇小说《棘心》,历史小说《南明忠烈传》,散文集《青鸟集》《蠹虫集》《蝉蜕集》,剧作《鸠那罗的眼睛》,专著《唐诗概论》《辽金元文学》《玉溪诗谜》,等等。

5. **方令孺**(1897—1976年),出生于安徽桐城。祖父方宗诚是研究宋学的学者,曾任曾国藩幕府的幕僚。父亲方守敦是书法家、诗人,曾东渡日本考察学制,回国后积极从事教育改革,同他人一起创办桐城中学、芜湖安徽公学。1923 年,赴美留学,攻读外国文学专业;1930 年,方令孺受聘于国立青岛大学中文系,同新月派的交往激发了她的创作热情,后以"新月才女"闻名。生前仅出版一本散文集《信》,列入巴金主编的"文学丛刊"第 7 辑。代表作《琅琊山游记》。

6. 庐隐(1899—1934 年),出生于福建闽侯。父亲是清末举人,曾任长沙县知县。父病故后,随母全家投奔舅父,舅父是清廷农工商部员外郎,兼太医院御医。哥哥黄勤曾任天津上海银行经理。1919 年,考入北京国立女子高等师范学校国文部当旁听生,在校期间开始进行文学创作;1921 年,加入文学研究会,成为该会的第一批会员。出版短篇小说集《海滨故人》《曼丽》《玫瑰的刺》,长篇小说《归雁》《火焰》《女人的心》《象牙戒指》,书信集《云鸥情书集》,自传《庐隐自传》,等等。庐隐曾在上海大夏大学、北平市立女子第一中学任职,担任过《华严月刊》的主编。

7. 冯沅君(1900—1974 年),出生于河南唐河。父亲是清末进士,曾任湖北省武阳县知县。母亲吴清芝能文识字,担任过小学学监。哥哥是哲学家冯友兰、地质学家冯景兰。冯沅君从小在私塾读书,除了《四书》《五经》,也阅读了不少新报刊,培养了对文学的兴趣。1919 年,入北京女子高等师范国文部就读,与庐隐、苏雪林同学。大学期间开始在《晨报副刊》发表作品,毕业后考入北京大学国学研究所研究生,其间以淦女士为笔名在《创造季刊》《创造周报》《语丝》等杂志发表《隔绝》《隔绝之后》《旅行》《慈母》等小说。1925 年,研究生毕业后先后在金陵大学、上海暨南大学、复旦大学任教,其间发表的一系列随笔、小说、散文、论文刊登在《语丝》《莽原》《小说月报》等刊物;1929 年,与时任上海中国公学教授的陆侃如结婚;1932 年,考入巴黎大学文学院博士研究生班,研究古典诗词曲;1935 年,获博士学位,归国后先后在河北女子师范学院、武汉大学、中山大学、东北大学等校任教,这一时期她极少从事文学创作,将精力放在古典文学的教学与研究,发表了《汉赋予古优》《〈南戏拾遗〉补》《唐传奇作者身份的估计》等诸多研究论文与专著。

8. 冰心(1900—1999 年),出生于福建福州。父亲谢葆璋是北洋水师学堂第一届毕业生,历任烟台海军训练营营长、海军部军学司司长、海军部次长。母亲杨福慈出身书香门第,能诗善文。夫吴文藻获纽约哥伦比亚大学博士学位,历任燕京大学、云南大学社会学教授、国防最高委员会参事。1918年,入协和女子大学理预科;1919年,在《晨报》发表处女作《二十一日听审的感想》;同年,发表短篇小说《两个家庭》《斯人独憔悴》《秋风秋雨秋煞人》;1920年3月,北京协和女子大学合并到燕京大学,称燕大女校;1921年,转入燕大文本科二年级;同年,加入文学研究会,在会刊《小说月报》发表《笑》《超人》等;1922年,在《晨报副镌》连续发表诗歌《繁星》《春水》等;1923年5月,获文学士学位;同年,开始为《晨报副镌》儿童世界专栏写《给儿童世界的小读者》通讯;同年8月,赴美国韦尔斯利女子大学研究院学习。毕业回国后,先后在燕京大学、清华大学任教。曾出版《冰心小说集》《冰心诗集》《冰心散文集》等。

9. *凌叔华*(1900—1990年),出生于北京。父亲凌福彭,清末进士,历任顺天府尹、直隶布政使、北洋政府约法会议员、参政员。夫陈西滢获伦敦大学政治经济学博士学位,历任北京大学、武汉大学教授、国民参政会参政员。凌叔华7岁从宫廷画师缪素筠习画,后拜王竹林、郝漱玉为师,随辜鸿铭学习英语和古典诗词。9岁时随父旅居日本两年。1919年,入天津北洋直隶第一女子师范就读,与邓颖超同窗,比许广平高一年级,彼此间常有书信往来;1921年,考入燕京大学动物系,后转入外文系,对文学产生浓厚兴趣;1924年,小说处女作《女儿身世太凄凉》发表于《晨报副刊》;同年,其画作参加了日本东京的东洋名画展,在家庭举办款待泰戈尔访华团的宴会中结识徐志摩、陈西滢等人,后加入新月社;同年秋,毕业于燕大外文系;1925年,小说《酒后》发表在《现代评论》引起文坛轰动,被公认为成名作,相继发表小说《吃茶》《绣枕》《茶会以后》《花之寺》等。1935年,应《武汉日报》邀请创办《现代文艺》副刊;1936年,应邀担任《大公报》"文艺奖金"裁判委员;同年,其画作参加南京全国美艺展览会;1938年,她开始与弗吉尼亚·伍尔夫通信,在伍尔夫的建议下,用英文写作自传体小说《古韵》。曾出版小说集《花之寺》《女人》《小哥儿俩》等。

10. *程俊英*(1901—1993年),出生于福建福州。父亲程树德为前清翰林,曾留学日本,回国后任京师大学堂教习、北京大学、清华大学教授。1917年,考入北京女子高等师范国文专修科,与苏雪林、冯沅君、庐隐合称为女高师国文一班擅长写作的"四大金刚"。在校期间接受了李大钊、胡适、刘师培、黄侃、陈中凡、胡小石等老师的教导,曾在李大钊指导的话剧《孔雀东南飞》中饰演刘兰芝,剧目具有很强的现实批判意义。1919年,主编《益世报·女子周刊》;1922年,毕业留校任校刊编辑,兼女一中国文课,其间发表《周代学在王官考》《汉魏时代之心理测验》《诗人之注意及兴趣》《诗之修辞》等多篇论文。程俊英先后任教于北京女子师范大学、上海暨南大学、私立培成女校、大夏大学。1943年,出版《中国大教育家》。程俊英是我国第一代女教育家、女教授。新中国成立后主要从事中国古典文学研究。

11. 石评梅(1902—1928年),出生于山西平定。父亲石铭,清末举人,曾任山西大学堂(今山西大学)管理员,母亲出身书香门第。1920年,石评梅考入北京女子高等师范体育系。早期作品多发表于《晨报副刊·文学旬刊》《诗学半月刊》。1923年,毕业后在北京师范大学附属中学女子部当训育主任和体操教师;1924年以后的作品多发表在她与陆晶清一起主编的《京报副刊·妇女周刊》《世界日报·蔷薇周刊》。代表作有诗歌《我愿你》《血染的枫林》《灵感的埋葬》《血泪》,小说《病》《只有梅花知此恨》《弃妇》《匹马嘶风录》,散文《红粉骷髅》《灰烬》《偶然来临的贵妇人》。

12. 林徽因(1904—1955年),出生于浙江杭州。祖父林孝恂是清朝翰林,在杭州家中设立家塾,林纾、林白水为主讲。父亲林长民毕业于日本早稻田大学,是福州私立法政学堂创办人、校长,历任国务院参政、司法总长、国宪起草委员会委员长。1919年,随父到英国伦敦读中学,其间结识威尔斯、福斯特、韦利、哈代、曼斯菲尔德、徐志摩等人;1923年,开始经常参与新月社举办的文学活动;1924年,与梁思成一同前往美国宾州大学,就读美术专业;1927年,毕业后再入耶鲁大学戏剧学院学习了半年的舞台美术设计;同年,梁思成获得宾州大学建筑系硕士学位;1928年,同梁思成结婚,回国后到东北大学建筑系任教;1931年,任中国营造学社校理,参与对中国古建筑的实地调查工作;同年,开始进行文学创作,在《诗刊》发表《谁爱这不息的变幻》《笑》《情愿》等诗歌,于《新月》发表小说处女作《窘》;1935年,应北平大学女子文理学院外语系聘请讲授《英国文学》课程;1936年,负责编辑《大公报文艺丛刊·小说选》,并担任"文艺奖金"评选委员;1949年,任清华大学建筑系教授。

13. 丁玲(1904—1986年),出生于湖南临澧。父亲蒋裕岚,清末秀才,曾留学日本。母亲余曼贞出生书香门第。五岁时父亲病逝,家道败落。丁玲随母亲到常德舅父家寄住。在母亲的熏陶下,丁玲阅读了不少中外书籍。

1923年，结识瞿秋白，在他的动员下进入上海大学文学系学习，邓中夏、瞿秋白、陈望道、沈雁冰在该校任教，对丁玲思想和文学有较大的影响；1924年，至北京大学旁听，结识诗人胡也频；1925年，同胡也频结婚；1927年，短篇小说《梦珂》发表于《小说月报》，引起文艺界注目；1928年，《莎菲女士的日记》在文坛引起轰动，一举成名；同年，出版小说集《在黑暗中》；1929年，与胡也频、沈从文合办《红黑》杂志；同年，出版小说集《自杀日记》；1930年，发表长篇小说《韦护》，中篇小说《一九三〇年春上海》之一、之二，出版短篇小说集《一个女人》；同年，在潘汉年的介绍下与胡也频一起加入"左联"；1931年，丁玲担任左联机关刊物《北斗》的主编，中篇小说《水》在杂志上连载；1932年，她加入中国共产党，担任左联党团书记；1933年出版小说集《夜会》，发表长篇小说《母亲》；1933年5月至1936年9月，被囚在南京，在党组织帮助下回到上海，此后担任多个党报的主编、编委，发表了《在医院中》《我在霞村的时候》《太阳照在桑干河上》等多篇文章。

14. **杨刚**（1905—1957年），出生于江西萍乡。父亲杨会康历任江西道台、湖北省财政厅、政务厅厅长。其兄是左翼作家羊枣。杨刚5岁入家塾，阅读四书五经，也接触到了一些新式教科书。1927年，考入燕京大学英国文学系，开始进行文学创作；1929年，与萧乾相识并结为一生挚友；1932年，与北大经济系学生郑侃结婚；1933年，加入"左联"，在工作中结识史沫特莱；同年，用英文写作的短篇小说《日记拾遗》收录在萧乾编译的短篇小说选《活的中国》，意在向国外介绍中国新文学。其间创作《殉》《爱香》《母难》等小说，并翻译简·奥斯丁的《傲慢与偏见》；1938年，杨刚接替萧乾主编香港版《大公报·文艺》；太平洋战争爆发后，主编桂林、重庆版《大公报》文艺副刊，其间作游记《东南行》；1945年，在哈佛大学莱德克列夫女子学院学习，同时作为《大公报》驻美特派记者为报纸撰写通讯，其间用英文写作自传体长篇小说《挑战》。

15. **陈学昭**（1906—1991年），出生于浙江海宁。父亲陈典常是清末秀才，毕生从事教育事业。母亲李氏出身名门。1922年，陈学昭转学至上海爱国女校；1923年，加入"浅草社"；同年，文章在上海《时报》征文活动中获奖，此后走上文学创作的道路；1924年，陈学昭加入"语丝社"；1925年，出版散文集《倦旅》；1929年，出版长篇小说《南风的梦》，散文集《忆巴黎》；1932年，出版论文集《时代妇女》；1934年，陈学昭获得法国克莱蒙大学文学博士学位;1938年,到达延安被分配到文艺界抗敌后援会;1939年,担任中华全国文艺界抗敌协会延安分会机关刊物《文艺战线》的编委;1942年,陈学昭在周恩来的启发下着手创作长篇小说《工作着是美丽的》,并于1949年出版小说上卷。

16. 沉樱(1907—1988年),出生于山东潍坊。父亲接受过新式教育,曾任河南省矿局局长。1924年,就读于上海大学中文系;1927年上海大学被国民党封闭后,考入复旦大学中文系;1928年,参加洪深领导的复旦剧社,主演话剧《咖啡店之一夜》,蜚声话剧界;同年,在陈望道主编的《大江》上发表小说处女作《回家》,受到茅盾赞许;1929年,出版第一部短篇小说集《喜筵之后》,书信体小说《某少女》;1930年,从复旦大学中文系毕业后出版第二部短篇小说集《夜阑》,此后笔耕不辍,出版小说集《一个女作家》《女性》等。1934年,到日本专攻日本文学;1935年,同诗人、翻译家梁宗岱结婚;1946年,在上海市立实验戏剧学校任教;1947年,至复旦大学中文系任教;1949年,迁居台湾。

17. 陆晶清(1907—1993年),生于云南昆明。祖父陆治翼为昆明太学生员,擅长书法、诗词。父亲陆欣在家庭影响下对诗词、历史颇有兴趣,亲自教女儿读书。1919年,陆晶清在云南女子初级师范学校读书期间,经常在报刊上发表诗歌、散文;1922年,她考入北京女子高等师范国文科,其间得到沈尹默、周作人、鲁迅的指点,先后在《晨报副刊》《文学旬刊》《语丝》等报刊发表文章;1924年,与石评梅主编《京报·妇女周报》;1926年,两人一同主编《世界日报·蔷薇周刊》;1928年,结识诗人王礼锡,共同编写"物观文学史丛稿";1930年,与王礼锡成婚;婚后协助丈夫编辑《中国社会史论战》第一、二辑,引起学术界、思想界巨大反响。先后出版学术著作《唐代女诗人》,诗集《低诉》,散文集《素笺》《流浪集》,曾任教于重庆女中、重庆求精商业专科学校、暨南大学。

18. 关露(1908—1982年),出生于山西右玉。父亲胡元陵早逝,随母亲到外祖母家居住,在母亲的教导下读四书五经,开始对文学产生兴趣。1928年,考入南京中央大学中国文学系,后转入哲学系;同年,开始文学创作,第一篇散文《她的故乡》发表在张天翼、欧阳珊主办的《幼稚周刊》。曾担任《新诗歌》《新华日报》《生活知识》《高射炮》编辑,在《文学月报》《申报·妇女园地》《时事新报》发表多篇诗歌、散文、小说、翻译。1938年,创作长篇小说《新旧时代》;1939年,受党组织委派进入汪伪政府搜集情报;1942年,到日本大使馆和海军报道部合办的《女声》杂志担任编辑,佐藤俊子去世后由她继任主编。代表作小说《余君》《归途》《殁落》《姨太太日记》《最后的祈祷》,诗歌《逃亡者的夜歌》《舞伴》《赛金花像》《娜达姑娘》,散文《现代美国的妇女》《女作家印象记——女战士丁玲》,文艺评论《诗的表现方法》《诗歌与妇女》,等等。

19. 杨绛(1911—2016年),出生于北京。父亲杨荫杭获日本早稻田大学法学学士学位,美国宾夕法尼亚大学法学硕士学位,是上海知名律师,曾任浙江高等审判厅厅长、京师高等审判厅厅长、京师高等检察长。母亲唐须嫈曾就读于务本女中,与杨荫榆、汤国梨(章太炎夫人)同学。1928年,入苏州东吴大学政治系,毕业后考入清华研究院外语系,由梁宗岱教授法语;同年,结识钱锺书;1935年,在《大公报·文艺》发表短篇小说处女作《璐璐,不用愁!》,于次年被选入由林徽因主编的《大公报·文艺副刊·小说选》;1935年,同钱锺书完婚后前往英国念书,两年后取得文学副博士学位,而后进入法国巴黎大学高年级班进修拉丁语言文学,其间创作散文《阴》发表在《文学杂志》。回国后相继出版话剧《称心如意》《弄真成假》《风絮》,短篇小说《ROMANESQUE》《小阳春》。1949年,杨绛任清华大学西语系教授。

20. 沈祖棻(1911—1977年),生于江苏苏州。祖父沈守谦曾任徐州兵备道,精通书法,与吴昌硕交好。沈祖棻8岁入私塾念书;1931年,考入中央大学文学院中国文学系;1934年,考入金陵大学国学研究班;1935—1937年,在《文艺月刊》发表历史小说《辩才禅师》《茂陵的雨夜》《马嵬驿》《崖山的风浪》《苏丞相的悲哀》。1942—1946年,相继在成都金陵大学、华西大学任教,讲授中国文学史、诗词。代表作新诗集《微波辞》。

21. 苏青(1914—1982年),出生于浙江宁波。祖父冯丙然,清朝举人,曾任宁波府中学堂校长、杭州副参议长、《四明日报》主编。父亲冯松卿,留学美国哥伦比亚大学,归国后在武汉、上海两地银行任职。母亲鲍竹青,宁波女子师范毕业,当过小学教师。苏青12岁时父亲亡故,家道中落,与同学李钦后订婚,李家供她上学。丈夫李钦后曾任上海法院法官。1933年,考取南京中央大学外文系;1934年,因怀孕退学,后因婚姻变故,成为以文为生的职业作家,作品主要发表在《宇宙风》《逸经》《古今》《风雨谈》《天地》;1943年,代表作长篇自传体小说《结婚十年》开始在《风雨谈》连载,被视为言行大胆的女作家而毁誉参半,该书次年出版单行本,半年内再版9次。另出版长篇小说《续结婚十年》《歧途佳人》,散文集《浣锦集》《涛》《饮食男女》《逝水集》。曾主办《天地》《小天地》杂志。

22. 梅娘(1920—2013年),出生于海参崴(符拉迪沃斯托克)。祖父曾任东北镇守使。父亲投资银行、企业、铁路等实业。夫柳龙光时任《华文大阪每日》编辑,是华北沦陷区文坛和报刊业的实权人物。梅娘4岁在家塾启蒙,同时接受中西教育。1937年,梅娘将中学时代的作文结为《小姐集》并出版发行;同年赴日本,先后在东亚日本语学校高级班、东京女子大学历史系、神户女大家事系学习,其间结识在早稻田大学经济系读书的柳龙光。1939年,中篇小说《蚌》在《华文大阪每日》连载;1940年,出版短篇小说集《第二代》,由此奠定她在东北沦陷区文坛的重要地位;同年,长篇小说《蟹》开始连载,此后发表多篇小说。1942年,北平马德增书店和上海宇宙风书店联合发起"读者喜爱的女作家"调查活动,梅娘和张爱玲分别当选,自此流传"南玲北梅"之说。

23. 潘柳黛(1920—2001年),出生于北京。原本家庭富足,由于父亲的挥霍导致家境一落千丈。母亲是受过良好教育的大家闺秀。1938年,潘柳黛考入河北女子师范学院教育系;1940年,担任南京《京报》记者,后前往日本担任《华文每日》(原名《华文大阪每日》)助理编辑;1942年,回到上海后相继在《罗宾汉报》《平报》《文友》《海报》等报社工作。主要作品有中短篇小说《魅恋》《昨日之恋》《黑瞳》《梦》,散文《我结婚了》《热带蛇》《男人与女人》《梦见母亲》,诗歌《站在街头》《在我心上》《低诉》,杂文《论胡兰成论张爱玲》《吃烟的科学》《夏夜风》等。她的长篇小说《退职妇人自传》和苏青的《结婚十年》合称"双璧"。潘柳黛是20世纪40年代驰骋在上海滩的四大才女之一,与张爱玲、苏青、关露齐名,是当时上海闻名的记者、作家。

24. 施济美(1920—1968年),出生于北京。父亲施肇夔毕业于美国哥伦比亚大学,任职于北洋政府外交部。母亲生于书香之家,熟读古文诗书。1937年,考入东吴大学经济系,课余从事文学创作,其间在《万象》《小说月报》《春秋》《紫罗兰》发表数篇小说。代表作有短篇小说集《凤仪园》《鬼月》。

25. 张爱玲(1921—1995年),出生于上海。祖父张佩纶是清末翰林,曾任署左副都御史。祖母李菊耦是北洋大臣李鸿章的女儿。父亲张廷重曾任职津浦铁路局英文秘书。母亲黄逸梵是南京长江水师提督的女儿,是一个思想开放的新女性,曾与张爱玲的姑姑张茂渊一同赴欧游学。1932年,首次发表短篇小说《不幸的她》,刊登在上海圣玛利亚女校年刊《凤藻》上;1938年,考取伦敦大学,因战争改入香港大学;1939年,在《西风》发表作品《天才梦》,该文于次年荣获《西风》月刊三周年纪念征文名誉奖;1942年,插班入圣约翰大学文科四年级就读,后因经济原因卖文为生,成为职业女作家。此后发表大量小说、散文、影评。代表作有小说《沉香屑·第一炉香》《茉莉香片》《心经》《倾城之恋》《琉璃瓦》《红玫瑰与白玫瑰》,散文《谈女人》《爱》《有女同车》《童言无忌》《私语》,等等。

参考文献

[1] 中国史学会. 中国近代史资料丛刊·戊戌变法 1[M]. 上海:神州国光社,1953.

[2] 张枬,王忍之. 辛亥革命前十年间时论选集[M]. 北京:三联书店,1963.

[3] 张玉法,李又宁. 近代中国女权运动史料[M]. 台北:传记文学出版社,1975.

[4] 中国社会科学院近代史研究所. 五四运动回忆录[M]. 北京:中国社会科学出版社,1979.

[5] 北京大学,北京师范大学,北京师范学院,等. 文学运动史料选[M]. 上海:上海教育出版社,1979.

[6] 中国第二历史档案馆. 中华民国史档案资料汇编 第2辑[M]. 南京:江苏人民出版社,1981.

[7] 中国社会科学院文学研究所现代文学研究室. "革命文学"论争资料选编[M]. 北京:人民文学出版社,1981.

[8] 蔡元培,胡适,郑振铎,等. 中国新文学大系导论集[M]. 上海:上海书店,1982.

[9] 陈学恂. 中国近代教育文选[M]. 北京:人民教育出版社,1983.

[10] 北京师范大学校史资料室. 五四运动与北京高师[M]. 北京:北京师范大学出版社,1984.

[11] 中国社会科学院文学研究所鲁迅研究室. 鲁迅研究学术论著资料汇编(1913—1983)[M]. 北京:中国文联出版公司,1987.

[12] 李泽厚. 中国现代思想史论[M]. 北京:东方出版社,1987.

[13] 经元善. 经元善集[M]. 武汉:华中师范大学出版社,1988.

[14] 白海珍,汪帆.文化精神与小说观念:中西小说观念的比较[M].石家庄:河北人民出版社,1989.

[15] 宋恩荣,章咸.中华民国教育法规选编(1912—1949)[M].南京:江苏教育出版社,1990.

[16] 中华全国妇女联合会妇女运动历史研究室.中国近代妇女运动历史资料(1840—1918)[M].北京:中国妇女出版社,1991.

[17] 张京媛.当代女性主义文学批评[M].北京:北京大学出版社,1992.

[18] 杜学元.中国女子教育通史[M].贵州:贵州教育出版社,1995.

[19] 欧阳健.晚清小说史[M].浙江:浙江古籍出版社,1997.

[20] 陈安湖.中国现代文学社团流派史[M].上海:华中师范大学出版社,1997.

[21] 孔庆东.超越雅俗:抗战时期的通俗小说[M].北京:北京大学出版社,1998.

[22] 旷新年.1928:革命文学[M].济南:山东教育出版社,1998.

[23] 叶舒宪.文学与治疗[M].北京:社会科学文献出版社,1999.

[24] 许宝强,袁伟.语言与翻译的政治[M].北京:中央编译出版社,2001.

[25] 陈学勇.才女的世界[M].北京:昆仑出版社,2001.

[26] 薛其林.民国时期学术研究方法论[M].长沙:湖南人民出版社,2002.

[27] 程乃珊.上海Lady[M].上海:文汇出版社,2003.

[28] 周宁.想象与权利:戏剧意识形态研究[M].厦门:厦门大学出版社,2003.

[29] 杨寿清.上海沦陷后两年来的出版界:1942—1944年[M].上海:上海书店出版社,2003.

[30] 陈顺馨,戴锦华.妇女、民族与女性和女性主义[M].北京:中央编译出版社,2004.

[31] 孟悦,戴锦华.浮出历史地表:现代妇女文学研究[M].北京:中国人民大学出版社,2010.

[32] 李银河.女性主义[M].济南:山东人民出版社,2005.

[33] 刘润忠.社会行动·社会系统·社会控制:塔尔科特·帕森斯社会理论述评[M].天津:天津人民出版社,2005.

[34] 黄金麟.历史、身体、国家:近代中国的身体形成(1895—1937)[M].北

京:新星出版社,2006.

[35] 周远清.20世纪的中国高等教育[M].北京:高等教育出版社,2006.

[36] 张清华.中国新时期女性主义文学研究资料[M].济南:山东文艺出版社,2006.

[37] 林丹娅.中国女性与中国散文[M].昆明:云南人民出版社,2007.

[38] 李银河.妇女:最漫长的革命 当代西方女权主义理论精选[M].北京:中国妇女出版社,2007.

[39] 王多吉,代立梅.《资本论》现代发展观哲学维度研究[M].北京:光明日报出版社,2014.

[40] 陈平原.现代中国的述学文体[M].北京:北京大学出版社,2020.

[41] 李振声.重溯新文学精神之源:中国新文学建构中的晚清思想学术因素[M].上海:上海人民出版社,2020.

[42] 夏晓虹.晚清女性与近代中国[M].北京:北京大学出版社,2021.

[43] 陈平原,夏晓虹.清末民初小说理论资料[M].北京:北京大学出版社,2021.

[44] 贺桂梅.时间的叠印:作为思想者的现当代作家[M].北京:生活·读书·新知三联书店,2021.

[45] 黄长华.闽都女性文学研究[M].北京:北京大学出版社,2021.

[46] 费希特.论学者的使命,人的使命[M].梁志学,沈真,译.北京:商务印书馆,1984.

[47] 科恩.自我论:个人与个人自我意识[M].佟景韩,范国恩,许宏治译.北京:生活·读书·新知三联书店,1986.

[48] 黑格尔.美学[M].朱光潜,译.北京:商务印书馆,1986.

[49] 伊格尔顿.女权主义文学理论[M].胡敏,陈彩霞,林树明,译.长沙:湖南文艺出版社,1989.

[50] 雅斯贝尔斯.什么是教育[M].邹进,译.北京:生活·读书·新知三联书店,1991.

[51] 伍尔夫.一间自己的屋子[M].王还,译.北京:生活·读书·新知三联书店,1989.

[52] 布迪厄.文化资本与社会炼金术:布尔迪厄访谈录[M].包亚明,译.上海:上海人民出版社,1997.

[53]哈耶克.自由秩序原理[M].邓正来,译.北京:生活·读书·新知三联书店,1997.

[54]波伏娃.第二性[M].陶铁柱,译.北京:中国书籍出版社,1998.

[55]格里芬.后现代精神[M].王成兵,译.北京:中央编译出版社,1998.

[56]弗洛伊德.弗洛伊德文集[M].车文博,编.长春:长春出版社,1998.

[57]布迪厄,华康德.实践与反思:反思社会学导引[M].李猛,李康,译.北京:中央编译出版社,1998.

[58]恩格斯.家庭、私有制和国家的起源[M].中共中央马克思恩格斯列宁斯大林著作编译局,译.3版.北京:人民出版社,1999.

[59]李欧梵.现代性的追求:李欧梵文化评论精选集[M].北京:生活·读书·新知三联书店,2000.

[60]里波韦兹基.第三类女性:女性地位的不变性与可变性[M].田常晖,张峰,译.湖南:湖南文艺出版社,2000.

[61]荷妮.我们时代的病态人格[M].陈收,译.北京:国际文化出版社,2001.

[62]勒热讷.自传契约[M].杨国政,译.北京:生活·读书·新知三联书店,2001.

[63]兰瑟.虚构的权威:女性作家与叙述声音[M].黄必康,译.北京:北京大学出版社,2002.

[64]帕特曼.性契约[M].李朝晖,译.北京:社会科学文献出版社,2004.

[65]鲍曼.现代性与矛盾性[M].邵迎生,译.北京:商务印书馆,2013.

[66]桑塔格.疾病的隐喻[M].程巍,译.上海:上海译文出版社,2003.

[67]霍尔.表征:文化表象与意指实践[M].徐亮,陆兴华,译.北京:商务印书馆,2003.

[68]齐泽克.敏感的主体:政治本体论的缺席中心[M].应奇,陈丽微,孟军,等译.南京:江苏人民出版社,2006.

[69]克里斯特娃.反抗的未来[M].黄晞耘,译.桂林:广西师范大学出版社,2007.

[70]昆德拉.小说的艺术[M].董强,译.上海:上海译文出版社,2013.

[71]戈德曼.认知科学的哲学应用[M].方环非,译.杭州:浙江大学出版社,2015.